|デザインの20世紀|帝国空間|共有するアート|

D.H. LAWRENCE IN THE MODERN MOVEMENT

モダンムーヴメントのD・H・ロレンス

MAKOTO KINOSHITA
木下 誠

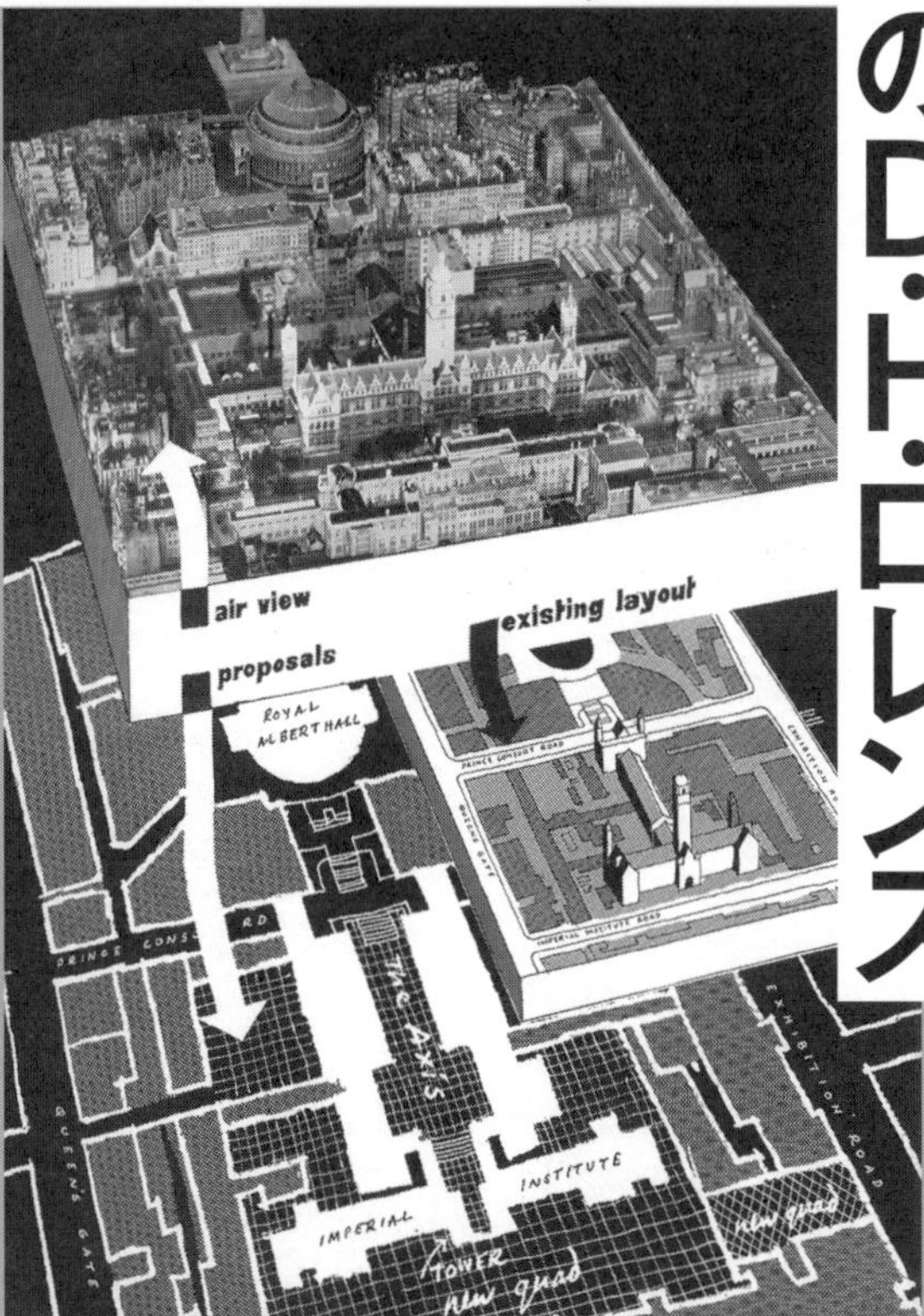

|THE ART OF SHARING|A CENTURY OF DESIGN|IMPERIAL SPACE|

小鳥遊書房

目次

第Ⅱ部　帝国空間と越境のモダンムーヴメント

序章　「変化をもたらす社会的エイジェンシー」のモダンムーヴメント

一　はじめに

一九〇八年三月一九日、二十二歳の若きD・H・ロレンスは、イングランド中部地方のノッティンガムシャーにある炭鉱の村、彼が生まれ育ったイーストウッドにおける討論会の集まりで、「芸術と個人」と題した原稿を読みあげた。この「イーストウッド・ディベート協会」という名称の討論会は、靴屋を営んでいた地元の社会主義者のウィリー・ホプキンによって始められ、木曜日の夜に彼の自宅で開催されていた。当時のロレンスは、ノッティンガム大学の前身にあたるノッティンガム・ユニヴァーシティ・カレッジの教員養成コースに約一年半前から通っており、カレッジの「社会問題研究会」に参加し、社会主義の立場を打ち出していた週刊の雑誌『ニュー・エイジ』も読み始めていた【次頁の図版1】。ホプキンの家に出入りすることで社会主義の思想と実践に触れながら、討論会の集まりでは女性参政権論者のアリス・ダックスや、彼女の友人でリヴァプール在住のブランチ・ジェニングズといった政治的に進んだ考えをもつ女性たちにも出会っていた(1)。

こうした親密な交流にともなう知的な刺激は、ロレンスの社会や政治の捉え方に影響を与えた結果、教員養成コースの教育に対する不満につながったのかもしれない。彼は討論会で発表した原稿「芸術と個人」において、授業の教科書であったドイツの哲学者および教育学者のヨハン・フリードリヒ・ヘルバルトによる『教育の科学と世界の審美的啓示』(英訳一八九二年)を批判した。「審美的関心」は「調和の感覚」に由来するというヘルバルトの議論を「曖昧で不充分」なものとみなし、芸術が個人にもたらす「共感」の力と社会主義とを差異化しながらも、その若書きの原稿からは、両者の接点を手探りしていた当時の様子がうかがえる(2)。

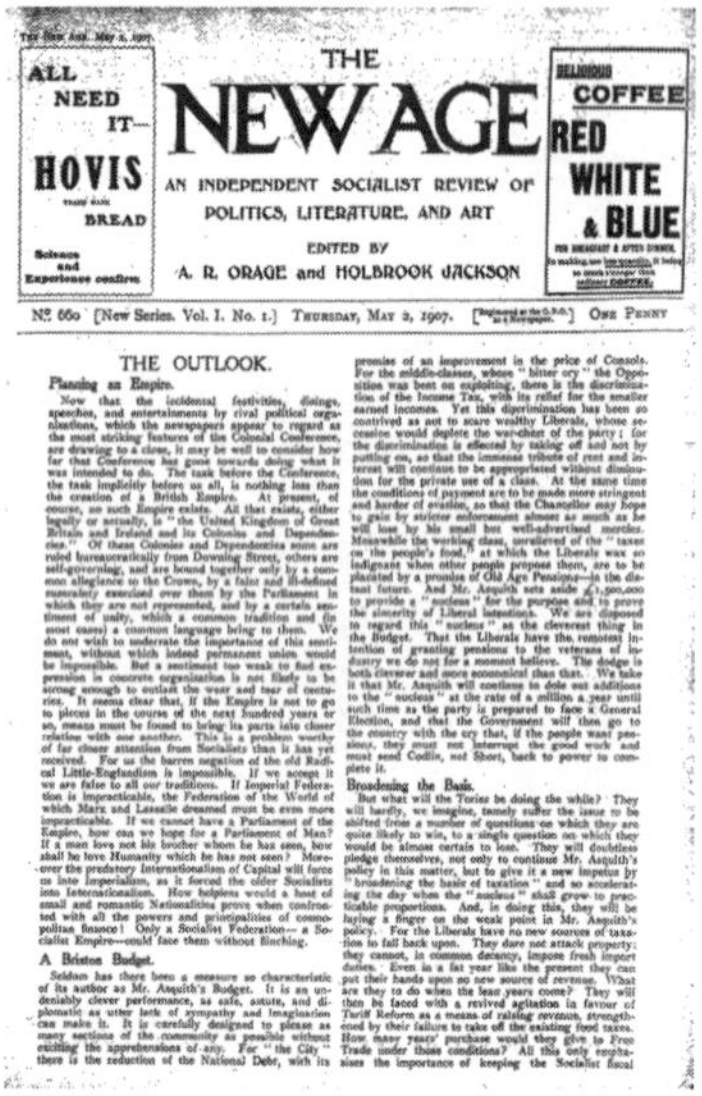
THE NEW AGE
AN INDEPENDENT SOCIALIST REVIEW OF POLITICS, LITERATURE, AND ART
EDITED BY A. R. ORAGE and HOLBROOK JACKSON
ALL NEED IT— HOVIS BREAD
COFFEE RED WHITE & BLUE
No. 660 [New Series. Vol. I. No. 1.] THURSDAY, MAY 2, 1907. ONE PENNY

THE OUTLOOK.

Planning an Empire.

Broadening the Basis.

A Bristol Budget.

【図版1】『ニュー・エイジ』1907年5月2日付、A. R. オラージュ編集による第1号

ロレンスはその後、夏のあいだに発表原稿を書き直して、それを討論会の集まりで知り合ったブランチ・ジェニングズに送った。改訂版「芸術と個人」には「社会主義者のための論考」という副題があらたに加えられ、つぎのとおり始まっていた。

ある社会主義者の国会議員が述べたつぎの言葉は、あまねく知れ渡っている。「社会主義者の現在の目標は、失業者には職を、飢えている者には食べものを、着る服がない者には衣服を与えることである。そのあとに、知的で美的な世界での勝利が可能となるであろう」。わたしたち、『ニュー・エイジ』の読者たちは、これに対する批判の言葉も覚えている。「男も女も子どもも、

たしかに食べものや着るものを欲している。その一方でわれわれは、われわれの美も必要としている――通りに、工房に、絵画に。あの頭の固い社会主義者には考えを改めさせよう。あまりに多くのひとたちが彼と同じように考えていることも問題だ。いままさにわれわれは、そしてわれわれの町は、美に飢えている。それにもかかわらず政治家たちは、慈善事業に多額の費用を充てるべきであるなどと、ばかげた話ばかりしているのだ」[3]。

このような書き出しの典拠は、雑誌『ニュー・エイジ』の一九〇八年八月八日号に掲載された『現代絵画の五〇年――コローからサージェントまで』という書物のとても短い無記名の書評であった【図版2】。冒頭の「ある社会主義者の国会議員」が発したとされる言葉は、もともとは書評対象本の著者が引用していた言葉を、書評者が書評の冒頭で再引用したものである。ロレンスはそれに続けて、「わたしたち、『ニュー・エイジ』の読者たち」の記憶に残る批判として「われわれは、われわれの美も必要としている――通りに、工房に、絵画に」という書評者の言葉を引用するわけだが、彼が引用しなかったその直前部分には、つぎのように記されている。

AUGUST 8, 1908　THE NEW AGE　295

Fifty Years of Modern Painting: Corot to Sargent. By J. E. Phythian. (Grant Richards.)

Eiffel Tower Lemonade

【図版2】『ニュー・エイジ』1908年8月8日付、右欄の後半から『現代絵画の五〇年――コローからサージェントまで』の書評部分著者はさらに続けて、その社会主義者の国会議員の希望はまさしくウィリアム・モリスの希望であったし、そう、それにラスキンの希望でもあったのだ！　と言葉をつなぐ。われわれとしては、ウィリアム・モリスとおそらくジョン・ラスキンがこの社会主義者の理想に理解を示すことには同意できるが、ふたりが彼の見解を、すなわち芸術と文学のことは後回しにして「まずは失業者には職を、飢えている者には食べものを、着る服がない者には衣服を与えるべきである」という見解を受け入れたであろうなどとは、一瞬たりとも想像できない。(4)

食べものや着るものだけでなく生活に美を、芸術と文学を、パンとともに薔薇を――一九〇八年の若き二十二歳のロレンスにとって、「社会主義者のための論考」という副題をもつ原稿「芸術と個人」とは、一九世紀のラスキンとモリスの理念や実践に共感する、二〇世紀初頭の知的環境にいた読み手や聞き手――「わたしたち、『ニュー・エイジ』の読者たち」――を意識して展開される議論のことであった。(5)

かつてレイモンド・ウィリアムズは『文化と社会』において、ロレンスには「モリスのような社会主義者ときわめて多くの共通点があるので、なぜ彼がモリスの影響にもかかわらず、ほかの方向へと進んでしまったようにみえるのか、最初はその理由を理解することが難しい」と指摘した。(6)たしかに一九一〇年代、二〇年代の作家であるロレンスは、「パンと薔薇」から「ほかの方向」へと歩みを進めた「ようにみえる」。若書きの原稿「芸術と個人――社会主義者のための論考」は、そうしたロレンスとヴィクトリア時代のふたりの偉大な先行者たちをつなぐミッシング・リンクのひとつだったのかもしれない。労働から喜びが奪われてしまったことを批判し、手しごとの重要性にもとづいた手工芸の復興と人びとの美的感覚へのはたらきかけによる、よりよい社会の形成を目指した一八一九年生まれのラスキン。彼の美術批評と社会批評を実践において引き継ぎ、人びとの日常生活に美しさと豊かさをもたらすデザイン運動を展開しながら、文学作品の執筆に加えて社会主義運動を牽引した一八三四年生まれのモリス。それとも、このふたりの名前を言及しなかった若きノッティンガムのロレンスは、一九一〇年代半ばから一九二〇年代にかけてイギリスを離れて世界各地を越境しながら、のちにモダニズムの時代と呼ばれることになるその時期を代表する未来の作家ロレンスを、すなわち「ほかの方向へと進んでしまったようにみえる」ロレンスを、予兆していたとみなすべきなのだろうか。

二〇世紀前半のイギリス文学を代表する小説家として知られるD・H・ロレンスは、炭坑で働くアーサー・ロレンスの三男として一八八五年に生まれた。ノッティンガムの州議会から奨学金を得てノッティンガム・ハイスクールを卒業後、一九〇一年に医療器具製造会社の事務員として働き始めた。だが、肺炎を患ってまもなく退職し、翌年から見習い教員(教生)や代用教員として勤務したのちに、ノッティンガム・ユニヴァーシティ・カレッジの教員養成コースにて教員資格を取得する。そして二十三歳になった一九〇八年の秋には故郷ノッティンガムを離れ、ロンドンで小学校教師になった。その後、執筆に専念するために退職。第一作の長編小説『白孔雀』を一九一一年に、そして初期の代表作である自伝的長編小説の『息子と恋人』を一九一三年に上梓した。その間に、ノッティンガム・

ユニヴァーシティ・カレッジ時代の恩師のひとりであったアーネスト・ウィークリー教授の妻、フリーダと出会い、恋に落ちる。そしてふたりは駆け落ち同然にドイツからイタリアへと向かう。第一次世界大戦中はイギリスに戻るものの、大戦の終結後には、フリーダとともに作家としての活動の拠点をイギリス国外に移した。これによってロレンスの人生は、奨学金がもたらした教育機会の階級的越境からイギリス社会に縛られない地理的越境へと、大きく転回する。その前後の時期に、ロレンス研究においてのみならずイギリス文学研究においても彼の作品のなかでもっとも高く評価されてきた連作長編小説の『虹』(一九一五年)と『恋する女たち』(一九二〇年)が、それぞれ執筆および出版された。ロレンスはフリーダとともにまずはヨーロッパ大陸へ、さらに一九二二年にはイタリアを出発して東へ向かい、セイロン島やオーストラリアを経由してアメリカ大陸に渡った。一九二五年にはふたたびイタリアに戻ってきた。このようなイギリス国外の移動を反映して、一九二〇年代のロレンスの長編小説や中編小説は、イタリア、オーストラリア、アメリカ合衆国、メキシコがおもな舞台となる。一九二八年にはイギリスへの帰郷をきっかけに執筆された最後の長編小説『チャタレー夫人の恋人』を出版。一九三〇年に南フランスのヴァンスで死去する。享年四五歳。

ロレンスの代表作が長編小説にあることはたしかではあるが、その一方で彼は、多くの詩や多分野にわたるエッセイも執筆した。なかでも興味深いのは、没年の一九三〇年に建築デザインの専門雑誌『建築評論』からの依頼に応えて、二本のエッセイを寄稿したことである。そのうちの一本、「壁に掛けられた絵」では、室内装飾品としての絵画を論じている。このエッセイは絵画論というよりはむしろ、インテリア・デザイン論である。そしてもう一本は、故郷の炭鉱の村を回想した「ノッティンガムと炭鉱のある地方」というロレンス研究では有名な文章。その文面を通して、二十二歳のロレンスが雑誌『ニュー・エイジ』から抜き出した「いままさにわれわれは、そしてわれわれの町は、美に飢えている」というメッセージの二十二年後の反響を聴きとることができる。

繁栄したヴィクトリア時代に、財産をもつ階級の人びとと産業の推進者たちは、醜悪さへと労働者たちを貶めるという大きな罪を犯したのだ。醜悪さ、醜悪さ、醜悪さ。卑屈さと不格好で醜悪な環境、醜悪な思想、醜悪な宗教、醜悪な希望、醜悪な愛、醜悪な衣服、醜悪な家具、醜悪な家屋、労働者たちと雇用主たちとの醜悪な関係。人間の魂にはパンも必要だが、それよりも現実の美を必要とする。(7)

「人間の魂」が求めるパンのみならず、「現実の美」を労働者たちに——このように訴える一九三〇年のロレンスは、このエッセイではかつて炭坑労働者たちが「美の本能」を媒介にして地下の採掘坑で育んでいたはずの「親密なコミュニティのようなもの」(8)に注目しており、それを未来の地上における「現実の美」によってさらに幅広く共有するためのデザインを語ることになる。そのデザインとは、たんにモノのかたちの考案だけを意味するわけではない。それは「醜悪さ」に抗って「現実の美」を現実化するアート——芸術／技術——のことであり、ひととひととの関係のあり方を、そして社会のあり方を、変化させるアートのことなのである。

ロレンス研究者のあいだに「ノッティンガムと炭鉱のある地方」を知らない者はいないはずとはい

え、このエッセイがこれまでデザイン論として、しかも掲載雑誌の『建築評論』の文脈とともに読まれたことはなかった。なぜ建築デザインの専門誌である『建築評論』が、ロレンスのような作家に原稿の執筆を依頼したのだろうか。「壁に掛けられた絵」と「ノッティンガムと炭鉱のある地方」は、実際にはどのように掲載されていたのだろうか――ロレンスが『建築評論』に寄稿した二本のエッセイを掲載の文脈とともに読み解くことによって、これまでの研究では看過されてきたロレンスとデザインとの関係に光を当てることができるだろう。その分析を起点として、二〇世紀イギリスの文学とデザインをめぐる「モダンムーヴメント」の展開を論じられるのではないか――これが本書の〈はじまり〉としての仮説である。建築史家および美術史家のニコラウス・ペヴスナーは、一九三六年出版の『モダンムーヴメントの先駆者たち――ウィリアム・モリスからヴァルター・グロピウスまで』において、建築とデザインにおける「モダンムーヴメントの父」はウィリアム・モリスであると述べているが[9]【図版3】、本書はロレンスを二〇世紀イギリス文学におけるモダンムーヴメントの継承者として位置づけることになる。一九二〇年代後半のロレンスの著作を越境と帰郷および共有するアートの観点から分析することによって、その作家活動を通してみ

PIONEERS OF THE
MODERN MOVEMENT
FROM WILLIAM MORRIS
TO WALTER GROPIUS
BY NIKOLAUS PEVSNER
LONDON: FABER & FABER

【図版3】『モダンムーヴメントの先駆者たち――ウィリアム・モリスからヴァルター・グロピウスまで』(1936)の表紙

えてくるモダンムーヴメントのさらなる展開を明らかにしてみたいと思う。そして本書が辿り着く先としては、一九三六年にモダンムーヴメントについて概観していたペヴスナーのその後の仕事を、彼がモリスの遺産を継承したことによるモダンムーヴメントの成果として読むことになるだろう。

二　越境・帰郷するロレンス

「帰郷ほど憂鬱なことはない」(10)――ロレンスは、一九二七年一〇月末に執筆したとされる文章をこのように始めた。原稿は無題のまま未完の状態で遺されたが、死後六年経った一九三六年に第一遺稿集の『不死鳥』に掲載されたとき、編者のエドワード・D・マクドナルドは「自伝的断章」というタイトルをつけた。(11) ロレンスがその原稿を執筆したきっかけは、結果的に生前最後となった一九二六年の帰郷にあった。彼は同年五月から、妻のフリーダとフィレンツェ近郊にあるヴィラ・ミレンダに住んでいた。そこから九月半ばにイギリスへ向かい、ノッティンガムにある生まれ故郷で炭鉱の村のイーストウッドと、妹家族が住むリプリーを訪れたのである。

イギリスにおいて一九二六年といえば、二〇世紀最大の労働運動のひとつとされるゼネラル・ストライキが起きた年として知られる。五月三日の深夜に始まったゼネスト自体は九日間で終結してしまったが、炭坑労働者たちは四月三〇日から突入していたストライキを十一月まで続行した。ロレンスは帰郷の際に抵抗を続ける労働者たちとその家族の惨状を目撃している。それは炭坑労働者の家庭に生まれ育ち、故郷を離れて世界各地を移動しながら作家活動を続けていたロレンスにとって、二〇年近くものあいだ、距離をおいてきた現実だったのだ。この帰郷は彼に最後の長編小説の舞台を提供した。炭鉱を経営する准男爵のクリフォード・チャタレーとその妻コンスタンス（コニー）、そして彼女の恋人で森番のオリヴァー・メラーズを主人公とした『チャタレー夫人の恋人』である。[12]

遺稿集『不死鳥』に「自伝的断章」として掲載された未完原稿は、その後、「ニューソープ、二九二七年」や「人生の夢」といったタイトルがそのときどきの編者によって与えられた。[13]ケンブリッジ大学出版局によるロレンス全集の一巻、『後期のエッセイと記事』に収録された際には、目次では仮のタイトルであることを表わす角括弧に括られた「〔自伝的断章〕」と横並びで、「〔ニューソープ、二九二七年〕」が付記された。だが本文では、「〔自伝的断章〕」だけがタイトルに掲げられた。こうした変遷は、この未完テクストにおける自伝的要素と虚構的要素のうちのどちらを重視するか、という編者の姿勢の違いに由来すると考えられる。テクストの始まりは、つぎのとおりである。

帰郷ほど憂鬱なことはない。そこはわたしが人生の最初の二〇年間を過ごした、ノッティンガムシャーとダービシャーの境界に位置するニューソープという炭鉱の村である。村は大きくなっているが、それでもたいしたことはない。炭鉱の産出量は少ない。しかし、村の姿だけは変わった。ノッティンガムからの市電が大通りを走り、ノッティンガムやダービーに行くバスの便もある。店は以前より大きく、表の板ガラスが立派になっている。映画館が二軒とダンスホールが一軒できている。

けれども、イングランド中部の貧しく汚くみすぼらしい雰囲気をまぬがれることは、どうやってもかなわなかった。スレート屋根の狭く汚い煉瓦造りの家が建ち並び、貧しさと小ささと卑しさと底なしの醜悪さ(ugliness)が全体を覆い、真面目に教会に通うようなお上品さ(respecta-bility)と表裏一体をなしていた。わたしが子どもの頃と同じだが、ただ一層ひどくなっていた。(50)

まるでイギリスからフィレンツェ郊外に戻ったロレンスが、「人生最初の二〇年間を過ごした」故郷の村を思い出して語っているかのようである。だが厳密には、冒頭部分からすでに伝記的事実に虚構が混ざっている。「わたし」はニューソープという村で生まれ育ったという。一方、実際にロレンスが生まれ育った村はイーストウッドである。イーストウッドはニューソープと同じ「ノッティンガムシャーとダービシャーの境界に位置する」炭鉱の村とはいえ、そこから一マイル半ほど西にある。

このように「自伝的断章」は、細部に虚構を含む自伝的な叙述モードで始まり、さらに半ば近くからは幻想的な様相を呈してくる。「わたし」は子ども時代の思い出が染み込んだ石切り場に引き寄せられ、近くの岩の窪みで眠りに落ちる。しばらくして目覚めると、そこが一千年後、つまり二九二七年のネスラップと呼ばれているかつてのニューソープであることを知る。「わたし」は一千年の眠りの後に未来の故郷に帰ってくる。「ニューソープ、二九二七年」という別タイトルは、この後半の幻想譚部分にもとづいている。(14)「自伝的断章」のテクストは、未完という状態に加えて、自伝的エッセイのように始まりながら幻想的物語へと展開する叙述モードの点からも、統一性を欠いた「断章」であるといえる。

さて、先に引用したテクスト冒頭部分では、「わたし」は記憶のなかにある過去のニューソープと目の前に見える現在のニューソープを比較し、変わった点と変わらない点をいくつも語っている。ニューソープは「わたし」の故郷ではあるが、しかしそこは「わたし」が知るかつてのニューソープと同じではない。そしていまの「わたし」は、もはやニューソープの人間ではない。こうした冒頭部分から、帰郷とは、かつて「わたし」が過ごした過去あるいは記憶のなかの故郷、いま「わたし」の目の前に広がっている現在の故郷、そして故郷を離れた「わたし」の本来の居場所、とのあいだの空間的および時間的な関係を再調整するプロセスだとわかる。ニューソープはいかに交通の便がよくなり近代化が進んだようにみえても、実際には「貧しく汚くみすぼらしい雰囲気」が「一層ひどくなっていた」。このような現実は、故郷を離れたかつての自分の判断の正しさを、帰郷を契機にして再確認することになるだろう。一方には「貧しさと小ささと卑しさと底なしの醜悪さ」、すなわち労働者階級の物質的な困窮に起因する惨めさがあり、もう一方には「真面目に教会に通うようなお上品さ」、言い換えれば現実の生活環境を取り繕うかのような中産階級的価値観への擦り寄りがある。「わたし」／ロレンスは、このふたつに挟まれた日常生活の息苦しさからの解放を求めて、故郷から遠く離れた土地を半生にわたって移動し続けたのだろう。

このように帰郷の経験は個人的なものであると同時に社会的なものであり、個人と社会を、さらには過去と現在と未来をあらたに切り結ぶものであると考えられる。その切り結びに生じる緊張の感覚を、ロレンスは「帰郷ほど憂鬱なことはない」と表現したのではないだろうか。とはいえ、帰郷にともなう憂鬱さをめぐってここで指摘したいのは、故郷から抜け出したことに対する「わたし」／ロレンスの倫理的な後ろめたさ、といったたぐいのことではない。

そこで「自伝的断章」と同じく一九二六年九月の帰郷をきっかけにロレンスが執筆し、ゼネストに直接言及している別のエッセイを参照してみたい。その原稿も無題のまま遺され、一九六八年出版の第二遺稿集『不死鳥Ⅱ』で初めて公開された。編者のウォーレン・ロバーツとハリー・T・ムーアは、その無題原稿に「ベストウッドへの帰還」というタイトルをつけた。ケンブリッジ大学出版局の『後期のエッセイと記事』に収録された際には、編者のジェイムズ・T・ボールトンは執筆時期について諸説あるなかで一九二六年一〇月半ばから末にかけてではなかったかと推測している[15]。ロレンスが一〇月四日にイギリスからヴィラ・ミレンダに戻ってまもなくのことになる。ちなみに、『チャタレー夫人の恋人』の第一稿に着手したのも同時期、一〇月二〇日すぎのことだった[16]。「ベストウッドへの帰還」のベストウッドとは、ロレンスが一九一三年に発表した自伝的小説『息子と恋人』において、故郷のイーストウッドをモデルにした村を描く際に用いた名前である。

わたしは九月末に数日間、イングランド中部地方の故郷へ帰った。とはいっても、生まれ育った家は残っていない。すでに両親は亡くなっている。それでもわたしの姉妹がその地域にいるので、そこを故郷と呼ぶ。そう、ノッティンガムとダービーのあいだの炭鉱地域のことである。自分の生まれた地域に戻ると、いつもわたしは憂鬱になる。四〇歳をすぎて、これまで二〇年近くもあちこち渡り歩いていたようなものなので、世界中のどこよりもおそらく生まれ育った場所にいると、自分がよそ者であると感じてしまうのだ[17]。

「自伝的断章」の場合と同様に、帰郷するといつも憂鬱になる、と「わたし」は語り始める。その憂鬱さは、故郷にいるにもかかわらず「よそ者」と感じてしまうことに起因しているようだ。続いて、この「よそ者」の感覚には二重の意味があるという。ひとつには、長いこと故郷から遠く離れていたために別の土地に馴染んでしまい、その結果、故郷以外で「気楽にいられる」ように「わたし」が変わったということ(15)。もうひとつは、「子ども時分のままの場所に戻りたいと思っている」にもかかわらず、二〇年経ってベストウッドが変わってしまったということ(15)。クィーン・ストリートの角にはかつて「肉屋のボブ」が住んでいたが、彼が死んだ後にそこは「すっかり建て替えられている」し、「ノッティンガム街道に来てもどこがどこだかわからなくなっている」(15)。この始まり部分における「憂鬱」は、一方には「二〇年近くもあちこち渡り歩いた」のちの帰郷という「わたし」の個人的越境経験、そしてもう一方にはノッティンガムの社会的変化、このふたつの要素のあいだの困難な調整に起因する。

だが、「ベストウッドへの帰還」の「わたし」は、「今回、特別に憂鬱」なのは炭鉱ストライキを目撃したからだ、と語り始める。

しかし今回、特別に憂鬱なのは、いまなお続いている大規模な炭鉱ストライキのためである。どの家でも、マーガリンつきパンとポテトでしのいでいる。炭坑夫たちは夜明け前に起きて、カントリーサイドが最後に残った奥まったところまで足を踏み入れて、まるで飢饉であるかのようにブラックベリーをあさっている。一ポンドの量のブラックベリーを四ペンスで売るのだ。それでポケットには四ペンスが入ってくる。

　しかし、わたしが子どもの頃は、そんなことはまったく恥知らずの行ないだった。そのような男らしくない仕事に自分を卑しめることなど、けっしてしなかっただろう。小さな籠を手に家に帰るなんて。（16 強調は原文）

「大規模な炭鉱ストライキ」を続ける男たちは、子どものころの「わたし」の記憶にある炭坑労働者たちの姿から大きく変わってしまった。その変化は、ストによって収入が途切れたことの穴埋めとして、四ペンスを手に入れるためにブラックベリーを摘むという「男らしくない仕事」に身を貶めた彼らの姿を通して表現されている。炭鉱ストライキが男たちの日常生活におけるふるまいを変えてしまった。「今回、特別に憂鬱」な理由はそこにある。「子どもだったらブラックベリーを四ペンスのために摘むだろうし、女たちや若造たちもそうするだろう。しかし、結婚した一人前の男である炭坑夫たちがブラックベリー摘みだなんて！」(16)。ここに「わたし」／ロレンスの女性蔑視があることはいうまでもない。

三　レイモンド・ウィリアムズのロレンス評価

こうした憂鬱の意味をもう一歩踏み込んで考察するために、レイモンド・ウィリアムズの言葉を参照してみたい。ウィリアムズはイングランドとの境界近くにあるウェールズの小さな村で生まれ育ち、一九二六年の南ウェールズでのゼネストをプロットの重要な要素とする長編小説『辺境』（一九六〇年）を発表した。彼は執筆開始の一九四七年から出版までの十三年間に原稿を第七稿まで書き直しているが[18]、そのような事態にいたった理由を、『政治と文学』に収録のインタヴューで語っている。

それで次第にわたしは、一九四五年以降の変化を考えれば問題は何であるのかがわかってきたのです。それは、内側からみた労働者階級のコミュニティの描写と、人びとが自分の家族とのつながりや政治的なつながりをいまだ感じながらもそこから抜け出す動きの描写、その両方を可能にするようなフィクションの形式をみつけることでした。そうした経験の変化は、とても多くの人たちの生活にみられましたので、ある種の社会的重要性を帯びているように思われました。しかし、簡単にはそのための形式は手に入りませんでした。一九五〇年代のあらたな形式は――多くの作家たちがすぐさまそれに飛びついたのですが――概して逃避(escape)の小説のさまざまな変奏であり、それはロレンスの一部分(one part of Lawrence)が準備したものだったのです。彼らのテーマは、実際は労働者階級からの逃避でした。最上階の部屋への引っ越しだったり、飛び立つ経験だったり。彼らには、労働者階級の生活における連続性の感覚が欠けていました。その生活はひとりの個人がそこから抜け出すことで終わってしまうようなものではなく、内側からそれ自体も変化しているのです。[19]（傍線は引用者）

ウィリアムズは「一九五〇年代のあらたな形式」に「すぐさま飛びついた」作家たちとして、「怒れる若者たち」と呼ばれた作家たちを念頭に置いていたはずである。たとえば、「最上階の部屋への引っ越し」という表現は、ジョン・ブレインが階級上昇の挫折を描いた長編小説『最上階の部屋』(一九五七年)を示唆している。[20] また、ロレンスと同郷のノッティンガム出身の小説家アラン・シリトーも「怒れる若者たち」のひとりである。彼は第二次世界大戦後の復興を反映したいわゆる「豊かな社会」での労働者階級の生活を、高尚なモダニズムの形式に抗うようなリアリズムの様式で描写した。代表作は長編小説『土曜の夜と日曜の朝』(一九五八年)や中編小説『長距離走者の孤独』(一九五九年)である。さらには、前世代の「お上品」な客間喜劇をロンドンのウェストエンドの舞台から追いやったとされるキッチンシンク劇『怒りを込めて振り返れ』(一九五六年)の作者ジョン・オズボーン。彼らは、「内側からみた労働者階級のコミュニティの描写」と、そのコミュニティに人間的および政治的なつながりを維持しながら「そこから抜け出す動きの描写」とを切り結ぶ代わりに、「概して逃避の小説のさまざまな変奏」である「一九五〇年代のあらたな形式」に飛びついた。だからこそ、新進気鋭の作家として成功したともいえる(右に例としてあげた作品は、どれも出版された数年後に映画化され、ブリティッシュ・ニューウェイヴの流れを生み出す)。その成功と引き換えに手放したのが、「労働者階級の生活における連続性の感覚」だった。しかもその「連続性」には、「内側から」の「変化」も含まれる。このような認識を、『辺境』を第七稿まで書き直すことになったウィリアムズは語っている。ウィリアムズが直面していた困難とは、ある社会の変化という連続性をそのなかの一員として体感する経験と、その社会の外に出ることで身につけた言葉づかいによって可能となるその経験の記述、すなわち「労働者階級の生活における連続性の感覚」の記述を、いかにして調停するかにあった。

注目すべきは、一九五〇年代における「概して逃避の小説のさまざまな変奏」を「ロレンスの一部分が準備した」、という指摘である。それは遡及的にみれば、ロレンスのあたらしさの証左になる。一九二〇年代のイギリス国外での越境経験、言い換えれば故郷からの「逃避」は、そのあたらしさの原因であり結果でもある。

しかしながら、ウィリアムズはあくまでもそれをロレンスの「一部分」としており、その指摘の重要性を見落とすべきではない。すなわち、ロレンスには別の「一部分」があった。それは「内側からみた労働者階級のコミュニティの描写」と、そのコミュニティとの人間的および政治的な結びつきの感覚を維持しつつ、「そこから抜け出す動きの描写」を切り結び、「労働者階級の生活における連続性の感覚」を手放そうとしなかったロレンスである。[21] ウィリアムズが留保つきとはいえ、ロレンスに一定の評価を与えてきた理由は、この「別の一部分」にあったと思われる。たしかにロレンスの「一部分」は、一九五〇年代の「労働者階級からの逃避」を先導したかもしれない。しかし、別の一部分ではそうではなかった。このようなロレンスのなかの二面性が、最初に取りあげた自伝的エッセイ兼幻想譚に未完という結果をもたらしたのではなかっただろうか。ロレンスは一九二六年にゼネスト後の炭坑労働者たちの苦境を目撃し、帰郷という時間的および空間的な距離の再調整にふさわしい形式をみつけようとした。だがそれはかなわず、叙述モードにおいても統一性を欠いた「断章」テクストが遺された。「断章」とは、完成に向けた失敗の重要な痕跡にほかならない。

そうした「自伝的断章」の不完全さは、「逃避の形式」を準備した「ロレンスの一部分」とは別の部分(another part of Lawrence)を指し示している。適切な形式によって完成させられなかったという失敗は、『辺境』の原稿を改訂し続けたウィリアムズの場合と同様に、一九五〇年代の先駆者となったり、あたらしい形式に飛びついたりするよりも価値あることだったのではないだろうか。

さらにこのロレンスの別の一部分を、ウィリアムズによる別のロレンス評価の言葉で確認しよう。ウィリアムズは『いなかと都会』(一九七三年)で、ロレンスについてつぎのように述べている。

> ロレンスが繰り返し却下するのは——たえずそれを考えずにはいられないという事実は却下してしまうことと同じく重要なのだが——変化をもたらす社会的エイジェンシーという概念と実践(the idea and the practice of social agencies of change)である。ロレンスは、いつも、再生という考えと革命という考え(an idea of regeneration and an idea of revolution)のあいだでためらう。彼は過去よりも未来をずっと重視し、変化は根元から枝葉まで徹底したものであるべきだと考える。しかし、現実に可能な革命的運動はたんに財産(property)をめぐって闘っているにすぎない、と彼は思う。よって、本気で取り組む前に、生のあらたな感覚という別のヴィジョンを求める。さもないと再生につながらず、最終的な崩壊となってしまうだろうから。[22](傍線は引用者)

ロレンスは、「変化をもたらす社会的エイジェンシーという概念と実践」を「繰り返し却下」するという。それは「再生という考え」と「革命という考え」のあいだで「いつも」躊躇し、結局は「再生」を選択することを意味する。ロレンスにとって「現実に可能な革命的運動」は、「たんに財産をめぐって闘っている」にすぎないからだ。たとえストライキのように集団的な運動の形態であっても、所詮は財産の私的な所有をめぐる争いにみえてしまう。そのために彼は、「変化をもたらす社会的エイジェンシー」の代わりに、「生のあらたな感覚という別のヴィジョン」による「再生」を志向する。

ここで「再生」とは、「社会」の変化とは別に存在する、あるいは既存の「社会」から抜け出すことによって可能になる、ひとりの個人としてのあらたな変化を意味すると理解される。そのような「再生という考え」の「実践」は、たとえば『チャタレー夫人の恋人』の場合では、准男爵夫人のコニーと森番のメラーズとの禁じられた関係として表現されることになるだろう。ふたりの「再生」が、ともにいることによって可能になるとはいえ、それぞれ個的な「再生」である。しかもその「再生」は、ふたりが生きていたもとの「社会」のあり方から切り離されて、あらためてどのような「社会」のなかに置かれることになるのかについては、小説の終わりにおいても不明である。そもそも「社会」を拒絶していると読めるかもしれない。

もう一方の「革命」は、「社会」の根本的な変化を指していると考えられる。その「考え」の「実践」であるはずの「革命的運動」すなわち労働争議は、ロレンスからは「たんに財産をめぐって闘っている」ようにしかみえないのだという。現実に起きている「革命的運動」は、「革命という考え」の「実践」とはなっていない。財産の私有をめぐる争いには、「再生」が欠けているからである。「再生」なくして、未来に向けた「根元から枝葉まで徹底した」変化などありえない。

ひとまず、「変化をもたらす社会的エイジェンシーという概念と実践」とは、「再生という考え」と「革命という考え」の統合と、それぞれの「実践」の統合である、と捉えることとする。「社会的エイジェンシー」は、「再生」と「革命」をともに実現させるはずなのだが、ロレンスはそれが「実践」において可能であるとは思えず、両者の「考え」の「あいだ」で躊躇してしまう、とウィリアムズは指摘する。

本書は、ウィリアムズによるこのようなロレンス評価を決定的に重要であると考える。その理由は、「繰り返し却下する」という表現のなかの「繰り返し」という指摘にある。ウィリアムズはこの「繰り返し」の意義を伝えるために、引用した第一文の途中に接続詞「〜なのだが」を用いた従属節を挿入している。ロレンスが「たえずそれ」、つまり「変化をもたらす社会的エイジェンシーという概念と実践」を「考えずにはいられないという事実」は、「繰り返し却下する」ことと「同じく重要」なのだという。否定してもまた「それ」について「考えずにはいられない」。それほどまでにロレンスは、「変化をもたらす社会的エイジェンシーという概念と実践」に、じつは取り憑かれている。却下しても「それ」は回帰し、そのたびに「繰り返し」退けられるのだ。さらに第二文の主語の後、コンマで挟むことで強調された副詞「いつも」も、「繰り返し」と同じ効果をもたらす。それは、ロレンスが「変化をもたらす社会的エイジェンシーという概念と実践」の可能性に引き寄せられる力の大きさを、重ねて強調している。「却下」するというロレンスの身振りは、彼の作家としての歴史的重要性における限界を表わしているのかもしれないが、しかしその身振りを「繰り返し」行なわずにはいられないこと、つまり「それ」を最後まで完全に捨てきれないことは、彼の可能性を示唆しているのかもしれない。

ロレンスは「革命」と「再生」のあいだで躊躇した結果、いつも、「生のあらたな感覚という別のヴィジョン」としての「再生」に向かうというのだが、この選択の重要性は、「再生」の内容そのものにあるわけではない。ロレンスが「変化をもたらす社会的エイジェンシーという概念と実践」に強く引き寄せられながら、「繰り返し」それを「却下」した結果／効果としての「再生」という形式、あるいは繰り返されるそのプロセスこそが重要なのである。

「エイジェンシー」とは、特定の効果をもたらすアクション（ないしは介入・リアクション）を含意し、「作用」という日本語訳をあてることも可能であり、その「作用」をもたらす主体的存在や組織そのもの、およびそれらによる行為も指す。よって本書では、「主体（subject）」と区別されたより動的な「行為遂行主体性」という訳語も候補のひとつとして考えられるが、あえて複合的な意味作用をもたせて「エイジェンシー」とカタカナ表記にする。ウィリアムズは「社会的（social）」という語を「エイジェンシー」に添えることで、エイジェンシーが社会を変化させることと、その変化する社会のなかにエイジェンシーはあること、という二重性を付与している。「変化をもたらす」と一義的な日本語訳をあてているが、原語表現での“of change”の捉え方次第では、「変化」という性質を有する「社会的エイジェンシー」、すなわち社会を変化させるエイジェンシーそれ自体も社会のなかで変化する、とも読める。

「変化をもたらす社会的エイジェンシー」は、社会に変化をもたらすこと、そして社会の変化に応答することの、集団的な（リ）アクションを意味する。ロレンスが「再生」を語るとき、そこでは「変化をもたらす社会的エイジェンシー」という集団的（リ）アクションの可能性が「却下」されている。

これは、引用したウィリアムズのインタビューにおけるロレンス評価の言葉でいえば、「一九五〇年代のあらたな形式」を準備した「ロレンスの一部分」をまずは指し示すだろう。だがその一方で、ウィリアムズの言葉づかいは、ロレンスが「繰り返し」変化の可能性を「却下する」という失敗のプロセスを忘れるべきではないと示唆する。ロレンスのテクストに表わされた「再生」から読むべきは、むしろ、「繰り返し却下」された「変化をもたらす社会的エイジェンシー」の痕跡である。そこにこそ、本書が重視するロレンスの「別の一部」があるはずだ。

四　ウィリアム・モリスから始まるモダンムーヴメント

本書は、「変化をもたらす社会的エイジェンシーという概念と実践」の可能性に、モダンムーヴメントという名称を与える。モダンムーヴメントとは、社会をモダンに「変化」させる運動（ムーヴメント）、あるいは社会がモダンな様相へと「変化」するプロセスに応答（介入・リアクション）する運動であり、それは二〇世紀版「変化をもたらす社会的エイジェンシーの概念と実践」のひとつであると考える。ただし今日、モダンムーヴメントといえば、まずはもう少し限定的に、建築デザインの分野においてモダニズムの美学の浸透を目指した二〇世紀前半から半ばにかけての運動を指すだろう。オクスフォード大学出版のジェイムズ・スティーヴン・カール『建築および景観建築辞典』（二〇〇六年）の「モダンムーヴメント」の項には、つぎのように記されている。

モダンムーヴメント　過去とのあらゆる様式的および歴史的なつながりを断つことを目指した

二〇世紀建築の運動（モダニズムとも呼ばれる）。……

未来派や構成主義といった二〇世紀初頭の運動は、機械とテクノロジーと工業化された動力の表現にその答えを求めた。機械の美学（Machine Aesthetic）の探求が、ときには目的そのものともなった。……

一九二七年までにインターナショナル・モダニズムが立ち現われた。ビルの屋根は白くて直角で平らで、大きな窓には金属のフレームがあり（例 シュトゥットガルト郊外ヴァイセンホーフに一九二七年の展覧会用として建設された実験住宅群、ル・コルビュジエのデザイン）、ル・コルビュジエがそうしたモダンムーヴメントの目指すべき方向のモデルを提示した。[23]

こうした記述にみられるように、モダンムーヴメントは、事後的な整理としてはモダニズムを浸透させる運動であったり、あるいはモダニズムそのものだったりする。

だがその一方で、あくまでもモダニズムはモダンムーヴメントが実現を目指した理念の手段ではないのか、あるいは結果として達成されたものに与えられた名称なのではないのか——そのように考えさせるのが、本章の冒頭で名前をあげたニコラウス・ペヴスナーによるモダンムーヴメントの捉え方である。ペヴスナーは、一九三〇年代初頭にドイツからイギリスへ移住してきた、越境する建築史家・美術史家である（ペヴスナーについては、本書の第Ⅲ部で詳述する）。

ペヴスナーの『モダンムーヴメントの先駆者たち——ウィリアム・モリスからヴァルター・グロピウスまで』は、モダンムーヴメントが勢いを増しつつあった一九三六年に出版された。彼の「序」

によると、一冊の書物としては「モダンムーヴメントの発展」を扱った最初の出版物のはずだという。[24]そして同書の概略を述べた第一章で、彼はモリスを「モダンムーヴメントの父」として位置づけた。

モリスの議論の出発点は、彼が実際に自分の身近で見ていたアートの社会的状況である。アートには「もはや根がなくなってしまった」。芸術家は日常生活から遊離し、「ギリシャとイタリアの夢にふけっている。（中略）しかもほんの少数の人びとだけが、それを理解したり感動させられたりしたふりをしているだけなのだ」。このような状態は、アートに関心をもつ者ならば誰でも、おおいに危険と感じるに違いない。それでモリスは、「わたしは少数のひとのためのアートは欲しくない。少数のひとのための教育や、少数のひとのための自由など、なおのことだ」と説き、今世紀のアートの運命を決する重大な問いをつぎのとおり掲げた。「すべてのひとが共有できないのであるならば、いったいアートになんの用があろうか」。このような意味において、モリスは二〇世紀の真の預言者であり、モダンムーヴメントの父なのである。[25]（傍線は引用者、（中略）部分は原文）

モリスが問題視したのは、アートに「根がなくなってしまった」と表現された同時代の「アートの社会的状況」である。「ギリシャとイタリアの夢にふけって」という文言については、引用元のモリスの講演原稿「アート、ゆたかさ、財力」（一八八三年）にあたると、該当箇所の直前に「過去の美の鑑賞にふけっていて」とある。[26]「ギリシャとイタリアの夢」とは、「ギリシャとイタリアのかつての夢のように素晴らしいもの」という意味になるだろう。そのような一部の限られた人たちだけにアクセス可能な美を、その一部の人たちは「理解したり感動させられたりしたふり」をしている、とモリスは批判する。モダンムーヴメントは、このようなアートをめぐる「社会的状況」の認識をもとに、その克服を目指して始まる。いわば、美がもつ社会的機能の重視、あるいは二〇世紀のモダンな社会への変化に合わせた美の機能の見直しであり、先に引用した辞書的定義にあったような「過去とのあらゆる様式的および歴史的なつながりを断つこと」を最優先するわけではない。

ペヴスナーによるモダンムーヴメントの定義としてなによりも重要なのは、「すべてのひとが共有できないのであるならば、いったいアートになんの用があろうか」というモリスの問いかけである。(27)ペヴスナーにとっては、モリスは人びとによるアートの共有を志向しているがゆえに、「モダンムーヴメントの父」と位置づけられる。しかし、アートの共有というモリスの理念と実践にモダンムーヴメントの萌芽を認めながらも、続けてペヴスナーは、イギリスにおけるモダンムーヴメントは二〇世紀に入ってまもなくして頓挫してしまう、と指摘する。(28)モリスが手しごとを重んじていたことをアーツ・アンド・クラフツ運動が実直に引き継ぎ、モダンムーヴメントと矛盾する歴史主義にこだわったためである。それは、人びとが共有するアートのモダンムーヴメントにはならなかった。

そこでペヴスナーが重視したのが、モダンムーヴメントのもうひとりの先駆者、ヴァルター・グロピウスの功績ということになる。グロピウスはいうまでもなく一九一九年に開校したバウハウスの創立者・初代校長である。しかし、『モダンムーヴメントの先駆者たち』におけるグロピウスは、一九一四年までのグロピウス、つまりバウハウス開校以前であることに注意をする必要がある。グロピウスにとっての一九一四年、それはバウハウスの前身にあたるヴァイマール・アートスクールの改組を依頼され、それに取り組み始めた年であった。またその年は、一九〇七年に創立のドイツ工作連盟(Deutscher Werkbund, 英語での表記はGerman Association of Craftsmen)がケルンで展示会を開催した年でもある。ドイツ工作連盟は、アーツ・アンド・クラフツ運動の影響を受けた職人の技術と工場での機械生産の融合を目指した団体である。その一九一四年のケルンにおける展示会では、グロピウスが設計したモデルファクトリーが公開された。この建物こそが、ペヴスナーの一九三六年出版の本においては、「モダンムーヴメントの先駆者」たちによる成果の頂点とみなされる。ペヴスナーはその後の、つまり一九一九年に開校したのちのバウハウスの功績について、一九三六年の時点から書くこともできたのに、その前の一九一四年で記述を終わらせている。そしてモリスから一九一四年のグロピウスまでを、「ひとつの歴史的ユニット(an historical unit)」(29)と呼ぶ。つまり、『モダンムーヴメントの先駆者たち』は、事後的に整理されたモダンムーヴメント以前、モダンムーヴメントの前夜を扱っていたことになる。

本書における「モダンムーヴメント」は、「すべてのひとが共有できないのであるならば、いったいアートになんの用があろうか」とモリスが問うたときに表わされているような、共有するアートへと向かう「変化をもたらす社会的エイジェンシーの考えと実践」の探求を意味する。モリスが「モダンムーヴメントの父」であるならば、その遺産はどのような変化をともないつつ、直接の後継たるアーツ・アンド・クラフツ運動以外に、二〇世紀イギリスの文学とデザインで継承されたのか。この問いをめぐる本書の批評的意義は、ロレンスを「モダンムーヴメントの父」からの遺産の二〇世紀イギリス文学における継承者として取りあげ、これまで看過されてきたロレンスとデザインの関係性をプリズムにしてみえてくるモダンムーヴメントのさらなる展開を跡づけることにある。

ロレンスがモリスから受けた影響については、これまであまり注目されることはなかった。[30] だが、幻想譚としての「自伝的断章」の後半部分、二九二七年のニューソープで目覚める「わたし」という設定は、モリスの『ユートピアだより』（一八九一年）において二十二世紀のロンドンで目覚めるウィリアム・ゲストのそれを想起させる。また、幻想譚部分の途中で「自伝的断章」の原文テクストは途切れてしまうため、そのあとどのように展開させるつもりだったのかは不明だが、遺されたテクスト部分の最後にはロレンスがモリスを意識していたことの痕跡がある。二九二七年に目覚めた「わたし」は、石切り場で眠っていたあいだの（一千年の）汚れをまるで清め落とすかのように、ふたりの男に体を洗ってもらう。その後、「ある男」に会いに案内された建物の奥の部屋に、「伝統復興風のモダンな家具である、がっしりしたオークの肘掛け椅子」が置かれているのを見て「わたし」は驚く。


「クッションの上に横になったらどうですか？　それとも、座りたいですか？　さあどうぞこれを！」と言って、伝統復興風のモダンな家具である、がっしりしたオークの肘掛け椅子を見せた。それだけが部屋にひとつ置かれていた。しかし、時を経て黒ずみ、縮んで見えた。わたしは身震いした。

「その椅子は何年前のものですか？」

「およそ一千年前だ！　特別な保存例だ」

わたしは我慢できなくなった。暖炉前の絨毯に座りこむと、涙がどっとあふれ出して、魂が溺れてしまうほど泣いた。(67)

この引用部分の後、二〇行ほどで原文テクストは唐突に終わる。「わたし」の目の前に置かれた「肘掛け椅子」については、編者のボールトンがつぎのように註釈している。「ロレンスはここでアーツ・アンド・クラフツ運動を示唆しており、〔家具製造販売業者でデザイナーの〕アンブローズ・ヒールやゴードン・ラッセルらがデザインしたような椅子を念頭に置いていたと思われる。ヒールとラッセルは、イングランドの伝統的スタイルを基盤にした家具の製作のためにモダンな方法を用いた」。[31]

ロレンスが「伝統復興風のモダンな家具」によって厳密になにを表現しようとしていたのかは、いまとなってはわからない。だが、右記の註釈が踏まえる歴史的文脈は、モリスの思想と実践を受け継いだアーツ・アンド・クラフツ運動から、本書の第Ⅰ部と第Ⅲ部で言及する「デザイン・アンド・インダストリーズ協会」(略称はDIA)への展開である。このDIAという組織は、前述したドイツ工作連盟の活動に刺激を受けて一九一五年に設立された。中心になって活動していたのは、イギリスのインダストリアル・アートの質の劣化およびその分野での経済的競争力の低下に危機感を抱いたデザイナーや製造・販売業者たちであった。彼らは、モリスが提唱し実践した手しごとの重要性を認識して「イングランドの伝統的スタイル」を踏まえつつも、デザイナーや製造業者たちによる「モダンな方法」として機械の活用を製作過程に組み込んだ。家具製造業者のヒールやラッセルは、DIAの中心的メンバーであった。モリスの遺産としての一九世紀的な手工芸と、モリスが否定した機械による大量生産という二〇世紀的な手法を組み合わせることによって、多くの人びとにモダンでよりよいデザインとよりよい質の家具を比較的安価にて提供しようとした。[32]

「自伝的断章」における「肘掛け椅子」は、一千年ものあいだ、個人の所有物ではなく、人びとの共有の財産である「特別な保存例」として受け継がれた実用品のアート、つまりはインダストリアル・アートだったに違いない。それが表象しているのは、まずは本書の第I部で取りあげる〈アート／インダストリー〉のモダンムーヴメントであり、さらには第III部第六章で論じる『チャタレー夫人の恋人』におけるモリスの遺産の変化をともなう継承である。

五　デザインの二〇世紀に向けて

モリスの遺産とは、彼がラスキンから受け継いだ遺産でもある。モリスは、一八九一年に設立した印刷所のケルムスコット・プレスから、ラスキンの『ゴシックの本質』を一八九二年に出版した。同書は、ラスキンの代表作のひとつで三巻本の『ヴェネツィアの石』(一八五一―五三年)のなかの第二巻第六章「ゴシックの本質」のみを単独で抜き出した刊行物だった。モリスは自ら序文を執筆し、その結び近くでは、「ゴシックの本質」の議論に関して「芸術的側面に注目すべきだと思うのがふつう」であるだろうが、自分は「むしろ倫理面と政治面を考慮する必要があると考える」と述べる。

ここに採録したこの章を彼［ラスキン］が書いてから以後、そうした倫理面と政治面の考察が彼の芸術批評から消えたことは一度もなかった。そして私見では、まさしく「ゴシックの本質」を端緒とし、かの名著『この最後の者にも』で最高潮に達する彼の仕事のまさにこの部分こそが、同時代の人びとにもっとも永続的で有益な影響をおよぼしてきたのであり、またそうした人びとを通して後続世代にもおよぼしていくことであろう。[33]

「倫理面と政治面からの考察」としての芸術批評——ペヴスナーがモリスを「モダンムーヴメントの父」とみなしたときにその根拠とした言葉、すなわち「すべてのひとが共有できないのであるならば、いったいアートになんの用があろうか」という問いかけには、こうしたラスキンからの「もっとも永続的で有益な影響」が認められる。モリスが批判していたのは、一部の人びとがアートを占有してしまう社会のあり方であった。むろんそれは、不平等な社会への彼の社会主義的な批判であると同時に、アートのあり方そしてその制作のあり方への批判でもあった。ジェフリー・チョーサーの著作集をはじめとしたケルムスコット・プレスでのモリスの出版活動は、アート（芸術）の共有を可能とするアート（技術）の探求であった。

もし、ラスキンから引き継いだモリスの遺産が古びたものに感じられるならば、それは「「デザイン」という語の急激な普及（the inflation of the word "design"）」[34]を経験した二〇世紀のとくに半ば以降の社会に、われわれが生きているためかもしれない。[35] 本書の副題に含まれる「デザインの二〇世紀」とは、そうした「デザインの世紀」としての二〇世紀を意味する。批評家のエイドリアン・フォーティによると、「デザイン」は「混乱をまねく言葉」であり、「一九三〇年代にモダニズムが「デザイン」を領有した」ときに、そのような特徴を「うまいこと利用した」のだという。[36] 動詞としての「デザインする」は、「建物やモノを作るためにあらかじめ指図を準備する行為」を意味する。一方、名詞「デザイン」にはふたつの意味がある。ひとつは、動詞の意味に含まれていた、なにかを作るための「指図」そのものであり、実際にはたとえば、設計図(drawing)のような形態をとる。もうひとつの名詞の意味では、そうした「指図」が実施に移された制作や建造の結果としての事物を指すこともある。「このデザインはよい」という使い方がそうである。このような名詞「デザイン」のふたつの含意が、フォーティによれば「建築(architecture)」と「建物(building)」の区別、すなわち一方は「根底にある「フォルム」や概念の表象」としての「建築」と、他方は「経験の対象となる物質的な存在」としての「建物」という使い分けにつながる。[37] ここに、一九三〇年代のモダニズムが「うまいこと利用した」混乱が関わる。というのも、「このデザインはよい」と表現するとき、それはあらかじめ準備された「指図」としての「デザイン」=「設計図」が現実化したモノの外見にもとづいた発言とはいえ、「経験の対象となる物質的な存在」それ自体ではなく、じつはその「根底にある「フォルム」や概念の表象」としての「デザイン」に言及しているからである。「デザイン」の用法とその意味作用は、二〇世紀の社会に浸透するにつれて、このような両義性あるいは「混乱をまねく言葉」である状態を保持しつつ、「経験の対象となる物質的な存在」と「根底にある「フォルム」や概念の表象」を切り分け、後者へのかかわりに絞られていく。フォーティはそれを、「「デザイン」は建造(construction)ではないことにかかわる」[38](強調は原文)という言い方で表わしている。「「デザイン」という語の急激な普及」は、建築におけるいわゆるデザイナーの自立した「知的」なしごとの誕生であり、さらには、「経験の対象となる物質的な存在」を現場で「建造」する「手しごと（manual work）」との差異化を意味する。

本書は、二〇世紀の「デザイン」をこのように理解したうえで、鍵語として「モダニズム」よりも「モダンムーヴメント」を選択し、デザインの世紀としての二〇世紀前半をモダンムーヴメントの時代として捉える。「根底にある「フォルム」や概念の表象」を重視するアートとして理解される一九三〇年代のモダニズムは、「デザイン」から「経験の対象となる物質的な存在」を切り分けた。モリスが「モダンムーヴメントの父」であるのは、そうした切り分け以前のデザインの両義性を実践しつつも、切り分けの〈はじまり〉に位置していたからにほかならない。

六　本書の構成

本書は、第Ⅰ部から第Ⅲ部までの全七章と、序章と終章によって構成されている。第Ⅰ部と第Ⅲ部におけるデザインのモダンムーヴメント論が、第Ⅱ部の帝国空間のモダンムーヴメント論を挟み込む形となっている。

第Ⅰ部「〈アート／インダストリー〉のモダンムーヴメント」は、批評家のマイケル・T・セイラーによる図式に倣って、ふたつのモダニズムの流れを確認することから始める。

ひとつは、いわば正典化されたモダニズムであり、それはイギリス文学においてはT・S・エリオットやジェイムズ・ジョイス、あるいはヴァージニア・ウルフらによって代表される。ヴィジュアル・アートの分野ならば、ブルームズベリー・グループの活動がその中心を占めるだろう。セイラーはこの正統的モダニズムを、「形式主義的」あるいは「古典主義的」モダニズムと呼ぶ(39)。

その一方で、もうひとつ別のモダニズムの流れがあり、ロレンスはそちらに位置づけられる。このもうひとつのモダニズムを、セイラーに倣って「中世主義モダニズム」とする(40)。ラスキンやモリスの中世主義を引き継ぐモダニズムである。従来のイギリス・モダニズム文学研究においては、前者の正統的モダニズムの流れが重視されてきた。それに対して本書は、後者のもうひとつのモダニズムの重要性に光を当てつつ、ふたつのモダニズムの流れとしてモダンムーヴメント論を展開する。

正統的モダニズム／中世主義モダニズムの枠組みは、本書では〈アート／インダストリー〉の枠組みに、ずらしをともないつつ重ねられる。アートには、いわゆるファイン・アートとしてのアート(芸術)と、もともとの技術という意味を残すアート、のふたつがある。正統的モダニズムにおけるアートは、もっぱら前者のアートに関わる。そのアートは純粋性を志向する。あるいは純粋性としての(ファイン)アートである。セイラーは、そのように「形式主義的」モダニズムのアートの特徴を考えている。

一方、中世主義モダニズムは、純粋性を志向する前者のアートではなく、技術を含意する後者のアートと結びつく。いわば、異種混淆的ともいえるアートである。中世主義モダニズムは、アートとインダストリーとの連携の可能性を模索するからである。本書ではそうした動きを、「〈アート／インダストリー〉のモダンムーヴメント」と記す。いささか煩雑な表記となるが、第Ⅰ部は、「(ファイン)アート／〈アート／インダストリー〉」のモダンムーヴメント論としてもよい。このような二項の組み合わせは、第Ⅰ部の各章個々の議論においては、つぎのようにも言い換えられるだろう。古典主義的／中世・ゴシック的、反ロマン主義的／ロマン主義的、ファイン・アート／工芸デザイン、純粋／異種混淆、オリジナル／複製技術、私有／共有、私有財産としてのアート／人びとが共有するアート、個人主義／コミュニティ、など。

第一章では、ロレンスが職人や工芸家そして工芸技術やそのありかた、つまりはクラフツマンシップに関心を示してきたことを踏まえ、『建築評論』からの依頼で一九二九年前半に執筆したエッセイ「壁に掛けられた絵」を取りあげる。ロレンスは絵画の私有にこだわる中産階級的「金銭＝私有財産コンプレックス」を批判し、人びとが共有するアートというあり方を提言する。この章は、こうした論の展開を、アートとインダストリーの関係を調停するモダンムーヴメントという掲載雑誌の文脈において分析する。

第二章では、『建築評論』一九三〇年八月号の特集「ストックホルム 一九三〇」に掲載されたロレンスのエッセイ「ノッティンガムと炭鉱のある地方」を、この特集号の文脈とともに読み直す。「ストックホルム 一九三〇」は、一九三〇年五月から九月までスウェーデンの首都ストックホルムで開催されることになっていた国際モダンデザイン博覧会に合わせて企画され、ロレンスはその特集号向けに執筆依頼を受けたのだった。この章は、その特集におけるレッセフェール批判という方向性を確認したうえで、故郷の炭鉱の村を歴史的に振り返ったロレンスのエッセイがどのようなモダンデザイン論になっていたのかを考察する。

第三章では、一九三〇年代前半に『建築評論』の編集を担当したのちの桂冠詩人、ジョン・ベッチマンの一九三〇年代に光を当てる。ベッチマンは二〇世紀半ば以降にモダニズムとは異なる特徴の詩によって国民的人気の詩人となる。一九三〇年代に彼は、代表作の詩「スラウ」(一九三七年)や『建築評論』に掲載されたエッセイにおいて「まがいもの」のデザインを批判していた。この章は、その「まがいもの」批判がモダンデザイン導入の流れにあったことを明らかにする。それによって従来は反モダニストとみなされてきたベッチマンを、モダンムーヴメントの流れのなかに位置づける。また、一九三〇年代のベッチマンのモダニズムを、ジェド・エスティが唱えた「人類学的転回(the anthropological turn)」なる概念から再検討する。「人類学的転回」は、イギリス帝国の収縮という歴史的文脈に応答したモダニズム文学の変容を概観する際に、エスティが導入した概念である。ベッチマンのエッセイを人類学的転回後の後期モダニズムとして捉えることにより、第I部から第II部へと議論が橋渡しされるだろう。

第II部「帝国空間と越境のモダンムーヴメント」の二つの章は、ロレンスの作家活動を第I部の時点から五年ほど遡り、中編小説『セント・モア』(一九二五年)における帝国空間の表象を越境と帰郷の観点から分析する。第I部で取りあげたロレンスのエッセイにおけるモダンムーヴメントの枠組みは、英米の帝国表象をめぐる中編小説においては〈純粋/異種混淆〉として捉え直されるだろう。

二〇世紀初頭、とくに本書が注目する後期ロレンスの一九二〇年代は、イギリスからその外の世界へと踏み出し、さらに各地を移動し続けた越境の経験によって特徴づけられる。本書は、越境経験から生まれたテクストを、外の世界へ向かう移動とともにある帰郷というモチーフを媒介に分析する。そのため、ロレンスがイギリスの外の世界それ自体を描いた小説——たとえばオーストラリアを舞台とした『カンガルー』(一九二三年)やメキシコを舞台とした『羽毛ある蛇』(一九二六年)など——ではなく、イギリスとその外との行き来を表象するテクストを重視する。『セント・モア』はそうした越境・帰郷をめぐるロレンスの代表的な中編小説である。主人公でアメリカ出身の女性ルウ・ウィットは、パリで教育を受けたコスモポリタンであり、ロンドンでの結婚生活に幻滅したのちにアメリカ南西部へ帰郷する。この地理的移動からみえてくるのは、帝国としてのイギリスのみならずアメリカのあらたな帝国空間である。第Ⅱ部は、こうした新旧ふたつの部分的に重なり合う帝国空間の交渉を分析対象とする。まず第四章では、イギリスを舞台とした小説前半を取りあげて、帝国としてのイギリスにおける優生学の問題を、〈純粋/異種混淆〉をめぐる階級の観点から考察する。第五章では、ルウ・ウィットがイギリスを発ってアメリカに向かう小説後半に光を当てて、アメリカ帝国主義のパラドックスを分析する。小説の最後にルウはアメリカ南西部奥地に辿り着くが、そこで彼女が「土地の霊」の私有に向けた欲望を語っていることを確認する。

こうした帝国空間をめぐるモダンムーヴメント論では、帝国の中心としての本国と、その空間的外部である(旧)植民地の二項が、基本的な枠組みである。越境・帰郷は、この二項のあいだを往復する動きとなる。第Ⅰ部と第Ⅲ部の〈アート/インダストリー〉、あるいは「〈ファイン〉アート/〈アート/インダストリー〉」のモダンムーヴメント論においては、前項が純粋性、後項が異種混淆性を表わす。帝国空間の表象においても同様である。帝国の中心としての本国は純粋・純潔(純血)を志向し、(旧)

植民地の空間は異種混淆に向かう。帝国空間の表象ではこの異種混淆性ゆえに、優生学の問題が浮上してくる。純潔・純血の優生的あり方と、異種混淆の退化という対比である。ただし、一方で本国＝〈純粋・純潔（純血）〉＝優生的、他方で（旧）植民地＝〈異種混淆・混血〉＝退化、といったようにかならずしもつねに定位するわけではない。この二項は交錯しつつ、互いを差異化するだろう。

モダンムーヴメントのロレンスは、以上のような二項の組み合わせに対して、後項にこだわらずにはいられなかった。あるいはレイモンド・ウィリアムズの言葉を借りるならば、たとえ「繰り返し却下」しても、「それを考えずにはいられない」作家であった。そうしたロレンスの特徴を明らかにするためにも、本書は、「共有するアート」としてのデザインをめぐる第Ⅰ部および第Ⅲ部の議論と、帝国空間の表象をめぐる第Ⅱ部の越境・帰郷の議論の両者を必要とする。作家論的には、一九二〇年代の帝国空間における越境・帰郷の経験が、『建築評論』への寄稿を直接的な顕われとする一九二〇年代末の〈モダンムーヴメントのロレンス〉を生み出した、といってもよい。

第Ⅲ部「デザインの20世紀に向けたモダンムーヴメント」は、ラスキンとモリスの思想と実践を二〇世紀前半に受け継いだ中世主義モダニズムからロレンスのもうひとつの越境・帰郷小説『チャタレー夫人の恋人』を読み直し、第二次世界大戦中に爆撃を受けたロンドンの戦後復興に向けた都市計画までのモダンムーヴメントの展開を追う。

ロレンスが故郷ノッティンガムを離れる以前に購読していた雑誌のひとつに、本章の冒頭で取りあげた『ニュー・エイジ』がある。一九〇七年から同誌の編集に携わったA・R・オラージュは、一九世紀末にイングランド北部で社会主義活動を開始し、一九〇五年にロンドンに出た。第六章では、オラージュが体現していたラディカルな中世主義モダニズムとして、『ニュー・エイジ』の誌面におけるギルド社会主義と、金融資本主義批判である社会信用論の議論の始まりに着目し、その観点からの『チャタレー夫人の恋人』の再読を試みる。コニーことチャタレー夫人の恋人のオリヴァー・メラーズは、第一次世界大戦のインド部隊から復員して帰郷し、チャタレー家が所有するラグビー邸の森番となる。むろんこの帰郷は、小説の冒頭、西部戦線での負傷で下半身が麻痺したサー・クリフォードの帰郷とパラレルである。まずは、いわゆる「イングランドの状況」小説の一九二〇年代版として『チャタレー夫人の恋人』が示す特徴を確認する。そのうえで、「産業問題を解決する唯一の方法」におけるモリスの思想と実践の継承に注目する。ロレンスはメラーズがコニーに宛てた小説最後の手紙で、「生のあらたな感覚という別のヴィジョン」としての「再生」をメラーズに語らせている。この章ではそこに、『チャタレー夫人の恋人』においてロレンスが「却下」したようにみえる「変化をもたらす社会的エイジェンシー」の可能性を探る。

第七章は、ロレンスの最晩年期から時間を二〇年以上進めて、第二次世界大戦後のロンドンの都市計画を取りあげる。具体的には、ペヴスナーによる著作『イングランドの芸術におけるイングリッシュネス』(一九五六年)を分析対象とする。ペヴスナーは、ゴシックの流れを汲む一八世紀的なピクチャレスクの美学を、二〇世紀半ばのモダンな都市計画に援用しようとした。第七章はその主張に、本書が追ってきたモダンムーヴメントの第二次世界大戦後の展開を確認する。また、第Ⅱ部で論じる英米関係に関しては、ここでは冷戦構造という歴史的背景とリベラリズムの転回が重要となる。

終章は、この序章で扱ったロレンスの未完の原稿「自伝的断章」をふたたび取りあげる。ただし今度は、その原稿のもうひとつ別のタイトル、「人生の夢」として。夢を語るロレンスは未来志向の作家である。そして未来志向とは、一定の断絶を含みつつも、そこに連続性の変化の過程を信じることである。夢を未来のデザインとして捉えることで、デザインの二〇世紀を代表する作家としての〈モダンムーヴメントのロレンス〉の姿がみえてくるだろう。

第Ⅰ部　〈アート／インダストリー〉のモダンムーヴメント

第一章　インダストリアル・アートとしての絵画
――「壁に掛けられた絵」、クラフツマンシップ、アートの共有

モノ、モノ、モノ――使うためのモノ、喜びのためのモノ、たのしみのためのモノ。だが海外貿易の収益増長のためのモノでは断じてない。(1)

一　はじめに

一九二九年五月一日、スペインのマヨルカ島に滞在していたロレンスは、ある原稿をロンドンの著作権代理人カーティス・ブラウンのもとで新聞や雑誌との仲介を担当していたナンシー・パーンに送った。その原稿は、イギリスの月刊雑誌『建築評論』の依頼に応えて執筆されたものであった。同誌の編集主幹をつとめていたヒューバート・ドゥ・クローニン・ヘイスティングズから、「芸術家と装飾についての記事」の寄稿を求められていたのである。ロレンスはその原稿と同封したパーン宛ての手紙に、「彼［ヘイスティングズ］が気に入らなければ、おそらくほかの「装飾系」雑誌が掲載を引き受けてくれるでしょう。それにアメリカも気に入ってくれるのではないかと思います」と記した。(2)

ロレンスはなぜ、かりに「芸術家と装飾についての記事」が『建築評論』に掲載されなかったとし

ても、他の雑誌ではうまくいくはずだと楽観的な見通しを立てていたのだろうか。考えられる理由としては、このときすでに、別のエッセイ「絵を描く」(一九二九年)が「装飾系」と手紙で呼んでいたような雑誌、すなわち絵画やデザインに関するイギリスの『ステューディオ』誌に掲載されることが決まっていたためかもしれない。あるいは、「アメリカも気に入ってくれるのではないか」とのロレンスの期待を踏まえるならば、『ステューディオ』への寄稿を依頼してきたアルバート・ボニはアメリカ人の出版業者であり、彼が同誌に掲載された記事の転載で構成したニューヨークの「装飾系」雑誌『クリエイティヴ・アート』を発行していたからとも考えられる。(3) 結局のところ、一九二九年五月にパーンに送った「芸術家と装飾についての記事」は、『建築評論』のヘイスティングズから「とても気に入った」(4) との反応があり、同誌一九三〇年二月号の巻頭を飾ることになった。それがエッセイ「壁に掛けられた絵」である【図版1】。

THE
ARCHITECTURAL REVIEW
A Magazine of Architecture & Decoration
Vol. LXVII, No. 399　　February 1930

CONTENTS

PICTURES ON THE WALLS. By D. H. Lawrence .. 55
HISTORIC BRITAIN .. 58
ARCHITECTURE IN THE ITALIAN PICTURES. By Raymond Mortimer .. 60
THE WATER GARDEN AT HACKBRIDGE, SURREY. Designed by Stanley Hamp (Collcutt & Hamp) .. 69
MELLS PARK, SOMERSET. The Residence of the Right Honourable Reginald McKenna. Sir Edwin Lutyens, Architect. By Christopher Hobhouse .. 73
THE SÖNDERMARK CREMATORIUM AT FREDERIKSBERG, NEAR COPENHAGEN. Designed by Edward Thomsen and Frits Schlegel .. 79
A HISTORY OF THE ENGLISH HOUSE. By Nathaniel Lloyd. XVIII.—Late Seventeenth and Early Eighteenth Centuries. Sir Christopher Wren (continued) .. 83
A FREE COMMENTARY. By Junius .. 91
A NEW ENGLISH SCULPTOR. By Myra .. 92
BOOKS:
THE BOOK OF THE MONTH. Modern Decoration in France. By P. Morton Shand. 93
Guide Italiano. By Adam Prosser .. 94
A Measure of Form. By Vernon Blake .. 95
PAINTING:
Craftsman into Artist. By Raymond McIntyre .. 96
THE FILMS:
The Preposterous Rodent. By Mercurius 98
CRAFTSMANSHIP
THE ARCHITECTURAL REVIEW SUPPLEMENT.
AT CLOSE RANGE. The head of Venus in the painting, The Birth of Venus, by Botticelli .. 100
THE MODERN ITALIANS. By Yoi Maraini 101
A CRAFTSMAN'S PORTFOLIO—XLV. Modern Italian Glass .. 105

ANTHOLOGY : MARGINALIA : TRADE AND CRAFT : A LONDON DIARY
Page 107　Page 107　Page lxxvi　Page lxxxii

Plates

THE MARTYRDOM OF S. LUCY. From a tempera painting on wood by Domenico Veneziano .. Plate I
A FLORENTINE BIRTH SCENE. From a tempera painting on wood by Masaccio .. Plate II
MELLS PARK FROM THE SOUTH-EAST. Designed by Sir Edwin Lutyens .. Plate III

Articles, photographs, or drawings sent with a view to publication will be carefully considered, but the Proprietors will not undertake responsibility for loss or damage. All photographs intended for reproduction should, preferably, be printed on albumenized silver paper.
All articles and illustrations should bear the name and address of the sender, and postage should be sent to cover their return.

The Editor disclaims responsibility for statements made or opinions expressed in any article to which the author's name is attached, the responsibility for such statements or opinions resting with the author.
All communications on Editorial matters should be addressed to the Editor, The Architectural Review, 9 Queen Anne's Gate, Westminster, S.W.1.

Prepaid Subscription Rates

United Kingdom, £1 5 0 per annum, post free. U.S.A., $8.00 per annum, post free. Elsewhere Abroad, £1 5 0 per annum, post free. Cheques and Postal Orders should be made payable to The Architectural Press, Ltd., and crossed Westminster Bank, Caxton House Branch.
Subscribers to The Architectural Review can have their volumes bound complete with Index, in cloth cases, at a cost of 10s. each, or cases can be supplied separately at 4s. 6d. each.
An Index is issued every six months, covering the months of January to June and July to December, and can be obtained, without charge, on application to the Publishers, 9 Queen Anne's Gate, Westminster, S.W.1.

THE ARCHITECTURAL PRESS, 9 Queen Anne's Gate, Westminster, S.W.1.
Telephone: 6936 Victoria (3 lines).
Telegrams: "Buildable, Parl, London."

【図版1】『建築評論』1930年2月号、目次
巻頭にロレンスのエッセイを掲載

　一八九六年創刊の『建築評論』は、「一九三〇年代のモダニズム建築の代弁者」と高く

評価されている専門誌である。(5) これまでのロレンス研究史において、こうした掲載雑誌の文脈が注目されることはなかった。ロレンスが特定の時期に特定の文脈で執筆した多種多様なエッセイは、おもに遺稿集『不死鳥』(一九三六年)あるいは『不死鳥Ⅱ』(一九六八年)にまとめて収録された一連のエッセイのひとつとして読まれてきたためである。多くの場合、ロレンスのエッセイは作家ロレンスにおける思想の展開の一局面を表わす資料とされてきた。

だが、「壁に掛けられた絵」には、ロレンスがさまざまな絵画や画家たちを題材に執筆してきた芸術論や画家論とは異なる側面がある。このエッセイは、絵画それ自体がもつ審美的特徴を議論の対象にしているわけではない。題名にあるように「壁に掛けられた」状態の絵画について、それも美術館や大邸宅に展示された名画ではなく一般的な家屋に飾られている、ときには名もなき画家による絵について、その室内装飾品としての機能を考察しているのである。つまりは絵画論というよりはむしろ、インテリア・デザイン論なのである。

「壁に掛けられた絵」を掲載雑誌『建築評論』の文脈に戻してみると、それが同時期のアートとインダストリーの関係をめぐる議論のなかにあり、その文脈にロレンスが反応してエッセイを執筆していたことがわかる。その文脈とは、『両大戦間期イングランドのアヴァンギャルド――中世主義モダニズムとロンドンの地下鉄』(一九九九年)の著者マイケル・T・セイラーの言葉を借りるならば、「ファイン・アートとインダストリアル・アートあるいは工芸との階層的区別を破棄」して、アートの概念を「デザインとしてより幅広く再定義」しようとした、両大戦間期イギリスの動向のことである。(6)

こうしたエッセイの重要性は、ロレンスの著作を通時的に追ってその特徴や主張の一貫性や変化に注目する、いわゆる作家論的なアプローチでは充分に解明できない。同時代のデザイン言説とロレンスとの関わりに、光を当てる必要がある。

セイラーは『両大戦間期イングランドのアヴァンギャルド』において、二〇世紀初頭イングランドのヴィジュアル・アートにはふたつのモダニズムの流れがあったと指摘している。ひとつは、ロジャー・フライやクライヴ・ベルを中心としたロンドンのブルームズベリー・グループに代表される審美主義の「形式主義」的モダニズム。ヴィクトリア朝的価値観からの分断を強調した国際的な、一九二〇年代のいわゆる盛期モダニズムへと展開する系譜である。もうひとつは、イングランド北部の工業地域の人的ネットワークで構成された「機能主義」的モダニズム。この場合の「機能主義」とは、デザインから過剰な装飾を排除することではなく、社会における美の役割を重視するという意味である。セイラーはそのような「機能主義」的モダニズムに携わる人物たちを「アヴァンギャルドな「機能主義者」」あるいは「中世主義モダニスト」と呼び、彼らの活動の展開・ネットワークを同書で跡づけた。中世主義モダニズムとは、「ラスキンとモリスの考えを機械の時代に調和させる」試みの流派であり、二〇世紀初頭の文学やヴィジュアル・アートをめぐる後年の研究がいわば正典化した形式主義的モダニズムとは異なる、もうひとつのモダニズムの系譜であった(7)。

批評家トニー・ピンクニーによる『D・H・ロレンスとモダニズム』(一九九〇年)は、このようなヴィジュアル・アートのもうひとつのモダニズムの系譜を意識したロレンス研究書といえる。彼はロレンスの長編小説『虹』(一九一五年)をその続編の『恋する女たち』(一九二〇年)よりも高く評価し、つぎのように述べた――「F・R・リーヴィスによって「ロレンスか、それともジョイスか」という形で差し出された文化的選択肢は、いまやより慎重に、「『虹』か、それとも『恋する女たち』か」として練り直されなければならない。つまり、ゴシック・モダニズムか、それとも古典主義的モダニストの百科事典形式か、である」[8]。リーヴィスが『小説家D・H・ロレンス』（一九五五年）で提示した有名な「文化的選択肢」を前述のセイラーの図式に当てはめると、「ジョイス」とは形式主義的モダニズムのことであり、「ロレンス」がもうひとつのモダニズム、すなわち機能主義的モダニズムあるいは中世主義モダニズムに相当する。ピンクニーは、『虹』における建築物とそのメタファー、なかでもゴシック様式や工芸技術への言及に注目し、エリオットやT・E・ヒュームらに代表される古典主義的あるいは「百科事典形式」的モダニズムとは異なる、「ゴシック・モダニズム」としての『虹』の重要性をあらためて指摘した。『虹』は女性主人公のひとりアーシュラ・ブラングウェンの父や叔父を通して、ラスキンとモリスの系譜を導入し、「産業社会の機械主義と古典主義をともに却下する」[9]。その一方で、『虹』に組み込まれたゴシックという「「北方」の建築の伝統」は、「「モダニスト」特有の意識に最初から開かれていた」[10]という。たしかにロレンスは『虹』の連作となる小説『恋する女たち』において、モダニストの彫刻家レルケを否定的に描きつつも、彼に「アートはインダストリーを理解すべきだ（Art should *interpret* industry）」[11]（強調は原文）と語らせることになる。

　セイラーが中世主義モダニズムとして、そしてピンクニーがゴシック・モダニズムとして光を当てたもうひとつのモダニズム——本書がロレンスと同時代のモダンムーヴメントとして跡づけようとしているのは、そうした文学と建築とデザインのインターフェイスの系譜である。『建築評論』から執筆依頼を受けた晩年のロレンスは、アートとインダストリーの関係およびクラフツマンシップをめぐる問題に立ち戻っていた。本章は、室内装飾品としての絵画に関するエッセイ「壁に掛けられた絵」の私有財産批判を起点として、〈アート／インダストリー〉としてのモダンムーヴメントにおけるロレンスの位置を探る試みである。(12)

二　室内装飾品としての絵画と私有財産

「壁に掛けられた絵画が住まいの室内装飾品として必要不可欠かどうかは、議論の余地ありと考えられているようである」――このようにエッセイ「壁に掛けられた絵」を始めたロレンスは、「絵画を飾っていない家などほとんどない」のだから、絵画は「室内装飾品」として「不可欠」であるとの認識を示す。(13) そしてつぎのように問題点を指摘する。「だが概して残念なことに、ただの平凡な作品が、自分のものだからという理由だけで、いつまでも壁に掛けて残されたままなのである」(257)。これまで飾っていたのだから、という惰性が、「住まいの新鮮さに、よどみと死」(257)をもたらすという。壁に掛けられ続けた絵画は、室内装飾品あるいは調度品としてのクッションやカーテンと同様に、次第に「古くさく」なる――「家具のなかには一生涯わたしたちを満足させてくれるものもあるかもしれない。……だが、数年でクッションやカーテンや絵が古くさくなり始めるのは確かである」(258)。ゆえに絵画も、クッションやカーテンさらには花と同様に、「古くさくなり始め」たら廃棄しなければならない。「どの学校でも教えている。枯れた(stale)花をいつまでも花瓶にさしたままではいけません、捨ててしまいなさい！　と。だからこう教えるべきだ。古くさい(stale)絵をいつまでも壁に掛けたままではいけません、燃やしてしまいなさい！　と」(260)。

　このように室内調度品としての絵画を扱ったエッセイにおいて本章が注目するのは、アートを「価値ある資産の一部とみなすこと」(259)――「自分のものだからという理由だけで」同じ絵を掛け続けること――をやめたら、アートへの「自然な需要」が生まれ、それが「健全な供給」につながる、というつぎの主張である。

> アートを「資産」とみなす考えさえ破棄できたら！　アートはわたしたちにたのしみや喜びを与えるためにある。黄色いクッションはわたしたちに喜びを与える。そうでなくなったときには、それを片づけて、処分して、別のものに変えればいい。そのようにすれば、クッションはいつも新鮮で興味がわくものとなり、製造業者はあたらしく生き生きとした魅力的な布織物製品を制作できる。自然な需要は健全な供給をもたらすのである。
> 　絵画ではまったく逆のことが起きている。花やクッションのように魅力あるために新鮮で香しくなければならないモノではなく、堅実な財産とみなされているのだ。……絵を燃やすべきである、生き生きとした花や生き生きとしたクッションの場合と同じように、別の絵に代えて本当に生き生きとした喜びを得られるように。（259-60 強調は原文）

ここでロレンスは「アート」を、作品とそれを享受する側との関係から捉えている。アートは「堅実な財産」とみなされたときに期待される交換価値によってではなく、「たのしみや喜びを与える」という目的に沿う有用性によって再定義される。その意味では、絵画はクッションや花と同じ範疇に含まれる。布織物製品と同様にその有用性が減じたときに破棄すれば、アートに対する「自然な需要」があらたに生まれ、「健全な供給」がもたらされることになる、という。

さらにロレンスは、アートを「資産の一部」とみなす「金銭＝私有財産コンプレックス」が「今日の社会に属する」絵画を犠牲にしている、と批判する（263 強調は原文）。「同時代のアートは同時代の社会に属する」にもかかわらず、そして「社会全体としてはその同時代の絵画を必要としている」にもかかわらず、「金銭＝私有財産コンプレックス」にとらわれると「いつの時代にも属さない絵画」が家に飾られたままとなってしまうからである（261-62 強調は原文）。その結果、「もちろん傑作とはいえないが、本当の美しさを有しており、今日の社会に属する、まさに魅力的な絵画」が、「芸術家のアトリエの端に残念なことに埃をかぶって積み上げられ、廃れてしまう」（262 強調は原文）。「絵を燃やすべき」というロレンスの主張は、私有財産にこだわる中産階級的価値観への批判であるとともに、「今日の社会に属する」アートが「いつの時代にも属さない絵画」に押しやられて埋もれたままになっている、という認識に由来していた。

このようにエッセイ「壁に掛けられた絵」は、同時代のアートを擁護し、「今日の社会に属するほんとうの美しさ」をアトリエの片隅で「廃れ」させてしまう「金銭＝私有財産コンプレックス」を批判する。では、「いつの時代にも属さない絵画」がアートへの需要と供給を停滞させる、というロレンスの問題提起は、『建築評論』一九三〇年二月号の巻頭に掲載されたとき、いかなる議論の文脈にあったのだろうか。

三　『建築評論』、編集主幹ヘイスティングズ、クラフツマンシップ

「壁に掛けられた絵」が収録されたケンブリッジ大学出版局ロレンス全集の一巻、『後期のエッセイと記事』（二〇〇四年）を編集したジェイムズ・T・ボールトンは、『建築評論』の編集主幹のヘイスティングズがロレンスに「芸術家と装飾について」エッセイを執筆依頼したとき、「一九三〇年一月号から始まる「モダン装飾」シリーズを間違いなく視野に入れていた」と指摘する。ただし、「正式にはシリーズの一部ではないが」ともボールトンは付記している。[14] これはどういうことか。「壁に掛けられた絵」の背景についての彼の解説を補足するならば、「モダン装飾」シリーズとは、『建築評論』の「巻末付録」における「装飾と工芸技術《クラフツマンシップ》」という新連載のことである。[15]

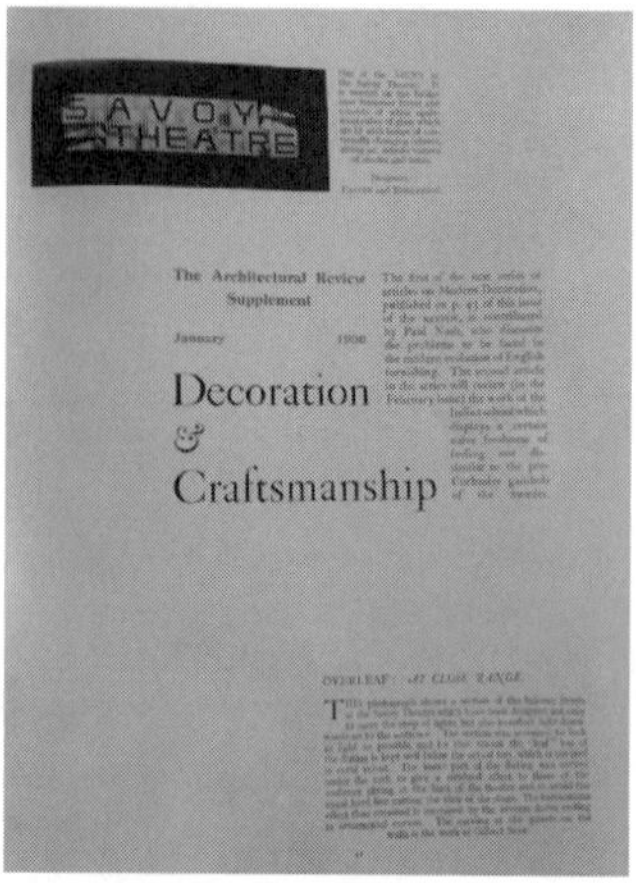

【図版２】『建築評論』1930 年１月号、巻末付録「装飾と工芸技術」シリーズ

『建築評論』の「巻末付録」は雑誌創刊当初の一八九六年からあったわけではなく、一九二六年五月号から新規に設けられたコーナーであった。最初のシリーズの名称は「工芸技術」といい、一九二九年十二月号まで三年半以上続いた。そして一九三〇年一月号から、あらたに「装飾と工芸技術」のシリーズが始まった【図版2】。新シリーズ初回の一月号「巻末付録」は、画家でデザイナーのポール・ナッ

シュによる「イングランドの家具調度品のモダンな進化に注目」した記事、二月号は美術批評家ヨイ・マライーニの現代イタリア絵画に関する記事だった。ロレンスのエッセイは「巻末付録」ではなく——そのため、ボールトンは「正式にはシリーズの一部ではないが」と付記した——ナッシュとマライーニの記事に挟まれる形で、二月号本編の巻頭を飾った。三月号の巻頭は、デザイナーで工芸家のエリック・ギルがロレンスのエッセイ「壁に掛けられた絵」の冒頭をもじって始めているエッセイ「絵画と批評」。つづく四月号の巻頭は、ふたたびナッシュが「絵を燃やせ」というロレンスの主張を批判するエッセイ「大衆と芸術、あるいは焚焼による烙印」であった。[16]このように一九三〇年の『建築評論』は、「巻末付録」と本編の一部を緩やかに関連させながら、「装飾と工芸技術」の議論を展開させていた。これが『建築評論』掲載エッセイとしての「壁に掛けられた絵」の文脈である。

前述したように『建築評論』は、「一九三〇年代のモダニズム建築の代弁者」として、「イギリスの建築においてモダニズムが支配的な言説になる」二〇世紀半ばまでの時期に重要な役割を担ったと高く評価されてきた。[17]ル・コルビュジエに代表されるヨーロッパ大陸発でアメリカ経由のインターナショナル・スタイルやシンプルな機能主義の建築デザインを、いち早くイギリスに紹介した先駆的な専門誌だった。しかしながら、こうした評価は、いわゆるモダニズム建築を扱ってはいない一九二六年五月号からの「工芸技術」や一九三〇年一月号からの「装飾と工芸技術」といった「巻末付録」のシリーズ、そして絵画を扱った一九三〇年初頭の各号巻頭エッセイとは相容れないのではないだろうか。ロレンスが一九二九年前半に編集主幹のヘイスティングズから「芸術家と装飾について」執筆依頼を受けた背景を理解するためには、「モダニズム建築の代弁者」としての一九三〇年代以降の『建築評論』ではなく、比較的あまり注目されることのない、その前史を紐解く必要がある。[18]

一八九六年に創刊された『建築評論』は、アーツ・アンド・クラフツ運動の建築家ヘンリー・ウィルソンが初代編集主幹をつとめており、オーガスタス・ピュージンとラスキンとモリスに強い刺激を受けた「まさにアーツ・アンド・クラフツの雑誌」だった。[19]その後も一九二〇年代半ば過ぎまで、同雑誌は海外の動向を紹介しつつ、「新ジョージ王朝および古典主義の建築家と、国内のアーツ・アンド・クラフツの吸い殻によるもっとも優れた仕事への強いこだわりを維持」していた。[20]

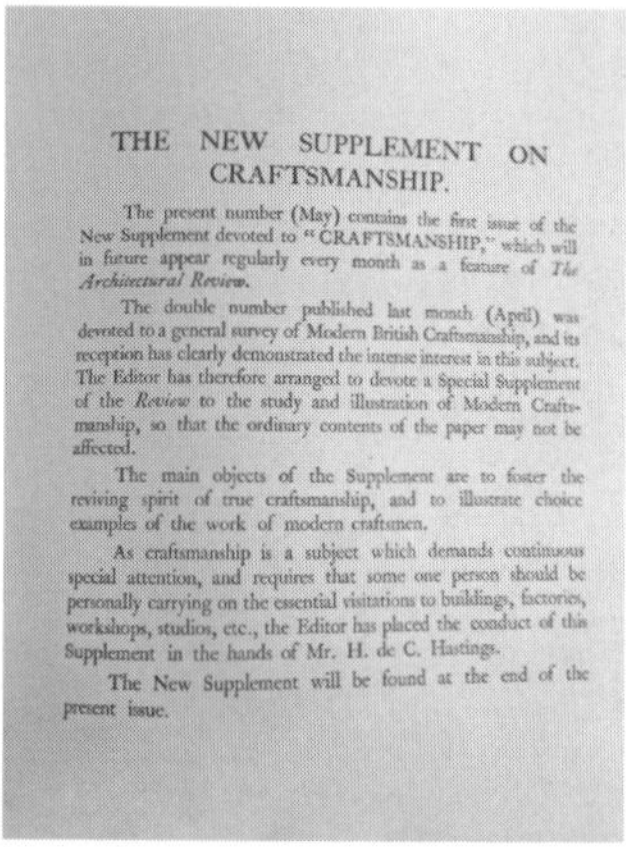
THE NEW SUPPLEMENT ON CRAFTSMANSHIP.

The present number (May) contains the first issue of the New Supplement devoted to "CRAFTSMANSHIP," which will in future appear regularly every month as a feature of *The Architectural Review*.

The double number published last month (April) was devoted to a general survey of Modern British Craftsmanship, and its reception has clearly demonstrated the intense interest in this subject. The Editor has therefore arranged to devote a Special Supplement of the *Review* to the study and illustration of Modern Craftsmanship, so that the ordinary contents of the paper may not be affected.

The main objects of the Supplement are to foster the reviving spirit of true craftsmanship, and to illustrate choice examples of the work of modern craftsmen.

As craftsmanship is a subject which demands continuous special attention, and requires that some one person should be personally carrying on the essential visitations to buildings, factories, workshops, studios, etc., the Editor has placed the conduct of this Supplement in the hands of Mr. H. de C. Hastings.

The New Supplement will be found at the end of the present issue.

【図版3】『建築評論』1926年5月号、巻末付録コーナー新設の告知文

一九二六年五月号における巻末付録コーナーの新設は、あらたな変化の兆しを示していた。五月号の目次と巻頭記事のあいだには、一九二一年から編集主幹をつとめていたウィリアム・ゴドフリー・ニュートンの名による「巻末付録」コーナー新設の告知文が一ページ挿入されている【図版3】。その告知文によれば、「工芸技術」シリーズを開始したきっかけは前号、一九二六年四月号で誌面を倍増して「イギリスのモダンな工芸技術」の特集を組んだことにあった。その特集号の評判から読者の強い関心が伝わってきたため、「モダンな工芸技術に関する記事と実例の掲載は、本誌の巻末付録にあてることにした」のだという。本編の記事から独立させれば、「通常の内容に影響をあたえず」に、継続して「モダンな工芸技術」を取りあげることができる。その目的は、「真の工芸技術の復興しつ

つある精神をさらに育み、モダンな工芸家の仕事の例を選択して提示すること」にあった。そして告知文の最後には、「この巻末付録の舵取りを、“Mr. H. de C. Hastings”の手にゆだねることにした」と記されていた。新コーナーの編集を担ったのは、のちに編集主幹としてロレンスに原稿を依頼するヘイスティングズだった。

一九〇二年生まれのヒューバート・ドゥ・クローニン・ヘイスティングズは、一六歳になる一九一八年に、父親のパーシー・ヘイスティングズが共同経営者のひとりであった建築出版社に入社した。[21] 建築出版社はその名のとおり、パーシー・ヘイスティングズが創刊した『建築評論』をはじめ、週刊誌『建築家ジャーナル』や建築デザイン関係の書物を刊行していた。ヘイスティングズは父の出版社に入社後、ロンドン大学バートレット建築校で建築家A・E・リチャードソンに学ぶ機会を得る。だが、フランスの国立高等美術学校のエコール・デ・ボザールで主流だった建築様式、すなわち古典主義のボザール様式を重視する教育には馴染めず、すぐそばの高等芸術スレイド校に通い始める。彼はそこで、モダンアートやあたらしい芸術理論の洗礼を受ける。一九二一年には建築出版社に戻り、『建築評論』の編集に参加する。この時期に編集主幹をつとめていた前述のニュートンは、一九二六年五月号で新設の「巻末付録」をヘイスティングズに「ゆだねる」と表明した翌年、その職務を退いた。そして二五歳になるヘイスティングズがニュートンの後を引き継ぐことになる。若きヘイスティングズは以前から『建築評論』の編集方針に不満があり、誌面に変化をもたらそうとしていた。[22]

ヘイスティングズがあらたに『建築評論』に持ち込もうとしていたのは、当時の編集事情に関する数少ない資料によれば、イギリスではまだほとんど始まってさえいなかったヨーロッパ大陸発の「モダンムーヴメント」であった[23]。彼は威厳ある古典主義ではなく、ヨーロッパ大陸からのあらたな建築デザインの紹介によって誌面を刷新しようと考えた。当時の誌面を飾っていた「リチャードソンの世界の恐ろしさ」、すなわちロンドン大学バートレット建築校で学んだボザール様式建築の影響力と、「新ジョージ王朝風建築の記念碑のごとき大仰さ」に対抗しようとしたのである。だが、イギリスではまだどの雑誌も大陸のモダン建築デザインを大々的に取りあげようとしておらず、実践者もほとんどいなかったこともあり、広告収入に悪影響をもたらすと懸念された。そのため彼は、建築出版社の経営者である父親のパーシー・ヘイスティングズに対して、自分に編集権を与えてもらえれば「あたらしい読者層を開拓できる」うえに、「モダンムーヴメントを力強い流れとして確立し、雑誌の将来を確固たるものにできる」との説得を続けた[24]。

CRAFTSMANSHIP　SUPPLEMENT.

The Modern Movement in Continental Decoration.

I.—*The Evolution of the Ensemblier.*

By Silhouette.

[We publish this series in accordance with our policy to review the architectural activities of the world. It may not be out of place, however, to formulate the attitude of THE ARCHITECTURAL REVIEW *towards the designs which are illustrated in this and any succeeding articles on the subject of Modern Decorative Art.*

In our opinion the work here shown is not necessarily sympathetic to the English temperament, and it is far from our hope that we should be thought to be advocating any slavish imitation of contemporary French or Continental ideas, which are themselves avowedly experimental. Such a course would be not only subversive of the canons of English art, but also of the spirit of the Modern Movement.

At the same time, we would commend to our readers the attitude that has evoked this work—that provocative and challenging attitude towards problems which is the marrow of the modern spirit: a highly-stimulating phenomenon. And lest any should think that England has no part in such a company, let them remember that the father of the whole Modern Movement—avowed by the French designers themselves—was William Morris.

As to the ensemblier, a study of his methods will repay those who believe that in a reconciliation between art and industry, and in a revival of the spirit of craftsmanship, lie the main hopes for the future of art. The French have tackled the problem while we talked about it, and the ensemblier (a new word for a new person) is the outcome of their first step towards its solution. Who the ensemblier is, and how he works, may be found in the following article.—The Editor.]

IN THE ARCHITECTURAL REVIEW of July, 1925, a thoughtful study of the Exposition Internationale des Arts Décoratifs et Industriels Modernes, held in Paris that year, contains the following words: "and the ten pylons at the *Concorde* entrance stand like a sign from God, portentous of the future."

Less than a year has passed, and already the signs are taking a definite form.

Those who were fortunate enough to have visited the Paris exhibition will not need a reminder that it was frankly modern. The very spirit of untrammelled fancy seduced, taunted, and often shocked the senses. Paris in 1925 focused a movement that for many years and in many lands had sought tangible expression and an outlet for its energies.

The story is summed up in bold English by the words *modern movement*. Like all good stories, the tale has its humour, its pathos, its absurdities, and its heroics. But its plot is simple. It tells of hands stretched out by craftsman to manufacturer, by industry to art.

England, alas! is last of all to realize the true relation between art and industry. Money-sense, modes of manufacture, ingrained conservatism, all tend to strangle the artist. Yet it is to the artist the world owes her pleasures—owes all, and often pays nothing. Why should the skill that gives grace to stone, form to wood, and colour to fabric not be employed in their making? Cannot the manufacturer make beautiful things instead of plain ones? Should not every article of humble utility be also a thing of beauty, beautified alike by fitness for purpose and by intrinsic grace of form? Should one be instantly put under lock and key for maintaining that beauty and profits are not irreconcilable?

In England, for various reasons, the problem is as yet almost unsolved, but in France it has been definitely attacked with a great measure of success.

Let us see how the French have tackled it in the field of decoration.

Suppose for a moment that you are a Parisian and wish to have your house decorated. There are four people you can go to. You can go to an architect; to a commercial firm of decorators; to an individual artist; or to an *ensemblier*. Any of the first three courses you can follow in England. The fourth, however, is an entirely French product. And it is the *ensemblier* who to-day is influencing so profoundly French industry and French thought. The vitality of the modern movement in decoration one might almost say its existence—is due to the *ensemblier*, or at any rate to the spirit in which he works. On him, therefore, our inquiry must concentrate.

Paris, unlike London, has never been entirely bereft of artist-decorators, who, either alone or in conjunction with an architect, have decorated the rooms of fashionable people. About fifteen years ago the French realised that it was a mistake to entrust to one man the decoration of a whole room. The result was too personal, too aggressive. Following this realization, two or more artists began to work in definite collaboration. Groups were formed, naturally composed of those with tastes of a similar kind, and out of those groups grew the firms which are known as *ensembliers*—a word coined to express the idea that each member of the group is working to achieve a final *ensemble*.

To-day the *ensemblier* may be a registered company or merely a master-artist; he may exist as a firm which includes his collaborators as principals, or as a firm which calls in outside collaborators as occasion demands. But in every case collaboration between several men exists, and each artist attaches his name to his part of the work.

Ruhlmann started as a house decorator and furniture-maker in 1912, with a partner. Now he is a registered company. Ruhlmann himself designs the furniture, Laurent, his partner, the decorative scheme; and collaborators are called in as they are required—Bernard, perhaps, for a statue, Patout as architect, Gaudissart for a carpet. While Ruhlmann himself is a "firm," his collaborators may retain their professional status.

The methods of the *ensembliers* vary according to the nature of the propositions they tackle. Usually the *ensemblier* himself or one of his principals drafts out the scheme as a whole and then entrusts the details to the appropriate collaborators, who, when their thoughts have been translated on to paper, and the scheme is taking tangible shape, meet to consider the final arrangement. Some firms employ their artists and pay them an annual salary; others pay a royalty, particularly when a number of articles will

A MODERN FRENCH ENSEMBLE.

Designers: The carpet by CLAUDE LÉVY, the sculpture by JOSEPH BERNARD, the console by A. LEVARD. *Craftsmen*: THE ATELIER PRIMAVERA.

248

【図版4】『建築評論』1926年5月号、第1回巻末付録「工芸技術」のシルエット「大陸の装飾におけるモダンムーヴメント、その1——アンサンブリエの進化」

その最初の成果が、誌面を倍増した一九二六年四月号の大特集「イギリスのモダンな工芸技術」と、翌月に立ち上げられた「巻末付録」のシリーズ「工芸技術」である。このふたつは、創刊当初からのアーツ・アンド・クラフツの伝統を維持しつつ、そこにあらたな要素を組み込んだ連続企画だった。「巻末付録の舵取り」を任されたヘイスティングズが選択したキーワードは、「モダンムーヴメント」であった。

四　アートとインダストリーのモダンムーヴメント

『建築評論』一九二六年五月号、第一回巻末付録「工芸技術」の記事のひとつは、「大陸の装飾におけるモダンムーヴメント、その一——アンサンブリエの進化」と題されている【図版4】。執筆者名は「シルエット」で、その後九回にわたる連載となった[25]。初回の記事は、一九二五年にパリで開催された現代装飾芸術・産業芸術国際博覧会、通称パリ万国博覧会あるいはアール・デコ博覧会への言及から始まる。執筆者「シルエット」は、博覧会を取材した前年七月号の記事から「コンコルド広場の一〇本の塔による門は、未来を予見する神からの徴のように建っている」という言葉を引用し【図版5】、「あれから一年経っていないが、その徴は明確な形を取り始めている」と述べる。それは、長いこと多くの場所で「確固たる表現とそのエネルギ

【図版5】『建築評論』1925年7月号、パリ万博報告記事

ーの発散」を待っていた「あるムーヴメント」だという。

その物語を英語で端的に表現するならば、「モダンムーヴメント」と要約できる。……それ「モダンムーヴメント」は工芸家が製造業者に、インダストリーがアートに、手を差し伸ばすことを物語っている。

イギリスは残念ながら、アートとインダストリーのあいだの真の関係に最後の最後に気づいた。……なぜ石に優美さを、木に形を、布地に色彩を与える技術が、その制作の過程でしかるべき報酬を受け取れないのか。なぜ製造業者は、見栄えの悪いモノの代わりに美しいモノを作ることができないのか。ふだん役に立つあらゆる製品が美しいモノであってはいけないのか。目的に適した、形態に固有の優美さによって美しいモノになってはいけないのか。(26)

ここでの「モダンムーヴメント」とは、「工芸家が製造業者に、インダストリーがアートに、手を差し伸ばす」という表現にあるように、特定の建築デザインの様式ではなく、アートとインダストリーの関係に折り合いをつけることを意味している。「アート」は「収益」につながらないとする製造業者の偏見をなくすことができれば、市場に送り出される「ふだん役に立つあらゆる製品」に、「目的に適した」「形態に固有の優美さ」を与えられるだろう。さもなければ、「イギリスは永遠に、インダストリアル・アートの未来の発展において、しかるべき場所を失ってしまう」(27)のである。このように「モダンムーヴメント」は、有用性と美を調和させる「インダストリアル・アート」によって表現されることが期待されている。

イギリスにおける「インダストリアル・アートの未来の発展」というテーマは、ロレンスが関わる『建築評論』一九三〇年一月号からの新シリーズ巻末付録「装飾と工芸技術」に引き継がれる。シリーズ第一弾の記事「イングランドのモダンな家具調度品」の執筆者ポール・ナッシュは、一般的には風景画や静物画で有名な画家として知られているが、布織物の模様のデザイナー、テキスタイル・デザイナーでもあった。彼のデザインは、すでに一九二八年一〇月号の巻末付録「工芸技術」で取りあげられていた。その記事によれば、ナッシュは「奥行きのあるデザイン」によって「三次元の重要性を主張」し、「建築的特質」を取り込んでいた(28)。だが、そのような特殊なデザインは、一九二〇年代前半の製造業者の関心をひかなかったうえに、展示会に出品されてたとえ注目されても、それを技術的に製品化できる工場が国内になかったために、なかなか市場に出回らなかったのだという。「独立して活動するテキスタイル・デザイナー」としてのナッシュは、一九二〇年代にこのような「生産と販売に限界がある、不条理なまでに不自由な状況」を経験した(29)。その彼が一九三〇年一月号でイングランドの家具調度品について指摘した問題点は、つぎのふたつであった。

ひとつは、「イングランドで現在活動しているデザイナーや工芸家」による「ナショナル・スタイルの発展」に関して、つまりはいかにして「モダン」かつ「イングランドらしい」デザインを確立させるか、という問題である(30)。ナッシュは、一八世紀の代表的な建築家で家具デザイナーのロバート・アダムの仕事に注目し、アダムが「外国の製品からエッセンスを抽出しつつ個性的かつナショナルなスタイルを確立した」と讃える。この「融合の力」こそが「一八世紀建築の装飾とデザインの成功の秘密」であり、「イングランドのデザイナーが長いこと失っているが、いままさに重要な能力」なのだという。イングランドにおける「デザインの失敗」は一九世紀に始まり、現在は「モダンであることを望みながらも、それがイングランドらしくあることと両立できるのか自信がない」[31]。このように現状を歴史的に概括するナッシュは、一九二七年に英訳されたル・コルビュジエの『建築をめざして』で表明されている「新しい美学」(なかでも有名な言葉は、「住宅は住むための機械である」だろう)を「いまの潮流」と認めながら、「イングランドでいま望まれているのは、しっかりとした意識の独立である、と主張する。つまり、「モダン」かつ「イングランドらしい」デザインの確立と発展であり、「モダンムーヴメントとその方法を知的に、そして偏見を排して学び、われわれにとっての基準を形成して、ナショナル・スタイルを発展させるための理想にそれを結びつけること」である[32]。

ふたつめの問題は、かつてナッシュも直面した「需要と供給の体系の不条理」に関連する。「若く知的な建築家」が「いまイングランドであたらしさを表現した家」を設計して家具調度品を一式しつらえる、つまりは「モダンなイングランドの家をプロデュースする」という仕事の依頼を受けた場合、どのような事態が生じるか、とナッシュは問いかける。残念なことに国内の市場では、建築家が希望どおりの家具、テキスタイル、絨毯、壁紙を手に入れようと各地に赴いても、結局は特別注文のために高額であったり時間がかかったりしてしまう[33]。この状況を打開して「モダンで優れた製品の生産を促進させる」ためには、「最良のモダンな製品」を集め、デザイナーや職人をスタッフとして雇用し、独立している職人が信頼して仕事をできるような「効率のよい協力体制」を組織したらどうか、とナッシュは提案する。そこで障害になると指摘されていたのは、「自分の目で「よいものがどれかを判断できる」と思っているような仲買人」の存在だった。「利益優先の横暴」という「仲買人の巧妙な侵害」が、「最良のモダンな製品」の生産と流通を妨げる。(34) このようにナッシュは商業的な媒介者の存在を批判する。

さらに、「仲買人」と大型店舗が結託すると、「モダンで優れた製品」の代わりに「時代もの様式」の模造品が大量に供給されることになる。工芸技術とモダンデザインの批評家として当時活躍していたジョン・グローグは、『建築評論』一九三〇年四月号の巻末付録において、大型店舗が流通させる偽の「モダン」デザインをつぎのとおり批判する。

> 大型店舗は伝統に対してやけに熱心に忠実であり、模倣作品の制作の支援者となっている。そして今日、模倣作品の制作者は大戦前の巧みさを失っている。過去のスタイルを映し出す鏡というよりは、スチュアート朝様式やジョージ朝様式のぼんやりした印象を伝える吸取紙にすぎない。というのも、いまやアンティークなデザインを真正直にまねることをやめて、その特徴をいじりまわしているだけなのである。そのため、出来損ないのおかしな製品は、もはやアンティークなどとはとても呼べない代物となってしまい、大型店舗のキャビネット部門の仕入れ係はそれに、「モダン」というラベルを貼りつけているのだ。(35)

大型店舗は大衆消費文化の到来を象徴する。(36) このあらたな時代の流れに向けて、「インダストリアル・アートの未来の発展」を目指すアートとインダストリーの「調和」には、芸術家や工芸家などの制作者と製造業者だけでなく、消費者と販売業者に加えて「キャビネット部門の仕入れ係」のような媒介者の存在が無視できなくなる。「キャビネット部門の仕入れ係」が貼りつけるラベルによって、アンティークでもない「「時代もの様式」の模造品」――ロレンスの言葉ならば、「いつの時代にも属さない絵画」のようなもの――から「モダン」な製品が捏造され、市場に流通する。その結果、真に「モダンで優れた製品」の需要と供給の流れは滞ってしまうのである。

五　共有するアートのモダンムーヴメント

『建築評論』一九三〇年三月号の巻頭エッセイ、エリック・ギルによる「絵画と批評」は、「絵画が室内装飾品として不可欠か否かについてはロレンス氏が充分に論じているから、わたしは一歩戻って、「絵画とはなにか」と問う」と始まる。ギルの答えは明快である。「芸術家にとって絵画はモノである。買い手にとってもモノである」[37]。では、誰にとって絵画はモノではないのか、そしてその問題点はなにか。

ギルが批判するのは、アートに関わる「第三者」、つまり「解釈者、仲介者、専門の批評家」である。彼らは「モノの作り手としての責任感もなく、モノの買い手あるいは使い手としての要求や欲求もない」。「第三者」の関心は、「モノ」としての絵画そのものではなく、「精神的・美的分析」のみである。ギルはこのようにアートの物質的条件、つまりモノとしてのアートを無視してアートを抽象化してしまう行為を、「アート・ノンセンス」と呼んだ。アートの「取引の基本」は「買い手の要求に即して作られたモノを芸術家が提供する」ことにあるのに、批評家とその「アート・ノンセンス」に影響を受けた「教養があると意識している階級の輩たち」が、それを「嘆かわしくも損ねてしまっている」[38]。買い手は本来要求すべきモノとは異なったモノを要求したり手に入れたり、芸術家は本来提供すべきモノとは異なったモノを提供してしまう、という批判だろう。このようにギルは、絵画をモノとみなさない批評家など「第三者」の「アート・ノンセンス」を批判的に取りあげて、アートの需要と供給の問題点を指摘している。

さらにギルは、「産業主義と工場生産品の広まり」が事態を悪化させたという。「産業主義と工場生産品」の範疇に含まれないために「ファイン」と呼ばれるアート――「絵画、彫刻、音楽、文学」――だけが「アート」になり、その制作者だけが「責任ある人間」とみなされる[39]。ファイン・アートの画家や彫刻家は、ますます自分が「自意識の強い特別な人間」であり、「表現するに値する特別で固有の個性を有する」と考えるようになる。その一方で、「その他すべてのアートの制作者は、動きを与えられた「手」あるいは道具」とみなされる。

役に立つアートはますます役に立つだけになった。「ファイン」アートはますますファインなだけになった。注文を受けた製品を提供するという制約から解放された制作者は芸術家になり、作業場はアトリエになった。その間に、他の制作者は工場の手になった――アートとは関わりをもたず。芸術家は悦楽の提供者となった――役に立つモノとはなんの関係もなくなって[40]。

「この混乱」、つまり「役に立つモノ」と「アート」との切り離しに、「アート批評という専門的仕事はますます重要になった」とギルは批判する。アートに含まれている「わざ」の意味が意識されることなく、「ファイン」アートのみが「アート」となり、「役に立つアート」はもはや「アート」とみなされなくなる。問題は、アートが「モノ」でなくなるという「アート・ノンセンス」による分離によって、「役に立つモノ」と美が、有用性と芸術性が、両立しなくなったことにあるというのだ。

ギルが批評家の「アート・ノンセンス」を批判して「絵画はモノである」と定義するとき、彼は「役に立つモノ」と「アート」を切り離したアートの概念を再定義し、アートとインダストリーの歩み寄りを可能にしようとしている。さらには、アートをモノとすることによって、「ファイン」アートのみをアートとして抽象化しつつ占有する「アート・ノンセンス」に抵抗していた。そこにギルは、モダンムーヴメントとしての「インダストリアル・アートの未来の発展」を賭けていたのである。そして、本章の最後に紹介するようにギルの著書『アート・ノンセンスおよびその他のエッセイ』（一九二九年）を書評執筆のために生前ほぼ最期に読むことになるロレンスは、たんなる「工場の手」でも「悦楽の提供者」でもない、有用性と美を両立させようとする――それゆえにロレンスは、ギルがアートへの「道徳的不信感」を「乗り越えようとしている」[41]と、同書の書評に記すことになる――インダストリアル・アートの工芸家の姿を、ギルにみていたはずである。

ロレンスは『建築評論』からの依頼で執筆したエッセイ「壁に掛けられた絵」において、室内装飾品としての絵画を私有するための「堅実な財産」ではなく、「新鮮で香しくなければならないモノ」とみなすべきであると主張した。絵画を私有財産ではなく「モノ」と捉え直すことで、美と有用性の調和をもたらすアートとインダストリーの望ましい関係、そしてインダストリアル・アートの「生産と販売に限界がある、不条理なまでに不自由な状況」を乗り越えて同時代のアートを流通させる可能性を示唆していた。このアートの流通を妨げていたのが、私有財産にこだわる中産階級的「金銭＝私有財産コンプレックス」であった。

さらに、このエッセイの「金銭＝私有財産コンプレックス」批判には、「モダンムーヴメントの父」としてのウィリアム・モリスの影響もみとめられる。本書の序章でニコラウス・ペヴスナーによるモダンムーヴメントの定義を引用した際に確認したように、モリスは「すべてのひとが共有できないのであるならば、いったいアートになんの用があろうか」と問うていた。この、アートはすべてのひとに共有されるべき、という理念ゆえに、ペヴスナーはモリスを「モダンムーヴメントの父」と呼んだ。一方、ロレンスによる「金銭＝私有財産コンプレックス」批判は、絵画を「堅実な財産」と捉える中産階級的価値観を破棄して、人びとが共有するアートの可能性を探ることにつながる。壁に掛けられたままで「古くさくなった絵画」を燃やしてしまったあとは、どうしたらよいのか。その答えはロンドンのデパート、ハロッズに聞いてみよ、とロレンスはいう。ただし、また二〇ギニー払ってハロッズで絵画を買い、二〇ギニーの費用がかかったという理由でその絵をずっと壁に掛け続けるなどしてはいけない。絵画を私有の財産にしてはならない。そうではなくて、「貸し出し絵画館の計画」はいかがか、とハロッズに提案してみたらいい。「貸し本屋」はすでにあるのだから。

なぜハロッズは、よい絵画の「ライブラリー」を作らないのだろうか。出かけて行って絵画

> を選べるような「貸し出し絵画館」を。……会員登録して、前金を払えば、絵画が家まで送られてくる。一年とか二年とか、気に入ったら一〇年とか飾るために。（261）

> 　一般の人びとをアートに触れさせる唯一の方法は、実際の作品を手に取らせることである。書物の場合もかつてはそうだった。昔の五ギニーや二ギニーの時代では、地主階級以外には文学は人びとのものとはならなかった。貸し出し文庫が現われて、大きな一般読者層が誕生した。だから貸し出し絵画館ができたら、絵画を愛でる人びとの大きな層が生まれるだろう。人びとは熱烈に絵画を欲している。だが、それが手に入らないだけのことである。（262 強調は原文）

このような「貸し出し絵画館」という制度あるいは施設が、人びととアートとの接触を可能にする。かつては書籍も地主階級だけのものだったが、「貸し本屋」のおかげで「大きな一般読者層」が誕生した。つまり書物の共有が可能となった。同じことが絵画にもいえるのではないか。芸術家たちも「芸術家協同組合」を作ったらいい、とロレンスは提言する(264)。

　このように「壁に掛けられた絵」は、絵画の私有にこだわる中産階級的「金銭＝私有財産コンプレックス」の批判から、「人びと」が共有するアートの提言へと展開する。こうした共有するアートへのロレンスの志向は、はたして序章で述べたようにレイモンド・ウィリアムズが重視した「変化をもたらす社会的エイジェンシー」の可能性たりえるのかどうか——その検討は、つぎの第二章および第Ⅲ部第六章の課題となる。

六　おわりに

一九三〇年初頭、フランスはヴァンスのアド・アストラ療養所で最期をむかえつつあったロレンスは、エリック・ギルの著作『アート・ノンセンスおよびその他のエッセイ』を読んでいた。妻のフリーダによれば、この本の書評は、ロレンスが生前最後に書いた文章となったという。(42) ロレンスはその書評の導入部分で、「最初に悪いところをすべて指摘しておこう。ギル氏は生まれついての作家ではない。ギル氏の議論からすれば、彼は生まれついての芸術家ともいえないだろう」と述べた後、「工芸家」としてのギルの特徴について、つぎのとおり続ける。

彼はむしろ、生まれついての工芸家である。意識して工芸家の視点をとり、工芸家らしく、パブで飲む男らしく論じ、まさに工芸家としてファイン・アートを嫌悪する。彼は心底アートに対して、パブの男としての道徳的な不信感をもっている。それを乗り越えようとはしているが。
（強調は原文）(43)

ロレンスは「本書のよい面」を取りあげた書評の後半でも、アートに「道徳的な不信感」をもつ「工芸家」としてのギルをあらためて高く評価する。「ギル氏はまずもって工芸家であり、職人である。彼は自分の魂を深く覗き込み、しごとにおいてなにを感じるのかがわかっている」(44)。ロレンスがギルの「職人としての責任感」[45]に言及するとき、「美」のもつ「精妙な道徳的特質」[46]という、モリスの系譜を継ぐアートの社会的有用性の問題に触れていた。

本章は、職人や工芸家そして工芸技術やそのありかた、つまりはクラフツマンシップに強い関心を示すロレンス最期の姿を念頭に置きながら、月刊誌『建築評論』からの依頼で一九二九年前半に執筆されたエッセイ「壁に掛けられた絵」を取りあげた。ロレンスと『建築評論』の関係は、このインテリア・デザイン論で終わりではなかった。さらに執筆の依頼を受けて、今では「ノッティンガムと炭鉱のある地方」という題名で知られる文章が、国際的なモダニズム・デザインの博覧会として名高いストックホルム博覧会[47]を特集した一九三〇年八月号の実質的な巻頭を飾った。「ストックホルム一九三〇」と題されたこの特集号で問われていたのは、本章の冒頭で紹介した批評家セイラーが跡づけた「ラスキンとモリスの考えを機械の時代に調和させる」モダンムーヴメントの可能性であった。一九三〇年前後の『建築評論』には、ロレンスの他に、オズバート・シットウェル、ヒレア・ベロック、イーヴリン・ウォー、ロバート・バイロン、ジョン・ベッチマン（本書第三章で取りあげるように『建築評論』の編集助手でもあった）、ウィンダム・ルイス、W・H・オーデン、シリル・コノリーといった作家たちや文筆家たちの文章が掲載されていた。その誌面からみえてくるのは、モダンムーヴメントのとば口に立つ、一九三〇年のロレンス最期の姿である。

第二章　「美の本能」を共有するモダンデザイン
――ストックホルム博覧会と「ノッティンガムと炭鉱のある地方」

一　はじめに

ロレンスが故郷の村を題材に執筆した最晩年のエッセイ「ノッティンガムと炭鉱のある地方」(一九三〇年)は、その懐古的とも思われるタイトルに反して、モダンなイングランドをあらたに立ち上げるためのマニフェストである。「これまでのすべてを捨ててしまえ。どんなにその代価を払うことになろうとも、変えるために始めるのだ」[1]――ロレンスはエッセイの最後に、過去との断絶というモダンな感覚の振る舞いによってあらたな始まりを提唱する。「あたらしいイングランドを作ろう」(294)。ケンブリッジ大学出版局ロレンス全集の一巻、『後期のエッセイと記事』を編集したジェイムズ・T・ボールトンの解説によれば、ロレンスは一九三〇年三月二日に亡くなる約半年前の一九二九年九月初旬には、このエッセイを書き始めたはずだという[2]。書評を除き作家として生前ほぼ最後に外に向けて発した言葉といってよい。

このエッセイ執筆のきっかけも、第一章で取りあげた「壁に掛けられた絵」に続いて、雑誌『建築評論』からの依頼にあった。ボールトンによる「ノッティンガムと炭鉱のある地方」の解説は、『建築評論』の編集主幹のヘイスティングズは「産業化がイングランドの景観に与えた悪影響を、スウェーデンの例と比較しながら考察する特集号を計画」していた、と指摘する。(3) たしかにロレンスは、故郷ノッティンガムにあるイーストウッドの村の思い出を語りながら、機械産業化が進んだ一九世紀以降の炭鉱地域の変貌を振り返っている。だが、なぜスウェーデンとの比較なのか、というこの「特集号」の文脈については、ボールトンはなにも触れていない。「スウェーデンの例と比較しながら考察する特集号」とは、詳しくは次節以降で述べるように、一九三〇年五月から九月までストックホルムで開催されることになっていた「インダストリアル・アート、実用アート、手工芸の博覧会」（以下、ストックホルム博覧会と表記）に合わせた企画のことであった。

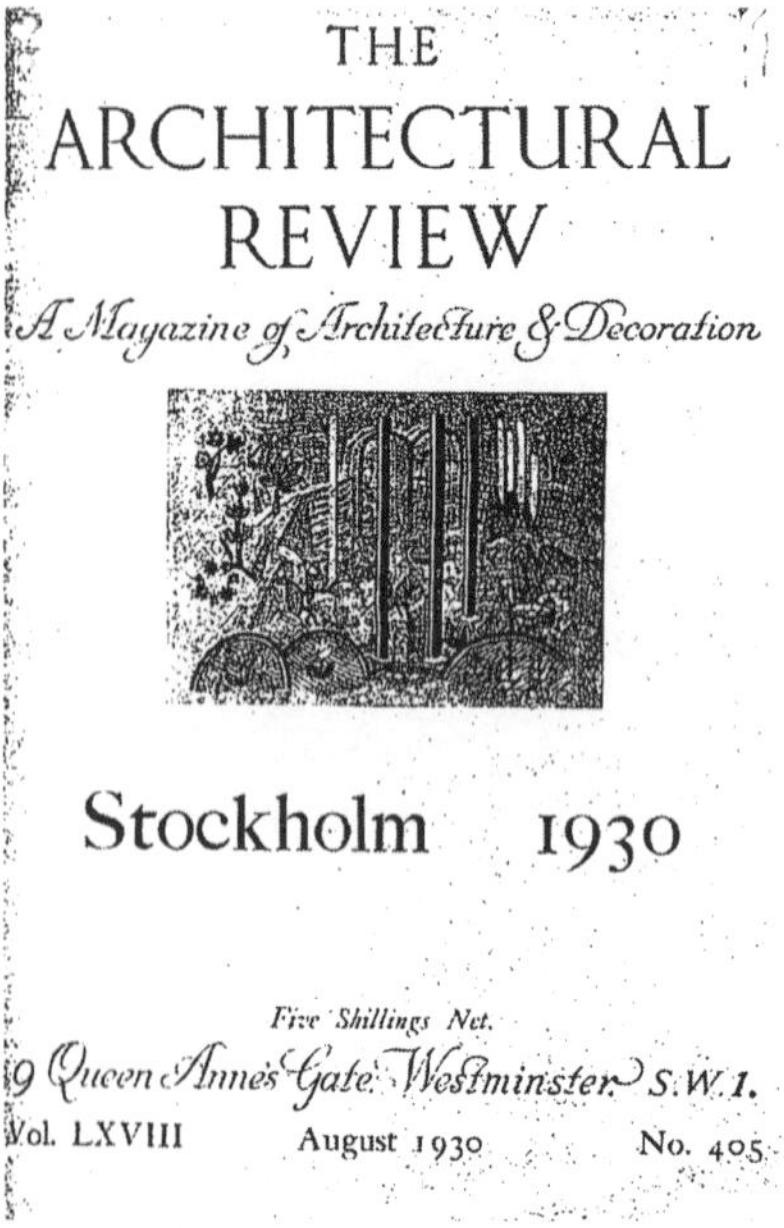

【図版1】『建築評論』1930年8月号、「ストックホルム1930」特集号の表紙

これまでロレンス研究においては、「ノッティンガムと炭鉱のある地方」を一九三六年出版の第一遺稿集『不死鳥』に収められたテクストで、つまりは執筆依頼や掲載雑誌という文脈から切り離して、読んできた。たとえば、フィオナ・ベケットはこのエッセイを「生まれ故郷のノスタルジックな回想」と評している。(4) ベケットの言葉に端的に示されているように、「ノッテ

インガムと炭鉱のある地方」は本書の序章で扱った「自伝的断章」や「ベストウッドへの帰還」と同様に、ロレンスが過去と現在の故郷を振り返ったエッセイのひとつとみなされてきたのである。このロレンス最晩年のテクストが初出時の具体的なコンテクストとともに読まれることはこれまでなかった。ストックホルム博覧会もロレンス研究者の視野に入ることなどなかったのである。

ロレンスが『建築評論』からの依頼で執筆したエッセイは、彼が死去して数ヵ月後、同雑誌の一九三〇年八月号の特集「ストックホルム 一九三〇」に掲載された【図版1】。手稿とタイプ原稿の段階で「ノッティンガムと炭鉱のある地方(Nottingham and the Mining Countryside)」というタイトルがついていたが、掲載号の目次(目次書き出しは八〇頁参照)には「イングランドの炭鉱共同生活文明(The English Mining Camp Civilization)」という別のタイトルが記されている。さらには、実際のエッセイ掲載ページの冒頭には目次と同じタイトルは見当たらず、その代わりに、ロレンスの名前の上に「そして災厄が不気味に迫っている／炭鉱共同生活文明／進歩へのイングランドの貢献(Then Disaster Looms Ahead / Mining-Camp Civilization. / The English Contribution to Progress.)」と三行にわたって記されている【次頁の図版2】。ちなみに、「そして災厄が不気味に迫っている」はエッセイからの引用だが、「炭鉱共同生活文明」と「進歩へのイングランドの貢献」はそうではない。おそらく、後者ふたつのフレーズは『建築評論』の編集担当者によるものと思われる。

『建築評論』に掲載されたロレンスのエッセイに関して、手稿およびタイプ原稿からのタイトルの異同以上に興味深いのは、それが「ストックホルム 一九三〇」という特集の実質的な巻頭記事であったという配置である。後述するようにストックホルム博覧会は、『建築評論』で特集が組まれた当

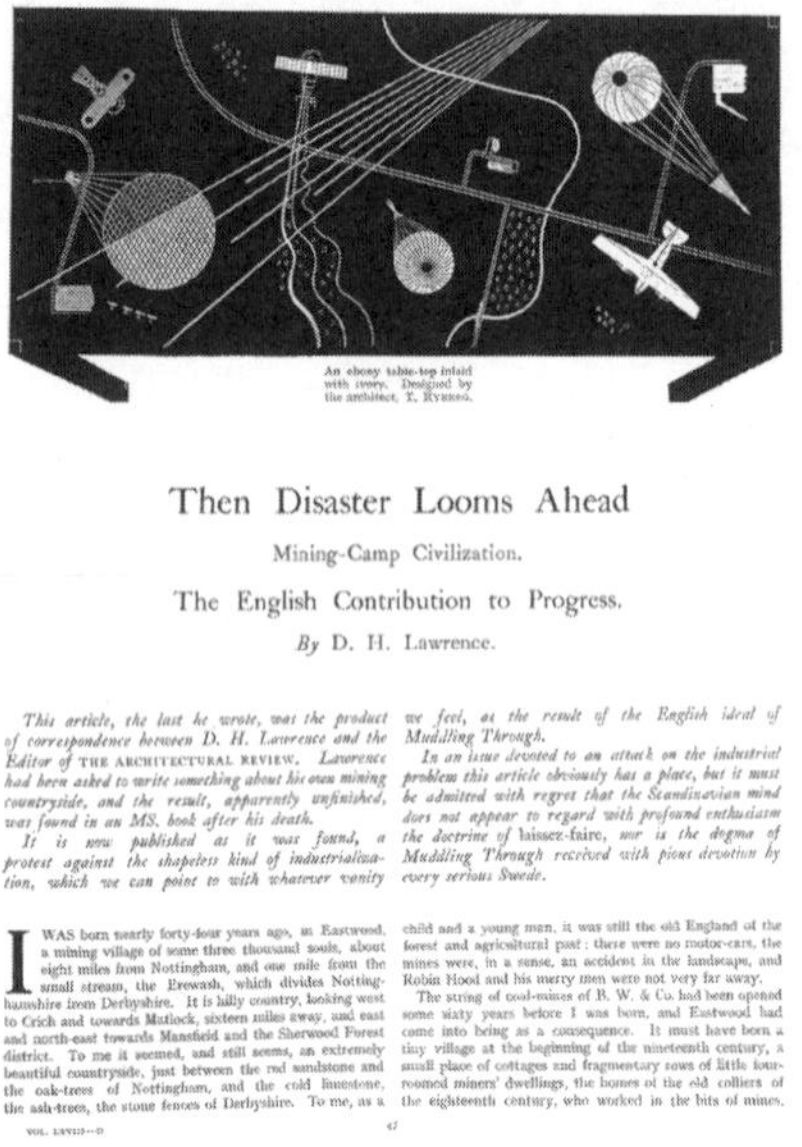
An ebony table-top inlaid with ivory. Designed by the architect, T. Rybbe[?].

Then Disaster Looms Ahead

Mining-Camp Civilization.

The English Contribution to Progress.

By D. H. Lawrence.

This article, the last he wrote, was the product of correspondence between D. H. Lawrence and the Editor of THE ARCHITECTURAL REVIEW. *Lawrence had been asked to write something about his own mining countryside, and the result, apparently unfinished, was found in an MS. book after his death.*

It is now published as it was found, a protest against the shapeless kind of industrialization, which we can point to with whatever vanity we feel, as the result of the English ideal of Muddling Through.

In an issue devoted to an attack on the industrial problem this article obviously has a place, but it must be admitted with regret that the Scandinavian mind does not appear to regard with profound enthusiasm the doctrine of laissez-faire, *nor is the dogma of Muddling Through received with pious devotion by every serious Swede.*

I WAS born nearly forty-four years ago, in Eastwood, a mining village of some three thousand souls, about eight miles from Nottingham, and one mile from the small stream, the Erewash, which divides Nottinghamshire from Derbyshire. It is hilly country, looking west to Crich and towards Matlock, sixteen miles away, and east and north-east towards Mansfield and the Sherwood Forest district. To me it seemed, and still seems, an extremely beautiful countryside, just between the red sandstone and the oak-trees of Nottingham, and the cold limestone, the ash-trees, the stone fences of Derbyshire. To me, as a child and a young man, it was still the old England of the forest and agricultural past: there were no motor-cars, the mines were, in a sense, an accident in the landscape, and Robin Hood and his merry men were not very far away.

The string of coal-mines of B. W. & Co. had been opened some sixty years before I was born, and Eastwood had come into being as a consequence. It must have been a tiny village at the beginning of the nineteenth century, a small place of cottages and fragmentary rows of little four-roomed miners' dwellings, the homes of the old colliers of the eighteenth century, who worked in the bits of mines.

VOL. LXVIII—D　　47

【図版2】『建築評論』1930年8月号、Lawrence, “Then Disaster Looms Ahead”

時、建築や居住環境のモダンデザインの展覧会として大成功をおさめつつあった。ところが、ロレンスのエッセイはストックホルム博覧会はおろか、スウェーデンの工芸技術やモダンなデザインにもまったく触れていない。それにもかかわらず、特集の「序文」と「論説」のつぎに置かれている。これはいったいどういうことなのだろうか。ロレンス研究者のベケットが評したようにこのエッセイが「生まれ故郷のノスタルジックな回想」であったならば、どうしてそれが『建築評論』によるモダンデザインの博覧会の特集号で実質的に巻頭を飾ることになりえたのだろうか。

二　レッセフェール批判とデザイン

一九三〇年に開催されたストックホルム博覧会は、スウェーデンの近代史上、工芸展および産業展

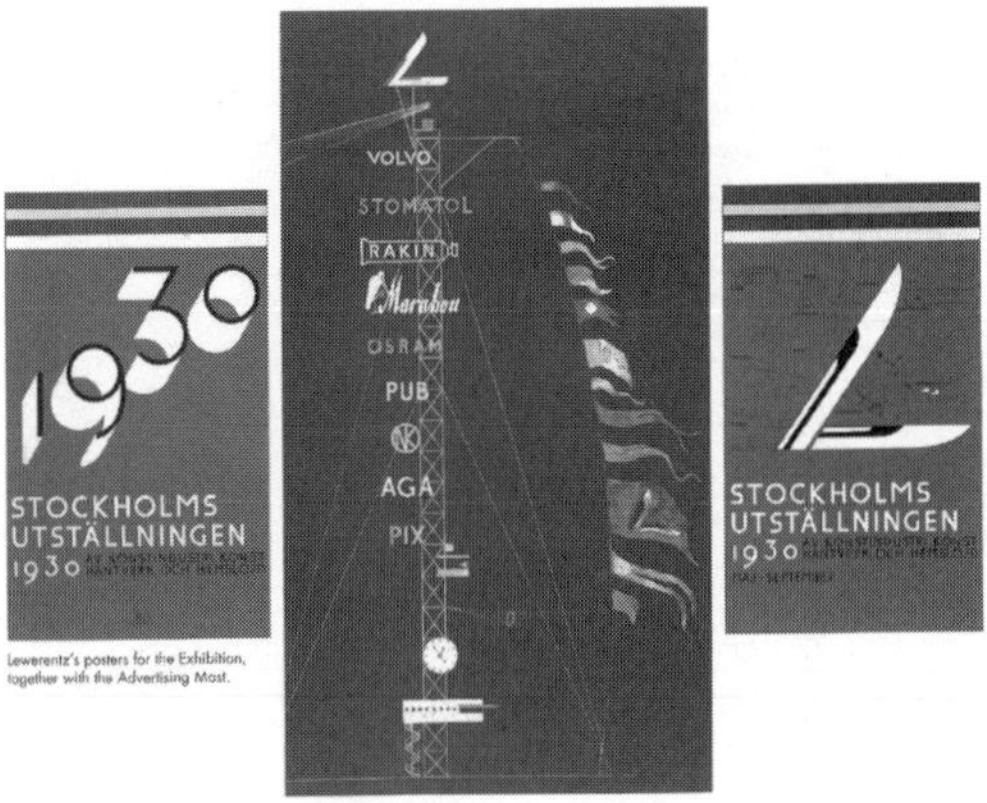

【図版3】ストックホルム博覧会、Eva Rudberg, *The Stockholm Exhibition1930* (1990), p.78 より

としてもっとも国際的な注目を集めた博覧会のひとつであった【図版3】。観客数は五ヵ月間で四〇〇万人を超えたという[5]。会場の建物は、伝統的な美を重視しつつもル・コルビュジエの影響下にあったスウェーデン人建築家のエーリック・グンナル・アスプルンドが監督した。鉄とガラスをふんだんに使用した「透明な」パビリオン、鮮やかな旗の彩り、大胆で新奇な広告とそこで用いられたモダンなタイポグラフィなどは、「スウェーデンにおける機能主義の新機軸」と高く評価された[6]。批評家アラン・プレッドによると、ストックホルム博覧会は「モダニティの国際的な形式をスウェーデンの統一した形式へと翻訳した」という意味で「国際的」であったのと同時に、「スウェーデンのデザインを他国に宣伝」し、スウェーデンの製品を「海外へと売り込む」という意味でも「国際的」であった[7]。

このように二重の意味で「国際的」なストックホルムのモダニズム・デザインの博覧会を、『建築評論』はどのようにイギリスの読者に紹介したのだろうか。特集「ストックホルム 一九三〇」を実際にみていこう。目次はつぎのとおりである。

Introduction. By Baron Ramel
Editorial.
The English Mining Camp Civilization. By D. H. Lawrence
Progress. By Sir Harold Wernher
Portfolio of Illustrations of Swedish Decorative Arts.
Portfolio of Plates.
Stockholm, 1930. By P. Morton Shand
Details and Drawings.
Portfolio of Plates of the Swedish Exhibition.
Books: Swedish Books and Printing. By Noel Carrington

冒頭のスウェーデン外務大臣のラメル男爵による謝辞に続いて、『建築評論』の編集者による一ページの短い「論説」がある。その掲載ページに付されたタイトルは、「レッセフェール」である。特集の方向性を示す文章に、一見するとデザインや建築とは関係のない、通常は経済に関連するタイトルが掲げられている。この「論説」は、つぎのような挑発的な言い回しで始まる。

イングランドは困難に立ち向かわなければならないのだから、もの悲しい鳴き声よりももっとよい響きの声を発するべきだ、とわれわれに言ってくる人びとがいる。だが彼らは、われわれが「どうにか切り抜ける(Muddling Through)」と呼ばれるヴィクトリア朝の伝統の敬虔なる継承者であることを忘れてしまったかのようである。

彼らは、どうにか切り抜けるというイングランドの偉大なる理想は過去のスラム的理想であり、スラム的考えから生じ、スラム的な時代に育まれた過去のものと考えているようである。(8)

無記名の執筆者は皮肉を込めて、困難な状況(一九二〇年代初頭や二〇年代末の不況の社会的影響を指していると思われる)に対峙する「われわれ」二〇世紀のイングランド人が「どうにか切り抜ける」という「ヴィクトリア朝の伝統の敬虔なる継承者」であることを、どうも人びとは忘れているのではないか、と指摘する。「どうにか切り抜ける」という表現は、「論説」のタイトルを踏まえるならば、ここでは一九世紀ヴィクトリア朝以来のレッセフェール的な態度——特別な手を打たずに結果的に苦境を乗り切ればよい、あるいは乗り切れるものだけ残ればよい——を指していると考えられる。人びとはそうしたレッセフェール的姿勢を、もはや過去のもの(つまり過去の「スラム的」なもの)であると信じようとしている。そのような誤った状況認識を、執筆者は皮肉交じりに批判している。

一方、イングランドとは対照的に、ストックホルム博覧会を開催しているスウェーデンは、第一次世界大戦後の不況の影響にあまり苦しんではいない、と「論説」の執筆者は述べる。スウェーデンはドイツやアメリカと同様に、レッセフェールのイングランドとは別の道を歩んでいるからである。スウェーデンの成功を強調するつぎの一節では、「組織する」という動詞が、「ヴィクトリア朝のありがたい伝統」としてのレッセフェールを象徴する動詞句「どうにか切り抜ける」と対比する形で用いられている。

スウェーデンは、ドイツとアメリカと同じ流れで自らを組織化しているといわれる。スウェーデンはどうも、イングランドを模範としてその後を追うことを是としていないようである。国民を豚小屋に住まわせるつもりはないし、汚物や泥でいつも囲まれているような豚小屋をさらに大量生産するために機械を使うつもりもない。大量生産が乱雑な生産を必然的にもたらすとは、スウェーデンは考えていない。整然と組織化すれば、泥状態をなんとか切り抜けるような事態にはならない、と信じているからだ。(9)

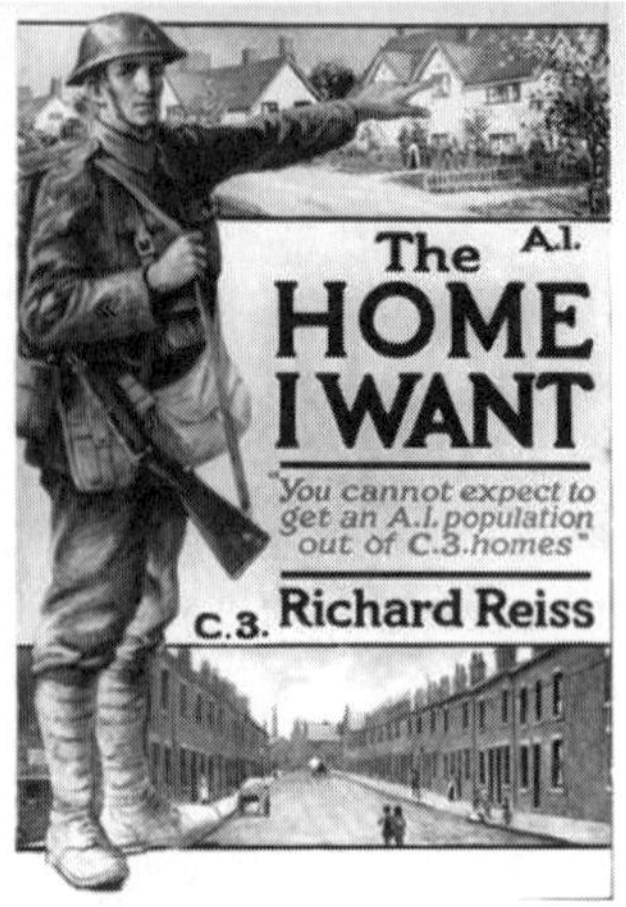

【図版4】Richard Reiss, *The Home I Want* (1918) の表紙

まず指摘すべきは、『建築評論』という雑誌の性格からして当然とはいえ、工業生産の具体例として住宅建設があげられている点である。スウェーデンでは、イギリスとは違って「国民を豚小屋に住まわせる」ことはしない、という。一九二〇年代から政権を担ったスウェーデンの社会民主党は、その後の福祉国家体制の確立に向けた政策を展開させていた。イギリスも、第一次世界大戦後から

一九二〇年代と三〇年代にかけて四〇〇万戸以上の住宅をあらたに国民に供給していた。これは、一九一六年から一九二二年にかけて首相をつとめたデイヴィッド・ロイド＝ジョージが戦後復興策として掲げたキャッチフレーズ「英雄にふさわしい家を」で有名な、再建プログラムの一環である。(10)

一九一八年出版の『私が望む家』の表紙は、その「英雄にふさわしい家」とはどのようなものであるべきなのかをわかりやすく表現している【図版4】。「英雄」こと帰還兵の指先は、通りの両側に建ち並ぶ労働者向けの集合住宅のテラスハウスではなく、それよりも上質で閑静な庭付き一戸建てあるいは二戸建て住宅(semi-detached house)の方を向いている。タイトルの下には、「C.3. の家からA.1. の国民が育つことなど期待できない」との文。"C.3." および "A.1." は、入隊検査の結果を示している。このキャプションとイラストは、"A.1." という検査結果を得られるような身体的に優れた兵士が輩出するためには、それ相応の住環境の整備、つまり長屋ではなく庭付き一戸建てあるいは二戸建て住宅が必要だ、と訴えていることになる。この本の著者のリチャード・ライスは、住宅改良の専門家で「田園都市および都市計画協会」の代表理事をつとめていた。彼は「男たちが「家庭と国」のために戦ってきたにもかかわらず、その名にふさわしい家がないのは何とも嘆かわしい。戦後にまず取るべき政策は、国が地方自治体に補助金を支給し、あらたな住宅提供を推し進めることだ」と主張する。(11)

実際にその後、住宅に関する法律が一九一九年、二四年、三〇年、三三年、三五年と改正されて建築ラッシュとなる。とくに一九三〇年の法律のもとでは、地方自治体はスラム一掃のための五ヵ年計画を作成するように指示された。それに基づく補助金の効果で、一九三九年までに七〇万戸の住宅建設が進み、スラム住民の五分の四が住み替え可能となる。このような歴史的背景を踏まえると、「論説」の執筆者は、一九二〇年代のイギリスでは質のよい住宅の計画的な供給がまだ不充分との認識を示していたことになる。

先の引用部分でさらに重要なのは、「機械」とそれを用いた「大量生産」そのものは批判されていない、という点である。問題は「機械」の使い方や「大量生産」の内容と結果なのであって、スウェーデンを見習って「組織化」すれば、「豚小屋」のような住宅を「大量生産」することにはならないという。機械をフルに活用しても、レッセフェール的に「どうにか切り抜け」なければならないような「汚物や泥」を産出しなければよい。そのために必要なのが「組織化」である。執筆者はこうした主張をさらに続けて、文章の最後にはレッセフェール批判となる重要なキーワードの「組織化」「合理化」「デザイン」「プラン」を、マンチェスターの自由貿易主義者（反穀物法同盟）に代表されるレッセフェールの懐疑的な声を真似ることによって描出話法的に提示する。

スウェーデンは多くのことを教えてくれるだろう、もし教わる気があるならば、とわれわれは言われる。

たしかにそう言われている。しかし、なぜ学ぶのか。なぜ組織化して合理化するのか。なぜデザインをしてプランを立てるのか。……そんなことよりも、いかなる問題に対してもわれわれ独自の対応策がひとつあるではないか、とイングランドの思想の中心であり精華であるマンチェスターはわれわれにいつも語りかける。つまりは、まったくなにもしない。言い換えれば、どうにか切り抜ける、という対応策があるではないか、と。(12)

執筆者はつぎのように問いかけている。たしかに「われわれ」に学ぶ気があるならば、スウェーデンは模範となるであろう。だが、そもそもなぜ「学ぶ」必要があるのか、なぜ「組織化」や「合理化」なのか、なぜ「デザイン」と「プラン」が必要なのか――と。このような懐疑的な声のあとに、マンチェスターに象徴されるレッセフェール的対応、つまり「まったくなにもしない」あるいは「どうにか切り抜ける」という「独特のレシピ」[13]の主張が、彼らの声色の模倣を通して批判的に伝えられている。

「レッセフェール」というタイトルの「論説」は、経済・工業生産・貿易などに言及しながら、第一次世界大戦後のイギリスとスウェーデンを比較し、抑止力の利かない自由市場経済がもたらす社会への影響を指摘していた。『建築評論』にとってストックホルム博覧会の成功は、たんにモノのあらたなデザインに限定される話ではなかった。それは国の将来的な形、その「プラン」にもとづいた「デザイン」を問いただす契機となっていたのである。特集「ストックホルム 一九三〇」は、マンチェスター学派のレッセフェール＝一九世紀リベラリズムを象徴する「まったくなにもしない」姿勢ではなく、「組織化」「合理化」「デザイン」「プラン」の推進を訴えていた。第一次世界大戦後の再建プログラムを経てさらなる難局を乗り切るためには、ポスト・レッセフェールの姿勢としての国家による介入と統制が肝要であると、「論説」は主張していたのである。

このように『建築評論』一九三〇年八月号の特集「ストックホルム 一九三〇」の主旨は、ポスト・レッセフェールというイギリス社会の二〇世紀デザインを提唱することであった。

三　スウェーデンのモダニズムを導入する

さて、『建築評論』の特集「ストックホルム　一九三〇」が主張するところによると、イギリスが一九世紀以来のレッセフェールを断ち切って向かうべき方向は、ストックホルム博覧会のデザインと美学、すなわちモダニズムということになるようだ。まずは特集号の記事から、ヨーロッパのモダニズム建築やモダンデザインをイギリスに紹介していた批評家フィリップ・モートン・シャンドによるエッセイ「ストックホルム　一九三〇」をみてみよう。シャンドはストックホルム博覧会を「機械の美学」の実現として絶賛し、スウェーデンのあたらしく優れたデザインを「純粋な機械の優美さ」と評している――「世界はスウェーデンをモダニズムの最高の代表者として賞賛することになるだろう。モダニズムの精神を見出し、それを純粋な機械の優美さによって表現することに成功した国として」[14]。

シャンドの文章で興味深いのは、「純粋な機械の優美さ」としてのモダニズムを称賛する際のレトリックである。スウェーデンは「あたらしい発見を求める古きヴァイキングの衝動」によってモダニズムを選択した、という。

スウェーデンは、あえてかつての栄光の場から背を向けることを選択した。その結果、あたらしい発見を求める古きヴァイキングの衝動でもって、モダニズムの大渦巻という航海図のない潮流を探求することになった。それは国民の意志による偉大な取り組みである。画期的で洞察力のある選択にほかならない。その至高なる取り組みは、感情に流されない勇気をともなっ

ている。(15)

スウェーデンは伝統的な手工芸や装飾芸術の分野における栄光に固執するのではなく、かつての「ヴァイキング」のように、「国民の意志」として「モダニズムの大渦巻という航海図のない潮流」へと繰り出した。このレトリックを推し進めると、つぎの引用にあるように、イングランド人にも「ヴァイキングの血」が流れているのだから、スウェーデン人と同じように「われわれ」もモダニズムへと向かうべきだ、という結論が導き出される。

願わくは、われわれのヴァイキングの血が、われわれのなかで唯一重要なその血が、いま掻き立てられ、あの裏切り者たちの大虐殺のために集結せんことを。あの不自然にも関節を折り曲げて跪いた無脊椎動物どもは、ネオ・コッツウォルズ風の古き世界の聖域に閉じこもって、ジョン・ラスキンの神聖なる名のもとに、鉄筋コンクリートとクロム鋼と合板への呪文を日々唱えているのだ。(16)

シャンドは、イングランドにおける新旧ふたつの流派を対比させている。一方のあたらしい流派は、「ヴァイキングの血」の目覚めによる「あの裏切り者たちの大虐殺」を願うモダニストたち。そしてもう一方の守旧派は、「ネオ・コッツウォルズ風の古き世界の聖域」でモダンな建築資材を日々呪う軟弱な懐古主義者、すなわち「あの裏切り者たち」である。後者は具体的には、ラスキンのみならずコッツウォルズへの言及によってモリスそしてアーツ・アンド・クラフツ運動を示唆している。シャンドはモダンデザインの推奨派の代表として、「ネオ・コッツウォルズ風」と表現した内向きのナショナリズム（あるいはリージョナリズム）ではなくて、「ヴァイキングの血」が掻き立てられるというレトリックを媒介にした外向きの拡張主義によって、イングランドのあらたなナショナル・アイデンティティの再編を提唱する。(17)

こうしたシャンドの主張とは異なり、装飾芸術の伝統とモダニズムのあたらしさの連続性＝〈接合〉を重視する記事も特集号には収められている。その記事、イギリス・スウェーデン協会会長ハロルド・ウェルナーによる「進歩――スウェーデンの貢献」は、モダニズムの到来を職人による伝統的な手づくりの正確さと美しさの継承として評価する。この文章はロレンスのエッセイのつぎに置かれており、タイトルとサブタイトルがロレンスのエッセイのサブタイトル「進歩へのイングランドの貢献」に対応している。特集号の編集者は、ウェルナーとロレンスの文章をセットにして読ませる構成にしたのである。ウェルナーによれば、スウェーデンは自国の「現代的な発明の富」によって発展し、「電力が現代産業に果たす重要な役割を認めた最初の国」であった。そのような先進性を称賛する一方で、スウェーデンでは「古いもの」と「あたらしいもの」、「銀細工師による精密さと美しさ」と「大量生産」が、「もっとも近代的な工場」のなかで見事に「融合している」、とも指摘する。

スウェーデンは財政において、大量生産において、建築において、そしてモダンアートにおいて卓越している。さらに加えて、古いものとあたらしいものを融合させる勇気も持ち合わせてきた。……最新の工場を覗いてみれば、大量生産品が銀細工師による精確さと美しさをともなっていることがわかるだろう。

スウェーデンはインダストリーだけでなくアートにおいても進歩しており、しかもこのふたつは幸福な連携で発展している。スウェーデンは実際に伝統主義とモダニズムを結びつけている国なのである。同国民の民族的特徴(racial characteristics)は、イングランドのそれに似ている。スウェーデン人たちはビジネスにおいて高い道徳的基準を有して、贅沢品ではなくて高品質の日用必需品を専門とする。(18)

スウェーデンでは「インダストリー」と「アート」の「幸福な連携」が進んでおり、「伝統主義とモダニズム」が連動している。ウェルナーは、同じことがイングランドでも可能だと示唆する。伝統とモダニズムの〈切断〉を強調するシャンドとはスウェーデンの評価のポイントは異なるが、ウェルナーもまた、「贅沢品」ではなくて「高品質の日用必需品を専門とする」スウェーデンをイングランドのモデルとして掲げるために、シャンドが「ヴァイキングの血」の目覚めと表現したような両者の民族的な近さ――「民族的特徴」――に言及している。つまり、イングランド人がモダニズムを選択するのは「自然」なことなのである。

四　レッセフェールの終わりか、「いなかのイングランド」の終わりか

『建築評論』の特集「ストックホルム　一九三〇」は、さまざまな対立する見解を含みながらも、第一次世界大戦後の〈デザイン・美学〉と〈経済・インダストリー〉の議論を交錯させつつ、おおよそつぎのふたつのことを目指していた。

（一）美学的・建築学的に、ヨーロッパの先進的モダニズムをスウェーデン経由でイギリスに紹介すること。伝統的な装飾の美学とあらたな「機械の美学」の関係の再調整、つまり両者の〈切断〉と〈接合〉の可能性を示すこと。

（二）モダニズムの美学をレッセフェール経済と対比させ、イギリスが工業化・機械化を推し進めながらモダニズムを受容する形態としての「機械の優美さ」に、第一次世界大戦後のポスト・レッセフェール期における産業発展の基盤づくり――「組織化」「合理化」「デザイン」「プラン」――を見出すこと。

「ストックホルム　一九三〇」は一九三〇年代以降のイギリスが進む方向として、「論説」が「スラム的」という表現の反復によって醜悪さを強調していたレッセフェールの伝統か、もしくはスウェーデンが実現している「機械の優美さ」のモダニズムか、という選択肢を提示していた。

では、このような「ストックホルム　一九三〇」におけるレッセフェールかモダニズムかという二

者択一は、同時代の言説とどう関係づけられるだろうか。批評家のデイヴィッド・マットレスは、イングランド的景観(landscape)のイデオロギーを扱った研究書『ランドスケイプとイングリッシュネス』(一九九八年)において、一九三〇年前後の「保護主義者たち」による主張を分析している。彼らは、「レッセフェール」を選択するか、それとも「統制(Government)」を選択するか、という枠組みを利用しながら、レッセフェールを続けて「いなかのイングランドの終わり」を見届けるのか、それとも「レッセフェールの終わり」によって「いなかのイングランド」を守るのか、と問いかけていた。

保護主義者たちは、レッセフェールの姿勢が一九世紀には町を破壊し、二〇世紀にはカントリーを破壊しつつあると主張した。ウィリアムズ＝エリスが編集した『イギリスと野獣』では、寄稿者のJ・M・ケインズがつぎのような見解を述べていた。「功利主義と経済を最優先する理想」は、「おそらくはこれまで文明社会を生きる人びとの注目を集めたもっとも嘆かわしい異端的発想である」と。ウィリアムズ＝エリスにとっては、「レッセフェールか、それとも統制か」という問題設定になる――「レッセフェールの終わりか、いなかのイングランドの終わりか、そのどちらかを選択することになる」。(19)

マットレスがここで「保護主義者たち」として念頭に置いているのは、一九二六年に設立された「いなかのイングランド保存協議会」のことである。彼らによれば、一九世紀に町を破壊してスラム化させたレッセフェールは、二〇世紀に入って今度は「カントリー」を破壊しつつあった。右の引用で名前が言及されているクラフ・ウィリアムズ＝エリスは、「いなかのイングランド保存協議会」の主導的立場にあった。さらにつけ加えると、本書の第六章であらためて取りあげるように、彼はイギリスにおいて立ち遅れていたインダストリアル・デザインの改良に向けて一九一五年に発足した「デザイン・アンド・インダストリーズ協会」（通称ＤＩＡ）の中心的メンバーでもあった。ＤＩＡは、イギリスが二〇世紀に入っても一九世紀的レッセフェールをひきずっているために、インダストリアル・デザインが時代遅れになってしまった、と批判していた。彼らの活動は、第一次世界大戦後の産業復興運動の一環であった。[20]

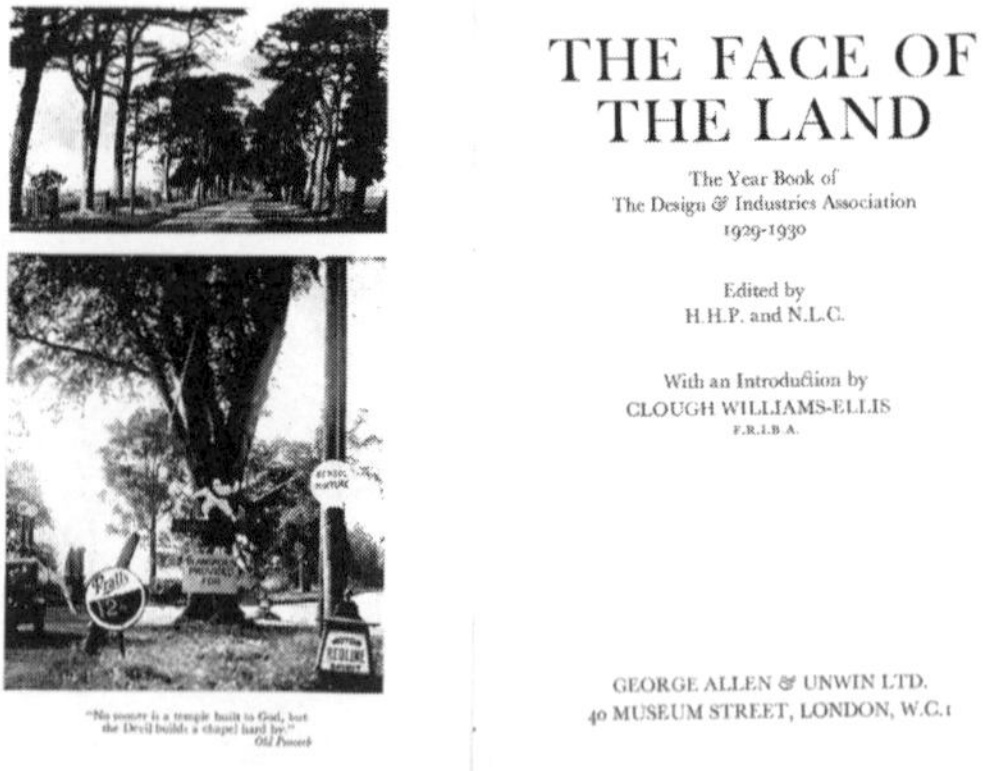

【図版5】DIA 年次報告書 *The Face of the Land* (1930) の内表紙と扉頁

「いなかのイングランド保存協議会」は、ＤＩＡの活動から派生した団体である。彼らはレッセフェール批判を媒介にして、産業製品のデザインから「いなか」のデザインへと活動を転回させた。マットレスが指摘したように、同団体は野放しの自由市場経済へのジョン・メイナード・ケインズによる批判を踏まえながら[21]、「カントリー」の保護のために「統制」という計画的な介入、すなわち「カントリー」をデザインして守ることの必要性を訴えた。「いなかのイングランド」の「保存」とは、「いなか」をそのまま手つかずにしておくことではなく

――そのようなレッセフェールの態度では、「いなか」はレッセフェール的自由市場経済によって破壊されてしまう――、「いなか」を「いなか」として「保存」できるように「統制」＝デザインすることである。二〇世紀の「いなか」は、デザイン志向のモダンな感覚によって守られる。

ウィリアムズ＝エリスは、ＤＩＡの一九二九年から一九三〇年にかけての年次報告書『土地の面』（一九三〇年）の序章を執筆し、デザインという「統制」によって「いなか」のイングランドを保護するためには反デザインのレッセフェールではなく、第一次世界大戦中にイングランドを支えた「規律（Discipline）」の姿勢が必要であると力説した。(22) この報告書の編集は、同じくＤＩＡの中心メンバーだったハリー・ピーチとノエル・キャリントンが担当している【図版5】。実際には『土地の面』は、「ふたりの編者たちによる序言」で述べられているように、ＤＩＡとメンバーが重なる「いなかのイングランド保存協議会」の活動報告書であった。ちなみに、その文面と写真の多くは『建築評論』の誌面が初出であり、キャリントンは同誌のストックホルム博覧会特集号においてスウェーデンのデザイン関連書籍の紹介を担当していた。ウィリアムズ＝エリスによる『土地の面』の序章は三つの節に分かれており、第一節は「モダンな景観」、第二節は「レッセフェールあるいは統制」、第三節は「再建」と題されている。その第二節はつぎのように始まる。

規律が必要なんて！　われわれイングランド人は、ほんの少しでもそんなことに従うのを嫌がる。議論の余地がないほどによい目的のためにだって、そうなのだ。それでもわれわれは、規律に従うべきときには従う。前回の戦争ではそれを実行した。いま一度われわれは、イング

ランドの保護という大義のために規律に従うことになるだろう。(23)

このように一九三〇年前後の「保護主義者たち」――彼らの多くはＤＩＡのメンバーとして、インダストリアル・デザインの改良による機械産業の推進も同時に図っていた――は、平常時のイングランド人には馴染まない「規律」が戦時中と同じように求められるほど、「イングランドの保護という大義」は危機的状況にある、と認識していた。この時期のレッセフェール批判は、一方ではイングランドのアイデンティティの中核に位置づけられる「カントリー」＝「いなか」のイングランドを守るために、他方ではあらたな産業基盤につながるモダンデザインの導入のために、展開されていたのである。(24)

さらに、ロレンスとＤＩＡ／「いなかのイングランド保存協議会」とのつながりを指摘すると、ロレンスは郊外の拡大が都会といなかの両方を破壊したと批判するウィリアムズ＝エリスの『イングランドと蛸』(一九二八年)を書評している。(25) 他方、先に引用したＤＩＡの年次報告書兼「いなかのイング

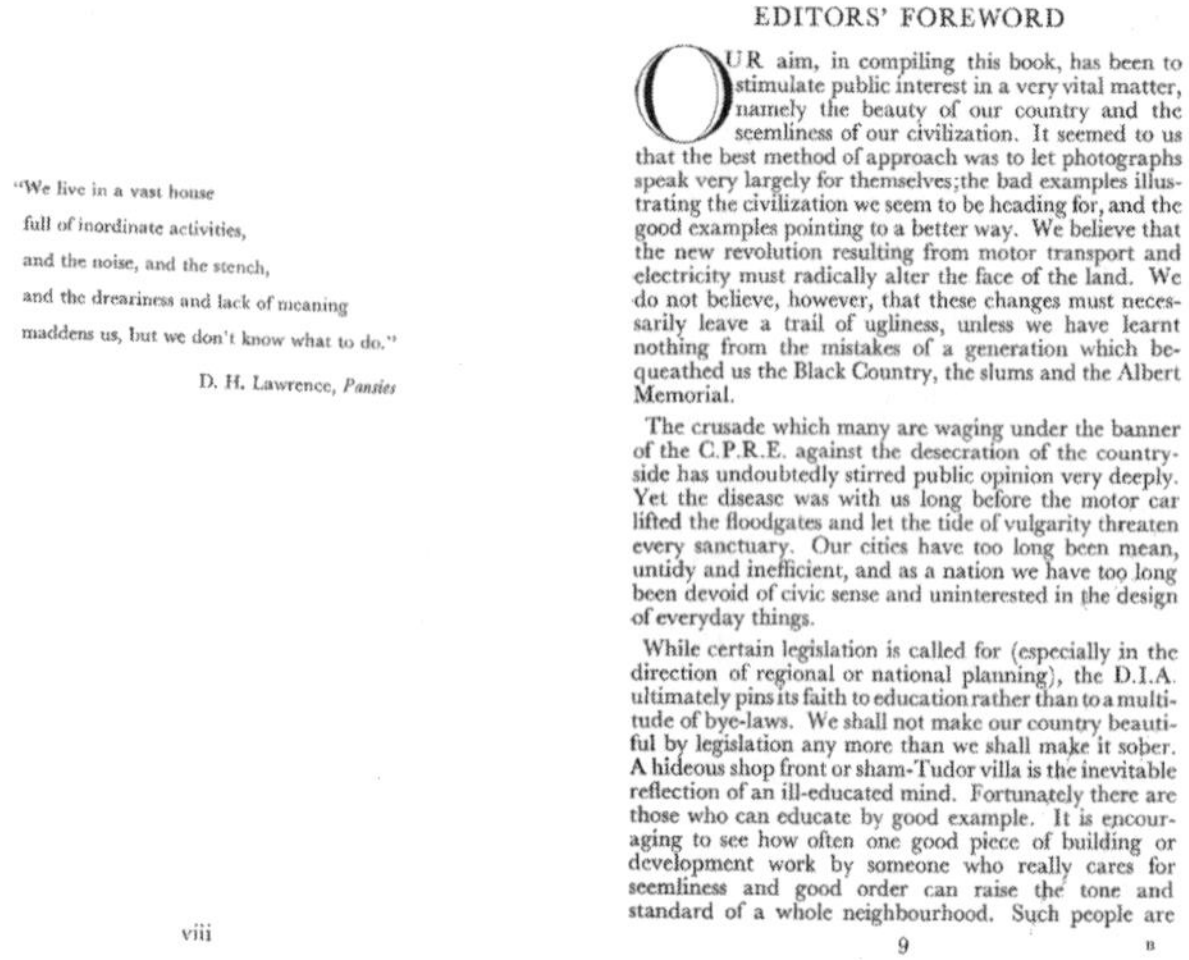
"We live in a vast house
full of inordinate activities,
and the noise, and the stench,
and the dreariness and lack of meaning
maddens us, but we don't know what to do."

D. H. Lawrence, *Pansies*

viii

EDITORS' FOREWORD

OUR aim, in compiling this book, has been to stimulate public interest in a very vital matter, namely the beauty of our country and the seemliness of our civilization. It seemed to us that the best method of approach was to let photographs speak very largely for themselves; the bad examples illustrating the civilization we seem to be heading for, and the good examples pointing to a better way. We believe that the new revolution resulting from motor transport and electricity must radically alter the face of the land. We do not believe, however, that these changes must necessarily leave a trail of ugliness, unless we have learnt nothing from the mistakes of a generation which bequeathed us the Black Country, the slums and the Albert Memorial.

The crusade which many are waging under the banner of the C.P.R.E. against the desecration of the countryside has undoubtedly stirred public opinion very deeply. Yet the disease was with us long before the motor car lifted the floodgates and let the tide of vulgarity threaten every sanctuary. Our cities have too long been mean, untidy and inefficient, and as a nation we have too long been devoid of civic sense and uninterested in the design of everyday things.

While certain legislation is called for (especially in the direction of regional or national planning), the D.I.A. ultimately pins its faith to education rather than to a multitude of bye-laws. We shall not make our country beautiful by legislation any more than we shall make it sober. A hideous shop front or sham-Tudor villa is the inevitable reflection of an ill-educated mind. Fortunately there are those who can educate by good example. It is encouraging to see how often one good piece of building or development work by someone who really cares for seemliness and good order can raise the tone and standard of a whole neighbourhood. Such people are

9　B

【図版6】DIA 年次報告書 *The Face of the Land* (1930)、エピグラフとしてロレンスの詩を引用

ランド保存協議会」の活動記録である『土地の面』は、「ふたりの編者たちによる序言」の前の扉ページに、つぎのとおりロレンスの詩の一節をエピグラフとして掲げている【図版6】。[26]

「われわれは巨大な家に住んでいる
そこは途方もなく多くの活動で満ちている、
そして騒音と、悪臭と、
そして意味の単調さと欠如が
われわれを狂わす、だがなにをすべきかわからず。」

D・H・ロレンス『三色スミレ』より

これは一九行で構成されたロレンスの非定型詩「怒りの日」の第四連である。「怒りの日」は一九二八年出版の詩集『三色スミレ』に収められていた。この詩でロレンスは、過度に近代化が進んだ生活のあり方を批判している。『土地の面』の編者たちは「だがなにをすべきかわからず」と途方にくれるロレンスの詩の一節をエピグラフに掲げることで、同報告書は「いなか」の「イングランドの保護」のために「なにをすべきか」を提示する、と予告しているのだろう。

以上の作業は、ロレンスのエッセイ「ノッティンガムと炭鉱のある地方」を『建築評論』の特集「ストックホルム　一九三〇」の一部として読むためのものである。当時、「いなかのイングランド」保護主義者たちとモダンデザイン推奨派たちは、『建築評論』周辺において反レッセフェールを媒介に連携していた。「いなかのイングランド」の保護主義者たちは、「レッセフェールによるいなかのイングランドの破壊か、それとも、統制というデザインによるいなかのイングランドの保存か」と問いかけた。モダンデザインの推奨派は、「レッセフェールの醜悪さか、それとも、モダニズムの美しさか」と問いかけていた。「いなかのイングランド」の保護と「機械の優美さ」のモダニズム導入は、一見すると、相反する方向性のように思われる。しかしながら両者は、レッセフェール批判からデザインの重視へという転回を共有していた。その共有のあり方を、以下、ロレンスのエッセイ「ノッティンガムと炭鉱のある地方」においてあらためて検証する。

五　「美の本能」を共有する

『建築評論』掲載のエッセイ「ノッティンガムと炭鉱のある地方」は、ヨーロッパのモダニズムをあらたな美しさとしてイギリスに選択させようとする、特集「ストックホルム　一九三〇」のレッセフェール批判のなかにあった。この歴史的文脈の重要性は、ロレンスのエッセイが「レッセフェール」と題された「論説」の後に置かれた編集からも理解できる。さらには、エッセイの前にはつぎのような紹介文も添えられていた。

以下の文章は、D・H・ロレンスが生前最後に書いたものであり、ロレンスと『建築評論』の編集者とのやりとりから生まれた。ロレンスには、彼の生まれ故郷、炭鉱のあるカントリーサイドについてなにか書いてくれるようにと依頼した。その結果、おそらく未完成のままの手稿として遺された。

本号では発見されたそのままの状態で掲載する。この文章は、不恰好で美しくない産業化への異議申し立てである。そうした産業化の原因は、指摘するのがいかに虚しく感じるとしても、「なんとか切り抜ける」というイングランド的理想にある。

産業化がもたらす問題を批判する特集号のなかで、ロレンスの文章は確固たる位置を占めている。残念なことに、レッセフェールの教義を熱い口調でもって分析するためにスカンジナビア的精神が言及されることはないし、「なんとか切り抜ける」という教理も、まじめなスウェーデン人だったらだれもが示すはずの敬虔さでは扱われていないのだが。(27)

この紹介文の執筆者（無記名）は、ロレンスが「レッセフェールの教義」や「なんとか切り抜ける」という「教理」を期待したようには分析していない——それゆえにエッセイは「おそらく未完成」であったと判断している——と嘆きつつも、ロレンスの多くのテクストに確認できる「産業化」に対する批判を、ここではレッセフェール批判として読ませようとしている。そのため、「不恰好で美しくない産業化への異議申し立て」というように、「産業化」の形態を限定する形容語句がついている。この「不恰好で美しくない」という形容は、特集「ストックホルム 一九三〇」の「論説」で用いられていた表現、すなわち充分に「組織化」されていないレッセフェールの結果として生み出される「汚物と泥」、といった否定的表現の延長線上にある。さらにそれは、ロレンスがこのエッセイにおいて過去一〇〇年間の炭鉱村の変化を語り始めるときの導入文――「この炭鉱の村々は、イタリアの美しい丘の上に立つような形が整って魅力的な町並みになっていたかもしれなかった。だが、実際にはどうなったか」(288)――における「形が整って魅力的な」という表現と反響することになる。では、ノッティンガムの炭鉱の村は一九世紀の産業化の結果、どうなったとロレンスは語っているのか。彼がエッセイのなかで強調するのは、「醜悪さ」の蔓延である。

だれもわかっていなかったが、一九世紀に人間の精神を本当の意味で裏切ったのは醜悪さだった。繁栄したヴィクトリア時代に、財産をもつ階級の人びとと産業の推進者たちは、醜悪さへと労働者たちを貶めるという大きな罪を犯したのだ。醜悪さ、醜悪さ、醜悪さ。卑屈さと不格好で醜悪な環境、醜悪な思想、醜悪な宗教、醜悪な希望、醜悪な愛、醜悪な衣服、醜悪な家具、醜悪な家屋、労働者たちと雇用主たちとの醜悪な関係。人間の魂にはパンも必要だが、それよりも現実の美を必要とする。(291-92)

ロレンスは「醜悪な」という形容詞を繰り返し、労使関係の悪化にも言及することで、「パンと薔薇」をめぐる階級問題に光を当てる。「繁栄したヴィクトリア時代」に「財産をもつ階級の人びとと産業の推進者たち」が富を蓄積していった一方で、彼らは労働者たちを「醜悪さ、醜悪さ、醜悪さ」へと追いやったからである。モリス研究者の川端康雄は、ロレンスのこのような言葉づかいについて、「芸術創造の観点から産業主義を批判したモリスの社会思想がロレンスに直に流れ込んでいることを証す発言であるように思える」と指摘する。「「衣服」、「家具」、「家」への言及はモリスの言う「レッサー・アーツ」すなわち装飾芸術であり、ロレンスはこれらを人間の魂に必要な「現実の美」(actual beauty)の重要な部分に含めている」との認識のもとに、川端は『息子と恋人』(一九一三年)における「装飾芸術への関心」を分析している。[28] 本章は以下、ロレンスが「ノッティンガムと炭鉱のある地方」において「現実の美」をどのように現実化することを提唱していたのかについて考察する。

たしかにロレンスへのモリスの影響は、産業化および拝金主義の弊害をその「醜悪さ」にみる批判的表現から確認できる。だが、それに加えてロレンス的特徴として注目すべきは、「現実の美」を現実化させる可能性として、かつての炭坑労働者たちの本能的な力を重視している点である。ロレンスはその力を、炭鉱産業の発展の歴史的な枠組みのなかに置く。まずは、彼が生まれる六〇年ほど前、つまり一八二〇年ごろに、故郷イーストウッドの村は炭鉱経営会社が鉱山を開いたことによって誕生した、と語り始める。その後、炭鉱の本格的な機械化が進んで「真に工業化された鉱山」となった(287)。結果的にイーストウッドでの生活は、「産業化と古き農業中心のイングランドとのあいだの奇妙な交差」において営まれるようになる。だが、たとえ炭鉱が機械化されても、「採掘坑は男たちを機械のようにしてしまうことはなかった」という。そして男たちは、「親密なコミュニティのようなもの」を形成しながら労働を続けた。

かつて人びとは、ほとんどすべての面で本能に従って生活していた。父の時代の男たちは読み書きができなかった。たとえ炭鉱が機械化されても、彼らは炭鉱で機械のようになることはなかった。炭坑夫たちは、採炭請負制度のもとで親密なコミュニティのようなものとして働いたのだ。彼らは文字どおりの裸のつきあいでお互いを知っていた。奇妙に密着した親密さでもって。そして「採炭場」の暗さと地下の深さと絶えず晒されている危険性が、炭坑夫たちの肉体的、本能的、直感的な交わりの度合いをどこまでも高めた。その交わりはほとんど接触といってよいほど密着したもので、とてもリアルでとても力強かった。この身体的な気づきと親密な一体感が、坑道では最高点に達した。（289 強調は原文）

炭坑労働者たちによる労働の産物である石炭は、イギリス社会の機械産業化を推し進めた。だが、「本能」で生きていた「父の時代」の男たちは、「機械のようになる」こともなく、彼らのあいだに形成される「親密なコミュニティのようなもの」という労働のあり方によって特徴づけられる。あるいは、男たちのエロティックともいえる接触の交わりによって。そうした「コミュニティ」および「親密な一体感」は、坑道での彼らの「肉体的、本能的、直感的な交わり」によってもたらされる、という。さらに、男たちに「親密な一体感」をもたらした「本能」は、つぎのように彼らの「美の本能」と重なり合う。

炭坑夫たちには美の本能もあった。だが、彼らの妻たちにはなかった。炭坑夫たちは深く本能に根ざして生きていて、昼間の野心や昼間の知性もなかった。そう、彼らは生活の理性的側面を避けた。生の本能的、直感的な把握を好んだ。労賃についてあまり深刻には考えなかった。

この問題にうるさく小言でなじるのは、当然ながら、女たちだった。男たちを哀れむのは大きな間違いである。男は自分を哀れむなど夢にも考えていなかった。ただし、煽動家たちと感傷家たちが気づかせるまでは。それまで男は幸せであった。満ち足りていたのである。(290)

ここにロレンスの悪しき男尊女卑が表現されていることは、否定できない。男たちには「美の本能」があり、彼らの妻にはない、というのだから。すでに引用したロレンスの言葉づかいでそれを言い換えるならば、女たちは「現実の美」よりも「パン」を欲する、ということであろう。炭坑労働者たちの「生の本能的、直感的な把握」と対立するのが、「昼間の野心」や「昼間の知性」や「生活の理性的側面」、つまりは「パン」への欲求である。男たちは女たちのように「労賃」の低さを気にすることもない。にもかかわらず、「煽動家たちと感傷家たち」は男たちに満ち足りない思いを生じさせ、自らを「哀れむ」ように仕向けた。つまり「現実の美」ではなくて「パン」の欠乏に、彼らの意識を集中させてしまった。ここには、本書の序章で紹介したレイモンド・ウィリアムズによるロレンス評の言葉を借りるならば、「現実に可能な革命的運動はたんに財産をめぐって闘っているにすぎない」(29)と考えていたロレンスがいる。

ただし、このエッセイでのロレンスの批判は「現実に可能な革命的運動」のあり方ではなく、「美」をひとりで「所有」することへと向かう。というのも、美の私的所有欲は「親密なコミュニティのようなもの」よりも「わたし」を優先する個人主義にほかならないからである。ここでもロレンスは、批判すべき個人主義を女性的な特質としてしまう。「醜悪さ」をもたらす物質主義的な中産階級――すなわち「財産をもつ階級の人びとと産業の推進者たち」――に対する批判が、つぎのとおり女性蔑視へと横滑りする。

花を愛することは、間違った方向にひとを導いてしまう場合がある。たいていの女たちは、所有物として、そして自分を飾るものとして、花を愛する。女たちは花を見て、一瞬驚いて、そのまま立ち去る、ということができない。彼女たちは花に気づいて心惹かれると、すぐさま摘んでしまわずにはいられない。引っこ抜くのだ。そう、わたしのもの！　わたしのもの！　わたしが身につけるモノ！　だから今日、いわゆる花への愛はほとんど、このように所有物にするために手を伸ばすエゴイズムにすぎない。わたしが手に入れたモノ。わたしを飾り立ててくれるモノ。しかしながら、わたしは裏庭でたたずむ多くの炭坑夫たちの姿を見たことがある。彼らは、奇妙な、距離を置いてじっと思いふけっている状態で、花を見つめていた。それは美が目の前にあることを本当に気づいている姿だった。（291 強調は原文）

女たちは「わたしが身につけるモノ」として花を「所有」する。つまりは、花の美を私有する。それに対して炭坑労働者たちは、裏庭で花を見ながら「じっと思いふけっている」ままであり、それを摘むようなことはしない。男たちがそうした姿をみせるのは、「美が目の前にあることを本当に気づいている」ためだという。彼らの「美の本能」は、女たちが目の前の花を摘んでしまって「美」を私有する姿勢と異なる。男たちは花をそのままにしておくことによって、その美を共有する。美がそこにある、という真の気づきが重要なのであり、美を私有してしまうことはない。

花の美を前にして手を出さずに「じっと思いふけっている」姿勢は、その美を共有するアート（技術）である。炭坑労働者たちは「美が目の前にあることを本当に気づいて」おり、それは彼らが「美の本能」を共有していることの証左となる。その「美の本能」は採掘坑における労働の機会では、「肉体的、本能的、直感的な交わり」を媒介とした「親密なコミュニティのようなもの」へと発展していた。そんな炭坑労働者たちが直面していた問題は、地下世界の採掘坑から地上に出たときに、彼らの「美の本能」を無効化してしまう「醜悪さ」の蔓延である。

> イングランドの現実の悲劇は、わたしがみるところ、醜悪さの悲劇である。カントリーはひじょうにすてきだが、ひとが作ったイングランドはとてもひどい。わたしが少年の頃は、炭坑夫はだれもが美の特別な感覚をもっていた。それは本能的で直感的な意識からくるもので、採掘坑で呼び覚まされていた。だが、いったん日の光の地上へと戻ってきて冷たい醜悪さと剥き出しの物質主義に直面してしまうと、具体的にはザ・スクウェアとザ・ブリーチにある家に帰ってテーブルにつくと、彼のなかのなにかが死んでしまう。ある意味、男としての彼をだめにしてしまう。（291）

これまでの議論で確認してきた文脈から切り離して、もしこの引用の最初のふたつの文だけを抜き出してしまったら、ロレンスは「ひとが作ったイングランド」からそれ以前の「カントリー」のイングランドに時間を逆転させて引き戻すことを提唱しているかのように誤解されるかもしれない。だが、実際にはそうではない。引用冒頭の「イングランドの現実の悲劇」とは、イングランドで「現実に」起きている悲劇、という意味であると考える。「悲劇」の原因が社会を覆う「醜悪さ」にあるとするならば、その「醜悪さ」を醜悪でないものに変えなければ、「現実」には「悲劇」から逃れられない。炭坑労働者たちの場合、彼らは地下世界の採掘坑では「美の独特な感覚」を保持できるという。だが地上に出ると、「冷たい醜悪さと剥き出しの物質主義」によってそれが損なわれてしまう。たしかにその「醜悪さ」からの逃避先として、パブでの浮かれ騒ぎやカントリーサイドでの漫ろ歩きがある(290)。しかし、どれも一時的な気晴らしであり、いわば現実逃避にすぎない。彼らの日常生活は「ザ・スクウェア」と「ザ・ブリーチ」にある。このふたつは、一九世紀前半に炭鉱経営会社がそれ以前の「古いスタイルの炭坑労働者用住宅の列」を壊して代わりに用意した住宅地の名前である。すでに一八三〇年代には「ザ・スクウェア」は不人気で、そこに住むことは「粗野である」(288)とみなされていた。あとから建てられた「ザ・ブリーチ」は、「ザ・スクウェア」よりも住む場所としては「少しばかり粗野ではない」(288)。ロレンス一家はその「ザ・ブリーチ」に住んでいた。

「ノッティンガムと炭鉱のある地方」は、ロレンス研究者のフィオナ・ベケットがいうような「生まれ故郷のノスタルジックな回想」などではない。そもそものような復古的論調のエッセイでは、雑誌『建築評論』のモダンデザイン特集「ストックホルム 一九三〇」の実質的巻頭を飾った理由が説明できない。ロレンスは過去を経由して未来のヴィジョンを語ろうとしている。かつて地下の採掘坑では、炭坑労働者たちの「美の本能」あるいは「美の独特な感覚」が「親密なコミュニティのようなもの」を育んでいた。それを彼ら以外でも、しかも地上で、共有できるようにするためには、どのようにして「醜悪さ」とは異なるあらたな「現実の美」の空間を実現すればよいのか。ロレンスがこのエッセイで取り組んでいたのは、そのようなランドスケイプの問題である。言い換えるならば、「人間の魂」が「パン」よりも必要とする「現実の美」の現実化に向けて、「土地の面」(292)を「あたらしいイングランド」としていかにデザインするか、である。

六　「あたらしいイングランド」という地上のデザイン

ロレンスは、私有という形態をとる個人主義への批判をさらに展開させる。住環境における私有の象徴は、「わたしが所有する小さな我が家」を「偶像化する」態度だという(292)。しかもそのように「偶像化する」のは、「いつも最悪の状態の、つまりはもっとも貪欲でもっとも独占欲の強くもっとも卑劣になっている女たち」だ、と続ける。ここでもロレンスは、批判の対象を女性的なものとしてしまう。そしてつぎのように主張をまとめる。「「小さな我が家」についてこれ以上なにも言うことはない。それは醜悪な卑小さが土地の面に大きく広がった、なぐり書きだ」(292)。この「なぐり書き」は、「土地の面」がデザインされていない状態を意味する。つまり、「小さな我が家」を寄せ集める個人主義は、「なぐり書き」という反デザインなのである。

さらにロレンスは、イングランドが反デザインの「なぐり書き」状態にいたった経緯について、歴史的流れを踏まえて説明する。一八〇〇年までのイングランド人は「いなかの人びと」だった。町も数世紀にわたって作られてきたが、しかしそれは「本当の町」ではなく、「村の通りの絡まりにすぎない」という(292)。「けっして本当の都市(the real *urbs*)にはならなかった」。というのも、イングランドの人びとの特性は、「ひとの本当に都市的な側面、つまりは市民としての側面」を育んでこなかったからである(292-93 強調は原文)。その代わりに、「「イングランド人の家はそのひとの城」というあの愚かで小さな個人主義」が蔓延した(293)。一九世紀に産業システムが大きく変化して、もはや「村人」や「コテージの住人」など不可能になったにもかかわらず、まだ自分を「コテージの住人――大切な「わたしの家、わたしの庭」」などと考えているという(293)。今日では農場労働者でさえも、ロレンスからみれば「完全なる産業化の不可避の結果」として「精神的には町の鳥」なのである。だれもが「町の鳥」になり、「都市の作り方も、都市がどういうものなのかも、都市に住むとはどういうことなのかも」理解できない――「郊外的で擬似コテージ住民的であり、真に都市的とはどういうことなのかをだれも知らない」(293)。

ここで興味深いことに、「真に都市的」であることはコミュニティの再興につながる。ロレンスが「愚かで小さな個人主義」を批判する理由は、それが「あのコミュニティの本能」を地上で育むことを困難にして、「偉大な都市」にふさわしい「市民としての誇りと威厳」を身につけられなくしてしまうからである。

……わたしたちは、あのコミュニティの本能の育成を止めてしまった。その本能を育てられたら、わたしたちは小さな一軒のコテージに住む者としてではなく、市民としての誇りと威厳という大きな身振りでもって、わたしたちを結びつけてひとつにすることができるだろう。偉大な都市とは、美しさ、威厳、ある種の壮麗さといったものを意味する。この点においてイングランド人は挫折し、驚くほどに裏切られてきた。イングランドは「家」と呼ばれる卑しい住居が集まった、けちでつまらない、なぐり書き状態のものでしかない。(293)

ロレンスは「あの」コミュニティの本能という言い方で、かつて炭坑労働者たちが採掘坑では共有していた「美の本能」を、そしてそれによって可能だった「親密なコミュニティのようなもの」を示唆している。そうした本能は、「美しさ、威厳、ある種の壮麗さ」をもつ「偉大な都市」にふさわしい。にもかかわらず、炭坑労働者たちの「美の本能」は、「ザ・スクウェア」や「ザ・ブリーチ」の「醜悪さ」と「あの愚かで小さな個人主義」によってかき消されてしまった。そのために、イングランドは反デザインの「なぐり書き状態」なのである。

　イングランドが「取るに足らない住み家の卑しく劣ったなぐり書き」状態のままだったら、つまり反デザインのままだったら、未来の変化は生じない。ゆえにロレンスは、一九世紀以来の産業化による「醜悪さ」に抗って、「現実の美」を現実化させたランドスケイプを提唱する。そのためには「美しさ、威厳、ある種の壮麗さ」を有する「偉大な都市」が必要である。いなかでも、農村でも、町でもなく、「ひとが作ったイングランド」の「本当の都市」とそこに住む「市民」の誕生が求められている。それは「わたしたちを結びつけてひとつにする」ために、そして「醜悪さ」の個人主義的産業主義、すなわちレッセフェールに抗うために。
ロレンスはエッセイの最後に自分の生まれ故郷の村をあらためて振り返り、一〇〇年前の「インダストリーの推進者たち」がその「醜悪さという罪をあえて犯してきた」と批判する。いまではさらに酷くなった彼らが、「何マイルも何スクウェア・マイルにもわたる赤煉瓦の「我が家」でもってイングランドの土地の面／顔になぐり書きを続けている」という。そうした「インダストリーの推進者たち」がもたらした反デザインの「なぐり書き」状態に取って代わるものが、「土地の面」をモダンデザインすることによって「現実の美」が現実化したランドスケイプ、都市の景観という意味での「あたらしいイングランド」のタウンスケイプである。

そこで言おう、これまでのすべてを捨ててしまえ、と。どんなにその代価を払うことになろうとも、変えるために始めるのだ。労賃や労働争議など気にするな。意識を別の方向に向けよう。まずはわたしの生まれ故郷の村を、ひとつの煉瓦も残らず更地にしてしまえ。つぎに、中核となるものを計画せよ。焦点を定めよ。その焦点から美しく大胆に放射線状を描け。そこから市の中央に延びる大きくて壮麗な建物をどんどん作れ。それを美しく飾れ。きれいさっぱり始めるのだ。ひとつひとつ都市を立ち上げていく。あたらしいイングランドを作ろう。小さな我が家などごめんだ！　なぐり書き状態のせせこましさやつまらなさなど、捨ててしまえ。土地の輪郭をよく見て、そこから立ち上げていく。それぞれにふさわしい高貴さでもって。(294)

更地にして中核を定め、焦点を絞り、そこから放射線状に美しく線を引く。それに沿って大きくて美しい建物をしつらえる。「なぐり書き状態のせせこましさやつまらなさ」を消し去る。こうした住空間のモダンデザイン化、すなわちロレンスが提唱する「現実の美」の現実化は、「小さな我が家」が象徴する私的所有欲の個人主義の蔓延とは決定的に異なる。

　重要なのは、こうしたモダンデザインへの志向が一九世紀的な過去やその遺産との断絶だけを意味するのではない、という点である。それは変化をともなう継続でもある。かつて炭坑労働者たちは、地下の採掘坑で「美の本能」を媒介にして「親密なコミュニティのようなもの」を育んでいた。「市民」がそれを、未来の地上における「現実の美」＝住空間のモダンデザイン化によって共有できるようにする。デザインとは、たんにモノのかたちを考案することではない。「醜悪さ」に抗って「現実の美」を現実化するデザイン——それはひととひとの関係のあり方を、そして社会のあり方を変化させるアート（技術／芸術）である。そのアートが「親密なコミュニティのようなもの」を再興する。「美の本能」による「土地の面」のモダンデザインとは、本書の序章で取りあげたレイモンド・ウィリアムズのロレンス評の言葉を使うならば、「変化をもたらす社会的エイジェンシーという概念と実践」[30]として人びとが共有するアートにほかならない。

七　おわりに

ロレンスは「ノッティンガムと炭鉱のある地方」の最後に、モダンデザインによる「あたらしいイングランド」の立ち上げを唱える。ただしそれは、近代化に順応するためではない。機械産業化を推し進めた社会は、ロレンスからみると、環境を「醜悪」にしてしまった。それによって失われたかつての炭坑労働者たちの「美の本能」を、そして採掘坑という地下では可能だったはずの「親密なコミュニティのようなもの」を、炭坑労働者を含む「市民」たちが継承する――それが「土地の面」をモダンデザインする目的であった。そのモダンデザインとは、「親密なコミュニティのようなもの」を共有するアートである。そして「美の本能」とは、私有という個人主義を乗り越える「変化をもたらす社会的エイジェンシー」のことである。

本書は、人びとが共有するアート（技術／芸術）の未来に向けた継承を、ペヴスナーがモリスを「モダンムーヴメントの父」と名づけたことに倣って、モダンムーヴメントと呼んでいる。ウィリアムズのロレンス評の言葉を加えるならば、それは「変化をもたらす社会的エイジェンシーという概念と実践」の可能性としての、モダンムーヴメントである。「ノッティンガムと炭鉱のある地方」ほど、ロレンスのモダンムーヴメントが直接的に表現されたテクストはない。エッセイという形式がそれを可能にしたのかもしれないし、『建築評論』からの執筆依頼というきっかけが大きな要因だったのかもしれない。残念ながら、ロレンスと雑誌編集主幹のヘイスティングズとの往復書簡は遺っていないため、ロレンスが特集「ストックホルム 一九三〇」の企画についてどの程度知っていたのかはわからない。そもそも、『建築評論』に関してロレンスにどれ程の知識があったのか、エッセイ執筆当時にイギリス国外にいた彼が雑誌を手に取ることが可能だったのかについても、伝記的記録はない。これまでロレンス研究において『建築評論』が注目されなかったため、まだ調査が進んでいないだけなのかもしれない。

掲載雑誌の文脈とともに「ノッティンガムと炭鉱のある地方」を再読するならば、このエッセイは、一九世紀的レッセフェールおよび個人主義の批判による「あたらしいイングランド」のランドスケイプを目指したデザイン論である。たしかに過去の振り返りからエッセイは始まっているが、しかしそれは、未来のデザインを語るためのものであった。ロレンスは最後に、「親密なコミュニティのようなもの」を共有するアートとしての、「あたらしいイングランド」という「土地の面」のモダンデザインを提示していたのである。

『建築評論』一九三〇年八月号の特集「ストックホルム 一九三〇」を手にしてロレンスのエッセイを読んだ当時の人びとは、「あたらしいイングランド」という地上のモダンデザインと、特集の他記事との連続性を理解したであろう。だが、一九三六年出版のロレンス遺稿集『不死鳥』で初めて当該エッセイを読んだ人びとは、その後のロレンス研究者たちも含めて、「あたらしいイングランドを作ろう」というロレンスのほぼ生前最後の呼びかけに応えられなかった。「生まれ故郷のノスタルジックな回想」のように思われる文章が、なぜモダンデザインの提唱に帰結するのか、わからなかったはずである。そこで本章は、『建築評論』一九三〇年八月号の文脈を復元し、その文脈から切り離されたままであった「ノッティンガムと炭鉱のある地方」とのあいだにもう一度、橋を渡してみた。そこから見えてきたのは、前章の最後に用いたフレーズをあらためて言い直すことになるが、一九三〇年三月二日の「作者の死」を生き延びてモダンムーヴメントのとば口に立つ、一九三〇年八月のD・H・ロレンスの姿である。

第三章　モダニスト・ベッチマンの〈アート／インダストリー〉
——「スラウ」と『建築評論』の「まがいもの」批判

一　はじめに

『建築評論』は一九三〇年二月号にロレンスのエッセイ「壁に掛けられた絵」を掲載した三ヵ月後、そしてストックホルム博覧会特集号の三ヵ月前、一九三〇年五月号にて「モダンなイングランドの室内装飾」という特集を組んだ。その表紙の上部にはいつも通りに雑誌のメインタイトル“THE ARCHITECTURAL REVIEW”とサブタイトル“A Magazine of Architecture & Decoration”が記され、さらにその下には特集内容を表わす“1830”と“1930”という年号、そして幾何学模様の図柄とその下に“*Modern English* / Interior Decoration”の文字がある【図版1】。特集は「編集者」による基調エッセ

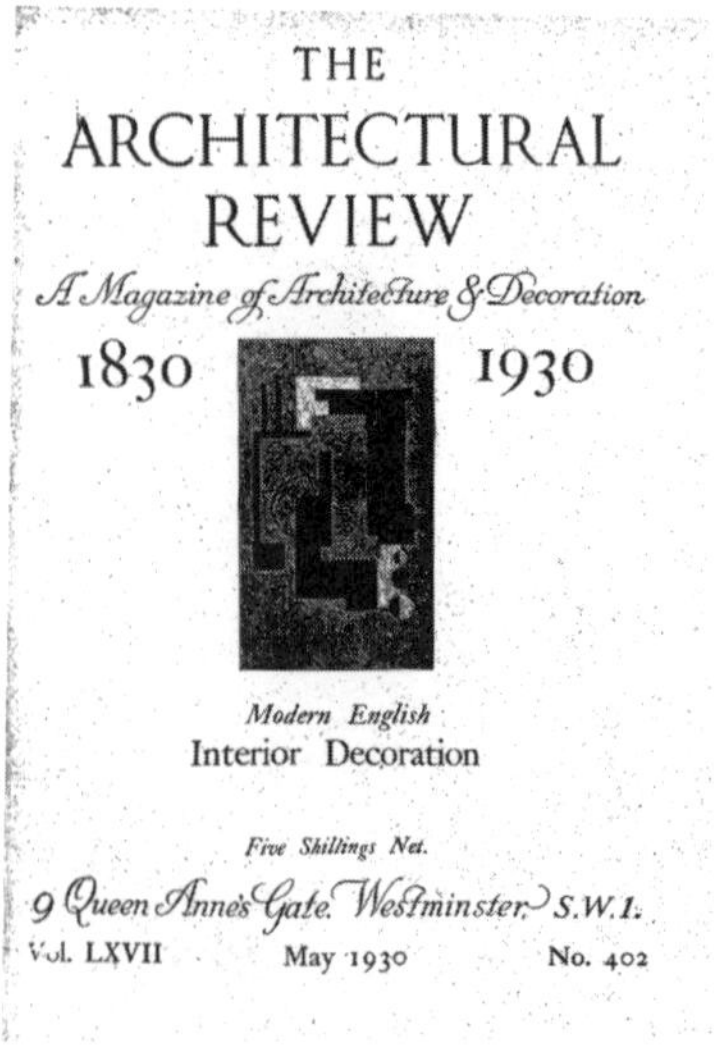

【図版1】『建築評論』1930年5月号、「モダンなイングランドの室内装飾」特集号の表紙

イ「人びとに欲しているものを与えよ」から始まる。それに続くメイン・エッセイは、表紙に記されていた年号をタイトルに掲げた「一八三〇年〜一九三〇年、いまだ歩みは力強く——室内装飾の近年の歴史案内」という。執筆者はのちの桂冠詩人、若き日のジョン・ベッチマンである【図版2】。

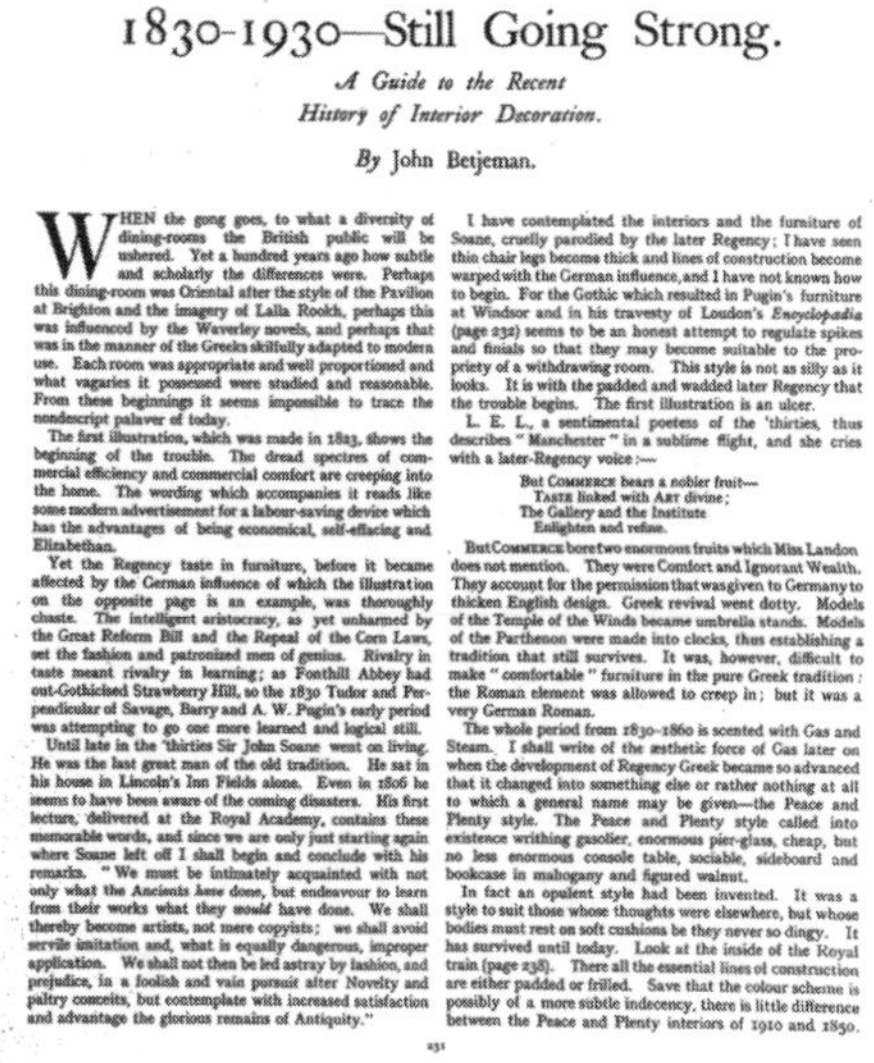
1830-1930—Still Going Strong.

A Guide to the Recent History of Interior Decoration.

By John Betjeman.

WHEN the gong goes, to what a diversity of dining-rooms the British public will be ushered. Yet a hundred years ago how subtle and scholarly the differences were. Perhaps this dining-room was Oriental after the style of the Pavilion at Brighton and the imagery of Lalla Rookh, perhaps this was influenced by the Waverley novels, and perhaps that was in the manner of the Greeks skilfully adapted to modern use. Each room was appropriate and well proportioned and what vagaries it possessed were studied and reasonable. From these beginnings it seems impossible to trace the nondescript palaver of today.

The first illustration, which was made in 1823, shows the beginning of the trouble. The dread spectres of commercial efficiency and commercial comfort are creeping into the home. The wording which accompanies it reads like some modern advertisement for a labour-saving device which has the advantages of being economical, self-effacing and Elizabethan.

Yet the Regency taste in furniture, before it became affected by the German influence of which the illustration on the opposite page is an example, was thoroughly chaste. The intelligent aristocracy, as yet unharmed by the Great Reform Bill and the Repeal of the Corn Laws, set the fashion and patronized men of genius. Rivalry in taste meant rivalry in learning; as Fonthill Abbey had out-Gothicised Strawberry Hill, so the 1830 Tudor and Perpendicular of Savage, Barry and A. W. Pugin's early period was attempting to go one more learned and logical still.

Until late in the 'thirties Sir John Soane went on living. He was the last great man of the old tradition. He sat in his house in Lincoln's Inn Fields alone. Even in 1806 he seems to have been aware of the coming disasters. His first lecture, delivered at the Royal Academy, contains these memorable words, and since we are only just starting again where Soane left off I shall begin and conclude with his remarks. "We must be intimately acquainted with not only what the Ancients *have* done, but endeavour to learn from their works what they *would* have done. We shall thereby become artists, not mere copyists; we shall avoid servile imitation and, what is equally dangerous, improper application. We shall not then be led astray by fashion, and prejudice, in a foolish and vain pursuit after Novelty and paltry conceits, but contemplate with increased satisfaction and advantage the glorious remains of Antiquity."

I have contemplated the interiors and the furniture of Soane, cruelly parodied by the later Regency; I have seen thin chair legs become thick and lines of construction become warped with the German influence, and I have not known how to begin. For the Gothic which resulted in Pugin's furniture at Windsor and in his travesty of Loudon's *Encyclopædia* (page 232) seems to be an honest attempt to regulate spikes and finials so that they may become suitable to the propriety of a withdrawing room. This style is not as silly as it looks. It is with the padded and wadded later Regency that the trouble begins. The first illustration is an ulcer.

L. E. L., a sentimental poetess of the 'thirties, thus describes "Manchester" in a sublime flight, and she cries with a later-Regency voice:—

But COMMERCE bears a *nobler* fruit—
TASTE linked with ART divine;
The Gallery and the Institute
Enlighten and refine.

But COMMERCE bore two enormous fruits which Miss Landon does not mention. They were Comfort and Ignorant Wealth. They account for the permission that was given to Germany to thicken English design. Greek revival went dotty. Models of the Temple of the Winds became umbrella stands. Models of the Parthenon were made into clocks, thus establishing a tradition that still survives. It was, however, difficult to make "comfortable" furniture in the pure Greek tradition: the Roman element was allowed to creep in; but it was a very German Roman.

The whole period from 1830–1860 is scented with Gas and Steam. I shall write of the æsthetic force of Gas later on when the development of Regency Greek became so advanced that it changed into something else or rather nothing at all to which a general name may be given—the Peace and Plenty style. The Peace and Plenty style called into existence writhing gasolier, enormous pier-glass, cheap, but no less enormous console table, sociable, sideboard and bookcase in mahogany and figured walnut.

In fact an opulent style had been invented. It was a style to suit those whose thoughts were elsewhere, but whose bodies must rest on soft cushions be they never so dingy. It has survived until today. Look at the inside of the Royal train (page 238). There all the essential lines of construction are either padded or frilled. Save that the colour scheme is possibly of a more subtle indecency, there is little difference between the Peace and Plenty interiors of 1910 and 1850.

231

【図版2】『建築評論』1930年5月号、Betjeman, "1830-1930 – Still Going Strong"

一九〇六年生まれのベッチマンは、二〇世紀半ば以降のイギリスにおいて国民的な人気を博した詩人として知られる(1)。一九七二年から没年の一九八四年までの十二年間、国を代表する桂冠詩人をつとめた。桂冠詩人の初代として正式に任命されたのはジョン・ドライデンであり、ベッチマンは一七代目にあたる。生家はロンドンで家具製造業を営んでいた。初等教育を受けたハイゲイト校には、詩人として名をあげる前のT・S・エリオットが教師をしており、ベッチマンも彼の教えを受けた。パブリック・スクールのマールバラ校からオクスフォード大学のモードリン・カレッジに進学。大学在学中はのちの人気小説家イーヴリン・ウォーをはじめ、「煌めく若者たち」(“Bright Young Things”)と呼ばれてメディアにもてはやされることになる文学や芸術の愛好家たちとの交流を深める。第一詩集『シオンの山』を一九三二年に上梓、一九五八年出版の『選詩集』は一〇万部の売り上げを記録した。

二〇世紀半ばの詩人ベッチマンの人気は、一九世紀ヴィクトリア時代に同じく桂冠詩人をウィリアム・ワーズワースから引き継いだアルフレッド・テニスン以来の国民的なものだったと評される。だがベッチマンの詩は、国外では国内ほどには読まれてこなかった。一九七一年にアメリカ版のベッチマンの『選詩集』が出版されたときには、イギリスの詩人フィリップ・ラーキンがアメリカの読者に向けた序文を執筆し、その序文のタイトルを「それはイングランドでしか起こりえなかった」とした。ラーキンはベッチマンの詩がイングランド独特の国内的な内容で、イングランドの社会や日常生活に馴染んでいないと鑑賞しづらい、と序文で述べた。また、国内においても一般読者のあいだの人気に比較すると、アカデミックな研究対象としてはさほど取りあげられることがなかった。テニスンがイギリス文学史おける一九世紀の記述で通常占めるような重要な位置を、ベッチマンが二〇世紀において占めるようなこともこれまでなかった。

ベッチマンの詩が研究の対象になりにくかった理由は、一九九九年から二〇〇九年まで桂冠詩人をつとめたアンドリュー・モーションの言葉によると、彼が「モダニズムのまさしく対立項」と広くみなされてきたからであるという(2)。モーションの「モダニズム」が指しているのは、一九二二年に出版されたエリオットの『荒地』やジョイスの『ユリシーズ』を重要な文学的達成点とみなす、いわゆる盛期モダニズムの実験的な詩や小説のことである。ラーキンもイギリス版のベッチマン『選詩集』を書評した際に、つぎのように述べた。

ベッチマンは、今世紀［二〇世紀］を代表するような詩の特徴に抗っている。彼は誰もが理解しやすい趣向の定型詩を書いてきた。詩で扱っていたテーマを理由に、批評においてはつぎのような辛辣な形容語句を浴びることもあった――こじんまりして、懐古的で、いんちきで、青くさく、スノッブで、退廃的で……。

詩人としてのベッチマンの重要性は、才能があり知的な書き手だが、モダンな詩の革命など彼にはまったく関係ない、という点にこそある。象徴主義も、客観的相関物も、T・S・エリオットもエズラ・パウンドも、ベッチマンにとっては存在しないに等しい。(3)

ベッチマンの詩の特徴は、先行するエリオットらモダニスト詩人たちの功績などまるで無視するかのように、二〇世紀に入ってからの「詩の革命」などとも無縁であるかのような伝統的なものだった。ラーキンによれば、それは彼の一般的な評判を貶めることにはならなかった。それどころか、ベッチマンの詩は韻律の整った「理解しやすい」定型詩であるがゆえに、「おそらく現存する詩人のなかでもっとも広い読者層を獲得しているはず」という。(4)だが、そうした一般的な人気にもかかわらず、あるいはそうであるがゆえに、ベッチマンはモダニズム文学の実験性に重きを置いてきたアカデミックな文学研究においては、つねに周縁に追いやられてきたのである。

詩人としてのベッチマンが「モダニズムのまさしく対立項」であるならば、彼と『建築評論』との関わりはどのように考えたらよいだろうか。『建築評論』は第一章で紹介したように、「一九三〇年代のモダニズム建築の代弁者」[5]として、「イギリスの建築においてモダニズムが支配的な言説になる」[6]時期に重要な役割を担った雑誌だった。ベッチマンはその『建築評論』に多くの文章を寄稿し、さらには一九三〇年から一九三五年にかけて編集助手もつとめていた。ラーキンが列挙したベッチマンへの「辛辣な形容語句」のうちのとくに最初の三つ、すなわち「こじんまりして、懐古的で、いんちきで」などは、彼の詩が「モダニズムのまさしく対立項」であることを表わしている。一方、一九三〇年五月号のエッセイ「一八三〇年～一九三〇年、いまだ歩みは力強く――室内装飾の近年の歴史案内」は、『建築評論』に初めて掲載されたベッチマンの文章であり、彼はこの年から当誌の編集を担当した。編集作業のかたわら、書評も含めると約六年間で三〇本以上の記事を執筆した。

また、ベッチマンは一九三三年にイギリスのモダニズム建築家たちが立ち上げた「モダン建築リサーチグループ」（略称MARS Group）の初期メンバーでもあった。MARSグループは、一九二九年に結成されたフランスの現代芸術家連盟が当地で担っていた役割と同じように、イギリスにおいてモダニズム建築家たちをサポートすることを目的とした組織だった。彼らは第二次世界大戦中の一九四二年には、空爆を受けたロンドンの戦後復興に向けてラディカルな都市計画「ロンドンのマスター・プラン」を『建築評論』の誌面で提唱することにもなる。[7]

一九三〇年代のモダニストのベッチマンと、「モダニズムのまさしく対立項」と称される国民的詩人のベッチマン。『様式の冷戦――ベッチマン対ペヴスナー』（二〇一一年）の著者ティモシー・マウルは、『建築評論』に携わっていた時期のベッチマンは詩人としての成熟した「様式のまとまり」へと向かう途中にあった、との月並みな見解を示している。本章では、『建築評論』編集者およびエッセイ執筆者としてはモダニストであり、その一方で詩人としては「モダニズムの対立項」であったという一九三〇年代のベッチマンの二面性を、同年代のモダンムーヴメントのあり方として捉えることとする。『建築評論』で展開されていたモダンデザイン論の文脈のなかに、初期ベッチマンの代表作である詩「スラウ」(一九三七年)で言及される「いんちきなテューダー朝風のバー」、いわゆる疑似テューダー朝様式への批判を組み込むことによって、〈アート／インダストリー〉としてのモダンムーヴメントの展開に光を当ててみたい。

二　「スラウ」における郊外の「まがいもの」

まずは、ベッチマンのもっともよく知られている詩のひとつ、「スラウ」を取りあげる。四行でひとつのスタンザを形成して全部で一〇スタンザの比較的短い詩であり、タイトルはロンドンの中心部から西に三〇キロほど離れた場所に実在するあたらしい郊外の町を指している。ベッチマンは「さあ来い、友なる爆弾よ、スラウに落ちよ」という爆撃への呼びかけで詩を始める。スラウはひとが住むにはふさわしくないうえに、牛を育むような草も生えていない郊外の不毛の町である。[8]

さあ来い、友なる爆弾よ、スラウに落ちよ
いまや人間が住むにふさわしくない、
牛に食べさせる草も生えない

死よ、群れあつまれ！

さあ来い、爆弾よ、木っ端みじんに吹き飛ばせ
あの空調つきで派手派手しい食堂を、
缶詰めのフルーツ、缶詰めの肉、缶詰めのミルク、缶詰めのビーンズ
　缶詰めの精神、缶詰めの息を。

Come, friendly bombs, and fall on Slough
It isn't fit for humans now,
There isn't grass to graze a cow
　Swarm over, Death!

Come, bombs, and blow to smithereens
Those air-conditioned, bright canteens,
Tinned fruit, tinned meat, tinned milk, tinned beans
　Tinned minds, tinned breath. (Stanza 1-2)

批評家ジョン・ケアリーが「缶詰めの」という単語の反復に注目して指摘するように、「スラウ」は

一九三〇年代の大衆化や近代化を批判した詩と解釈される。缶詰めを社会の悪しき変化の象徴とみなしていた作家として、ケアリーはベッチマンのほかにH・G・ウェルズ、T・S・エリオット、ジョージ・オーウェル、グレアム・グリーンといった名前をあげ、つぎのように述べる。

知識人たちの考え方を表現する語彙のなかで、缶詰め食品は大衆を象徴していた。缶詰めは知識人たちにとって、自然と対立するがゆえに嘆かわしいモノだからである。機械的で、魂がないモノである。均質化された大量生産品として、缶詰め食品は個としての神聖さにも反していた。それゆえに、芸術作品のなかに組み込まれるときにはかならず風刺され、いらないモノとされたのである。(9)

「大衆を象徴」する缶詰めは、その食品とそれを食べる人びとをコミカルあるいはグロテスクに同一化する。ともに個性を欠いた均一性を共有しているためである。人びとはそれぞれが個人ではなく「均質化」された「塊」であり、「自然」と対立する「機械的で、魂がない」存在として捉えられる。そのような人びとのあり方には、「個としての神聖さ」が失われているという。

さらにケアリーは、スラウがロンドンの郊外にあることに注目する。ベッチマンは「スラウ」において、「郊外を描いた詩の埋もれた伝統」を再活用しているのだという。

その伝統は一八五七年出版のフレデリック・ロッカー＝ランプソンによる『ロンドン叙事詩

集』から始まっていた。……事務員たちは郊外の詩というこの伝統の中心的な存在で、［F・O・マンの詩集『ロンドンと郊外』（一九二五年）に登場する］オフィスで若いタイピストに夢中になる「禿げ頭の愚か者」から、［ダグラス・ゴールディングが『路上およびその他の詩』（一九二〇年）で描いた］我が子へごほうびとしてあげるために郊外の小さな花壇にイチゴを育てようとする哀れな低賃金労働者まで、彼らの置かれている境遇はさまざまだった。

ベッチマンの郊外の詩がこの伝統において特徴的なのは、郊外に向ける彼の強烈な感情である。それは描かれる郊外が作られた年代に応じて、愛もしくは憎しみの形をまとった。古い郊外は、そしてそれがとって代わったさらに古いカントリーサイドは、ノスタルジックな霞のなかで光揺らめいていた。……

それに対してモダンな郊外は、途方もなくひどい空間として表現された。「強烈な光を発するナトリウム灯に照らされた黄色い嘔吐物にまみれて」、ベッチマンが進歩と結びつける凶悪なもの——ラジオ、車、広告、家事労力を節約できる機器が設置された家、脱色して金髪になった髪、背筋の曲がったいんちきなビジネスマン、ゴミ、マニキュアを塗った足の爪、身分違いのパブリック・スクールのネクタイを締めた人びと——を詰め込んだバッグを隠し持つ場所としてのモダンな郊外(10)。

ケアリーが指摘するように、ベッチマンは一九世紀後半から世紀転換期にかけて誕生した比較的古い郊外に向けた「愛」とは対照的に、第一次世界大戦後のあたらしい郊外に対する「強烈な感情」としての「憎しみ」を、詩「スラウ」の始まりで「さあ来い、友なる爆弾よ、スラウに落ちよ」と表現している。

批評家のクリス・ボールディックは、郊外のランドスケイプがもつ歴史的意味にさらに踏み込んで、一九三〇年代後半の「最新のイングランドの縮図」、すなわちイングリッシュネスの表象の変容を表わす最新例として、「スラウ」に注目する。

最新のイングランドの縮図は、もはやコークタウンでもウィガンでもなく、モダンな産業の町のスラウがそれを担うことになった。スラウは戦時中の軍用品の修理場の周辺に戦後急速に拡大して、王室のウィンザー城とパブリック・スクールのイートン校に図々しくも近接していた。オーウェルの［一九三〇年代の］ふたつの小説やオルダス・ハクスリーの『すばらしき新世界』(一九三二年)でちらっと言及されていたが、まったく手に負えないスノッブのジョン・ベッチマンが残酷にもその町を詩「スラウ」で扱った。……自然はスラウのような偽りの楽園からは追放されていた。歴史ある伝統はまがいもの(fakery)へと貶められ、［ベッチマンの詩では］「いんちきなテューダー朝風のバー」と表現された。(11)

コークタウンとは、チャールズ・ディケンズが長編小説『ハード・タイムズ』(一八五四年)で描いた虚構の町を指しており、産業革命後のマンチェスターのように工場が集まるイングランド北部の地域をモデルとしている。またウィガンは、オーウェルがルポルタージュ『ウィガン波止場への道』

（一九三七年）執筆のために労働者階級の困窮を取材した、同じくイングランド北部の町として知られる。ボールディックの指摘によれば、「最新のイングランドの縮図」は、もはや産業革命後の繁栄の裏側としての、暗く貧しいイングランド北部に広がる工業地域ではない。ウィンザー城やイートン校が近くにあるスラウのようなロンドン郊外、第一次世界大戦中の「軍用品の修理場」の跡地周辺に拡大したイングランド南部の「モダンな産業の町」なのである。階級的含意は労働者階級ではなく、ましてやウィンザー城やイートン校が象徴する上流階級や上層中産階級でもなく、あくまでもその「図々しくも近接」した郊外の、いわゆる新興下層中産階級が中心を占める。

このようにボールディックにとって、詩「スラウ」が描く「最新のイングランド」は、「利便性」が「自然」を追いやった「偽りの楽園」であったのに対して、批評家デニス・ブラウンは、スラウという郊外が表わす悪しき「近代性」のオルタナティヴとして、ベッチマンが「環境保全の「緑」」の重要性を詩の最終スタンザで主張していると読む。

　ベッチマンは、スラウという町を特徴づける近代性の忌わしさを強調している。彼が差し出すスラウとは別の選択肢は、ロマンティックというより、環境を重視する「緑」である。……詩に用いられた技法は大胆な対比である。……その技法に「古くさく時代遅れ」の恨み節があるとしたら、好古趣味的な「遺産」を重視しているからではなく、恵み多き連続性ゆえである。その連続性は、「牛に食べさせる牧草」に象徴される。(12)

ブラウンによれば、スラウ爆撃への呼びかけは破壊を意味するものの、それによって更地になった空間は「牛に食べさせる牧草」を育くむ「恵み多き連続性」を表象するという。たしかに詩の構造は、最初と最後のスタンザが爆撃への呼びかけによって対になる形を取りながら、一方ではあたらしい郊外の「まがいもの」[13]を批判し、他方ではキャベツが芽吹きつつある大地が息吹くヴィジョン、批評家ガリー・デイの表現によれば「牧歌主義者の有望な未来」[14]を言祝ぐことになる。最終スタンザはつぎのとおりである。

さあ来い、友なる爆弾よ、スラウに落ちよ
耕す準備ができるように。
キャベツが芽吹いている。
　大地が息を吐く。

Come, friendly bombs, and fall on Slough
To get it ready for the plough.
The cabbages are coming now;
　The earth exhales.（Stanza 10）

デイはベッチマンの歴史的な立ち位置について興味深い指摘をしている。ベッチマンが「文化的衰退と凡庸さの蔓延」を「一九世紀の産業革命の結果」とみなしていることは「アイロニック」だ、というのである。[15] どういうことか。かつては「一九世紀の「リベラルな」な改革者たち」、すなわち「アーノルド、ラスキン、モリス」たちが、「工場で雇われた労働者階級や下層中産階級の側に立って創造性や文化的アイデンティティの喪失やその恐れ」を表現していた。だが、一九二〇年代になるとそのような表現は反対に、「今世紀のもっとも重要な作家たち、すなわちD・H・ロレンス、エズラ・パウンド、T・S・エリオットらの文学のなかで、耳障りなまでに強い右翼的な、プロト・ファシスト的でさえある、響きとなった」。[16] 詩「スラウ」のベッチマンは前者のように一九世紀の「リベラル」な改革者ではないし、ましてや後者、一九二〇年代の「耳障りなまでに強い右翼的な、プロト・ファシスト的でさえある、響き」を奏でる「今世紀のもっとも重要な作家たち」、すなわちモダニスト作家でもない。そんな「モダニズムのまさしく対立項」たるベッチマンが、一九三〇年代にモダニストたちと同じような「響き」を引き継ぐ。おそらくそうした差異をともなう歴史の反復を、デイは「アイロニック」と指摘しているようである。

さて、このように詩「スラウ」の基本的な読みを確認したうえで、本節と次節ではすでに引用したボールディックの解釈から、ふたつの指摘をあらためて取りあげてみたい。ひとつめは、スラウは「戦時中の軍用品の修理場」の周辺で急速に発展した、という指摘である。そしてふたつめは、スラウが「まがいもの」であることの具体的な詩のなかの形象として、「いんちきなテューダー朝風のバー」、いわゆる疑似テューダー朝様式というリヴァイヴァル・デザインの建物をあげている点である。テューダー王朝は、イングランド内戦のバラ戦争が終結してヘンリー七世が即位した一四八五年から、女王エリザベス一世に世継ぎがいないために彼女の死去後にスコットランド王をジェイムズ一世として迎えた一六〇三年までを指す。一九世紀末から二〇世紀初頭にかけてのイギリスでは、そのテューダー王朝期の建築デザインを模倣した建物が、レトロ趣味をともなってリヴァイヴァルした。ここではそうした復古調の建築スタイルを指している。[17]

まずは、「戦時中の軍用品の修理場」について確認しよう。「あたらしい郊外」としてのスラウの特殊性は、第一次世界大戦中に故障した軍用車両をそこに集め、修理してふたたび戦場へと送り返す場所だったという背景にある。それ以前には農地だったスラウは、鉄道の「グレート・ウェスタン本線」と街道の「グレート・ウェスト・ロード」が交差する場所という利便性もあり、軍用車両の修理工場として選ばれた。そして大戦後、政府は民間の会社「スラウ販売会社」へ、土地と施設とそこに残された軍用車両一式を売却する。その会社は車の修理と中古車販売を続けた後、土地開発事業を手がける「スラウ地所」に社名を変更して、スラウに工業団地を形成する。軍用車両の修理場跡地を買い取った会社は、修理した中古車の販売業から、再開発した土地建物を販売する不動産開発業へと転換した。[18] 詩「スラウ」からつぎに引用するように、第三スタンザ一行目の「やつらが町と呼ぶグチャグチャをもっとグチャグチャにしろ」の「やつら」とは、軍用車両の修理工場跡地を再開発して頭金と二〇年のローンで住宅を売りつけた開発業者を、あるいはそのような契約をして自宅を購入したあたらしい郊外の住人たちを、批判的に指し示していると考えられる。

やつらが町と呼ぶグチャグチャをもっとグチャグチャにしろ

頭金九七ポンドと
残りは二〇年間の
毎週半クラウンの分割払いで手に入れた家を

Mess up the mess they call a town –
A house for ninety-seven down
And once a week a half-a-crown
For twenty years,（Stanza 3）

このようにスラウというあらたな郊外は、かつての銃後の拠点が戦後に土地開発されることによって出現した。ベッチマンはそうした戦時中からの延長線上にある戦後イギリス社会のランドスケイプ、ボールディックがいうところの「最新のイングランドの縮図」を、辛辣に描いていた。第二スタンザの「缶詰め」は、戦場での兵士の食料としてまずは利用され、その後に一般に広まったものでもある。スラウに軍用車両の修理工場があった背景を踏まえると、この詩は冒頭で、かつての銃後の拠点がこのような「グチャグチャな」状態になってしまったのならば、いっそのこと戦場の前線のようにしてしまえ、とアイロニカルに空爆を呼びかけていたことになる。

この詩の「語り手」——ここからは発話する主体を詩人ベッチマンと分けて「語り手」と呼ぶ——は、第四スタンザと第五スタンザの「二重あごのあの男」に対しては、「つかまえろ」、「磨かれたやつのオークの机を壊せ」、「笑えない汚いジョークをやめさせ、痛みの叫び声をあげさせろ」と辛辣な言葉を投げかける。だが、続く第六スタンザの「髪の薄い若き事務員たち」については、「大目に見てやれ」という。彼らの仕事は、「つねに人を騙して儲けて女たちを泣かせる」「二重あごのあの男」、すなわち「鼻持ちならないゲス野郎」の利益に日々貢献しているにもかかわらず、である。第六スタンザと第七スタンザにおいて「彼らが悪いわけではない」というフレーズが三回繰り返されており、それは事務員たちに向けた「語り手」の同情心を強調すると同時に、どこか言い訳じみているようにも感じられる。「語り手」も「二重あごのあの男」に仕えるしかない「彼ら」のひとりであるかのような、同じような日常を過ごすひとりにすぎないかのような印象さえ受ける。さらには、彼は「二重あごのあの男」に泣かされる女性たちには同情しているようだが、詩の最後からふたつめの第九スタンザにあるように、家事が楽になった分の空いた時間で外見を飾る「彼らの妻たち」には、冷たい視線を投げかけている。

電化されて家事に手間がかからない家庭では
奥様方が脱色した髪に入念に巻きぐせをつけて
それをドライヤーの風で乾かし
爪にマニキュアを塗る

In labour-saving homes, with care

Their wives frizz out peroxide hair
And dry it in synthetic air
And paint their nails（Stanze 9）。

その一方で、事務員たちが気晴らしに「メイデンヘッド」へ行くこと——スラウの西に実在する町の名前だが、一般名詞「処女膜」の意味も響かせているであろう——については、その前のスタンザで「彼らが悪いわけではない」とふたたび「彼ら」を弁護している。全体的にこの「語り手」の声に関しては、爆撃への呼びかけという大仰さの一方で、それと相反する卑小さが感じられる。

「スラウ」では、このように偏向した「語り手」の声に対して、そして缶詰め食品の食べ過ぎで「缶詰めの息」を吐くような「彼ら」と自分は違うと差異化しようとする「語り手」の身振りに対して、作者ベッチマンのアイロニーが表現されている。詩の終わり方にも同じことがいえる。「語り手」は最後のスタンザで「牧歌主義者の有望な未来」のヴィジョンを提示するという解釈もあるが[19]、それは想像上の爆撃でスラウがまるで戦場の前線と化した後の、キャベツ畑の息吹きのことである。ベッチマンはそうした「未来」にもアイロニーを込めている。

たしかに「スラウ」は大戦後のあたらしい郊外を、批評家のケアリーやボールディックが指摘したように「大衆」や「まがいもの」の形象を通して批判的に描いている。しかし、一九三〇年代のベッチマンの特徴をとらえるうえでむしろ重要なのは、いわばそうした近代化への批判と同時に、あるいはそれ以上に、「牧歌主義者の有望な未来」としての「環境保全の「緑」」の限界と、そうした「緑」

を理想化することの虚偽性が、「語り手」へのアイロニーを込めつつ示されている、という点である。「偽りの楽園」[20]である「まがいもの」の郊外へ爆撃を呼びかける声こそ、郊外の「まがいもの」にほかならない。第一次世界大戦後のあたらしい郊外への「憎しみ」を表現する詩の「語り手」も、そのあたらしい郊外が生み出した存在である。そうした「スラウ」の自己言及性が、この詩を一層アイロニカルなものにしている。

三　「まがいもの」の反モダンデザイン

つぎに、「スラウ」における「まがいもの」の具体的な形象が、疑似テューダー朝様式の建物である点に注目する。関連する第七スタンザと第八スタンザはつぎのとおりである。

でも彼らは悪くない、ラジオから流れる
鳥の歌声を知らないとしても、
彼らは悪くない、メイデンヘッドへ
たびたび遊びに行って

いんちきなテューダー朝風のバーで
スポーツや車の型の話をしても

空を見上げて星を見ようともせず
　そのかわりにゲップをしても。

It's not their fault they do not know
The birdsong from the radio,
It's not their fault they often go
　To Maidenhead

And talk of sports and makes of cars
In various bogus Tudor bars
And daren't look up and see the stars
　But belch instead. (Stanza 7-8)

「彼ら」はラジオから流れる「鳥の歌声」に耳を傾けることなく、「いんちきなテューダー朝風のバー」でクダをまいて、夜空の星を見上げようともしない。こうした「偽りの楽園」の「まがいもの」の形象の中心に、擬似テューダー朝様式の建物がある。

擬似テューダー朝様式のような「まがいもの」がもつ意味を確認するために、少し遠回りになるが、雑誌『建築評論』におけるモダニストとしてのベッチマンの仕事を追っておこう。あらためて『建築評論』を簡単に紹介すると、アンドリュー・ヒゴットの言葉によれば、同雑誌は「イギリスの建築において、モダニズムが支配的な言説になる一九三〇年代に重要な役割を担った先駆的専門雑誌」と高く評価されてきた。しかし一八九六年の創刊当初は、ピュージンとラスキンとモリスに強い刺激を受けた「アーツ・アンド・クラフツ系の雑誌」だった。一九〇〇年に発行元の建築出版社が経営危機に陥った後は、ヨーロッパ大陸の建築物にも視野を広げる。一九二〇年代半ば頃までの『建築評論』に関しては、海外の動向を紹介しつつ、「ジョージ王朝および新古典主義の建築家と、国内のアーツ・アンド・クラフツの吸い殻のなかのもっとも優れた仕事にいつまでも強くこだわっていた雑誌」であったと揶揄する評価もある。そこに変化がもたらされるのは、ヘイスティングズが編集主幹になった一九二七年以降のことである。第一章で述べたように、彼が当初通っていたロンドン大学バートレット建築校はボザール様式を重視する伝統的な教育を行なっていた。彼はそれに不満を抱き、よりあたらしい知識を求めて高等芸術スレイド校に通い始めて、そこでモダンアートやクライヴ・ベルらの芸術理論の洗礼を受ける。その経験を活かして『建築評論』の編集主幹になると、モリスの伝統を継ぐクラフツマンシップとあらたな機械の美学を融合させようとした。彼はそれを「モダンムーヴメント」と評して雑誌で推進し、伝統的なアーツ・アンド・クラフツ運動の手工芸重視とは別のやり方で、大量生産の時代におけるアートとインダストリーの関係の再調整を目指した。ベッチマンはこのような、モダニズム建築の紹介が全面的に誌面を覆うことになる前のいわば移行期に、ヘイスティングズの編集補佐として雇われ、三〇本以上の雑誌掲載記事を執筆した。

『建築評論』一九三〇年五月号に掲載されたベッチマンの「一八三〇年〜一九三〇年、いまだ歩み

【図版3】『建築評論』1930年5月号、Betjeman, “1830-1930 – Still Going Strong”
コルビュジエの設計によるラ・ロッシュ邸内観の写真とキャプション

は力強く——室内装飾の近年の歴史案内」は、一八世紀後半のイギリスを代表する古典主義建築家ジョン・ソーンから話を始めて、ル・コルビュジエが設計したパリのラ・ロッシュ邸の紹介まで展開させる。評価の基準はデザインの「シンプルさ」である。ソーンの古典主義からル・コルビュジエのモダニズムにいたるまで、その「シンプルさ」の系譜とそこからの逸脱が跡づけられる。エッセイの最後にラ・ロッシュ邸の室内写真があり【図版3】、そのキャプションには「コルビュジエ——機械の美学を提示するにあたって、モダン建築史上で第三に偉大なこの人物は、〔先行するウィリアム・〕モリスと〔チャールズ・レニー・〕マッキントッシュの仕事を「合理化」した」と記されている。(21) マッキントッシュはグラスゴー生まれの建築家で、彼が二七歳のときに設計したグラスゴー美術学校の建物に代表されるようにアール・ヌーヴォーの提唱者として知られる。ベッチマンはこのエッセイで、大陸のあたらしいモダンデザインをイギリスの伝統のなかで受容するための枠組みを提示しようとしていた。つまりモリスが重視した工芸技術と、大量生産につながる機械の美学とを調整しようとしていた、といえる。

ちなみに、コルビュジエがデザインしたラ・ロッシュ邸は、『建築評論』ではすでに三年半前に紹介済みであった。一九二七年一月号に「住宅建築における近年のフランスの発展」という記事がある。一九二七年というのは、コルビュジェの著作が初めて英訳されて出版された年である。その著作、『建築をめざして』はフランスでは一九二三年に出版されていたが、英訳が書籍として世に出る前に『建築評論』は部分訳を掲載して特集号を組んでいた。

ベッチマンは、シンプルでモダンなイングリッシュ・デザインという伝統（系譜）を創出するために、スコットランド出身でアール・ヌーヴォーの先駆的実践者だったマッキントッシュと、フランスでモダン建築の最新動向を代表する建築家として紹介されていたコルビュジエという、そもそも「イングリッシュ」ではないふたりのデザインを統合しようとしていた。そこから排除される流れがふたつあった。ひとつは、モリスの後継たるアーツ・アンド・クラフツ運動の名残である。

アーツ・アンド・クラフツの後ろ向きの姿勢に災いあれ。復興主義者たちに災いあれ。サウス・オードリー・ストリートとケンジントンの居間の壁紙に、古くさい金色と真夏の緑色とドラゴンの血の赤色でドットをつけるような内装会社にも災いあれ。彼らの終末は近い。最高のしごとは手しごとであると想像しても、今日ではもうそれは役に立たない。同じ作業はもっと上手に工場でできる。残念なことに、知的なデザイナーが足りないだけだ。(22)

ベッチマンはこのように手工芸の時代の「終末は近い」と告げ、工場の機械の方がうまくモノを制作できるが、ただ「知的なデザイナーが足りないだけ」と指摘する。

排除されるもうひとつの流れは、「「まったくひどくモダン」な時代の装飾」そして「ジャズ風」と名指されるジャズ・モダン、すなわちパリ発のアール・デコである。[23]

結果的に、「まったくひどくモダン」な時代の装飾となってしまった。それは一九二〇年に始まり、「ジャズ風」と呼ばれる。……彼らはあまりに罪深い。ル・コルビュジエとダフィーのデザインの真にシンプルな効果が、いまでは正しく評価されることがほとんどなくなってしまったのである。ル・コルビュジエとダフィーは、ちょっと行き過ぎた「ジャズ風」などとみなされてしまっている。しかし、フランスやドイツやスウェーデンのデザイナーたちによる作品は、ジョン・ソーンが提唱した原理を念頭に置けば、彼らの作品のシンプルさが論理によるものであって気まぐれによるものではない、ということが自明のものとして理解される。[24]

ベッチマンによれば、イングランドのモダンデザインが進むべき道は、ソーンが提唱した「原理」である「シンプルさ」を、アール・デコのように「気まぐれ」ではなく、「論理」から導いて継承していくことにある。

本章の冒頭で紹介したように、ベッチマンのエッセイが掲載された一九三〇年五月号は、「モダンなイングランドの室内装飾」という特集を組んでいた。そこでの興味深い企画に、「ベンボウ卿の別宅――『建築評論』コンペティション」という室内装飾のコンペティションがある。依頼主のベンボウ卿はロンドン郊外の生まれで、グラスゴーにて造船業で成功したあと、引退して叙勲され、いまはまたロンドンに戻ろうとしている、という。彼は独り身で、スコットランド出身のマッキントッシュのデザインを好み、ロンドンのあたらしい部屋のデザインを募集している。こうした設定から、この企画がモダンデザインのコンペティションであることは明らかである。そのコンペの条件が七つあげられており、そのうちのひとつは、「時代がかった趣味」はお断り、というものだった。応募は一九三〇年八月一日に締め切られ、その年の十一月号と十二月号で「時代がかった趣味」ではないモダンデザインの一位から三位までが発表された。こうした企画の基準において、疑似テューダー朝様式のような「まがいもの」のリヴァイヴァル建築デザインは、忌避される「時代がかった趣味」にほかならなかった。

四　ベネット、ウェルズ、ショーによるハロッズの広告

ところで、ベッチマンのエッセイが収められた一九三〇年五月号の特集「モダンなイングランドの室内装飾」は、巻頭に「人びとに欲しているものを与えよ」というタイトルの基調エッセイを置いている。[25]このエッセイはつぎのとおりにいささか奇妙な書き出しで始まる――「ハロッズがきっかけとなって、今月号の特集が組まれた」。[26]執筆者の「編集者」は、この特集の企画はロンドンの有名なデパート、ハロッズから始まったのだという。

「ハロッズがきっかけ」という執筆者の言葉は、その約一年前、『建築評論』一九二九年四月号の巻頭に掲載された記事「アーノルド・ベネット、H・G・ウェルズ、バーナード・ショー、そしてハロ

ッズ」のことを示唆していた。この先行記事については、まずはその背景を知らないと、タイトルが唐突に感じられるかもしれない。すでにイギリス文学界の大御所ともいえる位置を占めていた小説家のベネットとウェルズそして劇作家のショーが、一九二九年の時点でハロッズといったいどのような関係にあったというのか。「アーノルド・ベネット、H・G・ウェルズ、バーナード・ショー、そしてハロッズ」はつぎのように始まる。

　一九二九年三月三日の日曜日、ハロッズは『オブザーヴァー』紙に三つの一面広告を打った。最初のページにはアーノルド・ベネットからの手紙、二ページ目にはH・G・ウェルズからの手紙、そして三ページ目にはバーナード・ショーからの手紙が掲載された。文字のサイズは大きく、手紙とともに各作家の似顔絵が縦10 3/4インチ横8 3/4インチの大きさであった。見出しは『オブザーヴァー』紙の横幅の端から端まで、それぞれ、アーノルド・ベネットとハロッズ、H・G・ウェルズとハロッズ、バーナード・ショーとハロッズ、と記されていた。[27]

ハロッズが日曜新聞『オブザーヴァー』に一ページ全面広告を三枚出して、それぞれに三人の作家たちの手紙と似顔絵が掲載されていた、という【図版4】。手紙はいずれもハロッズに宛てたものだった。三枚の広告はどれもつぎのような導入文で始まっていた。

　先日、ハロッズは文学界の三人の巨匠に、ビジネスの促進のために一筆いただけないだろうか

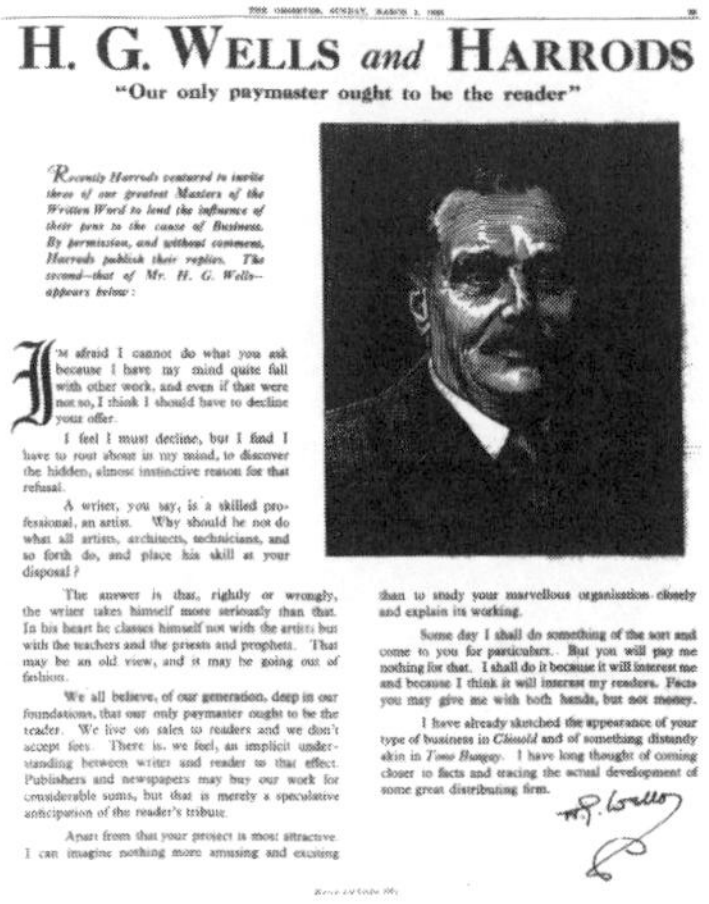

【図版4】『オブザーヴァー』紙、1929年3月3日付、広告

とお願いをした。三人の作家からの返信の手紙を、許可を得て、コメントなしに、以下、掲載する。(28)

この導入文から広告の背景が伝わる。ハロッズはベネットとウェルズとショーに対して、広告やおそらくカタログの類いに掲載する宣伝の文章を書いてもらうための契約を持ちかけたようである。しかし三人とも断った。そこでハロッズは、作家たちの許可を得て断りの手紙を公開し、一ページ全面広告を三枚作成した、というのである。

ハロッズの三枚の広告が興味深いのは、作家たちの承諾の手紙ではなく、断りの手紙を使っている、という点である。ハロッズからすれば否定的な内容のはずなのに、それが宣伝に利用されている。では、ベネットとウェルズとショーはハロッズからの誘いをどういう理由で断ったのか。それは、作家としての創作活動とハロッズのようなデパートの商業活動は違う、という当然といえば当然の認識によるものである。もちろん多少のスタンスの違いがある。ウェルズははっきりと、自分の作品は読者に喜んでもらってその代価として読者に代金を払ってもらう、という原則を強調している。広告タイトルの下には「われわれの唯一の報酬提供者は、読者であるべきだ」という彼の言葉が引用されている。一方、ベネットは断ることに関して未練があるかのように読める。自分はデパートに多大なる関心をもっているし、その存在を好ましく思っているとも明かす。さらには、ウィンドウ・ディスプレイからも、群れ集まる客たちの姿からも、従業員たちの働く様子からも目が離せないし、実際にそれを作品として書いた、とも述べる。だから引き受けたいのはやまやまだが、ひとつだけ引き受けられない理由がある。それは、イギリスの世論はまだ充分に成熟していないので、すでに名声を得て責任ある創造的な作家が商業的事柄の宣伝活動のために雇用されるということは認められないだろう、というものだ。ベネット個人の意見はその世論と違うのだが、広告に引用されているように、「わたしは人びとの意見を無視するつもりはない」という。バーナード・ショーの立場は、広告タイトルの下の引用にあるとおり、「商業的な営為から支払いを受け取ることは、作家にとっては、聖霊に対して罪を犯すことになろう」と、いささかおおげさな表現で示されている。

このように作家たちが文学的営為と商業的営為を差異化する、という身振り自体は、目あたらしいものではない[29]。興味深いのは、彼らがハロッズの商業的営為に向けて否定的なメッセージを発しているにもかかわらず、ハロッズはそれを広告として利用したという点である。商品の売り買いなどのビジネスに関わることを拒否した作家たちの手紙は、逆説的ながらも宣伝効果がある、とハロッズは判断したのである。

五　『建築評論』のハロッズ批判

では、『建築評論』はハロッズの広告をわざわざ取りあげて、どこを批判したのか。一九二九年四月号の巻頭記事「アーノルド・ベネット、H・G・ウェルズ、バーナード・ショー、そしてハロッズ」の冒頭には、ベネットからハロッズに宛てた手紙が引用されている。ベネットによれば、ハロッズから協力の依頼があったとき、彼らは最高の商品を集めており、最高のスタッフを雇っている、と主張したという。だから同じように最高のレベルの作家、「卓越して名声のある」作家たちに宣伝活動を手伝ってもらいたいのだ、という理由で自分に交渉してきた、と。(30)

この記事の書き手である「編集者」は、最高の商品と最高のスタッフを揃えているというハロッズの自負に、まずは反論する。たしかにハロッズは当時世界最大規模の百貨店であり、家具装飾品のコーナーだけで毎年一〇〇万ポンドの売り上げを誇っている。そして新聞を使って芸術家への信頼を声高に表明している。にもかかわらず、現実にはまさにいま、応用芸術、工芸品、商業製品の分野において、第一級の芸術家の多くは自分の作品が市場に出回る希望をほぼ失っている、という実態なのはいったいどういうことか——そのように「編集者」は問うのである。ハロッズがつねに最高のスタッフを探していると主張するのであるならば、ハロッズにこのような事態の改善を期待しようではないか、とも皮肉る。(31)

「編集者」によれば、実際はハロッズの主張とは異なっていた。では、ハロッズの店舗ではどのような製品が売りに出されていたというのだろうか。デパートに行って手に入るのは、過去の時代の模造品、より具体的には「ジェイムズ朝とアン女王時代の模造品」すなわち「まがいもの」ばかりではないか、と「編集者」は批判する。(32) いま活動している芸術家が制作したものといえば、フランスのクレトン更紗か、ドイツのカーペットか、製造業者の設計室で誰の手によるともわからない思いつきで作られたモノ、あるいはデパートの「アトリエ」における匿名の製作者による製品しかない。これは審美眼のある「知的な人びと」を無視していることになるのだから、「卓越性と威信」へのこだわりなど、ハロッズは口にするべきでない[33]――このように「編集者」はハロッズの矛盾を論難した。

そこで『建築評論』の「編集者」がハロッズに提案する改善策は、「知的な人びと」の要求にこそ応えるべきだ、というものである。なぜならば、その人たちこそが「創造的という意味でのモダンな製品」を求めているのだから。

ハロッズは間違っている。知的な人びとは、創造的という意味でのモダンな作品を求めているのである。さらに彼らは、そのような作品にまさしくイングランドらしさを求めている。この要望が無意識だからこそ、なおのこと印象深いのだ[34]。

この主張が重要なのは、一九三〇年前後にモダンデザインを普及させる際に繰り返される問題、すなわち「創造的という意味でのモダン」な特徴と「イングランドらしさ」をどう両立させるか、という問題がここでもまた、取りあげられていることにある[35]。

『建築評論』はハロッズの広告批判に始まった話題を、およそ一年にわたってさらに展開させる。まずは翌月、一九二九年五月号にハロッズからの反論の手紙が寄せられ、巻末の「閑話」というコーナーに掲載される。続く六月号には、前号のハロッズからの反論を踏まえて、記事「ハロッズ、そしてスウェーデン――芸術家、工芸家、大規模百貨店」が寄稿される。これは、スウェーデンではアーティストとクラフツマンと大型小売店の関係がうまくいっているのに、なぜイギリスではそれができないのか、という内容である。まずは議論の前提として、前号に掲載されたハロッズの代表からの手紙が引用される。手紙の主張のポイントは四つある。ひとつめは、デパートは人びとが買いたいと望んでいるものを売って利益をあげなければならない、というもの。ふたつめは、ハロッズは知的な人びとを無視などしていない、という反論。三つめは、デパートは人びとを教育することが仕事ではない、という経営上の姿勢。そして四つめは、『建築評論』はこの主張にこだわることになるのだが、総合百貨店は普通の人びとが欲するものを扱うビジネスだ、という主張である。

評判の芸術家の作品は総合百貨店では簡単には売れない、という認識はおそらく正しい。そうした作品の販売は、専門家を顧客とするビジネスである。一方、総合百貨店は大量の商品の販売に合わせて組織が作られている。[36]

「評判の芸術家」の作品は百貨店ではなく専門的で特殊なビジネス部門が取り扱うべきであり、百貨店は一般的な人びとに大量に商品を売るように組織されている、とハロッズは自らの立場を表明する。「編集者」はこのようなハロッズの姿勢をふたたび批判する。「評判の芸術家」の作品こそが一級品なのであり、「知的な人びと」はそれ以外にいったいなにを求めるというのか、と反駁するのである。そして、「評判の芸術家」の作品がデパートの商品としてそぐわないと考えているのは、イギリスのデパートの「勘違い」にほかならず、そのような「勘違い」はスウェーデンのデパートが「打ち砕いて」くれる、とさらに続ける。

後日、スウェーデンのハロッズことノルディスカ・コンパニエの経営管理者のJ・E・ザックス氏は、ほぼすべてのイギリスの大型店舗の管理者が大切に守り続けた勘違いを見事なまでに打ち砕いてくれるだろう。第一級の芸術家による作品を販売することは、経済的に可能であると示すことによって。たんに商品を集めて販売することが店舗の唯一の機能ではない。たんにニュースを集めて売ることが、新聞の唯一の機能ではないことと同じように。(37)

ここで名前をあげられているJ・E・ザックスとは、スウェーデンのデパート、しかも「スウェーデンのハロッズ」と皮肉にも紹介されている、ノルディスカ・コンパニエの創業者の孫である。第一級の芸術家の作品を売ることは経済的に可能であり、商品をただ集めて売るだけが仕事ではない、とザックスは主張してくれるだろう、と「編集者」はいう。実際、四ヵ月後の一〇月号には、ザックスが執筆したノルディスカ・コンパニエの経営戦略についての記事が載る。それにひきかえハロッズは、広告戦略の点では、商品の売り買いだけがデパートの仕事ではなくそれ以外の価値があるという「非商業主義的身振りの商業的価値」(38)を実践していたにもかかわらず、実際の売り場ではただ売れるものを集めて売っているだけではないか──そのように『建築評論』は批判する。しかも、それで売っていたものは、過去の時代の模造品でしかない。半年前の記事の批判を再述すれば、「ジェイムズ朝とアン女王時代の模造品」ばかり、「創造的という意味でのモダンな製品」ではない「まがいもの」、

「時代がかった趣味」のものばかりだった、という。(39)

六　エッセイ「村の消滅」と国内ツーリズムの「人類学的転回」

一九三〇年前後の『建築評論』において、こうした「時代がかった趣味」の「まがいもの」批判を経由したモダンデザインの奨励は、社会の変化とどのように関係していたのだろうか。そこでつぎに参照するのが、『建築評論』の一九三二年九月号に掲載されたベッチマンの「村の消滅」というエッセイである【図版5】。

The Passing of the Village

By John Betjeman

LAST Saturday I was driving in a dogcart through a remote part of Hampshire: not in the New Forest, where sanatoria by Sir [illegible] Webb, and half-timbered bungalows [illegible] about among the pines, but in the northern part of the county near Alton in an unvisited tract of land between two main roads from the Metropolis, the one to Winchester and the other to the West of England. Nor was the country defaced by fir trees and [illegible], which, because they grow fast and can quickest [illegible] shelter to a generation which must do everything in a hurry, are planted on downs and in districts which have [illegible] rolled with beeches, regardless of future generations and [illegible] of the appearance and general character of the surroundings. And this part of Hampshire undulated [illegible] with hills which grew broader and barer as they [illegible] the Plain. On the slopes were beech plantations, and in the valleys unfenced roads ran like streams between [illegible] oats and barley. And on the 1-in. Ordnance Map I found the remotest village to drive to; it was called Wield. [illegible] roads led to it; nearly all of them were marked white on the map—not available for motor traffic. But from [illegible], from Burkham, from Alton, from Preston [illegible], from Astley's Farm, from Church Bradley and [illegible] all roads led to Wield. But now it seemed that [illegible] wanted to go to Wield, for nearly all the roads were [illegible] the map, which meant that as we jolted down [illegible] the dogcart there was the high grass of a wet August [illegible] us for a surface, and hawthorn bushes and [illegible] hazel made a thick, low arch above us.

Through a farmyard and past an overgrown pond which [illegible] from the village green out on to the road, and we [illegible] Wield. The village may have been of importance [illegible] it was not so now. There was not even a cottage [illegible] orange curtains, behind which an artistic person was [illegible] etchings of picturesque bits, nor was there a hand-[illegible] board announcing the presence of gentlefolk [illegible] hand-made cakes. The brewers had not seen [illegible] a Tudor public-house. Instead there was a [illegible] green surrounded by rows of brick cottages, thatched. [illegible] between them were elms, and round the [illegible] were clipped yews. Little footpaths led to the [illegible] and around the church the cottages centred. [illegible] the church had escaped many repulsive efforts of [illegible], and was a small Norman building, aisleless, with [illegible] windows with clear glass in them, a neat whitewashed interior containing a Norman chancel arch, and alongside the Holy Table a vast early seventeenth-century canopied tomb to a family which had long ceased to exist. In the churchyard, again, the grass was long, over square unpretentious gravestones, and from the sunny walls of the church, plaster had fallen to disclose patches of flint, and in one place, mellow red brick which had blocked up a chancel window.

We stood in the silence while the earth ticked as it absorbed the moisture. It seemed as though all life had left Wield. A motor-bike roared away from some cottage quite near us. The Primitive Methodist Chapel, a humble and decent building for [illegible], had grass on what was once a well-kept path, and on the blistered, grained oak door was an old torn notice about an electoral roll. The windows were grey with a furry fungus. The cottages that skirted the chief road to the village had uncared-for gardens, high with cow parsley, whose trunks were as thick as young trees, and the hawthorn hedge was out of shape and choked with bindweed. The place looked as though everyone had gone away.

Round the corner we came upon a telegraph pole. Someone had pasted a notice on it.

ELECTRIC PALACE
BASINGSTOKE
!! HOOP-LA !!
CLARA BOW
POPULAR PRICES

Of course, everyone had gone there, unable to resist so attractive an entertainment. At that moment an old cow shook itself out of the farmyard. Beyond the telegraph pole was a shed—"LYONS' TEA. HEPWORTH WILL MAKE YOU A MAN OF FASHION FOR FORTY-FIVE SHILLINGS! WILLS' GOLD FLAKE! Ogez! Ogez! Steppe in to ye Olde Tudor Restaurante, Basingstoke. BARGAINS IN HARDWARE! BARGAINS IN UNDERWEAR! HAVE YOU BEEN TO

(Continued on page [illegible])

【図版5】『建築評論』1932年9月号、Betjeman, “The Passing of the Village”

このエッセイは、ベッチマンがある土曜日にイングランド南部ハンプシャーの辺鄙な場所にある村、ウィールドを訪れた体験記となっている。その冒頭部分は、批評家ジェド・エスティが指摘する一九三〇年代の国内ツーリズムの流行を反映しているかのようであり、「イングランドにおける本物のいなか生活の探求」(40)として読めるかもしれない。

先週の土曜日、わたしは軽二輪馬車でハンプシャーの辺鄙な場所へ向かった。だが、そこは建築家のサー・アストン・ウェブによる療養所があったり、松林のあいだから木骨様式のバンガローがいくつも見えたりするニュー・フォレスト地区ではない。オールトンに近い北部の、誰も訪れない一画に、わたしは足を踏み入れることにしたのである。そこはメトロポリスから延びるふたつのメインロードに挟まれている。ひとつはウィンチェスターに向かい、もうひとつはイングランド西部へ向かう。……わたしは軽二輪馬車で行ける辺鄙な村をみつけた。ウィールドという名前の村である。多くの道が村に向かって延びていた。しかし、ほぼすべての道の先は、地図上では真っ白だった。自動車では辿り着けない場所なのである。(41)

アストン・ウェブとは、バッキンガム宮殿のファサードやヴィクトリア&アルバート博物館のメインエントランスなどを設計したことでも知られる著名な建築家のことである。ベッチマンは、ウェブが設計した療養所や「木骨様式のバンガロー」が松林越しに見えるニュー・フォレスト地区へそうした建物を鑑賞しに行ったのではなく、ハンプシャーの北部にある「誰も訪れない一画」に向かったという。ちなみに、「木骨様式」は、詩「スラウ」における擬似テューダー朝様式と同様の建築デザインを指している。「誰も訪れない一画」は地図上の空白となっており、車では辿り着けないようだ。ベッチマンがウィールドの村のなかを「軽二輪馬車」に乗って移動していることで、より本物らしい「いなかの生活」の描写を期待させる。

エスティは『収縮する島──イングランドにおけるモダニズムとナショナルな文化』において、

一九二〇年代を中心としたいわゆる盛期モダニズムから一九三〇年代以降の後期モダニズムへの移行を跡づけた。エスティによれば、盛期モダニズムはイギリス帝国の空間的広がりを歴史的条件にして、その視線を植民地や国外へ、あるいは他者の異国的文化へと向けた。それに対して後期モダニズムは、帝国が収縮しつつあった時期に国内へ、イングランドのナショナルな文化へと、視線の方向を変えていったという。エスティはそうした外向きから内向きへの視線の変化を、つぎのとおり「人類学的転回」と呼んだ。

本書において人類学的転回とは、イングランドの知識人たちが帝国の終焉をナショナルな文化という復古的な概念へと移し替えた言説のプロセスのことである。イングランドのナショナルな文化による島国的統一性は、モダニストが自ら規定した審美的技法のいくつかを時代遅れのものとしつつ、モダニズムに特徴的な社会的苦悩のある部分を緩和してくれるように思われたのだ。(42)

盛期モダニズムが外へ向けた視線は、地図上に残された国外の「空白」における探検を描いた一九世紀後半以降の冒険小説の構図と類似している。盛期モダニズムも冒険小説も、イギリス帝国の空間的広がりをそれぞれの歴史的条件とするからだ。エスティは一九世紀末も含めた「人類学的転回」以前を「メトロポリタン・モダニズム（一八九〇—一九三〇年）の概略的モデル」(43)とも呼び、冒険小説から盛期モダニズムにいたる両者の審美的特徴の差異を越えた連続性を示唆していたともいえる。人類学的転回とは、「メトロポリタン・モダニズム」において国外の異国的な文化へと向けられた「人類学」的な関心を、一九三〇年代以降には国内へと「転回」させた結果、「イングランドが自意識的に歴史趣向に、好古趣味的にさえなっていった」プロセスを指す。

H・V・モートンの『イングランドを探して』(一九二七年)を皮切りに、一九三〇年代には国内ツーリズムの流行を反映した紀行文が人気を博す。エスティによると、そのブームに顕著な「イングランドの「自己発見」」に向かう言葉づかいは、J・B・プリーストリーの『イングランド紀行』(一九三四年)に典型的にみられるのだが、三〇年代以降のそうした特徴の急激な発展を帝国の収縮による「帝国主義的な探検や旅行の言語の衰退」と結びつけた考察はほとんどなかったという。[44] エスティはその盲点に人類学的転回という概念を用いて光を当てた。盛期モダニズムから後期モダニズムへの移行は、「イングランドが植民地の象徴的な代替物として機能し始める」プロセスによって歴史化されたのである。エスティがいう「モダニズムに特徴的な社会的苦悩」――たとえば急激な近代化にともなう疎外の問題、あるいは主体性の断片化といった意識など――は、後期モダニズムにおいては、もはや植民地での冒険の成功によってではなく、時間的な連続性を有するナショナルな文化を自らのものとして再発見することによって「緩和」される。「イングランドの「自己発見」」が「モダニズムに特徴的な社会的苦悩」を、いわば癒すというのである。人類学的転回によって「モダニストが自ら規定した審美的技法のいくつか」が「時代遅れ」となったならば、アンドリュー・モーションが「モダニズムのまさしく対立項」と評したベッチマンの詩の特徴は、そうした転回の延長線上に位置づけられるかもしれない。

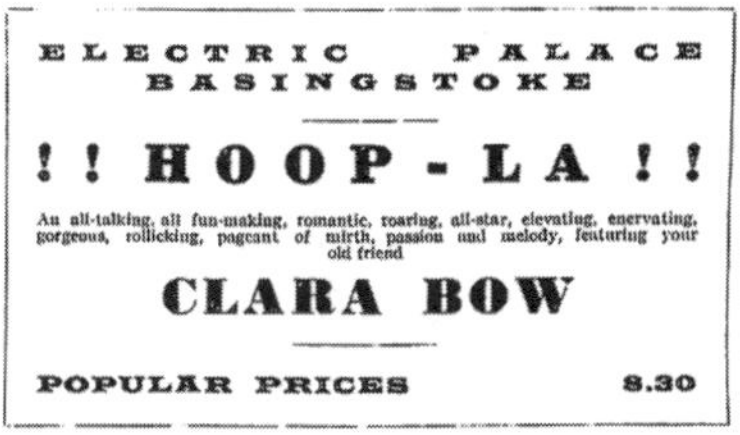

【図版6】『建築評論』1932年9月号、Betjeman, “The Passing of the Village”
クララ・ボウ主演ハリウッド映画『フープラ』の張り紙

このようなエスティの批評的枠組みを意識して、ベッチマンによる一九三二年のエッセイ「村の消滅」を読み直してみる。「地図上では真っ白だった」ウィールドという「辺鄙な村」を「軽二輪馬車」で訪れる設定は、かつての帝国主義的冒険が一九三〇年代に「イングランドの「自己発見」」へと転回したもの、つまり人類学的転回によってもたらされた視線を表象するように思われる。ところが、ウィールドの村は誰も訪れないどころか、行ってみたらそこに住民たちの姿が見当たらない。ベッチマンの視線の先にいなかの村はあるのだが、村人たちの生活の営みが見えない。その理由は、電信柱に貼られた映画の広告によって明かされる【図版6】。村人たちはハリウッド女優のクララ・ボウ主演のアメリカ映画『フープラ』を観るために、隣町のベイジングストークにある映画館「エレクトリック・パレス」に出かけてしまったのである。さらに続けてもうひとつ、村人たちが不在である理由が示される。小屋の外壁にも、ベイジングストークのアストンズ・アーケイドに並ぶ店の広告が貼られている。その広告を見たベッチマンは、村人たちが隣町へ買い物にも出かけてしまっていると考える。こうした村の状況を確認するベッチマンのそばを、ベイジングストーク行きのバスが通り抜ける。ウィールドの村人たちは、余暇の時間はラジオを聞いて家で過ごすか、さもなければベイジングストークの映画館エレクトリック・パレスとティモシー・ホワイツ店（イギリスの薬局のチェーン店）に行く、と語られる。[45]「誰も訪れない一画」とされていたウィールドの住人たちは、近くの町の消費文化に惹きつけられており、もはやその村には期待された「本物のいなか生活」などないことが示される。

さらにベッチマンは、ウィールドの村だけでなく、近隣の町のベイジングストークも変わったと述べる。

かつてベイジングストークは、まわりの村に住む人びとのための仕事場と娯楽場があるマーケット・タウンだった。しかし、いまやかつてのベイジングストークではなく、まるでロンドンのようになっている。ティモシー・ホワイツ店にはロンドンから歯磨き粉が送られる。仕立屋のための生地も、もはやベイジングストークの近くで作っているところなどない。エレクトリック・パレスで上映される映画はハリウッドからやって来る。「ジ・オールド・テューダー・レストラン」(“Ye Olde Tudor Restaurant”)の紅茶は、キャドビー・ホールから送られる。ベイジングストークは地方のマーケット・タウンではなくなった。いまやメトロポリスの郊外である。イングランドの地方の町は、どこも同じ状態といえるかもしれない。(46)

かつてのベイジングストークは独立したマーケット・タウンだったが、いまやそこはロンドンのようだ、とベッチマンは語る。それはもっぱらロンドンから送られてくる商品がベイジングストークで売られているからなのだが、しかし、なぜそれが「メトロポリスの郊外」と称されているのか。エレクトリック・パレスで上映される映画はハリウッドで製作されたものである。古さを強調する店名がつけられている「ジ・オールド・テューダー・レストラン」には、キャドビー・ホール（ロンドンのハマースミスにあった食品関連会社ジョセフ・ライオンズ・アンド・カンパニーの本部）から紅茶が送られてくる。エッセイの挿絵にあるアストンズ・アーケイドの広告には、インド産タバコのブランド名の「ウィルのゴールド・フレイク」もある。このようにベイジングストークは、映画を通じてアメリカに、紅茶やタバコを通じてロンドン経由でイギリス帝国の植民地につながっている。ベイジングストークがもはややかつての「地方のマーケット・タウン」ではなく、「メトロポリスの郊外」なのは、このような状況ゆえなのである。

ここで強調したいのは、ウィールドの村の変化そのもの、つまり消費文化が浸透したために「本物のいなか生活」などもはや望めない、というこの村の変化そのものではない。また、娯楽のないウィールドの村と娯楽が揃っているベイジングストークの町との対比でもない。そうではなくて、なによりも重要なのは、メトロポリスのあたらしい郊外としてのベイジングストークにおいて、一方ではアメリカへ、もう一方ではイギリス帝国へ、とつながる新旧ふたつの消費文化がせめぎあっている、というベッチマンの示唆である。このあたらしいアメリカと古い帝国イギリスの対比は、一方では映画館の「エレクトリック」という名称が伝えるあたらしさと、他方では「ジ・オールド・テューダー・レストラン」の店名にある「ジ・オールド（Ye Olde）」という擬古体の文字および擬似テューダー朝様式の建物であることを推測させる店名の「テューダー」が強調する〈まがいものの古さ〉という形象で表現されている。

ウィールドの村に向けられたベッチマンの視線は、村の向こうにあってすでに村人たちの生活の一部となっている「メトロポリスの郊外」としてのベイジングストークの姿を捉えている。その「メトロポリスの郊外」は、イギリスの地理的境界線を越えた新旧ふたつの消費文化のせめぎあいのなかにあった。ウィールドの村は、「本物のいなか生活」に期待される有機的な村社会として閉じてはおらず、イギリス帝国のみならずアメリカへと開かれている。エスティの言葉を繰り返すならば、そこに「イングランドのナショナルな文化という島国的統一性（insular integrity）」はない。ベッチマンが地図上の空白を実際に訪れてみたら村人たちは出払っており、その「空白」を埋めるはずの「植民地の代替物」たる「イングランド」は見当たらず、人類学的転回後の「イングランドの「自己発見」」の希求はあらたな「空白」の再発見に終わっている。地図上の「空白」への視線は、結果的に、このエッセイに「本物のいなか生活」の描写を予測する読者にアイロニーとして戻ってくる。ベッチマンは国内の地図上の空白を訪れて再発見したあらたな「空白」に、「イングランドにおける本物のいなか生活」ではなく、英米の消費文化の浸透を書き込んでいるのである。

七 「メトロポリスの郊外」の「醜悪さ」に抗って

ベッチマンは続いて「メトロポリスの郊外」となったベイジングストークを批判するのだが、その批判の矛先はあたらしい郊外のその〈あたらしさ〉ではなく、〈まがいものの古さ〉がもつ「醜悪さ」に向かう。ベイジングストークが「メトロポリスの郊外」へと変化したことを嘆いても意味がないし、ウィールドの村人たちをベイジングストークに引き寄せてしまう経済的な事情も変えられないのだから、それを嘆いてもしかたがない、とベッチマンは記す。彼が非難するのは、変容したベイジングストークの「醜悪さ」である。

ベイジングストークに対して批判すべきなのは、その醜悪さゆえである。いくらなんでも、そこまでひどくなる必要はなかったのに。本街道は本街道として、ガソリンスタンドはガソリンスタンドとして、それぞれ目的をもっている。だから本街道を、まるでストラトフォード・アポン・エイヴォンの通りのように偽装する必要などない。しかも、木骨様式の醜悪さ(half-timbered hediosities)にストラトフォード・アト・ボウの村で用いられているような古い技術でもって装飾しながら。ガソリンスタンドをスイスの山小屋のように偽装する(disguise)必要もないのだ。ありがたいことに、鉄塔をノーサンプトンシャーの教会の尖塔に偽装することはまだ試みられていない。商業主義の想像力によっても手の届かない高みがある、ということだ。(47)

本街道には本街道としての役割があり、その機能に合った形態がある。ガソリンスタンドも同様である。そうであるにもかかわらず、それぞれを違うもののように「偽装する」ことが、「メトロポリスの郊外」となったベイジングストークの「醜悪さ」として批判されている。いわば作られた自然な風景として、「偽装」で周囲に馴染ませようとする〈まがいものの古さ〉の演出は、このエッセイのベッチマンにとっては、批判すべき「商業主義」にほかならない。

じつはこのエッセイ「村の消滅」は、ここまで読み進めると、タイトルが本当はなにを指していたのかに気づく構成になっている。消滅する危機に瀕していると嘆くべき村は、ベッチマンが訪れたウィールドではなかった。真に危機的状況なのは、彼が新聞『タイムズ』の記事にみつけたベッドフォードシャーの小さな村、ティングリスだった。エッセイの最後に、ティングリスについての記事が紹介されている【図版7】。その記事の内容は、ティングリスの村のほぼ全体が、そこで週末を過ごすことを望む人たち（都会の人たち）のカントリーコテージとして競売にかけられる、というものである。村の景観を保護するために惜しみない管理維持費用がかけられてきたわけだが、結局それは、不動産売買において週末用のテーマパーク的な市場価値を高めるためだったのであり、村はその商業主義に飲み込まれてしまう危険にさらされている、という。ティングリスの村の人びとの生活は、「本物のいなか生活」を求める幻想と商業主義との結託によって消滅してしまうかもしれない。これが、タイトル「村の消滅」の本当の意味なのである。

　ウィールドの村に再発見された「空白」、「メトロポリスの郊外」としてのベイジングストークの「醜悪さ」、そしてティングリスの村の週末用テーマパーク的「いなか生活」――エッセイの最後にベ

The Architectural Review, *September* 1932.

disguise a pylon as a Northamptonshire steeple. There are some heights to which even commercial imagination cannot stretch. In a little while, when it is too late and when every provincial main street has become a replica of that blatant mile of pretentiousness, Oxford Street, a few people will realise that something is wrong. This will probably not happen until commercial Tudor and bank and post office fancy Queen Anne cease to be paying propositions. But when that glorious day comes—and it may take a revolution to bring it—perhaps the house will show its grace of construction in steel and concrete, the petrol station its useful function and the main road will soar straight and unbothered as a Roman road, a monument to a civilisation which has been brave enough to master the machine.

For the machine age is in its way a beautiful age, but it is not the way of a bygone agricultural civilisation. So much misdirected energy is put nowadays into "preserving the countryside." Such energy would be far better spent in preserving the towns by disciplining the jazz modern of cheap tailors, the vulgarity of *co-operative* stores, and the haphazard planning of self-important local councils.

The Machine has won and England seems to be the last country to realise the fact. Those little spaces between the main roads, war memorials to defunct agricultural labourers, should, where possible, be preserved, but the starkness of pylons and the clear-cut lines of a new unostentatious factory will not detract from their beauty.

On the day of writing this article I came upon this significant notice in *The Times* (August 4):—

A village built in a CHALK district. Charminster, Dorset.

The Estate Market

SELLING VILLAGES

"WEEK-END" BIDDERS

This should prove that we are no longer able to afford to retain the relics of an agricultural civilisation—to any considerable extent. We have created a machine age and we should not be afraid of it, but rather become accustomed to it and control it. The machine age may be a roaring lion in the land, but the lamb of agriculture can lie down beside it. It is such a shorn and shivering lamb that it is hardly worth the eating.

Two hundred years ago England was a park dotted here and there with mellow towns; now it is a town dotted here and there with derelict parks. After all, I am not very brave to exchange my dogcart for a motor-car.

【図版7】『建築評論』1932年9月号、Betjeman, “The Passing of the Village” の最後、1932年8月4日付『タイムズ』紙の記事紹介

ッチマンは、これら三つとは異なる、いわば〈ほんものの美しさ〉として、「機械の時代」に対応したモダンなイングランドの景観を提唱する。それは、あらたなモダニズム建築と伝統的な農村コミュニティとの調和を、もしかしたら可能にするかもしれない。

いずれそのうちに、間違っていることに気づく人たちが出てくるだろう。その前にまずは、商業主義の擬似テューダー朝風やクィーン・アン風の馬鹿らしい外観で銀行や郵便局を建てるなど、まったく割の合わない仕事だと気づく必要があるだろうが。そのような栄光の日がやってきたら——そのためには革命が必要かもしれないが——家屋は鉄筋コンクリートで作られた優美さを映し出すだろう。ガソリンスタンドはその役に立つ機能を充分に担い、本街道はまっすぐに延びて、まるでローマの街道と見間違えるように頭を悩ますこともないだろう。それは勇敢にも、機械をたしかに制御できた文明の記念碑なのだ。

機械の時代は、それ独自のあり方で美しい時代なのである。過ぎ去った農業的文明とは異なったあり方の美しさなのだ。このところ、あまりにも間違ったエネルギーが「カントリーサイドの保護」に注ぎ込まれている。そのエネルギーは町の保護のために費やされた方がずっとよい。安っぽい仕立て屋のジャズ・モダン、生協の店舗の俗悪さ、傲慢な地方自治体の思いつきにすぎない計画——そのようなものには規律(disciplining)が必要なのである。

機械は勝利したのだ。だが、イングランドはなかなかその事実を認めようとしない。本街道と本街道のあいだのあの小さなスペースに、戦争で亡くなった農業労働者たちの慰霊碑がある。

それはもし可能ならば保護されるべきだ。しかし、鉄塔の威厳ある美しさと、あたらしい工場の飾りたてることのない鮮やかな直線の輪郭は、戦没者慰霊碑の美しさを損ねることにはならないのである。[48]

機械の時代は、過ぎ去った農業文明の美しさとは異なる美しさを有する時代だ、と一九三〇年代初頭の後期モダニストとでも称すべきベッチマンは述べる。その具体例として、鉄筋コンクリートを使ったモダンな建築様式の住宅の優美さなどがあげられている。注目すべきは、このようなモダニズムのヴィジョンが、いなかの空間の維持に抵触することはない、と主張する引用の後半部分である。残せるならば残すべき、という本街道と本街道のあいだの小さな空間には、戦争で亡くなった農業労働者たちの慰霊碑がある。それは、過去と現在と未来をつなぐ村のコミュニティを象徴していると考えられる。鉄塔の荘重さと、装飾を廃したあたらしい工場の直線的な輪郭は、いなかのコミュニティを象徴する戦没者慰霊碑の小さな空間を損ねることにはならない。ティングリスの村の場合のように、商業主義はいなかの村を消滅させるかもしれないが、鉄塔や工場が象徴する産業主義(Industrialism)とモダニズム建築の連携、すなわちインダストリーとアートの連携は、機械の時代においても、いなかのコミュニティの美しさを維持できる。『建築評論』時代の〈モダニスト・ベッチマン〉は、そのような〈アート／インダストリー〉としてのモダンムーヴメントの可能性を主張している。

八　おわりに

ベッチマンは『建築評論』掲載のエッセイ「村の消滅」において、鉄筋コンクリートによるモダニズム建築と、農業労働者のための戦没者慰霊碑が表象する村の通時的な結びつきのコミュニティとを調停させて、あらたな美しさをもつイングランドの景観を提示しようとしていた。一九三〇年前後の『建築評論』は、ベッチマンやロレンスら作家たちによる議論を取り込みながら、モダニズムと伝統あるいはアートとインダストリーのあいだの調停とその揺れ幅をみせていた。それは一九世紀的なイギリス帝国の遺産と、本書の第Ⅱ部で扱うあらたな帝国アメリカのグローバルに展開する消費文化と、さらにはヨーロッパ大陸から伝わるモダンデザインとのせめぎ合い、というモダンムーヴメントにおける変容の過程そのものであったといえるだろう。そうした『建築評論』の〈アート／インダストリー〉のモダンムーヴメントは、両大戦間期のイギリスがどのようなデザインとプラニングによって産業と社会を立て直していくのか、という問いに対する明確な答えが出される前の、変化する不定形な移行期をあぶり出していた。第二章で取り上げた「ノッティンガムと炭鉱のある地方」におけるロレンスも、本章の「村の消滅」におけるベッチマンも、モダンデザインを媒介にして、危機に瀕したコミュニティの再興を模索していた。ふたりはアートとインダストリーを協調させるモダンデザインの可能性をモダンムーヴメントとして、未来のコミュニティに向けて提唱していたのである。

以上、本書の第Ⅰ部は、ロレンスとベッチマンが国内に向けた視線を取りあげ、その内向きの視線が見出そうとしたモダニズムについて考察した。第Ⅱ部は時間を遡り、一九二〇年代半ばのロレンス、すなわちイギリスから外の世界へ越境した彼の、アメリカからイギリス国内に向けた視線、さらにはアメリカ国内へと向けた視線を分析対象とする。一九三〇年に死去したロレンスはエスティにとって、次章で確認するように、作家活動が人類学的転回以降の後期モダニズムの時期と重なっていなかっただけでなく、より本質的な意味において、人類学的転回以前の作家だったようである。[49] はたしてその認識は正しいのかどうか、第Ⅱ部は英米関係を踏まえたロレンスの中編小説『セント・モア』(一九二五年)のテクスト分析を通して、エスティの見立てを再検討し、第Ⅲ部におけるイギリス国内のデザインの問題へとつなげたい。

第Ⅱ部　帝国空間と越境のモダンムーヴメント

第四章　『セント・モア』とトランスアトランティックな越境
――帝国、階級、優生学

一　はじめに

ロレンスの中編小説『セント・モア』(一九二五年)では、さまざまな人物やモノ・情報・慣習・資金などが国境を越えて移動する。たとえば、主人公のルウ・ウィットは、大西洋を横断して故郷とヨーロッパ大陸各地を行き来するアメリカ人である――「彼女は外国の都市や言葉に奇妙に慣れていて、どこにいてもよそ者という感じが見え隠れする。それはまるでジプシーのようで、どこでも落ち着くと同時にどこでも落ち着かない」(1)。このようなルウの特徴は「魅力」でもあり、かつ「欠点」(21)でもあるという。彼女の地理的移動は、アメリカとヨーロッパの具体的な地名とともにつぎのように語られている。

もちろん彼女はアメリカ人だ。家族はルイジアナからテキサスへと引っ越した。彼女はまずまず裕福で、母親以外にはごく近しい身内はいなかった。十二歳のときからはひとりフランスの学校に通い、学校を卒業した後は、パリからパレルモへ移り、ビアリッツからウィーンへ行き、ミュンヘンを経由してロンドンに戻って来て、そしてローマに向かった。アメリカへの帰郷は、ほんの少しの期間だけだった。

ということは、いったい彼女はどのようなアメリカ人なのだろうか。

あるいは、どのようなヨーロッパ人なのだろうか。ルウはどこにも「帰属」しなかった。おそらくローマにもっとも長く滞在した。芸術家たちや大使館の人たちに囲まれて過ごせたからだ。(21)

ルウはアメリカ南西部の「まずまず裕福」な家庭に生まれ育ったのちに、故郷を離れて越境を繰り返す。十二歳からフランスに渡って学び、その後はヨーロッパ大陸を転々とする。アメリカには短期間戻るだけだったという。ヨーロッパの都市名の列挙と、故郷にはあまり長く滞在しないという設定は、大西洋を幾度も横断しつつヨーロッパ各地で過ごす、コスモポリタン的「アメリカ人」としてのルウの人物像を強調している。(2)

このようにトランスアトランティックな移動のなかで「帰属」先をもたなかったルウ・ウィットは、父親が准男爵であるリコことヘンリー・キャリントンとカプリで恋に落ちて結婚を決意し、パリで自分の母親のミセス・ウィットに婚約を告げる。リコが爵位を継いだ後には、ルウはレディ・キャリントンと呼ばれることになる。

一方、ルウの結婚相手となるリコも、オーストラリアからヨーロッパに渡り、画家を目指して「少ない資金で」各地を流浪し続けていた越境者である。

ルウがリコと出会ったのは、ローマにおいてだった。彼はオーストラリア人で、准男爵位を与えられたメルボルンの政府官吏のひとり息子だった。だからいつの日か、リコはサー・ヘンリーとなる。それまでの間、彼はヨーロッパ中をとても限られた仕送りで歩き回っていた。父親の財産はあまり豊かではなかったからだ。そしてリコは芸術家になろうとしていた。(21)

リコは准男爵位を継ぐことになるとはいっても、経済的にはルウとは対照的にあまり裕福でないオーストラリア人である。彼はサー・ヘンリーとしてイギリスで結婚生活を送ることによって、ヨーロッパ大陸での放浪を終わらせようとする。

このように、『セント・モア』は越境する人物たちを中心に物語が展開するのだが、その分析の前に、作者ロレンス自身の越境経験を確認しておこう。ロレンスが妻のフリーダとともに初めてアメリカ大陸へ渡ったのは、一九二二年のことだった。ふたりは第一次世界大戦後の一九一九年から生活拠点をヨーロッパ大陸に移していたが、一九二二年二月にイタリアを出発して東へと向かった。セイロン島とオーストラリアでの短い滞在の後に、九月にはサンフランシスコ経由でニューメキシコ州の中北部に位置するタオスに到着。翌年の一九二三年はメキシコを旅行し、八月にフリーダが元夫のアーネスト・ウィークリーとのあいだの子どもたちに会いにイギリスへ向かったため、ロレンスも彼女の後を追って十二月に大西洋を渡った。イギリス滞在中には、家族に会いに故郷のノッティンガムにも立ち寄っている。そしてふたりは一九二四年初頭にフランスとドイツを訪れ、三月にはふたたび大西洋を横断し、ニューヨーク、シカゴを経由してタオスに戻る。このようなトランスアトランティックな越境とヨーロッパでの短い滞在および帰郷の後に、『セント・モア』は一九二四年にタオスで執筆された。

一九二〇年代前半、ヨーロッパから東回りでアメリカ大陸へ渡ったロレンスは、他国へ移住する人びとの増加やそれぞれの土地に根づいていた文化の消滅、あるいは逆にヨーロッパの支配に対する土着の制度や文化による抵抗など、帝国主義の影響を強く意識しながら、第一次世界大戦後のさまざまな民族・国家の状況に注目していたように思われる。インドに関しては、セイロン島での滞在の後、オーストラリアのパースからシドニーへ向かう船からの手紙で、「ほとんどの乗客がインドからです」と書き添えつつ、脱植民地化の抵抗運動について述べている。「バラモンの僧たちがカースト制への「完全な」忠誠を命じるでしょう——カースト制は奴隷制よりもひどいと思います。しかし、イギリス人がいなくなったら、インドは混乱に陥るでしょう」[3]。ロレンスはセイロン島で唯一執筆した詩「象」(一九二三年)に、インドを訪問した直後の不安げなプリンス・オヴ・ウェールズの姿を描くことで、混乱するインド情勢の痕跡を書き込んだ[4]。そしてつぎの滞在先、オーストラリアを舞台とする『カンガルー』(一九二三年)においては、ふたつの政治集団が急増するアジア系移民の対処をめぐって対立している。その設定には、オーストラリア人たちがアジアからの労働者たちとあらたに手を組むか、あるいはイギリスとの連携を維持してオーストラリアの安定を帝国によって支えてもらうか、というナショナル・アイデンティティの再構成の問題が絡んでいた[5]。また、『羽毛ある蛇』(一九二六年)のメキシコで展開されるアステカの古代神復活運動は、スペインの支配に対する反植民地主義的ナショナリズムであったが、同時にそれとは相反して、先住民の伝統を領有して搾取するような「メキシコにおける文化帝国主義」の要素もあった(6)。

では、アメリカで執筆された『セント・モア』はどうだろうか。アメリカ人のルウ・ウィットはヘンリー・ジェイムズの小説のヒロインたちのようにヨーロッパに渡って、リコこと准男爵ヘンリー・キャリントンとの結婚によってレディ・キャリントンとなる。題名の「セント・モア」は、ルウが結婚後にリコに贈った馬の名前である。イギリスでの結婚生活に不満を募らせつつあった彼女は、ある事故の後にセント・モアの扱いをめぐって夫と対立し、母とその馬を連れてアメリカ南西部へ帰郷してしまう。そして自分の帰属先を探しながら、タオスの奥地に見つけた牧場に「土地の霊(the spirit of the place)」を感じて、「その野生の霊に身を捧げることがわたしの使命」(155)との認識にいたる。

このような展開の『セント・モア』を高く評価する批評家たちは、セント・モアの描写の象徴的な意味に着目し、それを性的なテーマや現代文明批判と結びつけて読んできた。馬との接触をきっかけとしたルウの性的覚醒が、彼女の確固たる自己回復へと向かう物語のなかでどのように機能していたのか、そして物語前半のイギリスと後半のアメリカ南西部の空間的対比にどのように関わっていたのか、といった観点からの読みである(7)。また、イギリスとアメリカのトランスアトランティックな関係を分析する批評家ポール・ジャイルズは、アメリカという場が「産業化したイングランドの枯渇しきった眺望」を嘆く「プリミティヴィスト」にとっての「オルタナティヴ」となっている、つまりアメリカがヨーロッパの近代文明からは失われた原始的なエネルギーを見出せる別のトポスとなっている例として、『セント・モア』をあげる(8)。

こうした従来の『セント・モア』論に欠けていたのは、主人公たちの移動を通してみえてくる帝国の表象の特徴に注目し、それを踏まえたうえで、二〇世紀初頭のトランスアトランティックな英米関係を分析する視点である。ロレンスは一九二〇年代前半にヨーロッパ大陸／アメリカ／イギリスを行き来する過程でイギリスのみならずアメリカも帝国として捉えて、その認識を『セント・モア』に刻印していた。そこで本章では、まずは『セント・モア』の前半部分を占めるイギリスに重点を置きながら、帝国の中心におけるどのような問題が登場人物たちの移動とともに書き込まれていたのかを明らかにする。続けて、『セント・モア』のアメリカに注目する次章では、その分析をトランスアトランティックな観点によるこの小説の読み直しにつなげ、ロレンスがあらたな帝国としてのアメリカをどのように表象していたのかを探ってみたい。

ところで、第三章で取りあげた批評家のジェド・エスティは、一九三〇年代以降のいわゆる後期モダニズムの「人類学的転回」をめぐる著書『収縮する島――イングランドにおけるモダニズムとナショナルな文化』において、自らの議論に「ロレンスが不在」なのは「偶然などではない」と述べていた。ロレンスは一九三〇年に死去したため、後期モダニズムの時期と彼の作家活動は重ならないのだが、ロレンスの不在にはそれ以上の必然性があるという。[9] その理由を探るためには、エスティによる「人類学的転回」の「中心的主張」を確認する必要がある。それはつぎのとおりである――「一九三〇年代のイングランド中心主義（Anglocentrism）におけるあらたな救済の形式（redemptive form）は、反体制的あるいは社会の主流から外れたモダニストの価値観を活性化し、あらためて国内的なものにした」。[10] エスティが重視する後期モダニズムの「あらたな救済の形式」は、前章で紹介したように、「人類学的転回」の後に「イングランドが植民地の象徴的な代替物として機能し始める」ことによって、「モダニズムに特徴的な社会的苦悩のある部分を緩和してくれるように思われた」という認識を導き出す。エスティの解釈によれば、そもそもロレンスの文学には、「イングランド中心主義」による「あらたな救済の形式」を採用する可能性がなかった。彼の議論におけるロレンスの不在は、ロレンスが「産業化され、理性化されたイングランドの再活性化など、概して成功の見込みがないと確信」しており、「モダニスト・プリミティヴィズムの古典的パラダイムに留まっていた」ためである。(11)

「モダニスト・プリミティヴィズム」とは、イギリス帝国の空間的広がりを歴史的条件として、その空間の中心から外の異国的な他者の文化へと「人類学」的な視線を向けて、その視線が「発見」した「プリミティヴ」な他者の文化に「文化的生命力」を見出すモダニズムの幻想を意味する。エスティにとってロレンスは、そのようないわば本質的に（「偶然」などではなく）人類学的転回以前のモダニズム作家だった。ロレンスが仮に一九三〇年代以降を生きたとしても、エリオットの場合のように「文化的生命力をイングランドの中核へと移し替えようとする」(12)ことなどありえなかった、というのだろう。

たしかにロレンスの越境経験は、「モダニスト・プリミティヴィズムの古典的パラダイム」に突き動かされたためのものだったかもしれない。だが、その過程で執筆された著作も同様なのだろうか。エスティが明示的には取りあげていない英米関係を踏まえると、ことはそう単純ではないように思われる。この点は次章において、ロレンスが英米関係を書き込んだ『セント・モア』のアメリカを舞台とした後半部分、とくにルウ・ウィットがアメリカ南西部奥地で「その野生の霊に身を捧げることがわたしの使命」(155)との認識にいたる最後の場面の分析を経て、再検討されることになる。

二　帝国のイギリス化、イギリスのなかの帝国

では、国境を越えて移動する人物として、あらためてオーストラリア出身のリコを取りあげてみよう。注目したいのは、すでに本章冒頭の引用で確認したように、「准男爵位を与えられたメルボルンの政府官吏のひとり息子」というリコの設定である。ここではその歴史的な意味を、イギリス帝国史の代表的な研究者であり、エドワード・W・サイードのオリエンタリズム論に歴史学者の立場から批判したことでも有名な、デイヴィッド・キャナダインによる「帝国における叙勲制度の普及と体系化」[13]の議論を援用して理解したい。

キャナダインは『虚飾の帝国――オリエンタリズムからオーナメンタリズムへ』(二〇〇一年)の序文のなかで、「帝国なくして満足できるイギリスの歴史などありえず、イギリスなくして満足できる帝国の歴史もありえない」という彼の基本的なスタンスを述べる。そして帝国主義のプロジェクトについては、「異国的なるものを飼い馴らすこと、すなわち並列、相似、同等、類似といった観点からの把握と再秩序化」であると捉えている。さらには、帝国は「国内の社会構造で通常みられる認識を反映しているとともに、それを強化する場」でもあるという。本章の議論においては、この「反映しているとともに、それを強化する」という両方向の相互作用が重要である。キャナダインはこのような主張をもとに、「帝国の中心と周縁に関する社会像の相互関連性、そして両者を統合してつなぎ合わ

せる構造とシステム」──キャナダインによれば、ここがサイードのオリエンタリズム論との最大の違いということになる──に注目する。[14]

「帝国の中心と周縁」を「つなぎ合わせる構造とシステム」の具体例としては、帝国各地に広げられた叙勲制度がある──「イギリスでの栄誉のヒエラルキーは、帝国のはるか果てまで輸出され、それが従来以上に本国および海外で社会階層のより下方まで達し、より多くの人びとをまとめていた」。[15] さらにこの叙勲制度の構造は、「帝国の騎士が帝国の貴族になる」という高次の授爵でも機能した。『セント・モア』においてリコの父が有する准男爵位は、キャナダインの議論では「帝国の騎士」と「貴族」の中間に位置づけられている。このような「帝国的栄誉」は、「拡張と複製を求める帝国の中心の文化が、上昇と同化を求める植民地文化に収斂してつながる結節点」なのである。[16]

以上のような帝国における栄誉の授与を、ここでは〈帝国のイギリス化〉と呼ぶことにする。[17]〈帝国のイギリス化〉とは、イギリス帝国史の研究者デニス・ジャッドが指摘するように、イギリスが植民地や自治領から独立や自治権拡大の要求を突きつけられるなかで、帝国の維持を目論んだ方策、あるいは一九二六年の帝国会議で確認される「帝国＝コモンウェルス体制」へ向けた布石を意味する。[18] そのような文脈においてイギリス領の人間が爵位を授かることは、階級という観点からはいわゆるジェントルマン化へと向かう。[19] そして植民地における身分の上昇は、本人やその子息が本国イギリスにおいて将来成功をおさめる可能性を高めることになる。

『セント・モア』においては、オーストラリア出身のリコは、准男爵位という父の「帝国的栄誉」を受け継ぐ前にイギリスのジェントルマンになる準備をしている。彼はオクスフォードで教育を受け、オクスフォード的といえる身振りを修得していたからである――「彼が身をよじったり、くねらせたりする仕草は、おそらくオクスフォードで身につけたものであった」(26)。さらに画家志望の彼は、ジェントルマン子息のヨーロッパ大陸行きを模倣するかのように、経済的には充分なバックアップなしにヨーロッパ各地を周遊する。

オクスフォードで学び、ヨーロッパ各地で経験を積み、父の死で准男爵を継ぐことになるとはいえ、「収入はとても心もとない」イギリス領出身の擬似ジェントルマンにすぎないリコにとって、イギリスのジェントルマンとして生活をするために欠けているのは、なによりも財力である。彼は「ヴィクトリア州でもっとも古い家のひとつのひとり娘」(22)と結婚する可能性もあったが、結局は「まずまず裕福な」アメリカ人のルウ・ウィットとの結婚を選択する。そしてロンドンのウェストミンスターに小さな古い家を借り、「イギリス社会のある層に落ち着く」(23)ための社交を始める。その際にリコは、ハイド・パークで乗馬ができるようにと、セント・モアという名前の馬をルウによって買い与えられる。かつて「ウェールズのジェントルマン」が「ウェールズ境界地域」(28)で飼っていたセント・モアは、リコが社交界入りするために必要な階級的存在として、アメリカ出身の妻の財力によってあてがわれる。このようにオーストラリア人のリコは、〈帝国のイギリス化〉としての爵位の継承と、旧植民地アメリカ出身の妻からの資金によって、イギリスのジェントルマンに作り上げられていくのである。

ただし、リコの希望通りに「イギリス社会のある層に落ち着く」可能性が開かれるのは、結婚生活の拠点とした帝国の中心ロンドンではなく、シュロップシャーのいなかであった。ルウの母親、ミセス・ウィットがそこで手に入れたコテージのそばには、リコとオーストラリアで交際のあったマンビー家の人びとが移住していたからである。「マンビー家は母国に戻ってきた裕福なオーストラリア人で、大地主として身を立てて成功していた。リコはヴィクトリア州にいた頃に知り合っていた。良家の人たちだった」(42)。植民地帰りのマンビー家の人たちは、イングランドのいなかで地主階級の家族としての生活を送っている。

ちなみに、『セント・モア』ではルウやリコたちのほかにも、イギリスと(旧)植民地を行き来する人物が登場する。社交界シーズンを過ぎた時期にロンドン滞在中のルウを訪ねて来た、ローラ・リドリーという知人である。彼女はつぎのように語る――「家族のいるアイルランドに行ったのだけれど、戻ってきたのよ。ひとりでいられるようなときはロンドンの方がいいわ」(123)。リドリーはイギリス領も帝国の中心地も居心地悪く感じながら両方の土地を往復する、ルウと同様に「帰属先」を失った越境する植民地出身者である。

オーストラリア出身のマンビー家に関して重要なのは、彼らがシュロップシャーのいなかで、地主階級としてほかの「ジェントルマン」とともに共同体を形成している点にある。つまり彼らは、イギリス国内に落ち着き場所、「帰属」する場所を確保した帝国出身の人物たちである。リコは、アメリカ人の妻の財力に加えて、彼らと「ヴィクトリア州にいた頃に知り合っていた」というイギリス領でのコネクションのおかげで、イギリスのジェントルマン共同体の仲間入りができる。イギリス国内のいなかの地主階級共同体は、帝国で築かれた社会的関係性を媒介にして、「われわれの仲間」という認識とともに形成されている。(20)

教区牧師は大柄でがっしりとして太った男で、快活だった。ジェントルマンであり、牧師としての彼なりの知性を有していた。しかし、ミセス・ウィットに対しては、彼女を見下していることを隠さなかった。成り上がりのアメリカ人、ヤンキーにすぎないじゃないか、と。正確には彼女は北部出身のヤンキーではなかったのだが。にもかかわらず、心から彼女を尊敬していた。金持ちの女性として。

イギリスの男はみんな、とくに上流階級の男たちはみんな、金持ちに対してまっとうな敬意を払う、とルウは知った。だが、そうでない男などいるのだろうか。

教区牧師は、ミセス・ウィットと較べて娘のルウには感心しなかった。だが、レディ・キャリントンとしてのルウには愛想よくした。というのも、彼女はほぼ、われわれの仲間のひとり、だったからだ。それにリコに対しても礼儀正しくふるまった。「あなたのお父上は植民地でみごとな勤めをなさった。」(43 強調は引用者)

地域の牧師ヴァイナーは、ミセス・ウィットを「成り上がりのアメリカ人、ヤンキーにすぎない」と見下す。だが、リコに対しては「とても礼儀正しく」振舞う。というのも彼の父親は「植民地でみごとな勤めをなさった」からである。牧師のこの言葉から、彼もまた同じくオーストラリア帰りである可能性がうかがわれる。そしてルウに対しては、「ほぼ、われわれの仲間のひとり」として「愛想よく」接した。

ルウはこのいなかの共同体からみて、「われわれの仲間」の境界領域にいる。「成り上がりのアメリカ人」の娘としては「われわれ」の境界線の向こう側だが――牧師はミセス・ウィットを「金持ちの女性」としては「尊敬していた」ので、「われわれの仲間」になるには財産以外の何かが必要と示唆されている――リコとの結婚でレディ・キャリントンになっているがゆえに、「ほぼ、われわれ」の側に位置づけられている。

アメリカ生まれの准男爵夫人として「われわれ」の共同体の境界線上に置かれていたルウは、ある出来事をきっかけにして、境界線の向こう側へと、すなわち「われわれ」の外へと移動することになる。その出来事とは、遠出の途中でセント・モアが突然暴れ出してひっくり返り、手綱を放さなかったリコを振り落とし、脚に大怪我をさせる事故である。しばらくの間、リコは自由に身動きが取れない生活を送ることになる。その結果、マンビー家の人たちをはじめ、手厚く看病してくれるいなかの共同体の生活に馴染むようになり、ほかの植民地帰りの人びとともに「われわれの仲間のひとり」として、つまりイギリス人ジェントルマンとして地域に吸収されてゆく。マンビー家や牧師ヴァイナーたちで構成される「われわれ」は、セント・モアを「去勢する」(95)ことを求め、リコもそれに同意する。しかし、ルウはそうした処置に強く反対し、セント・モアを連れて母とともにアメリカへ帰郷する決心を固める。彼女は人間関係においても空間的距離においても、イギリス人ジェントルマン共同体の「われわれ」から遠く離れることになる。

このようにセント・モアが暴れる場面は、本章の議論の文脈においては、イギリス帝国を背景としたジェントルマン共同体の境界線の引き直しとして機能する。オーストラリア出身の准男爵リコは、セント・モアに振り落とされるこの場面で、帝国のなかのイギリス人ジェントルマンの一員になるのである。一方、アメリカ出身の准男爵夫人のルウは、「われわれの仲間のひとり」となることを自ら拒絶する。リコとルウのあいだに「われわれの仲間」であるか否かの境界線があらためて引き直され、それと同時にふたりの結婚生活は破綻する。結局のところ、〈帝国のイギリス化〉という「叙勲制度の普及と体制化」の延長線上に置かれていたイギリスとアメリカの連携は、リコとルウの結婚というプロットのレベルにおいては、不完全な形に終わるのである。

ルウの移動のみならず、彼女とリコとの結婚が象徴していたトランスアトランティックな英米関係については、アメリカ南西部の表象に注目する次章であらためて検討することになる。そこで以下本章では、セント・モアが暴れた場面をめぐって本節とは別の、もうひとつの歴史的な読みを展開する。それは、『セント・モア』における優生学の問題に注目した読解である。

三　社会ダーウィニズムと『セント・モア』

セント・モアがリコを振り落とす場面の直後には、その混乱した状況を表わすさまざまなイメージが書き込まれている。それらはロレンス独特の修辞表現ともいえる。まず、馬の暴れる姿は、ルウが見る「邪悪なるものの幻想」のなかで彼女を飲み込む「邪悪なるもののダークグレイの高波」と表現される(78)。自分の夫が振り落とされたことによる否定的なイメージは、「濁った混沌への急速度の逆戻り」(79)とさらに言い換えられる。こうしたイメージ連鎖に関してここで問題にしたいのは、つぎの一節にみられるような叙述の特殊性である。さまざまな混乱のイメージを反復させながら、最終的にこの場面は馬が人間を振り落としたアクションの描写から逸脱し、ルウの視点からも離れた比喩や論理へと横滑りしていく。

創造はその過程で破壊する。古い木を倒してあらたな木を育てる。しかし、理想主義の人類は死を排除し、無数に増え続け、都市を次々と作り上げ、あらゆる寄生体(parasite)を生かしておく。たんなる存在物の堆積が恐ろしいほどに膨れ上がるまで。しかしそれでも、理想主義の人類の亡霊のごとき救世軍は命を救い続ける。同時に密かに、邪悪に、強力に自然の創造を損なわせ、接吻に次ぐ接吻でそれを裏切り、内側から破壊する。結局は、群れ集まるわれわれの存在が膨張して腐敗する事態に直面することになるのだ。……

人類は破壊しながら進まなければならない。古い木が倒れてつぎのあたらしい木が生長するように。生命と物の堆積は腐敗を意味する。生命は生命を破壊しなければならない。創造が進みゆくなかで。だが、われわれはその創造を犠牲にして生命を救っている。すべてが腐敗で満ちるまで。そして最後には破裂するのだ。(80)

批評家のフランク・カーモードやL・R・ウィリアムズのように『セント・モア』を高く評価する批評家たちは、このテクストの統一性を重視する。その場合、右の引用のような比喩と論理は分析対象とならなかったのだが[21]、小説の歴史的読解においては無視できないものである。まず、小説の叙述形式に注目すれば、現在時制を用いた右の引用部分は過去時制での語りに亀裂を生みだす。物語の場面描写とは明らかに別のレベルの言説が挿入されており、テクストに断層を走らせる。また、用いられた比喩や論理自体がきわめて特徴的である。自然と文明の根本的な差異が「死」の有無に置かれ、「自然の創造」には「破壊」が必然的にともなうのに対して、文明社会は人為的に「死」を排除する、という。「創造が進みゆくなかで」排除されるべき「寄生体」は、「救世軍」の弱者を救う倫理的行為で「増殖」する。その結果、「腐敗」した「生命と物の堆積」が「理想主義の人類」に自己崩壊をもたらすのだという。人為的な生命の救済は死の腐敗を導く、というパラドックスが文明社会の批判になっているとしても、その生物学的表現はあまりに過剰で扇情的である。

ロレンスはこのような表現に物語上の脈絡を直接は与えていない。それはロレンスの小説の書き方の特徴でもある。ここではそうしたテクストの欠如を補うために、セント・モアがリコを振り落とそうとするアクションと、それを見ているルウの意識を言語化した「濁った混沌への急速度の逆戻り」といった表現と、現在形で記された右の引用文の言語とのあいだを、テクストに断層を走らせつつ連結させる文化的磁場があったのではないかと考えてみたい。それを問いの形で言い換えるならば、つぎのようになる――ロレンスが用いた「寄生体」という比喩やそれに付随する論理は、当時の社会とこのテクストでどのように循環していたのだろうか、と。こうした問いに対する答えを探求することによって、文明化のパラドックスや階層秩序の混乱を生物学的に扱う『セント・モア』と歴史との接点が、テクストの断層を通してみえてくるはずである。

ここに、一九三〇年に編纂・出版された『ロンドンの生活と労働に関するあらたな調査――第一巻四〇年間の変化』という調査報告書がある（以下『新調査』と略記する）。題名にある「あらたな調査」という表現は、この報告書がチャールズ・ブースの仕事、つまり一九世紀末のロンドンを調査対象とした彼の『ロンドンの民衆の生活と労働』（第二版の九巻本、一八九二―九七年）を受け継いでいることを示している。ブースのロンドン調査やベンジャミン・ラウントリーによる地方都市ヨークの調査は、都市住民の貧困状態を明らかにすることで、一九世紀的なレッセフェール（自由放任主義）の問題点を指摘した。それは結果的には、第二次世界大戦後の福祉国家の誕生につながる、二〇世紀初頭の社会改革の必要性を強く認識させた仕事であった。

このような歴史的経緯を踏まえた『新調査』は、その第七章「健康」において、ブースが行なった世紀末ロンドンの調査から四〇年後までの注目すべき変化をあげる。その変化とは、社会改革の浸透による環境の改善と、それにともなう死亡率の低下である。社会改革の浸透については三つの段階に分けられており、一九世紀後半は「チャドウィックによる衛生概念の誕生、およびその部分的実現の時代」、世紀転換期の二〇年間は「公衆衛生教育の準備期間」、一九一〇年代と二〇年代は「社会福祉事業の組織化の時代」と位置づけられている。

死亡率の低下は、こうした社会改革による住民の健康改善の証拠のひとつとして高く評価される。一九世紀後半に全年齢の平均死亡率は次第に低下するが、二〇世紀に入ってからは、乳幼児の死亡率低下が顕著であるという。一歳から五歳までの幼児の場合、一八八〇年代までは全年齢の平均死亡率と比較して倍近く高かったのに対して、一九一〇年代には平均とほぼ同じ数値まで下がり、一九二〇年代では下回ってさえいる。また、一歳未満の乳児の死亡率は二〇世紀に入って三〇年間で六割以上低下する。以上の変化は、ロンドンの人口が出生率の低下や地方からの移住者の減少にもかかわらずほとんど減っていないだけでなく、都市がイーストエンドのさらに東へと拡大している理由のひとつとみなされている。[22]

このように『新調査』が住環境と健康の改善および死亡率の低下を肯定的に評価した一方で、同じ時期の変化に関して、社会改革による環境改善への批判も展開されていた。[23] 一九一〇年に『社会学評論』に掲載された論文「人種の進歩と人種の退化」によれば、病弱な子どもが多く生き延びて成人に達し、さらに病弱な子どもを産んでいる現状は「人種に対する脅威」であり、子どもの死亡率低下や平均寿命の伸びは「人種の進歩」の証明にはならない、という。

なぜなら、これらの現象は、自然の状態のままだったならば病弱な人間を襲ったはずのさまざまな危険を、あらかじめ排除する環境の改善によって生じているからである。そのように選択の作用とは逆をゆく人種は、環境を改善することでまさに迫りくる危機を抱え込む。というのも、それは退化と破滅へといいたる道をすでに歩み始めたことになるのだから。[24]

この論文の執筆者であるG・チャタートン＝ヒルは、「人種」や「退化」といったこの時期のキーワードを絡めつつ、六〇年前にハーバート・スペンサーが社会改革批判に用いた論理を反復している。[25] 医療や環境衛生の向上が「選択の作用」を停止させ、結果的に「人種」の「退化」の道を準備する――つまりは文明の「進歩」が人種の「進化」につながらず、逆に「退化」をもたらしてしまう、という文明社会のパラドックスが問題なのである。

具体的な社会問題に言及しているか否かの差はあるにしても、論文「人種の進歩と人種の退化」と中編小説『セント・モア』は、社会を生物学的観点から分析する比喩と論理を共有している。ロレンスが記した「創造が進みゆくなか」での生命の「破壊」という表現は、チャタートン＝ヒルが依拠していた進化論における「自然選択の作用」を意味する。『セント・モア』は、「自然選択」の停止にともなう「退化と破滅」を、「寄生体」の増殖による「破裂」と呼んでいたことになる。では、このような比喩や論理が社会学の論文と文学という言説の違いを越えて浸透するほどまでに当時強い影響力をもち、人間社会を進化論的な枠組みで捉えることを推し進めていた力とは、いったい何であったのだろうか——それは、人種退化をくいとめるべく警鐘を鳴らしていた優生学であった。

四　優生学と人種退化

「慎重な選択によって走力やその他の能力に優れた犬や馬を永続的に繁殖させることが容易であるように、著しく優れた才能の家系を数世代にわたる賢明な結婚によって作り出すことは、まさしく実行可能である」[26]——このように優生学の創始者とされる遺伝学者フランシス・ゴルトンは、『遺伝的天才』（一八六九年）の冒頭で述べていた。育種家が動植物の交配を管理するならば、優生学者たちは人間の交配を管理する。そのような活動の理論的基盤を与えたゴルトンは、一九〇四年に優生学をめぐる有名な講演をイギリス社会学協会で行なう。そこで彼は、「優生学とは、人種が生まれつきにもつ特質を改善するあらゆる影響力と、その特質を最大限に推し進める影響力とを扱う科学である」[27]と定義した。これを受けて一九〇七年にはイギリス優生学教育協会――「未来の世代の幸福」のために「良い交配による人種改良にとくに関心を寄せる」組織[28]――が発足する。一方、アメリカ合衆国では、アメリカ育種家協会がアカデミズムの遺伝学者と手を組むことで優生学運動の基盤が整備された。一九一四年に育種家協会はアメリカ遺伝学会という名称に変更し、当初は優生学の啓蒙誌であった『遺伝学雑誌』を発刊する。アメリカの優生学に言及する本書の次章では『遺伝学雑誌』からの論文を利用することになるが、この雑誌は人間の遺伝を扱う論文と動植物の品種改良を扱う論文を、当然のことのように前後並べて掲載していた。

「人種改良」という優生学が掲げる目標の根底には、文明社会における人間の〈質〉的変化への懸念と、その原因かつ結果とされた当時の社会の退廃状況に対する危機意識があった。いわゆる人種退化の問題である。優生学が退化への抵抗として「良い交配による人種改良」を目指すとき、そうした動向のもうひとつの側面として、非優生的な結婚や交配の排除が目論まれた。ゴルトンを継いだカール・ピアソンや、後で取りあげるウィリアム・ラーフ・イングらによる「消極的(禁断的)優生学」の主張である。ボーア戦争の苦戦で露呈したイギリス人労働者階級の体力低下の問題、さらには身体や知能の劣化を示していると解釈されたさまざまな資料などが、「退化」への危機意識を煽った。[29]その結果、優生学は社会に大きな影響を与える運動として展開することになる。

『セント・モア』が描き出す二〇世紀初頭のイギリスやアメリカにおいて、優生学は動植物の品種改良の論理を人間社会に応用することによって、人間の〈質〉を向上させようとしていた。『セント・

モア』におけるセント・モアの設定は、人間にとって望ましい資質を有する種の子孫を優先して残させるという繁殖・品種改良(breeding)の考え方を踏まえている。セント・モアは「優れた血統」の馬であり、ウェールズ人の飼い主に「種馬として」飼育されていた。だが、「なぜか雌馬に馴染まない」ために、この飼い主はセント・モアを手放すことにしたという(29)。「優れた血統」の繁殖ができないならば、手元に置いておく価値がないという飼い主の判断である。あらたにリコの乗用馬となったセント・モアには、「雌馬に馴染まない」だけでなく、もうひとつ、飼い主にとって欠点があった。それは「興奮しやすい」(29)ということだった。扱い方を間違えると、「発作」のように突然暴れ出すのだという。それが実際に起きたのが、前節で取りあげた遠出での出来事、すなわちシュロップシャーにある「悪魔の椅子」と呼ばれる丘まで遠出した途中で、セント・モアが蛇の死骸に驚いて暴れ出してしまう出来事である。乗っていたリコは制御しようとするが、馬は倒れて彼の上に逆に乗ってしまい、リコの肋骨と踝を骨折させる。この後、リコと彼の知人たちは馬の狂暴な性質を「公共の危険」(88)と判断し、「去勢」(95)しようとする――「この馬の悪癖を完全に終わらせるため」に(87)。「去勢」という方法に復讐や処罰などの象徴的な意味を読めるとしても、その行為自体は、かつては「種馬として」飼育されていたセント・モアの「悪癖」を受け継いだ子孫を残さないための処置にほかならない。「興奮しやすい」悪しき血統を絶つことが、「去勢」の目的である。ルウはこうした夫たちの対応に反発し、イギリスでの結婚生活にも見切りをつけ、去勢される前に馬をアメリカ南西部へ連れてゆくことにする。彼女がその計画を友人に語ったところによると、母のミセス・ウィットは、「セント・モアは牧畜馬として価値があるだろう」と考えている。それを聞いた友人は、「牧場で馬の品種を向上させるのにとても役に立つと思うわ」と反応する(125)。また、テキサスへ渡った後の場面では、牧場経営者は自分の雌馬に「純粋種で美しい」セント・モアが近づいていったのを見て喜ぶ(131)。ルウ以外の人物にとって、馬はその交配を管理する対象にほかならない。

ロレンスは『セント・モア』において、馬の存在を媒介に、文明社会では主人である人間の〈質〉を問題にしている。セント・モアの狂暴性はリコたちがこの馬の〈質〉――子孫を残させるべきか、去勢するべきか――を判断する要素であるだけでなく、逆に乗り手であるリコの〈質〉を決定する要素としても機能する。

人間より低い階層に属する動物たちの王、輝かしきセント・モア。この馬の至上の望みとは、煌めき舞い上がる高貴な炎を内に秘め、勇敢で向こうみずの、おそらくは残酷だった古代の人間たちに仕えることであった。あの神秘的でさらに高貴な炎に仕えること。人間を勇敢にし、ひたむきに前進させ、生まれながらの高貴さを示す不思議な炎、それ以外はなにも意味はないのだ。そして馬はそのような人間を運んでゆくだろう。

だが現在、人間たちの危険でひたむきに前進する炎はどこにあるのか。……人間は賢明にも自動車や他の機械、乗用車や機関車を発明する。人間にとって馬は廃物同然である。

しかし悲しいことに、馬にとって人間はそれ以上に廃物同然なのだ。(83-84)

ここでさまざまに変奏される「炎」は、文明の機械的エネルギーとは異質な、そして生物界の階層秩序を維持するために必要な力の隠喩である。この一節もまた、文明化のパラドックスを扱っている。人間は馬を「廃物同然」にするあらたなテクノロジーを発明するが、それによって「炎」を失い、馬にとって「廃物同然」となってしまう。また、この「炎」の喪失は人間と馬の関係を根本的に変える。「古代の人間」に対して馬は「人間より低い階層」としての役割を果たすが、「炎」を失った現代人に対してはその役割を拒絶するだろう。文明化は「炎」とあいいれず、それゆえに階層秩序の揺らぎとなりかねない。先の引用はこうした解釈の枠組みを、リコがセント・モアに振り落とされる挿話に対してあらかじめ提示する。つまり、馬が乗り手を振り落としたのは、彼に「炎」が欠けていたからだ、という因果関係である。

このように人間と馬を対比させるテクストの注目すべき特徴は、現代における文明社会の悪影響というロレンスの他のテクストにも散見される主題を、社会的階層秩序の混乱へ接続している点にある。「人間より低い階層」のセント・モアと、主人としてのリコとの関係は、ジェンダー・階級・人種をめぐるリコと他の人物たちとの主従関係の延長線上に置かれている。セント・モアが野生の馬ではなく、あくまでも階級概念と密接に結びついた准男爵リコの乗用馬とされているために、リコを振り落とす挿話は社会的階層秩序との関係で重要な意味をもつのである。そもそも小説の冒頭で、リコは妻ルウの「馬」に喩えられていた――「彼がいかに完全にルウに支配されているかは、主人のそばを離れようとする馬のように、その青い大きな眼で彼女のほうを落ち着きなく振り返る姿からよくわかることだ」(21)。主人を恐れる「馬」の比喩は、主人を恐れず振り落としてしまう馬セント・モアの登場によって、夫と妻の立場の逆転をより際立たせるだろう。また、リコがアメリカ先住民の血をひく馬丁フィーニクスに命令を下すとき、その声は「ますます准男爵らしく、政府役人らしく」(48)なるが、彼は馬丁の反抗的な態度にたじろいでしまう。この人物関係の重要性は、リコがオーストラリアで准男爵に叙された官吏のひとり息子であり、馬丁が人種的他者のアメリカ先住民であるという帝国主義的な設定によって強調される。ふたりの力関係は、階級および人種のヒエラルキーの揺らぎを示唆する。支配する側の〈質〉の低下は、主従関係の混乱をもたらすのである。

五　「寄生体」、退化、帝国と階級

では、ロレンスが用いた「寄生体」という比喩は、「退化と破滅」を懸念する当時の社会のなかで、どのような意味作用とともに循環していたのだろうか。ここでもう一度、問題となる一節を引用する。

創造はその過程で破壊する。古い木を倒してあらたな木を育てる。しかし理想主義の人類は、死を排除し、無数に増え続け、都市を次々と作り上げ、あらゆる寄生体を生かしておく。たんなる存在物の堆積が恐ろしいほどに膨れ上がるまで。しかしそれでも、理想主義の人類の亡霊のごとき救世軍は命を救い続ける。同時に密かに、邪悪に、強力に自然の創造を損なわせ、接吻に次ぐ接吻でそれを裏切り、内側から破壊する。結局は群れ集まるわれわれの存在が膨張して腐敗する事態に直面するのだ。(80)

このようにロレンスは、「理想主義の人類」は「自然の創造」を頓挫させ、その「創造」にともなうはずの「死」をもたらす代わりに「寄生体」を救い続ける、と記した。

生物としての「寄生体」は、進化論に関わる言説において、あるいは本章の議論の直接的な文脈としては「退化」の言説において重要視されていた。自然選択による進化というダーウィンの理論では、進化はかならずしも進歩を意味するわけではない。単純な組織から複雑な組織へ、原始から文明へと、つねに上昇するわけではない。もっとも環境に適した性質を受け継いだ生物体が、もっとも高度であったり、もっとも文明化されていたりする必然性はないのである。そうした考えから、一九世紀末が近づく頃には、進化論の関心は次第に「退行」「先祖帰り」「衰退」という現象へ、つまり「退化」へ向かう。このような背景のなかで、「寄生体」は注目を集める。たとえば、ダーウィンの弟子の生物学者エドウィン・レイ・ランカスターは『退化――ダーウィニズムにおける一章』(一八八〇年)において、「寄生体」はその宿主となる有機体よりも「構造は単純で程度が低い」にもかかわらず、宿主よりも通常長く生存する、と指摘する。[30] この場合の「退化」とは、有機的組織としては高度な宿主を犠牲にし、環境に適応した単純な「寄生体」が生存し続けることを意味する。

このような生物界のあり方を人間社会の見方に応用したとき、すなわち社会ダーウィニズムの言説において、「寄生体」という比喩がさまざまな局面で多用されることになる。興味深い例として、フェミニズムの書物として有名なオリーヴ・シュライナーの『女性と労働』(一九一一年)がある。彼女の指摘によれば、社会は女性が職業をもって自立する可能性を奪い、男に従属させているため、「性的寄生状態(sex parasitism)」が蔓延しているという。[31] シュライナーの議論において「寄生状態」と「退化」は同じ意味であり、それはイギリス帝国の危機をもたらす要素として捉えられている。[32]よって帝国の維持のためには、女性を男性の「寄生体」にしない必要があり、つまりは社会的自立の可能性が女性に与えられるべきだ、という発想の転換ともいえるようなフェミニズムの論理が展開される。[33]

さらには階級の問題がある。イギリスの優生学は、上層中流階級の知識人を中心に展開されたという事情もあり、階級秩序の変化に過敏に反応した。彼らの議論の特徴は、経済的貧富の差と生物学的優劣を重ね合わせることによって、〈文明化・選択の停止・人種退化〉をめぐる社会ダーウィニズムの論理に階級問題を組み込んだ点にある。とくに警戒していた問題は、国内の出生率が全体に低下している状況で、労働者階級の出生率だけは依然として高いことであった。[34]一九一一年の調査によれば、熟練労働者の家庭の出生率は上層中流階級と比べて五割も高く、非熟練労働者の家庭は二倍の高さを維持していた。[35]乳幼児死亡率の著しい低下をもたらした社会改革は、階級間の出生率の違いに加えて社会主義運動の興隆に対する懸念が絡み合い、経済的・政治的に無視できない、生物学的には危機的状況にある階級問題として認識されることになる。

『エジンバラ評論』の編集者で経済や人口問題の専門家、そして著名な優生学支持者であったハロルド・コックスによれば、「社会改革」とは「後先のことを考えない階級から望まれず生まれてきた子どもたちを扶養するために、自立し自尊心のある親が課税されるシステム」であり、「動物的な無頓着さに奨励金を与え、人間的な思慮深さに罰金を課している」ということになる。[36]優生学の立場からの社会改革への批判は、生き残るべきではない人間を生き残らせてしまう環境を、そして生き残るべき人間を生き残れなくする環境を、つねに創出し続けていることに向けられる。

同じような批判が宗教界からも発せられた。セント・ポール大聖堂の主席司祭のウィリアム・ラーフ・イングは、優生学のイデオローグとしても積極的に発言していた。彼は「人種退化」を社会改革の悪影響とみなして、扇情的な比喩で繰り返し糾弾した。たとえば、『エジンバラ評論』に掲載された「イングランド民族の将来」においては、ハヴロック・エリスらの「退化」をめぐる著作を論評しながら、「本国における人種の質に関していえば、その未来は暗い」と断定した。その理由は、「上流階級や専門職階級の解体が、彼らに課された税金のためにすでに始まっている」からであり、さらにはその税収が「クズ(wastrel)の増殖を奨励し、現にそのクズが国民の価値ある層よりもかなり急速に繁殖している」からだという。

われわれは現在、税金に頼って生計を立てることで国家の足かせとなっている、巨大な寄生階級(a large parasitic class)を扶養している。最下層の階級の出生率は、より優れた層と比較してこれまでかなり上昇しており、いまもなお上昇し続けている。有能な労働者階級の家族の出生率は、裕福な家族と同様に、文明の廃棄物のそれよりずっと低い。……だが、このような状況も長くは続かない。というのも、寄生階級にとって略奪可能な富は想像よりもずっと少ないからである。……その結果として、スラム住民という化膿した傷口は干し上がり、その漸進的消滅が、優生学的観点からすれば知的階級の破壊に対する代償として、すぐにもたらされるであろう。(37)

聖職者のイングが「優生学的観点」から主張しているのは、「巨大な寄生階級」である「スラム住民」の「漸進的消滅」である。

　このように「寄生体」という比喩は、『セント・モア』と同時期の文化、政治、経済、医療、宗教などの領域を横断しつつ、経済的差異を生物学的差異へ重ね合わせる修辞的な戦略の一部をなしていた。さらには、本来は異質な要素のこのようなすり合わせが、階級秩序の混乱に対する優生学の懸念を裏書きすることになった。イングは「最下層の階級」を経済面と生物学的な〈質〉の面から「寄生階級」あるいは「文明の廃棄物」として差別的に表現し、「スラム住民」のあらたな生命を傷口から出る膿と形容した。優生学を支持する者たちにとっては、社会改革で救われる存在の増加は「人種退化」の兆候なのだから、社会全体の崩壊を避けるためにそれは排除されなければならない。宿主の「われわれ」が「巨大な寄生階級」によって「解体される」前に、自然選択の作用を失った文明社会で寄生体の「漸進的消滅」を人為的に推し進めること——こうしたイングの主張は、結局のところ消極的優生学の実践を意味する。

六　「寄生体」の修辞的書き換え

「寄生体」という比喩が反社会改革の優生学的言説で用いられており、その比喩の機能を『セント・モア』も共有していることを確認できたとしても、小説の設定と関連した疑問がまだ残されている。「寄生体」が歴史的には「最下層の階級」を暗示し、その排除を正当化する比喩として読まれるにしても、『セント・モア』において物語の展開で排除される存在は、准男爵のリコである。はたしてセント・モアの狂暴性は「破壊」をともなう「創造の開花」の一部であり、リコは「増殖」する「寄生体」なのだろうか。テクストの論理の整合性を維持するためには、そうした解釈が必要とされる。しかし、リコはイングが定義するような「最下層の階級」とは一致しないため、物語の脈絡とその表現が指し示していたはずの対象とのあいだに齟齬をきたしている。あるいは、ロレンスが「寄生体」の意味作用を書き換えていると理解すべきなのだろうか。

この問題を考えるために、「寄生体」の例をもうひとつみておきたい。ハヴロック・エリスが序文を寄せ、イングが書評を担当した、R・オースティン・フリーマンによる『社会の腐朽と再生』（一九二一年）の場合である。フリーマンは「反社会的」な「社会的寄生体」を、「自分の生計のために自ら富を産出することなく、別の個人や集団の富に頼って生計を立てる個人」と定義する。[38] 彼の批判は、個人よりも集団の利益を優先して「寄生状態」を社会全体に蔓延させた「集産主義」――ここでは社会改革、社会主義、労働運動などが含まれる――へ向けられている。

卓越した個人は、その卓越性から利益を得ることはないし、劣った個人はその劣性によって不利益を被ることもない。卓越した個人も劣った個人も、国家によって平等に生活が完全に保障され、平等に生き残ることになるのだ。

よって生物学的観点からすれば、集産主義は結果的に人種の質を低下させるという、極めて望ましくない特徴を有すると考えられる。ひとつには、個人の有機的特質を犠牲にして、集団のそれを発現させることによって。さらには、不適格者（the unfit）が排除されることを妨げ、生

き残ることを保証することによって。(39)

集産主義批判による「社会的寄生体」排除は、特定の階級の排除に収斂するイングの主張とは異なり、一種の「群衆」嫌悪の言説となっている。引用前半の「卓越した個人」と「劣った個人」は、後半では「個人」と「集団」へと変換される。このすり替えから明らかなように、「社会的寄生体」は定義では「個人」と表現されていても、それを言い換えた「劣った個人」や「不適格者」は「個人」ではなく、つねに多数派の「集団」として存在する。「集団」であるからこそ、「社会的寄生体」はフリーマンを含む「個人」の嫌悪や恐怖の対象となる。

しかしながら、「個人」と「集団」のこの錯綜した用法は、両者の区別が厳密には固定不可能なことを露呈させている。その意味で、「個人の有機的特質を犠牲にして、集団のそれを発現させる」という表現は興味深い。この一節は、「個人」と「集団」を「有機的特質」の差異で区別している。と同時に、いかなる「個人」も「個人の有機的特質」と「集団の有機的特質」を保持しており、何かのきっかけでバランスが崩れたとき、「個人」が「集団」へ移行してしまう可能性も示唆している。経済的には「社会的寄生体」でなかった「個人」も、集産主義の影響で「集団」に変貌するかもしれない。「人種の質の低下」つまり「退化」は、このように「個人」が自らの「集団の有機的特性」に支配されてしまう事態を含むことになるだろう。

さらに、フリーマンの「社会的寄生体」は中流階級や潜在的には貴族階級をも含む、階級横断的な「集団」である。「社会的寄生体」の定義においては、経済的自立の能力だけでなく、「自ら富を産出」するか否か、つまり収入の手段に対する倫理的ともいえる基準が問われている。生計を維持できる収入があっても、その手段が他人の富や生産物を利用しているならば、それは「寄生」と断定されるのである。そのような職種として、彼は「広告業」「金融業」「公務員」などをあげている。さらには、「資本家」や「いわゆる商業界の大物」も「純粋に直接的な生産ではなく、取引や市場の操作で巨万の富を得ている」と批判する。彼らも「共同体に寄生」しているのである。(40) このような議論からすれば、「純粋に直接的な生産」で富を得ることはない上流階級も「社会的寄生体」とされるだろう。少なくとも「社会的寄生体」の定義は、伝統的有産階級と福祉の対象を同一視した表現となっている。フリーマンは貴族階級に関しては沈黙しているが、その理由は、大衆社会到来の弊害とその対策に光を当てた『社会の腐朽と再生』において、貴族階級があらかじめ彼の議論から外されているからと考えられる。それゆえに彼のテクストでは、「寄生体」と貴族階級の結びつきは潜在的なままに留まる。

以上のイングやフリーマンの例から明らかなように、「寄生体」は当時の社会を循環する過程で異なった意味作用を行なうのであり、『セント・モア』の「寄生体」排除の言説も、その一部であったと想定される。そして、この社会的循環に対する『セント・モア』の介入は、「寄生体」を「群衆」としてテクストに導入しつつ、フリーマンの言説では潜在的であった上流階級との結びつきを顕在化させていることにある。

「寄生体」の意味作用がテクスト内で変化する過程において、ルウの視点は重要な機能を担っている。セント・モアが暴れた直後に、彼女は自分が「邪悪なるもののダークグレイの高波」に飲み込まれる幻想を見る。その「高波」の描写には、馬が後ろ足で棒立ちになることを意味する動詞“rear”が用いられており、彼女が見た幻想は、馬の狂暴性に対する恐怖心の反映であると解釈できる。その「高波」は、前述したように、階層秩序の混乱のイメージとして「寄生体」の「増殖」へ引き継がれる。さらには、「無数の悪しき存在の恐るべき接吻と毒牙」といった表現へ展開する――「個人はその群れから離れ、自らを清めるだけである」(80)。馬の狂暴性の発露によって導入された混乱のイメージ連鎖は、フリーマンが記述した「個人」に対する「集団の有機的特質の発現」と重なる。「群れ」と狂暴性の連鎖のなかにある「寄生体」は、「群衆」のひとつの表象になっている。だが、すぐにルウの意識は、セント・モアの擁護とリコの「卑しさ」(84)への反感に変わる。結果的にその変化が、イギリスからアメリカ南西部への物語の展開につながり、〈劣った貴族〉としてリコを物語から排除する要因となる。つまり、ルウの視点を通して、馬の狂暴性を媒介にした「群衆」としての「寄生体」から、その痕跡を残したまま、〈劣った貴族〉としての「寄生体」へと意味作用の変換がなされるのである。

このように『セント・モア』が〈劣った貴族〉の排除と〈群衆〉への恐怖を両立させているのは、優生学の立場からみれば当然のことである。優生学は専門職に就く上層中流階級がもっとも優れた才能を産出していると主張する際に、批判の矛先を労働者階級のみならず、上流階級にも向けている。優生学の提唱者たちは、「生物学的には何の価値もない社会制度となってしまった現在の偽の貴族階級」に取って代わるために、「能力」を基準にした「あらたな真の貴族階級」の創出を訴える。[41] つまり優生学は、労働者階級に対しては「生物学的な価値」を基盤とした「社会制度」としての階級秩序を固持し、貴族階級に対しては階級秩序の組み替えを主張するという、矛盾した立場を取ることになる。

イングも、貴族を「寄生階級」に含めることはないにしろ、本章で引用した段落の途中で、専門職階級は「通常、貴族階級よりもずっと優れた家系である」と補足することを忘れない(42)。

以上の分析によってみえてきたのは、『セント・モア』のテクストでは社会的階層秩序の混乱と生物学的比喩が結びつけられているにもかかわらず、実際には直接言及されることのない文脈であった。優生学による福祉社会批判は、まさしくその不在の歴史的文脈なのである。『セント・モア』において「濁った混沌への急速度の逆戻り」と表現された状況は、人間と馬の主従関係の、さらには人間社会の階層秩序の混乱を意味する。ロレンスは「炎」の喪失にともなうその混乱を、「寄生体」の「増殖」と「腐敗」に喩えていた。そうした言説は、秩序の破壊をもたらす存在を生物学的に規定しつつ排除する、優生学の比喩と論理を共有している。ロレンスがその表現に物語上の脈絡をつけていないということは、逆の見方をすれば、脈絡が示されなくともテクスト上は結びつく文化的磁場に彼のポジションがあったことになる。ここには、自分の周辺を循環する言説に敏感に反応した、作家ロレンスの特徴が端的に示されている。

七　おわりに

『セント・モア』のテクストとしての特徴は、優生学との接点が表面上は不在であるにもかかわらず、実はその中心を占めていることにある。「寄生体」排除の言説は、「人間たちの危険でひたむきに前進する炎はどこにあるのか」という『セント・モア』の中心的な問いと、イギリスからアメリカ南西部へ展開する物語とを媒介する。すでに確認したように、「寄生体」は「創造の開花」を犠牲にして、最後にはすべてを「破裂」させてしまうと記述されていた。そうであるならば、「炎」の喪失は階層秩序の混乱の原因であるだけでなく、その結果でもあると解釈されるだろう。実際、ロレンスは問題の引用の後、「あふれるほどの邪悪なるものによる恐ろしい口唇と毒を帯びた噛みつきから、自らの内に宿る生命を守るために闘い抜くのだ。……創造的存在の情熱的法則、それは先天的な良さを認識して、あふれ出る邪悪な群れに剣を向けることである」(80)といった一節を続けている。「寄生体」の「邪悪な群れ」が「炎」を喪失させ、抵抗むなしく人間を「廃物同然」にしてしまう。それが『セント・モア』のイギリスにおいて描かれていた状況であった。

そうした解釈の枠組みからすれば、「炎」は「寄生体」の「増殖」を許さない場に存在することになる。『セント・モア』におけるそのような場は、「野生のアメリカ」と形容されるアメリカ南西部である。イギリスが「寄生体」の「増殖」によって「腐敗」へ向かう文明社会であるのに対して、アメリカ南西部の「野生性」は、「炎」と「寄生体」との「自然選択」にもとづく――「先天的な良さを認識して、あふれ出る邪悪な群れに剣を向ける」――ことになるだろう。本章の議論とは異なる視座からではあるが、批評家マーゴット・ノリスは、『セント・モア』におけるアメリカ南西部の「野生性」を「自然界の生存競争の暴力性」と同一視している。[43] ルウがアメリカ南西部で「神聖なるもの」を求め、自分はそれに仕えるのだと表明する展開は、テクストの表の論理であり、その裏には「自然界の生存競争の暴力性」としての「寄生体」排除が同時進行していることになるだろう。「良い生殖による人種改良」と「非優生的な結婚や生殖の排除」を表裏一体とする優生学の言説は、選択と排除の論理を強化しつつ、テクストのなかを循環する。『セント・モア』における英米のトランスアトランティックな関係性は、「寄生体」排除の優生学的言説によって分節化されているのである。

優生学的選択と排除の論理は、小説でのセント・モアのあり方にも関わっている。セント・モアはイギリスでは雌馬に馴染まなかったはずだが、奇妙なことにテキサスでは性質を一変させ、「まるで奴隷のように」雌馬を追いかける(132)。そしてこれ以降は物語から姿を消す。小説後半でのこうしたセント・モアの扱いは、テクスト構成の謎としてこれまでも論じられてきたことであり、多くの批評はルウの精神的成長や変容といった観点、あるいは馬とアメリカ南西部の「土地の霊」との象徴的類似性といった観点から、セント・モアの存在が消えることの妥当性を説明してきた。[44] だが、この問題を「優れた血統」という設定と関連づけることも可能だろう。ウォルター・ベン・マイケルズが指摘しているように、セント・モアの「血統」は、「雌馬に馴染まない」という孤高性によって担保されていた。[45] そのようなテクストの論理からすれば、セント・モアは雌馬を追いかけるようになったとき、もはや「優れた血統」とはみなされなくなる。「奴隷のように」という直喩は、そうした解釈を引き出す。セント・モアは二律背反的な存在である。孤高を保って「優れた血統」を証明しているあいだは、「種馬」としての役割を果たさない。良い種はセント・モアで絶たれてしまう。しかし、雌馬を追いかけて文字通り「種馬」となったとき、もはや孤高とはいえないのだから、「優れた血統」ではなくなる。馬は孤高のあいだだけ、テクストの中心的形象として位置づけられていたのであり、逆に「なぜか雌馬に馴染まない」性質を維持できなくなったときには姿を消す。こうしたテクストの構成そのものが、「優れた血統」以外を排除するという育種の論理を実践している。「奴隷のように」

なったセント・モアは、選択／排除の優生学的論理によって、テクストの表面からその存在を抹消されてしまうのである。

『セント・モア』は文明社会における人種退化の問題を優生学と共有するだけでなく、〈群衆〉と〈劣った貴族〉という二重の意味作用を「寄生体」に与えることで、この比喩の社会的な循環に、いわば積極的に介入している。「寄生体」排除の論理は、イギリス社会から失われた「炎」を求めて、主人公ルウがアメリカ南西部へ帰郷するトランスアトランティックな越境を支える。と同時に、セント・ポール大聖堂の主席司祭ウィリアム・ラーフ・イングの階級偏見の言説ではその外部に置かれ、R・オースティン・フリーマンの集産主義批判の言説では潜在的なままであった、上流階級と「寄生体」の結びつきが顕在化する。「寄生体」は、その「増殖」と「腐敗」をめぐる一節をテクストの境界領域にして、自らの意味作用を変えながら『セント・モア』の内と外を循環していたのである。

第五章　ハバナに降り注ぐ緑の紙幣
――『セント・モア』と帝国アメリカの地政学

一　はじめに

イギリスを物語のおもな舞台とした『セント・モア』の前半部分を論じた前章に続いて、本章はその中編小説の後半、主人公のルウがイギリスから帰郷して辿り着くアメリカ南西部の景観(landscape)に光を当てる。まずは、ルウおよび彼女の母親ミセス・ウィットとフランスとのつながりを確認する。つぎに、ふたりがアメリカ合衆国に入る前に立ち寄るキューバ島のハバナの描写に注目することで、あらたに拡張する帝国アメリカと収縮する帝国としてのイギリスの表象を読みとる。そして最後に、小説終盤における「アメリカの深奥」(155)の神秘化を帝国アメリカという歴史的文脈において解釈する。その際には一九二〇年代アメリカの排他的ナショナリズムとしてのネイティヴィズムを踏まえて、それが『セント・モア』におけるトランスアトランティックな英米関係にどのような歴史的な意味をもたらしているのか、といった問いについて考察する。その目的は、ジェド・エスティによるロレンス評価を再検討し、レイモンド・ウィリアムズがいうところの「ロレンスの一部分」とは別の一部分を探ることにある。

二　ルイジアナのフレンチ・コネクション

ロレンス研究者のキース・ブラウンによる「ウェールズのレッド・インディアン――ロレンスと『セント・モア』」は、『セント・モア』の英米関係をプロットのレベルではなく、モチーフあるいはレトリックのレベルで読み解いた論考である。ブラウンが主張するトランスアトランティックな「ケルトとインディアンのモチーフの絡み合い」の内容については第五節にて詳述する。その前にここでは、彼の議論を帝国主義の文脈から再解釈するために、ルウとミセス・ウィットは「目立たないが確実にフランスと関係づけられている」[1]というブラウンの指摘を踏まえて、まずは彼女たちとフランスとの関連を整理しておく。

前章の冒頭で確認したように、ルウ・ウィットはもともとルイジアナに住んでいた家族の出身で、教育はパリで受けたことになっている。このパリ行きで示唆されるフランスとの関連は、ルウの母のミセス・ウィットにおいてもみられる。彼女は幼少時代の旧友にパリのホテルで偶然会った経験を、つぎのように娘に語っている。

「パリでの出来事のことを話したかしら。以前に会ったことがあるような女性がホテルにいて、誰だったかしらと思ったのだけれど、すぐには思い出せなかった。でもこっちに近づいて来てこう話しかけて来たのよ、「レイチェル・ファニエールじゃない？」わたしは答えたの、「あら、

ジャネット・ルロイ?」十二歳か十三歳のとき以来の再会、ニューオーリンズの学校に通っていたとき以来なのよ。」(58)

ニューオーリンズの学校に通っていた時分にはジャネット・ルロイという名前だった女性が、パリで「レイチェル・ファニエールじゃない?」とミセス・ウィットに呼びかけてくる。「ファニエール(Fannière)」というルウの母の旧姓を通して、母方の親族とフランスとのつながりが示唆される。旧友の姓も同じくフランス的な「ルロイ(Leroy)」(あるいは「ルロワ」)である。さらに、パリで再会するふたりが、かつてはニューオーリンズの学校に通っていたという言及も見逃せない。というのも、この会話におけるフランスとの関連から、ルイジアナがフランス領だった頃の文化を色濃く残す、ニューオーリンズのフレンチ・クォーターも想起されるからである。

ウィット家が住んでいたルイジアナという土地は、植民地時代のアメリカをめぐって、フランスとイギリスが対立していた歴史的な構図を示唆する。リンダ・コリーが『イギリス国民の誕生』(一九九二年)で詳細に論じているように、ヨーロッパ列強のライバル関係は植民地においても演じられたことが重要である。歴史を確認すると、一六八二年、探検家ルネ・ロベール・カヴリエ・ド・ラ・サール卿がミシシッピ川流域をカナダからメキシコ湾まで南下、この広大な地域をフランス国王ルイ十四世にちなんだルイジアナという名でフランス領と宣言する。一七一八年には、現在のニューオーリンズがルイ十五世の摂政オルレアン公にちなんでヌーベルオルレアンと命名される。一七二三年にはフランス領ルイジアナの首都となる。そして一七五六年から、七年戦争が北アメリカでは英仏の植民地争奪戦として始まる。イギリスは一七六〇年までにフランス領カナダを征服、インドでも勝利を収める。一七六三年のパリ条約によって、フランスはルイジアナのミシシッピ川以東をイギリスに、一七六二年のフォンテーヌブロー条約でニューオーリンズを含むミシシッピ川以西をスペインに譲渡する。

このような植民地アメリカを舞台にしたヨーロッパの帝国同士の対立は、アメリカ合衆国としての独立後に、旧宗主国イギリスと旧植民地アメリカの対立へと変わる。一八一二年勃発の米英戦争である。一八世紀半ばの七年戦争で破れたフランスでは、当初ナポレオンは、カリブ海域の仏領と一八〇〇年にスペインから取り戻していたルイジアナ地域とを結ぶ植民地帝国を夢見ていた。しかし、彼はヨーロッパでの征服戦争や仏領サン＝ドマング(現在のハイチ)での暴動鎮圧を優先し、一八〇三年には軍事資金調達のためにルイジアナをアメリカ合衆国に売却する。そして一八一二年に米英戦争が始まり、一八一五年のいわゆるニューオーリンズの戦いでは、合衆国がイギリスに勝利する(2)。

その後、一八六一年からの南北戦争において、ルイジアナは国内対立の場となる。ルイジアナは南部連合に加わったため、その重要な軍事基地の港町ニューオーリンズは北部連邦軍の攻撃目標となり、一八六二年には占領されることとなる。

以上の文脈を踏まえると、『セント・モア』のテクストは、ルウとミセス・ウィットがアメリカとフランスとのあいだを行き来することを通して、一七世紀末以降の帝国フランスのアメリカ進出と撤退の歴史を示唆していたと考えられる。ルウはパリで教育を受けたという設定になっている。そこには、旧フランス領ルイジアナ出身でフランスにつながりがあるアメリカ人女性が旧宗主国の文化に直接触れる、という含意がある。さらに重要なのは、小説の冒頭で「どこにも帰属しない」とされていたルウの特徴を、ルイジアナにおける対立の歴史――フランス／イギリス、アメリカ／イギリス、アメリカの南部／北部――と絡めて捉えることである。ルウの主体の位置取りは、対峙する相手や場所によって変わる。ときに彼女は、フランス系アメリカ人、古いヨーロッパ世界に対抗するアメリカ人、プランテーション文化の痕跡を残す南部人として立ち現われることとなる。

ルイジアナという場には、ルウが体現する複数の主体性を彼女のフレンチ・コネクションと関連づける適切な言葉がある。それは、ルイジアナ・クレオール(Louisiana Creole)である。人類学者ヴァージニア・R・ドミングスの『定義上の白人――クレオール・ルイジアナにおける社会的分類』(一九八六年)によれば、クレオールとは、もっとも基本的な意味では外国人の両親から生まれた住民を指す一般的な名称で、それゆえに人種概念ではなく、定義上は白人もいわゆる「混血」も含まれるものであった。ルイジアナでは、クレオールはおもにフランス系およびスペイン系の文化伝統と結びつけられ、肌の色ではなく言語的文化的要素にもとづき定義されていた。『セント・モア』のルウの場合も、彼女はフランス語やスペイン語も話し、またヨーロッパではカトリックのローマに強い親近感をいだいていた。さらにドミングスは、ルイジアナ・クレオールのアイデンティティの流動性についてつぎのように述べている。

人生のさまざまな時期において、ニューオーリンズの人間はいくつものグループの一員に自分を同一化させることがある。そうした試みが社会の一定数の人びとによって認められさえすれば、彼は自己の所属するグループとは異なったグループの一員として認められることもある。アイデンティティを共有するグループの境界を明確なものにしようとする多くのニューオーリンズの人間の努力にもかかわらず、こうした有利なかたちでアイデンティティを操作しようとする傾向が意味するのは、グループ間に確固たる境界などない、ということと、南ルイジアナという背景においてはグループの違いを強調してもあまり意味がないかもしれない、ということである。(3)

ルイジアナ・クレオールとは、ある種のアイデンティティ＝同一性に与えられた名であるというよりも、他者への絶え間ない同一化(identification)というプロセスの効果を名づけたものといえる。ニューオーリンズの人間は、一生のなかで自らをいくつもの異なった社会集団に同一化させ、その社会集団の一定数の人びとによってアイデンティティが首尾よく認められれば、その人物はさまざまなグループのメンバーから自分たちの仲間のひとりとして承認されることにもなる。また、ニューオーリンズの多くの人びとが自分の帰属する集団の明確な境界線を引こうと必死になりながら、自分のポジションを求めてうまく立ち回るのは、じつは各集団のあいだに固定した境界線などないからだという。ルイジアナ・クレオールは、このような状況において、時と場合に応じていくつもの集団に属しなおす行為を繰り返す。それは、「どこでも落ち着くと同時にどこでも落ち着かない」(21)という小説冒頭に語られたルウの特徴と重なるだろう。

『セント・モア』のプロットにおいて、ルウ・ウィットはルイジアナ・クレオールの系譜に連なる人物としてヨーロッパ経由でアメリカ南西部奥地に向かい、そこに自らが「帰属」すべき「土地の霊」を見出す。彼女は、ヨーロッパではどこにも「帰属」しないコスモポリタンのアメリカ人だったが、アメリカ南西部への帰郷によってアイデンティティに一定の方向が与えられることになる。その方向づけに関しては本章の第五節以降でアメリカ南西部奥地の表象とともに考察するが、その分析に向けて次節では、ルイジアナという記号がアメリカ南西部以外に、『セント・モア』批評史においてこれまで取りあげられてこなかった別の地理的空間を指し示している点を確認したい。その空間とは、ルイジアナと同様にフランスとスペインの混じりあった文化が根づいた地域、つまりカリブ海域諸島である。

三　ハバナに降り注ぐ緑の紙幣

イギリスで結婚生活を送っていたルウは、前章で論じたようにセント・モアが暴れた出来事の後の対応をめぐって夫のリコと対立した結果、母とともにイギリスを発つことになる。そして彼女は大西洋を横断する船上で、「アメリカ」を「北」のヨーロッパから逃れる「南」の世界として位置づける――「南へ向かって！　可能な限り北極の恐怖から離れるために」。船がメキシコ湾に近づいたとき、ついにヨーロッパの「灰色で低い空」の重苦しさから解放された気がする(128)。彼女は目の前に広がる「青い空と青い海」を、「静かで、何も存在せず、時間が流れない場所」と感じる(129)。

だが、合衆国に入る前に立ち寄ったカリブ海諸島のひとつ、キューバ島のハバナは、ルウが期待したような場所ではない。そこはアメリカ人観光客があふれる行楽地だった。ちなみにロレンスは、一九二三年十一月二十二日にメキシコのベラクス港を出発して十二月十一日にイギリスのプリマス港に到着する旅の途中で、ハバナに二日間滞在している。一六世紀以来、スペイン帝国に支配されていたキューバは、一八九八年に勃発した米西戦争の後、一九〇二年にキューバ共和国としていったんは独立する。だがそれは、キューバの独立をめぐる闘争に介入したアメリカ合衆国による内政干渉および経済的文化的支配の始まりでもあった。そのような歴史を反映するかのように、『セント・モア』に描かれた一九二〇年代初頭のハバナの埠頭にはアメリカ人観光客が溢れ、ツアー用の車が長い列をなしている。観光客たちは「迷子にならないように」とみなコートにバッジをつけている。ルウたちにスペイン語で話しかけるタクシーの運転手によれば、合衆国の禁酒法から解放された観光客たちは、酔いつぶれて夜中に道端で横たわっているところをホテルまで警官の手で運ばれるという。こうしたアメリカ人の行楽地ハバナの状況を受けて、「ここはすでにアメリカだった」(128)と語られる。この場面において、「アメリカ」は地理的な名称としてのみ用いられているわけではない。ルウとミセス・ウィットがホテルで昼食をとる場面で、ふたりのそばにいたアメリカ人観光客夫婦の様子がつぎのように記されている。

ルウと母親のミセス・ウィットは、ホテル・イングランドで昼食をとった。ミセス・ウィットの目は、同胞の裕福そうな夫婦の太った夫とその妻が海外で食事をする様子に釘づけになった。その夫婦はカクテルを飲み、ロブスターを食べ、白ワインのボトルを空け、シャンパンのボトルを空け、そしてポルトワインのハーフボトルを空けた。リキュールが届いたときには、ミセス・ウィットは呆れて急いで席を立った。母国で成功した夫と妻は、確固たる決心でもってアルコールを吸収していったのだ。味わうなんてことはほとんどないのだろう。ただの自己満足なのだ、「いまラインぶどう酒を飲んでいるぞ。こんどは一九一二年産のシャンパンだ。禁酒法時代よ、万歳！」(128-29)

成功したアメリカ人の男とその妻は、「ホテル・イングランド」でカクテル、ドイツ産白ワイン、シャンパン、ポルトワインを楽しみ、本国の禁酒法が適用されないキューバを満喫する。ミセス・ウィットはそうした同郷人の姿に唖然とするが、これこそが、キューバからスペインを追い払った後の「アメリカ」の風景である。つまり「アメリカ」とは、こうした植民地主義的消費文化の別名である。

歴史家のエリック・ウィリアムズによれば、米西戦争で中心的な役割を担うことになるシオドア・ローズヴェルトは、一九世紀を通じて争われた「キューバの未来をめぐるヨーロッパ諸国の長いライバル関係」を重視していた。そのため、米西戦争突入前は、キューバの独立を唱えることだけにとどめていた。しかし、アメリカの政治家や実業家たちはみな、「ローズヴェルトが考えていた独立のかたち」をわかっていたという。彼はキューバの独立だけでは満足せず、「カリブ諸島からすべてのヨーロッパの影響力を排除すること」を思い描いていたのである。[4] それは一八九八年二月九日、つまりハバナ湾でアメリカ海軍の戦艦メイン号が爆発して沈没するという、米西戦争勃発のきっかけとなった事件の六日前に、ローズヴェルトが記した言葉に確認できる。

わたしは、この大陸からヨーロッパのあらゆる国の力を完全に追い払う目的のために、これからの外交政策に乗り出すつもりである。まずはスペインから始めよう。最終的には、イギリスを含むすべてのヨーロッパの国が対象だ。さらには、あらたな国々に足がかりを作らせないことも重要である。ドイツが共和国となったら友好的な関係を結べる可能性もあるだろうが、現在の専制政治のもとでは、ドイツはイギリス以上に激しくかつ直接に、われわれに対してずっと敵対的である。(5)

ローズヴェルトが思い描く外交政策とは、アメリカ大陸からヨーロッパ勢力をすべて排除することであった。まず手始めにスペインを、最終的にはイギリスを含むすべてのヨーロッパの国々を追い払う。そして、いかなる国も二度とアメリカ大陸への足場を築けないようにする。ヨーロッパ諸国に対してこのように強気に主張する反植民地主義は、その後の歴史が証明しているように、アメリカ合衆国の政治的および経済的な海外膨張と連動していた。それは、ウィリアム・アップルマン・ウィリアムズが『アメリカ外交の悲劇』(一九五八年)で詳細に論じた「反植民地主義的帝国主義」(anti-colonial imperialism)のことである。(6) キューバに関しては、ローズヴェルトの右の言葉にあるように、合衆国は米西戦争によってキューバ独立を支持する名目で介入し、サンティアゴ・デ・クーバでスペイン軍を制圧する。その一方で、アジア太平洋地域にも進出。極東海軍をフィリピンのマニラ湾に送り、そこでスペイン艦隊を壊滅させてマニラ市を占領した。一八九八年十二月のパリ和平条約によって、スペイン領であったプエルトリコ、グアム、フィリピンをアメリカに併合。結局のところキューバは、形のうえで独立したとはいえ、合衆国の内政干渉と軍事基地の供与を認める保護国となり、アメリカ・ドルの支配圏となる。

ロレンスは一九二三年十一月二四日と二五日の二日間、メキシコからイギリスに向かう途中でハバナに立ち寄った。そのときに目撃した拡張するあらたな帝国アメリカの現場をもとにして、つぎの引用のとおり『セント・モア』に記したのではないだろうか。ロレンスがハバナにいた十一月は、「アメリカの繁栄」が合衆国北部の工業都市から南の島キューバにもたらされる、いわゆる「シーズン」まっただ中であった。それに対して、ルウとミセス・ウィットが立ち寄ったハバナは「シーズンはまだ」という時期である。

海沿いのホテルはどこも閉まっていた。まだ「シーズン」ではなかったからだ。十一月まで待たなければならない。その時が来たら！　ハバナの港はアメリカの都市になるだろう、緑のドル紙幣で溢れて(in full of green dollar)。アメリカの繁栄という緑の紙幣(green leaf of American prosperity)があらゆるところに溢れ出る。旅行客たちの動き回る列から、太陽とアルコールのこの都市を覆うようにして。ピッツバーグとシカゴで束となっていった緑の紙幣が、冬の時期のハバナに降り注ぐのである。(129)

十一月になるとそれまで閉まっていた海辺のホテルがみな営業再開し、「シーズン」を迎える。ハバナには「太陽とアルコール」という、禁酒法のもとでの冬の工業都市ピッツバーグやシカゴにはないものが揃っている。アメリカ人観光客の「緑のドル紙幣」が溢れ、ハバナは「アメリカの都市」となる。「アメリカの繁栄」の「緑の紙幣」と、太陽の光を浴びたハバナの自然の「緑の葉」がレトリカルに重ね合わせられることで、帝国アメリカによるキューバの実質的な植民地化が表現されている。国境を越えるドル紙幣を媒介として、「アメリカの繁栄」がハバナを「アメリカの都市」にする。つまりはアメリカ化する。消費文化が浸透する観光地ハバナは、ドル経済圏であるために、合衆国の帝国主義と資本主義の支配下に置かれた「アメリカ」である。このように『セント・モア』のハバナが表象する「アメリカ」とは、二〇世紀初頭に合衆国の国境を越えて拡張する帝国アメリカの経済的文化領域のことなのである。

ルウとミセス・ウィットは、海岸沿いからカントリーサイドへと車を走らせて、さらに広がる「アメリカ」を目撃する。そこには「大きなビール蒸留ガーデン」や「あたらしいヴィラが立ち並ぶ郊外」があり、細い車道を通り抜けると「古く荒廃しているプランテーションとヤシの木々」が見える。車道には、「五〇台の車と二〇〇人の観光客がいて、みな胸にバッジをつけて、満ち足りた表情を浮かべている」(129)。ロレンスがキューバ島のカントリーサイドに書き込んだのは、「古く荒廃しているプランテーションとヤシの木々」というスペインによる植民地時代の名残りと、「大きなビール蒸留ガーデン」や「あたらしいヴィラが立ち並ぶ郊外」というドル資本が流入した後の帝国アメリカの風景、そしてこの行楽地に投入された観光産業資本の効果である。

ルウとミセス・ウィットが短かいハバナ滞在後に訪れるアメリカ南西部も、消費文化の浸透という点に関して状況はスペイン語圏のハバナとさして変わらない。テキサスではカウボーイたちが「フォード社製の黒い車」に乗って飼い牛を追っている。彼らはイギリスからやって来た「レディ・キャリントン」のことを、フロンティア開拓をロマンティックに描いて当時人気作家となったゼイン・グレイの作品やそれをもとにした映画のなかで「アメリカ東部から高貴なカウボーイを訪問するエレガントで若いレディ」として見ていた。それは「すべて映画的意識」だったと語られる(131)。さらに彼女たちが訪れたサンタ・フェでは「祝祭」が開催されており、スペイン語を話す「インディアン、メキシコ人、芸術家たち」が多くの観光客を惹きつけている。ルウとミセス・ウィットはスペイン語で会話を交わし、ふたりが連れてきた馬丁も「メキシコ人やインディアンのあいだを歩き回り、終日スペイン語で話しかけていた」(132-33)。ニューメキシコ州は公式に英語とスペイン語の二言語使用であった。

　このようなアメリカ南西部の文化的異種混淆性は、アメリカ合衆国がこの地域をメキシコから併合した歴史を喚起しつつ、帝国主義的拡張の舞台ハバナとのつながりも示す。ルウが小説の最後で購入することになる牧場の前所有者はメキシコ人であるし、その辺り一帯の多くの土地管理もメキシコ人たちが請け負っている。『セント・モア』における「アメリカ」の全体を縁取っているのは、合衆国の国境線ではなく、それを越えて広がる帝国アメリカの資本主義の文化なのである。

四　拡張する帝国アメリカのランドスケイプ

『セント・モア』におけるハバナが表象していたのは、アメリカ人観光客が非公式の植民地においてヨーロッパの商品を消費するという、あらたな帝国アメリカのランドスケイプであった。アメリカ合衆国は「手始めに」スペインを「追放した」後に、キューバを名目上は独立させながらも実質的には植民地化した。エリック・ウィリアムズによると、米西戦争後にカリブ海は「アメリカの地中海」と合衆国ではみなされるようになったという。ウィリアムズは当時の国務副長官フランシス・バトラー・ルーミスによる一九〇四年のつぎの言葉を引用している――「アメリカ合衆国がカリブ海で支配的な力をもつことを考えないようでは、その将来像はいかなるものであれ、完全とはいえない」[7]。

米西戦争の翌年の一八九九年、カリブ海の南に位置する南アメリカ大陸北岸では、いわゆるベネズエラ問題が発生する。これは、英領ギアナ（一九六六年にガイアナとしてイギリスから独立、イギリス連邦加盟国）とベネズエラの国境をめぐる紛争である。ベネズエラは、現在のガイアナ西部エセキボ川以西のグアヤナ・エセキバ（エセキボ地域）に広がる一六万平米を自国の領土として要求した。このときにアメリカ合衆国は、一九世紀初頭までスペインの植民地であったベネズエラを、「無条件に支持」した[8]。英領ギアナの国境をめぐるベネズエラ問題とは、南アメリカ大陸におけるイギリス対アメリカ合衆国の覇権争いでもあった。

ローズヴェルトの外交政策の構想は、カリブ海からさらにラテン・アメリカ全体を視野に入れていた。重要なのは、ベネズエラ問題にみられるように、それがアメリカ大陸におけるイギリスの覇権に挑むものだったことである。キューバはその象徴的位置を占めていた。イギリスはカリブ海を「さほど重視してこなかった」とはいえ、その地域におけるイギリスの立場は米西戦争の時期に「ますますアメリカ合衆国によって脅かされるようになっていた」とエリック・ウィリアムズは指摘している。[9] ローズヴェルトは自らの構想とその実践を、かつて一八二三年にモンロー大統領が欧米両大陸の相互不干渉を主張した合衆国の外交原則、つまりモンロー主義を持ち出して正当化した。「文明社会の結びつきが全体に弛緩したために生じる慢性的違法行為あるいは無気力状態」に対しては、「いずれかの文明国による介入」が必要である。西半球にそのような事態が発生した場合、「モンロー主義を堅持する合衆国」は、たとえ「気乗りしない」にしても「国際的警察力の行使」をせざるをえなくなるのだ、とローズヴェルトは一九〇四年に語っていた。[10] ローズヴェルトが間接的に言及していたのは、スペインからのキューバ独立を支持するという名目の米西戦争や、英領ギアナとベネズエラとの国境問題のことである。『セント・モア』のハバナにおける「アメリカの繁栄」は、そのような「国際的警察力」を行使した後にもたらされた。そのハバナ表象からは、スペインの撤退のみならず、かろうじてフランス語での「ホテル・イングランド」というホテル名に刻まれたイギリスの影響力の低下を、すなわちカリブ海地域におけるイギリス帝国の収縮を、テクストの歴史的な解釈としては読みとるべきである。

合衆国の外へと拡張する「アメリカの繁栄」は、『セント・モア』においてはハバナだけでなく、小説前半の舞台であるロンドンにも及んでいた。その中心にいた人物が、「私はアメリカ女よ、どこにいてもそれは変わらないはずよ」(55 強調は原文)と語り、ルウの結婚生活を監視するかのようにイギリスに来ていたミセス・ウィットである。祖母がウェールズ出身の彼女は、かつて第一次世界大戦中にフランスに渡って従軍看護師をつとめた。歴史家のスティーヴン・ヴォーンによると、女性従軍看護師の動員は、「民主主義」「平等」「義務と奉仕の精神」を謳う「アメリカニズム」のキャンペーンの一環であったという。(11) ミセス・ウィットはその「アメリカニズム」を実践する。戦争の混乱のなかから、シェルショックで苦しむジェロニモ・トゥルジロというアメリカ兵を介護して救い出す。彼はメキシコ人と「ナヴァホ族」との「混血」の男で、「どの国民のようにもみえる」し、とくに「ある種のフランス人のようにみえる」のだが、「褐色の目、まっすぐな黒い髪の毛、黒の薄い口髭、いくぶん長い頬で、だらしなく前屈みになって、自信なさげで、冷笑しているような表情を浮かべて」いた(25)。アリゾナ州フィーニクス出身の彼は、先住民用の高校で教育を受けた後、「どこにも生活の場所がなかった」。そのような「多くの不適応者(misfits)のひとり」に、ミセス・ウィットはスペイン語名の代わりに出身地にちなんだ英語のフィーニクスという名前を与えて、知り合いの農場での仕事を紹介した(25)。そして娘のルウの結婚後に、彼を「一〇〇パーセントのアメリカ人」(36)の馬丁としてイギリスに連れてくる。ロンドンでは、豪華なアメリカ製の衣服を身にまとった「アメリカニズム」の実践者で同化主義者のミセス・ウィットは、ハイドパークで「ピストルを突きつけるように」威嚇しつつ、「彼女独特のアメリカ」を保ちながら馬を乗りまわす。そこはさながら、アメリカ国内のフロンティアで展開された戦い、あるいは「モンロー主義を堅持する合衆国」による「国際警察力の行使」の戯画となってしまう(26, 36)。

歴史家のリチャード・スロトキンによると、米西戦争でシオドア・ローズヴェルトが率いた「ラフ・ライダーズ」は、サン・ファン・ヒルの戦いでスペイン軍に勝利したとき、「フロンティア神話と帝国主義のあらたなイデオロギーの結託」を現実のものにした、[12]という。つまり、アメリカ大陸の西への拡張は、あらたな帝国としてのアメリカを準備した。ロレンスは、このように収縮する帝国イギリスと対照的に拡張する帝国アメリカを、ロンドンでのミセス・ウィットの過剰な「アメリカニズム」によってパロディ化していた、と解釈できる。

五　ケルトとアングロサクソニズム

ここまでの議論をまとめると、ルウとミセス・ウィットのフレンチ・コネクションをきっかけにして、まずは植民地時代のアメリカにおけるフランスとイギリスの対立を、続いてイギリスの覇権の揺らぎを背景にして拡張するあらたな帝国アメリカの表象を、『セント・モア』のテクストに探った。そこで本章冒頭で紹介したキース・ブラウンによる論文「ウェールズのレッド・インディアン――ロレンスと『セント・モア』」に戻ると、ブラウンは『セント・モア』におけるケルトのモチーフのレトリカルな使用に注目することで、トランスアトランティックに結びつく英米関係を炙り出そうとしていたことがわかる。ルウとミセス・ウィットは「目立たないが確実にフランスと関係づけられて」おり、その重要性を「ウィットはまさしくガリア系なのだ」[13]という言い方で指摘している。ウィット母娘のフレンチ・コネクションは、『セント・モア』におけるガリア系ケルトのトランスアトランティックなモチーフの一貫性を裏書きする。

ブラウンによれば、ロレンスは「ケルト」という語を「本来の意味」で用いることができたという。[14]

それは「アイルランドとブリテン島に残存する「ケルト辺境」のみならず、すでになきガリアと古代ブリトン人の世界を覆う」概念である。セント・モアの馬丁でウェールズ人のルイスが「ブリティッシュのまなざし」を放つと表現される場面があるが、これもケルトの「本来の意味」から解釈される。なぜ「ウェールズの」ではなく「ブリティッシュの」まなざしとロレンスがわざわざ書いたのか。それは、「古代ブリトン人の世界」というケルトを含む「ブリテン」本来の意味でロレンスが「ブリティッシュ」を使ったからなのだという。ブラウンの解釈では、ウェールズ人ルイスが表象するケルト性は、ウェールズとイングランドの差異を際立たせるのではなく、ブリテン島全体に広がる「古代ブリトン人の世界」を指し示すことになる。[15]

ケルトの「本来の意味」は、ブラウンの議論において結果的にふたつの機能を担っている。ひとつは、第二節で触れたように政治的・文化的に対立していたイギリスとフランスを、「ガリアと古代ブリトン人の世界」として結びつけることである。そしてもうひとつのより重要な機能が、時間的に過去へと遡ることで、イギリスの全体性としての「古代ブリトン人の世界」を表象することである。セント・モアは「ウェールズ境界地域」からロンドンに連れて来られた馬で、ルウとリコがスコットランドへ向かう途中に滞在した「ウェールズ境界地域」で突然暴れ出したわけだが、ブラウンの議論では、「本来の意味」のケルトはイギリス国内の差異あるいは対立を強調するのではなく、イギリスの同一性を創出する神話的概念となっている。

さらにブラウンは、ロレンスは『セント・モア』執筆前に「メキシコの古代神話はケルトを起源とする説」を知っていた、という伝記的事実に注目する。[16]それを踏まえて、〈ケルト／メキシコの古代神話〉が、『セント・モア』においては〈ケルト／アメリカ南西部の「インディアン」神話〉にずらされている、という解釈を示す。「セント・モア」という馬の名前は「ケルトの名前にインディアンの概念を掛け合わせている」、小説前半部分のウェールズの山が結末のアメリカ南西部の高地を「前もって暗示している」、というように。(17)

以上のブラウンの読みで注目すべきは、彼が『セント・モア』を、神話を媒介にしたモチーフのレベルを通して英米をあらためてトランスアトランティックに結びつけるテクストとして解釈しようとした点である。プロットのレベルでは、英米関係はリコとルウの婚姻関係の破綻という形を取る。しかし、テクストのレトリックは、「ケルトとインディアンのモチーフの絡み合い」によってそれを補修し、トランスアトランティックな連携を表象する。

このように英米を結びつける「ケルトとインディアンのモチーフの絡み合い」の意義を、アングロサクソニズムとの対比でさらに検討してみたい。(18) 一九世紀末、アングロサクソニズムの概念は、ドイツの歴史学や民俗学の影響を受けて「国家の公式な諸制度よりも、人種、言語、慣習、文化に重きを置く」ようになった。それは「イングランド人の「民衆精神」の真の表出」であり、「人種の概念が中心を占める」一方で、「小イングランド主義」や狭義のイングランド・ナショナリズムに直結するわけではなかったという。むしろ「人種の概念」としてのアングロサクソニズムは、イングランド人の血筋を引くすべての人びとを、そしてイングランド人たちが移住したアメリカ合衆国・カナダ・オーストラリアなどの地域を、包括する拡張的な概念となった。これは帝国の時代に対応したアングロサクソニズムの捉え方と思われる。そのようなアングロサクソニズムの代表的な提唱者であったジョゼフ・チェンバレンは、批評家クリシャン・クマーが『イングリッシュ・ナショナル・アイデンティティの形成』(二〇〇三年)で引用しているように、「私は合衆国を外国として考えたり言及したりはしない。われわれはみな同じ人種、同じ血である」という有名な言葉を一八八七年に残している(19)。

ブラウンは一九世紀末以降のアングロサクソニズムを踏まえつつ、『セント・モア』のテクストに「ケルトとインディアンのモチーフの絡み合い」という神話的な、もうひとつ別のトランスアトランティックな関係性を読み込もうとしていたのではないだろうか。ブラウンがテクストのレトリックのレベルにおいて重視する「ガリアと古代ブリトン人の世界」の〈ケルト〉は、アングロサクソニズムにおけるケルトとアングロサクソンの排他的な関係とは別の時間世界として、その対立を止揚しつつ両者を包括する。『セント・モア』における〈ケルト〉を媒介としたいわばポスト・アングロサクソニズムは、かつての拡張する帝国としてのイギリスの全体性を、イングランド中心主義への抵抗としてのケルトの差異性を維持したまま表象する。

六　アメリカ優生学、人種混淆、セクシュアリティ

たしかに『セント・モア』のテクストの細部には、ケルトの人びとと大西洋を横断する帝国の歴史との結びつきが書き込まれている。アメリカ人のミセス・ウィットは、ウェールズ人の馬丁ルイスに、自分の祖母も実はウェールズ人だったと伝えている(71)。ルイジアナ出身で「ガリア系」の彼女がブリテン島のケルトとのつながりをあらためてほのめかすとき、キース・ブラウンが指摘した『セン

ト・モア』における「ガリアと古代ブリトン人の世界」に、イギリスから植民地アメリカへ大西洋を横断して越境した近代の移民たちの姿が重ね合わされる[20]。

しかしながら、ケルトと「インディアン」を神話的に結びつけようとするブラウンのレトリカルな読解に一定の説得力を認めるにしても、拡張するあらたな帝国としてのアメリカ、という歴史的文脈において『セント・モア』を読み直そうとする本章は、「インディアン」をブラウンの読みのように神話的なモチーフのレベルに留めておくことはできない。フィーニクスという名前をミセス・ウィットによって与えられた「インディアン」をどう捉えるかは、小説の最後にルウがたどり着く牧場、そのアメリカ南西部の「アメリカの深奥」(155)を帝国アメリカのランドスケイプの一部として分析するうえで重要である。二〇世紀初頭のアメリカにおいて、「インディアン」はいかなる存在とされていたのだろうか。

地理的および経済的な拡張で多様化するアメリカ合衆国において、あらためて重大な問題として意識されたのは、人種の同一性を揺るがす人種混淆であった。そのきっかけのひとつが、一九世紀末以降に急増した南ヨーロッパ・東ヨーロッパやアジアからの、いわゆる新移民の存在だった。一九二一年と二四年の新移民制限法は、「出身国籍の人種化」[21]を推し進めたといわれている。一九一七年の移民法改正によって識字テスト法が成立し、アジア人の入国が禁止される。そして一九二一年には、移民割当法として、国別移民数の上限が定められる。それは一九一〇年を基準年にして、各国出身者数の三パーセントがあらたな各国移民数の上限となる。一九二四年にはさらに厳しくなり、さかのぼって一八九〇年を基準年とし、国別移民数の上限は各国出身者数の二パーセントまで絞られる。

　このようないわゆる新移民に対する「出身国籍の人種化」の時代に、白人優越論者ロスロップ・ストダードは『白人の世界的優位性に対抗して上昇する有色の高波』(一九二〇年)において、「人種的に望ましくない外国人」の入国を人種混淆の懸念に直結させ、「劣った血の注入によって優れた旧来住民が退化してしまう」と不安を煽った。[22] 移民制限をさらに厳しくすることを求めるこうした主張は、「退化」というストダードの用語に端的に示されているように、アメリカの優生学運動と連動していた。第四章で論じたように、イギリスの優生学運動の中心に階級問題があったのに対して、アメリカでは人種的差異が問題の焦点であった。批評家のローラ・ドイルによれば、アメリカの優生学は「白人中心主義の人種差別にあらたな表現を与えた」という。[23] 当時のもっとも著名な遺伝学者のひとり、チャールズ・ダヴェンポートは、「雑婚は不調和に終わることが普通である」と主張し、「混血の人びとは誤った形で結びつけられた人びとであり、不満を抱え、落ち着きがなく、役に立たない」という差別的言い方で、人種混淆による「人種退化」を問題視している。[24] また、マディソン・グラントの『偉大な人種の消滅、あるいはヨーロッパ史の根本基盤』(一九一六年)は多くの読者を獲得したが、この本は一九世紀後半に登場した、たとえばゴビノーの『人種の不平等に関する試論』(一八五三―五五年)にみられるような北欧人種最優秀説に、ゲルマン民族大移動の歴史を重ねたものであった。グラントはそのなかでつぎのように述べている――「ふたつの人種が交じり合った結果、太古の、分化していない、進化の低いタイプへと退行した人種が将来的には生み出されてしまう。……白人とニグロの混血はニグロである。……三つのヨーロッパ人種のいずれかとユダヤ人との混血は、ユダヤ人である」。[25] これらは、人種混淆が「退化」をもたらすという理由でさらに移民の入国を制限しようとする、人種差別の表現による優生学的な言説の例である。

一方、アメリカ遺伝学協会副会長の優生学者W・E・カースルは、ロレンスが『セント・モア』を執筆した一九二四年の『遺伝学雑誌』に掲載された論文のなかで、人種退化を強調する「生物学的観点」からではなく、「社会学的観点」から人種混淆の影響を論じている。彼は第二回国際優生学会の発表を批判的に検証し、人種の優劣よりも差異そのものを重視する。そしてつぎのとおり記す――「人種混淆は社会の継承を妨げる。それが最悪の特徴のひとつである」[26]。社会の流動化を背景に、その秩序を維持するためには人種のカテゴリーが必要とされ、人種混淆は排除すべきものとなる。国内の秩序回復には、人種の差異の維持が不可欠だとカースルは判断している。だがその一方で、彼は人種の同一性が生物学的には不確かなことも認めている。「社会の継承」という表現は、本質論的には規定できない人種というカテゴリーを政治的・イデオロギー的に構築し補完しているとも考えられる。同時代の文化多元論者ホレス・カレンによる文化の定義がときに人種主義と区別不可能であったように[27]、ここに見られるのも「社会」という文化的要素と、人種の同一性という幻想との相補的関係である。このように人種混淆は、帝国主義的拡張が国内へもたらす社会的混乱を背景に問題視されていた。

さて、こうした文脈を踏まえて、『セント・モア』の最後でアメリカに帰郷するルウのセクシュアリティを読み直す。まず注目すべきは、ルウはセント・モアとの接触の後に、既知の世界を越えようとする欲望が刺激される点である。彼女と夫のリコのあいだには結婚当初から性的接触がない、とほのめかされている。その一方で、馬に触れる場面では、繰り返し性的表現が用いられる。ルウはセント・モアの肩と「硬く弓形に反った首」を撫でたとき、「彼の生命の生き生きとした熱が伝わる感覚に身震い」する。それは「まるで馬の身体の神秘的な炎が彼女のなかの岩を裂いたようであった」(30)。こうしてルウは、種の境界線を越えて馬と(擬似)性的な関係を結んだかのような描写の後、夫との「意志の戦いから逃れたい」と思う。その願いに対して、「セント・モアだけが彼女に可能性のかすかな徴候を示していた」と語られる。彼女はその「徴候」を「手の届かない世界」として幻視する――「それはわれわれの世界よりも暗く、広く、危険で、すばらしい別の世界、彼女の手の届かない世界であった。彼女はそこへ行きたいと思った」(41)。

では、この未知の世界に対するルウの欲望は、彼女をどこへ導くだろうか。言い換えれば、馬とはさらに別のどのような存在に、彼女を満足させる可能性があるというのか。夫のリコが家を留守にしている場面において、ルウは「自らの生活の完全なる不毛性」に苛まれ、「失望の海を漂っている」ように感じる。ここでは、「手の届かない世界」が「別のなにか」に言い換えられている。

そしてルウにとって、リコは不毛性の象徴に思われた。ぼんやりとだったが、彼女は別のなにかが存在していることに気づいていた。だが、それがどこにあり、なにであるのかは、分からなかった。

遠くの方に、フィーニクスの褐色ですこし面長の頭が見えた。黒くて美しくて生き生きとした髪の毛は、逆さに立ち上がるほどであった。それはまるで、長くてとても美しい黒い剛毛のブラシのようだった。フィーニクスの髪の毛は、彼が別の種の動物であることを象徴しているのだ、とルウは思った。彼は玉ねぎ畑の草むしりに少々飽きていた。そのことにルウも気づいていた。そのうちになにか別の楽しみをみつけようとするだろう。
するとルイスが現れた。彼は背が低くて、エネルギーがあって、脚は少しばかりガニ股で、少々だらしがない歩き方をした。フィーニクスと同じように、ほとんど帽子は被らなかった。黒くて濃い髪の毛は、横で分けられていて、耳の上の方へなでつけられていた。前髪はまっすぐ額の上に垂れていた。髪の毛はとても長くて本物のモップのようで、髪の毛の下から見える眉毛は、褐色でしっかりしていた。(51)

この一節は、「不毛」な夫との比較の対象を栗毛の馬セント・モアから、浅黒いふたりの馬丁フィーニクスとルイスへとずらしている。つまり、ルウが「ぼんやりと」意識する「別のなにか」は、馬丁たちとのあらたな関係かもしれない、と読まれるように方向づけている。ウェールズ出身のルイスは「植民地の潅木に潜む動物」(34)に喩えられ、「浅黒く低い鼻」(37)などの人種的他者のイメージが付与されている。また、「混血」フィーニクスの顔には「土地を奪われたインディアンとしての人種の悲嘆」がみられ、「不思議な糸が彼をナヴァホ族に結びつけていた」という(35)。そして右の引用では、彼は「別の種の動物」に喩えられている。このようにふたりとも、人種的他者のイメージが強く刻印されている。この場面は、種の差異を越えるルウとセント・モアの性的な接触が、のちに人種混淆へと発展するかもしれない、とほのめかすことになる。セント・モアとの関係のなかでルウが触知した「手の届かない世界」は、人種的他者性が強調されたふたりの馬丁を通して、彼女の手が届くかもしれない場所に差し出される。

七　人種的純血、ネイティヴィズム、「野生の霊」

ところで、ロレンスはヨーロッパを離れる前の一九二〇年に、「アメリカよ、君自身に耳を傾けよ」と題されたエッセイをイタリアで執筆した。彼はそのエッセイの最後で、「アメリカ」に向けて「君自身に耳を傾けよ、ヨーロッパに耳を傾けるな」と語っている。イギリス出身の、だがどこにも永住しなかった作家によるヨーロッパから「アメリカ」へのこのような呼びかけは、一九二〇年代にどのような政治性や歴史性を帯びていたと考えられるだろうか。

ロレンスはそのエッセイの前半で、ヨーロッパに関しては「新世界」への進出を跡づけている。その一方で、アメリカをめぐっては、たとえヨーロッパのような「伝統」や「文化の歴史」が欠けているとしても「若い人種」にとって本当に必要なのは「インスピレーション」と「信念」であり、それが「アメリカの未来」へとつながるのだ、と主張する。(28) ロレンスはアメリカに対して、すでに失われた過去の生命との連続性を確立させることによって未来の「アメリカ」を立ち上げよ、と語りかける。

アメリカは、自らの暗く原始の大陸の霊(the spirit)をもう一度捉えようとしなければならない。

その霊とは、アメリカに渡った清教徒たちピルグリム・ファーザーズにとっても、スペインの植民者たちにとっても、忌まわしいものだった。悪魔、野蛮なアメリカの黒い悪魔、と呼ばれた。この偉大なる原始の霊をアメリカ人たちはもう一度しっかり認識しなければならない。

認識して受け止めなければ。われわれの祖先の悪魔と呪いは、われわれが求める神性なるものを隠している。

アメリカ人はレッド・インディアン、アステカの民族、マヤ民族、インカ帝国の人びとが手放してしまった生命をすくい上げなければならない。コルテスとコロンブスが殺害した生命の脈動を掴まなければならない。そこに真の連続性がある。ヨーロッパとあらたな諸州とのあいだにはない。殺害された赤いアメリカと沸き立つ白いアメリカのあいだに、その連続性はあるのだ。(29)

ここでロレンスが問題としているのは、「あたらしいアメリカ人」というナショナル・アイデンティティの再形成、あるいはその「真の連続性」である。「コルテスとコロンブスが殺害した生命の脈動」から「偉大なる愛すべき生命形態を作りだし、それを完成させる責任」は、「あたらしいアメリカ人に委ねられている」のだという。なぜなら、アメリカ人としての「真の連続性」は、ヨーロッパと合衆国の各州とのあいだではなく、「殺害された赤いアメリカと沸き立つ白いアメリカ」のあいだにあるのだから。(30)「アメリカ」は、ヨーロッパ(コルテスとコロンブス)に同一化して外へ向かうのではなく、内なる死者に耳を傾け、過去との連続性によってあらたなナショナル・アイデンティティを確立するべきだ、とロレンスはこのエッセイで主張している。

こうしたロレンスの言説の歴史性/政治性を捉えるために、一九二〇年代の帝国アメリカのナショナリズム言説に関するウォルター・ベン・マイケルズの議論を参照したい。マイケルズは歴史学者のジョン・ハイアムの議論を土台にしている。ハイアムは『国土のよそ者たち』(一九六三年)において、一九世紀後半から二〇世紀初頭のアメリカで近代的ナショナリズムを強化し加速させたイデオロギーとして、「ネイティヴィズム」に注目した。彼はそれを、「異国との結びつきがある(つまり非アメリカ的)という理由から、国内の少数派に向ける強い反発」と定義した。[31] これを受ける形でマイケルズは、一九二〇年代アメリカに特徴的なナショナリズム言説を、「ネイティヴィスト・モダニズム」と名づけた。その特徴は、アメリカ的なるものと非アメリカ的なるものの差異をあらためて主張しただけでなく、両項の重大な再定義をもたらした点にあるという。世紀転換期の「アメリカ」(ハイアムの議論)と一九二五年の「アメリカ」(マイケルズの議論)とでは、それぞれ指し示している対象が異なっているし、そもそもナショナル・アイデンティティという概念そのものが変化したのだという。[32] 一九二五年とは、むろん「出身国籍の人種化」を押し進めた一九二四年の新移民制限法の後、ということである。

「ネイティヴィスト・モダニズム」の言説は、帝国主義的拡張がもたらしたナショナル・アイデンティティの揺らぎへのあらたな歯止めとして立ち現われてくる。マイケルズは『われわれのアメリカ——ネイティヴィズム、モダニズム、多元主義』(一九九五年)において、一九二〇年代アメリカのモダニズム文学を分析しながら、拡張し異種混淆化する帝国アメリカの一九二〇年代が国内的には同時にネイティヴィズムという内向きのナショナリズム——「われわれのアメリカ」——の時代であった、と確認している。その分析の主眼は、「アメリカ人(アメリカ的なるもの)を人種という枠組みで捉えようとするネイティヴィストの企図」と、「近代的アイデンティティの重要な徴」としての「人種」概念の機能にある。つまり、アメリカ的なるものと非アメリカ的なるものの差異に関する重大な再定義とは、ナショナル・アイデンティティに「人種」概念があらたな形で関わってくる、ということである。

こうしたアメリカ／非アメリカの再分節化にはさまざまな要素が絡んでいるが、本章の議論と直接関連するのは、先住民の位置である。ヨーロッパ人によるアメリカ大陸の植民地化が始まって以来、長いこと先住民は人種的他者として排除される存在であった。しかし、一九二〇年代の言説では、先住民の位置づけが大きく転換したとマイケルズはいう。その背景には一九世紀末以降に急増した新移民の存在と、帝国主義的拡張を大きな原因とする社会の異種混淆性への懸念があった。主として西ヨーロッパからの移民であった旧来住民は、あたらしく東ヨーロッパ・南ヨーロッパからやって来た異質な住民に対して、「アメリカ人」としての正統性と同質性を示す必要に駆られた。そのとき、ナショナル・アイデンティティを確定する要素として持ち出されたのが、人種的同一性という幻想であった。法律的には、一九二〇年代前半の新移民制限法がそれを支えていた。新移民を異なる「人種」として排除することが、法的に可能になった。その一方で、近代国家の樹立の過程で「非アメリカ的」であるとしていったんは排除された先住民が、今度はアメリカ大陸の起源から存在する正統な、しかしまさにいま存亡の危機にある「アメリカ人」の連続性をレトリカルに担保する存在として呼び出され、旧来住民の正統性を創出するために「アメリカ」に包摂されたのである。

こうした一九二〇年代のナショナリズム言説としての「ネイティヴィスト・モダニズム」において、帝国主義は人種混淆的で非アメリカ的ということになる。それに対して「消えつつある」先住民は、アメリカ大陸に遅れてやって来た新移民に向けて突きつける、人種的純血の正しき「アメリカ人」の代理表象となる。(33)

ロレンスのエッセイ「アメリカよ、君自身に耳を傾けよ」においては、この「アメリカ」は『セント・モア』のハバナに描かれたような拡張する帝国アメリカの異種混淆的な消費文化ではなく、マイケルズが指摘したような反帝国主義的なネイティィヴィズムのアメリカである。「君自身へ耳を傾けよ」との「アメリカ」への呼びかけは、アメリカが「古きヨーロッパの生命形態を超えるため」(34)だとロレンスはいう。だが、ヨーロッパから語りかける作家の、その身振りがもたらす政治的効果は、現実に拡張を続ける帝国アメリカをネイティィヴィスト・モダニズムによって抑え込むことになるのではないだろうか。

『セント・モア』をエッセイ「アメリカよ、君自身に耳を傾けよ」と較べたとき、この中編小説の特徴は、ネイティィヴィズムの均質性と帝国主義の異種混淆性の対比に、女性のセクシュアリティの問題を絡めていることにある。小説の最後、アメリカ南西部奥地の場面は、エッセイで語られたネイティィヴィズムによる帝国主義の封じ込めを、ルウのセクシュアリティのレベルで反復しているからである。つぎに引用するルウの言葉は、彼女がハバナから遠く離れた「アメリカの深奥」の牧場に自分の居場所を見出したことをミセス・ウィットに告げたものである。今や彼女は、ヨーロッパ各地を移動するコスモポリタンのアメリカ人ではなく、「アメリカよ、君自身に耳を傾けよ」との声に応えたネイティィヴィスト・モダニズムの「あたらしいアメリカ人」である。注目すべきことに、ルウは自らのセクシュアリティが向かう先を、「野生の霊」として認識したあらたなる「別の何か」へと転換させている。

荒々しく、そしてここで長く待っていた土地の霊に仕えることが、わたしの使命なの。やっと来たわ。辿り着いたの。自分がいたいと思う場所にいる。私を欲する霊とともに。そういうことなの。リコもフィーニクスもほかのだれもわたしにはなにも関係ない。かれらは世界の裏庭にいるのだから。わたしはここにいる、アメリカの奥地に。野生の霊がわたしを欲している。おとこたち以上に野生の霊が。わたしを救おうなどとはしない。わたしを必要としている。わたしを強く求めている。その霊に対して、わたしのセックスは深くて神聖で、わたし自身よりも深いところにある。深い自然がわたしのセックスを深いところで気づいている。それはわたしを安っぽさから守ってくれるのよ、お母さん。お母さんでもできないようなこと。(155)

この最後の場面には、牧場までルウの運転手兼案内役を務めてきた「混血」フィーニクスがいない。彼はルウと「野生の霊」との「深く神聖」な結びつきから排除されている。牧場へ向かう車のなかで長時間ルウとふたりだけになったとき、フィーニクスは彼女を性的対象として強く意識していた。それに気づいたルウは「フィーニクスの性的放縦に巻き込まれたくない」(138)と思い、さらには「安っぽいセックスは私を殺す」(154)と母に告げている。右の引用でルウが言及する「安っぽさ」は、そこで彼女が同じ性的表現を用いているために、フィーニクスとの人種混淆の可能性を暗示していると読める。「アメリカの深奥」と「わたしのセックス」の「深いところ」がともに「神聖」であるためには、そこから異種混淆性が払拭されなければならない。

コスモポリタンであった女性が、「アメリカの深奥」に自分の帰属先を見出す――このような『セント・モア』の結末は、一見すると人種の問題とは関係がないように思われるが、実際には「安っぽさ」としての人種混淆の排除で補完されている。エッセイ「アメリカよ、君自身に耳を傾けよ」の表現を借りれば、ルウは「殺害された赤いアメリカ」に「耳を傾ける」ために、「野生の霊」としての「赤いアメリカ」（「ナヴァホ族」の血をひく馬丁フィーニクス）との性的関係の可能性を否定している。このときに強調される「アメリカ」と「私」の「深奥」は、また両者を結合させる「土地の霊」は、帝国主義的拡張がもたらす社会の多様化のなかで、人種的純血を保つためのネイティヴィスト・モダニズムの形象・比喩にほかならない。

議論のポイントをあらためて確認するならば、マイケルズが指摘する一九二〇年代アメリカのネイティヴィスト・モダニズムにおいて、「消えつつある」先住民は人種的純血の形象・比喩とされた。かつては排除すべき他者であった先住民を「アメリカ的なるもの」に取り込むことで、人種概念を中心に据えた一九二〇年代アメリカのナショナリズムは、新移民を排除する旧来住民の正統性とアメリカ社会の同質性を目指していた。一方、『セント・モア』のフィーニクスは、たしかに先住民の血をひいているが、人種混淆の可能性を示唆してしまうため、人種的純血の形象・比喩としての「消えつつある先住民」を体現することにはならない。よって最後の場面では、帝国主義的アメリカの周縁ハバナか、あるいは「アメリカの深奥」としての南西部か、という地理的対比が、人種混淆を表象するフィーニクスか、人種的純血を表象する「土地の霊」か、という別の形の選択肢に、セクシュアリティのレベルを取り込みつつずらされてルウの前に提示されている。結果的にルウが「土地の霊」を選択する結末は、このテクストがアメリカ南西部奥地の神秘化を媒介にして、一九二〇年代のアメリカにおける人種化されたナショナリズムを志向している——居場所を探しつづけたコスモポリタンがその答えを故郷に見出す、という展開の政治性はここにある——と読まれることになる。このとき、ネイティヴィストのアメリカ人のルウが語る「アメリカの深奥」は、ハバナに確認した帝国アメリカのランドスケイプからは遠く離れた世界となる。

八　観光キャンペーン「まずはアメリカを観よう」のアメリカ南西部

しかしながら、小説は「野生の霊」に陶酔するルウの言葉では終わらない。最後にあらためて強調されるのは、彼女がその土地を購入したという設定である。ルウの言葉を聞いていたミセス・ウィットは、「山羊」("Las Chivas")というスペイン語名をもつその牧場の値段を彼女に尋ねる。千二百ドルとの答えに対して母は、「それなら安もの(cheap)なのね。土地についているものをすべて考えれば。それに名前もね」と語り、ルウの「それは安っぽさ(cheapness)からわたしを救ってくれたの」という言葉を皮肉る(155)。牧場の名前「山羊」は「土地の霊」との関連からパン神を想起させ、その異種混淆的半獣の姿と好色のイメージは、抑圧したはずの人種混淆を再び呼び起こしてしまう。このアンチ・クライマックスの効果については、これまで充分に認識されてこなかった。

ミセス・ウィットの「シニカル」(154)な反応は、ルウが語る「野生の霊」というアメリカ南西部の神秘化とは別の捉え方を提示している。ルウが表明する一九二〇年代のネイティヴィスト・モダニズムは、マイケルズの議論にあるように、帝国アメリカの対外的拡張と表裏一体である。まず、牧場のスペイン語名は、アメリカ・メキシコ戦争後のニューメキシコ併合と、二言語使用が端的に示す文化的異種混淆性を表象する。そして牧場の安い値段は、先住民からの土地収奪の歴史を再度喚起するだろう。「土地を奪われたインディアン」というフィーニクスの母の設定は、この最後の場面への伏線であった。さらには、ルウが牧場に到着した直後に、物語の展開そのものとは関係のない、南西部開拓の歴史をめぐる長い語りが挿入されている。このテクスト構成は、ルウの土地購入という行為自体をフロンティア拡張の延長線上に位置づけることになる。そして何よりも土地購入に用いたルウの「千二百ドル」は、ハバナを「アメリカの都市」に変える「緑のドル紙幣」を想起させる。「アメリカの深奥」は小説最後の「千二百ドル」への言及を媒介にして、テクストの表象の構造上は対立しているはずのアメリカの周縁ハバナと地続きになる。それによってルウの陶酔はいわば脱神秘化される。『セント・モア』のテクストは最後に、「アメリカの深奥」としてのアメリカ南西部奥地を、国内的および国外的拡張が交錯する場として表象しているのである。

国外のハバナがドル経済圏のアメリカ人の行楽地として商品化されていたように、歴史的には、国内の「アメリカの深奥」も帝国アメリカの消費文化の経済活動に組み込まれていた。『セント・モア』においてルウがフィーニクスに導かれる「アメリカの深奥」への道程は、T・C・マクルーハンの研究を援用するならば、サンタ・フェの先住民の村を観光するキャンペーン「インディアン地区への寄り道(Indian Detour)」を数年先取りしていたのかもしれない(35)。その一回目ツアーは一九二六年五月一五日に行なわれた【次頁の図版1】。一九世紀末から第二次世界大戦前までの合衆国において、勃興する新進産業である観光業界は、国内観光をアメリカ市民の「儀式」あるいは「愛国的義務」であると煽ってその浸透をはかった。それは鉄道や国立公園や道路の整備とも連動していた。アメリカの歴史や国そのものをじかに観に行くことが「アメリカらしさの再主張」になると宣伝された。それが「まずはアメリカを観よう」という観光キャンペーンであった【図版2】。ミセス・ウィットの皮肉によるルウの陶酔の脱神秘化は、一九二〇年代以降にアメリカ南西部のサンタ・フェが置かれていたアメリカの国内観光という消費文化を浮かびあがらせる。

ヨーロッパではなく「まずはアメリカを観よう」というキャンペーンを打ち出した観光業界は、アメリカ人になにをどのように観るべきかを教え、「アメリカの風景を横断して理想的なアメリカの歴史と伝統を発明し地図化した」という。そして「アメリカの本質を体現」する場所を訪れること、言

【図版1】“Indian Detour” ツアー開始の10年後、1936年5月パンフレット

い換えれば観光を通して「国を消費する」ことによって、「観光客はよりよいアメリカ人になる」と訴えた。[36] ニューメキシコのサンタ・フェも、そのために選択された場所のひとつであった。サンタ・フェの「インディアン地区へ寄り道」の広告は、「帰属のレトリック」で飾りたてて「愛国的な魅惑」をともないつつ、「まだ知られていないアメリカを発見」するように観光客を煽った。[37]

観光ポスターやパンフレットが映し出すのは、訪れる人びとが「アメリカの本質」に触れて「よりよいアメリカ人になる」ために商品化された「インディアン」である。アメリカ人観光客を自国の「まだ知られていないアメリカ」へと誘うために、「インディアン」は土地と視覚的に一体化させられている。そのように商品化された「インディアン」は、観光客が「国を消費」あるいは「アメリカらしさを再主張」できるように、「アメリカの本質」を可視化したランドスケイプの一部に埋め込まれる。『セント・モア』の最後の場面で「土地の霊」との一体化を求めるネイティヴィストのルウの声は、皮肉なことに、「インディアン地区へ寄り道」という「帰属のレトリック」による消費文化の「愛国的な魅惑」とも共鳴する。

【図版2】アメリカ国内観光キャンペーン
Marguerite Shaffer, *See America First: Tourism and National Identity 1880-1940*, p.134 より

九　おわりに

ロレンスのテクストにおいてネイティヴィズムが占める位置は、彼がアメリカ大陸に渡る前と後で明らかに変化している。ルウと「土地の霊」の(擬似)性的な関係をみれば、小説最後の場面はルウの声を通してフィーニクスとの人種混淆の可能性を抑圧しつつ、人種の純血という幻想を表象している。だが、そのネイティヴィズムの場は、ハバナを「アメリカ化」する「緑の紙幣」でいわば買われ、私有されたものである。アメリカ南西部奥地の神秘化は、帝国主義の文化を一旦忘却させることによって、逆にそれを密かに支えるだろう。

イタリアで書かれたエッセイ「アメリカよ、君自身に耳を傾けよ」の場合とは異なり、『セント・モア』においては、ネイティヴィズムと帝国主義の対立という表面上の構図以上に、両者の連動が透けて見える。ハバナで展開される帝国アメリカの消費文化と、「アメリカの深奥」という南西部奥地の「野生の霊」による神秘化は、同じコインの裏表である。ロレンスはミセス・ウィットのアイロニカルな言葉がもたらすアンチ・クライマックスを通して、ネイティヴィズムを取り込む帝国主義のこうしたイデオロギーをテクストに刻印している。その意味において『セント・モア』は、英米のトランスアトランティックな結びつきを表象しながら、アメリカ南西部奥地の「野生の霊」を私有しようとするルウにミセス・ウィットがアイロニカルな言葉を最後に投げかける、反アメリカ帝国主義的なテクストである。

小説最後のアイロニーを指摘した理由は、前章の第一節で予告したように、批評家ジェド・エスティの「人類学的転回」からみたロレンス評価を再検討するためである。いま一度エスティの主張を確認すると、ロレンスは「モダニスト・プリミティヴィズムの古典的パラダイムに留まっていた」(38)作家だったという。「モダニスト・プリミティヴィズム」とは、一九二〇年代以前のイギリス帝国の空間的広がりを歴史的条件として、その空間の中心から外へと、異国的な他者の文化へと向けられる「人類学」的な視線を保持し、その視線が「発見」した「プリミティヴ」な他者の文化に「文化的生命力」を見出す幻想である。そのような幻想をいわばコインの表側とするならば、その裏側はロレンスの場合、「産業化され、理性化されたイングランドの再活性化など、概して成功の見込みがないと確信していた」ことが当てはまる。「人類学的転回」という観点からすると、ロレンスはたんに一九二〇年代の作家という年代的な「偶然」ではなく、本質的に盛期モダニズムの作家だった、とエスティは指摘していたことになる。もしロレンスが一九三〇年代を生きたとしても、その時代以降の後期モダニズムのように、ロレンスが「文化的生命力をイングランドの中核へと移し替えようとする」ことなどありえなかった。「イングランド中心主義」による「救済の形式」の可能性は、ロレンスにはなかったのである(39)。

このようなエスティの図式を『セント・モア』に当てはめてみると、この中編小説が英米関係を扱っていたことの重要性にあらためて気づかされる。前章の冒頭で先行研究を踏まえて確認したとおり、『セント・モア』は「産業化したイングランドの枯渇しきった眺望」に対して、アメリカを「プリミティヴィスト・オルタナティヴ」として提示しているように、たしかに思われる(40)。この「プリミティヴィスト・オルタナティヴ」は、エスティがいうところの一九二〇年代的「モダニスト・プリミティヴィズムの古典的パラダイム」の構成要素である。そして『セント・モア』のテクストでいうならば、それはルウが一体化を求めた「土地の霊」によって表象されるはずだ。問題は、このアメリカ南西部奥地の「土地の霊」が人類学的転回という観点において二重性を帯びている、という点にある。すなわち、「イギリス人」作家ロレンスにとっては、アメリカ南西部の奥地に向けた視線は、人類学的転回以前の、イギリス帝国の中心から外へと向けた盛期モダニズム的なものとなる。だが、作中人物の「アメリカ」人女性ルウ・ウィットにとってそれは、ネイティヴィストとしての内向きの視線である。視線の方向性としては、人類学的転回以降のものである。ルウが「土地の霊」との一体化を求めた欲望は、後期モダニズムにおける「イングランド中心主義」による「救済の形式」のアメリカ版といってよい。しかもロレンスは、『セント・モア』においてイギリス帝国の収縮と帝国アメリカの拡大を歴史的条件とした英米関係を描くことによって、ルウの「プリミティヴィスト」的な、あるいはネイティヴィズムというアメリカ版後期モダニズム的な「救済の形式」が、帝国アメリカの拡大と連動していたことを明らかにしていた。ハバナ表象の重要性がそこにあることは、すでに指摘したとおりである。

エスティのロレンス評価はつぎのとおり修正できるだろう。ロレンスは「モダニスト・プリミティヴィズムの古典的パラダイム」すなわち人類学的転回以前の盛期モダニズムに「留まっていた」わけではなかった。『セント・モア』においては、一方で「産業化したイングランドの枯渇しきった眺望」に対してアメリカを「プリミティヴィスト・オルタナティヴ」として提示するという、人類学的転回以前の盛期モダニズムの形式をたしかに採用している。同時にその一方で、人類学的転回以降の後期モダニズム的な「イングランド中心主義」による「救済の形式」を、一九二〇年代帝国アメリカのネイティヴィズム(マイケルズがいうところのネイティヴィスト・モダニズム)に移し替えた。そしてこのような二重の「救済の形式」を、アイロニーとともに終わらせた。そのアイロニーは、「モダニスト・プリミティヴィズムの古典的パラダイム」すなわち盛期モダニズムの否定となるのだろうか。それとも、「帝国の終焉をナショナルな文化という復古的な概念へと移し替えた言説」[41]という後期モダニズムを、アメリカの文脈を借りて一九二〇年代半ばに先取りしつつ、それを否定したことになるのだろうか。『セント・モア』の最後のアイロニーから読み取れるのは、「モダニズムに特徴的な社会的苦悩のある部分を緩和してくれる」[42]かもしれない「救済の形式」は、「文化的生命力」を他者の文化に見出す盛期モダニズム的なものであれ、それを「イングランドの中核へと移し替えようとする」[43]後期モダニズム的なものであれ、ロレンスにとって有効なフィクションの枠組みにはならない、ということである。

その意味においてならば、エスティが自分の著書における「ロレンスの不在」の理由として、仮にロレンスが一九三〇年代以降を生きたとしても、エリオットの場合のように後期モダニズムのイングランド中心主義に与することなどありえないと考えたのは正しい。そもそもロレンスの重要性は「救済の形式」の探求にはない。本書の議論の文脈において言い換えるならば、ロレンスの小説における「救済の形式」は、ウィリアムズが批判した一九五〇年代のあたらしい作家たちの「逃避」の形式の前段階にすぎず、「変化をもたらす社会的エイジェンシーという概念と実践」の可能性にはつながらないのである。「モダニスト・プリミティヴィズムの古典的パラダイム」に「留まって」いたようにみえるロレンスは、あくまでも彼の「一部分」である。この認識を踏まえつつ、第Ⅲ部の第六章においては、「逃避」の形式を準備したという「ロレンスの一部分」とは別の部分を、ウィリアムズの批評の言葉を援用しつつ、『チャタレー夫人の恋人』のテクストに探ることにしたい。

第Ⅲ部　デザインの20世紀に向けたモダンムーヴメント

第六章「キボ・キフトする」ロレンスの中世主義モダニズム
――『ニュー・エイジ』の時代の『チャタレー夫人の恋人』

一　はじめに

一九二六年五月三日の深夜、イギリスはゼネラル・ストライキに突入した。労働組合会議の総評議会とスタンリー・ボールドウィン内閣が調停に乗り出していたものの、炭坑労働者たちと経営者側との厳しい対立は、収拾がつかなかったためである。このゼネスト自体は九日間で組合側の敗北に終わってしまったが、四月三〇日からストライキを決行していた炭坑労働者たちは、ゼネスト終結後も十一月までの約半年にわたって抵抗を続けた。

炭坑労働者の家庭に生まれ育ったロレンスは、一九二六年九月に故郷のノッティンガムを訪れた際にストライキの惨状を目撃した。その経験をきっかけに執筆された長編小説が、一九二八年出版の『チャタレー夫人の恋人』である。ロレンス最後の長編小説の成立過程を丹念に追ったロレンス研究者のデレク・ブリトンは、「もう二度と小説は書かないという誓い」をロレンスに破らせるような「単独の決定的要因」があったとしたならば、それはゼネストにほかならなかったという。(1)また、レイモンド・ウィリアムズも、『イングランド小説――ディケンズからロレンスまで』(一九七〇年)のい。

「結論」章において、『チャタレー夫人の恋人』とその出版二年前のゼネストとのあいだには「決定的に重要といえる結びつきがある」と指摘した。(2) ただし、その理由を裏づける具体的な分析はしていない。

『一九二六年のゼネストを書く――文学、文化、政治』(二〇一五年)の共著者チャールズ・ファラールとドゥーガル・マクニールによれば、『チャタレー夫人の恋人』とゼネストやその終結後の炭坑労働者たちのストライキとの関係について、「階級と政治」をめぐる踏みこんだ読解はこれまでなされてこなかったという。同小説の研究史は、性愛表現の自由の問題、あるいは階級差と結婚制度の枠組みを越えた性愛関係の可能性を読みとることに偏りすぎていた。その要因のひとつとしては、『チャタレー夫人の恋人』を猥褻文書と糾弾した声にロレンスが反論した文章「『チャタレー夫人の恋人』について」(一九二九年)の影響が大きく、研究者たちは作者本人による言葉に引きずられ、一九二〇年代の労働争議の重要性を充分に意識した分析に取り組んでこなかったのではないか、という認識をファラールとマクニールは示している。(3)

ファラールとマクニールの指摘はもっともではあるものの、『チャタレー夫人の恋人』の解釈で一九二六年のストライキがさほど重視されなかった理由は、もっと単純なものだったのかもしれない。それは、そもそも小説に一九二六年のストライキが書かれていない、という事実である。この小説は、チャタレー家所有のラグビー邸で森番をしていたオリヴァー・メラーズが、恋人のコンスタンス(コニー)すなわちレディ・チャタレーに送った手紙の引用で終わる。それは(ケンブリッジ大学出版全集版の註によれば)小説内の時間で一九二四年のことである。ロレンスはストライキをきっかけに『チャタレー夫人の恋人』を執筆しながら、それを歴史的事実として小説に刻印することも、虚構化してあらたな意味づけをすることも避けた。それにもかかわらずウィリアムズは、小説とゼネストとのあいだに「決定的に重要といえる結びつきがある」という。帰郷の際に目撃したゼネストの余波をきっかけに執筆され、同時期の炭鉱地域を舞台にしながらも、『チャタレー夫人の恋人』に労働争議の描写は含まれていない。このゼネストの不在から、いったいなにが読み取れるだろうか。

二　一九二〇年代の「イングランドの状況」小説

ロレンスは結果的に生前最後の長編小説となった『チャタレー夫人の恋人』の舞台として、生まれ故郷のイングランド中部の炭鉱地域を選択し、国内の産業問題を扱った。その産業とはむろん炭鉱業のことであり、問題とは一九二六年のストライキへと帰結する不況である。

『チャタレー夫人の恋人』の物語は、ラグビー邸を所有するチャタレー家を中心に展開する。准男爵のクリフォード・チャタレーは、第一次世界大戦の戦場で負った傷で下半身不随となり、帰国後に父からテヴァーシャル炭鉱を相続して産業資本家となる。とくに小説の後半では、炭鉱の近代化を目指した経営に力を注いでいる。一方、レディ・チャタレーのコニーは、芸術に携わる上層中産階級の金利生活者の家柄出身という設定になっている。彼女の父、サー・マルコム・リードは王立美術院会員の画家である。このようにインダストリーとアートの領域に振り分けられる家柄の主人公ふたり、クリフォードとコニーの設定は、E・M・フォースターの長編小説『ハワーズ・エンド』（一九一〇年）

における人物関係と類似している。『ハワーズ・エンド』では、帝国ゴム会社を経営してハワーズ・エンド邸を所有するウィルコックス家のヘンリーやその息子がインダストリーを代表し、芸術を愛好するシュレーゲル家の姉妹のマーガレットとヘレンがアートの領域を体現する。さらに両小説の比較を進めると、『ハワーズ・エンド』における労働者階級あるいは下層中産階級出身のレナード・バストと『チャタレー夫人の恋人』における森番オリヴァー・メラーズは、重要な差異を含みながらもそれぞれの小説内で同じような位置を占める。バストは上層中産階級のシュレーゲル家の下の娘ヘレンと階級差を越えて肉体関係をむすぶ。小説の最後に、その子どもが将来的にはハワーズ・エンド邸の継承者となると示唆される(バスト本人は小説終盤で死亡する)。『チャタレー夫人の恋人』では、チャタレー家が所有するラグビー邸の広大な敷地、「森(the woods)」と表現されているその私有猟場を管理する森番のメラーズが、階級差を越えてレディ・チャタレーと恋愛関係になる。小説の最後、恋人メラーズの子どもを妊娠しているコニーは、夫のクリフォードに離婚の意思を伝えるが、承諾してもらえない。その一方でメラーズも、妻のバーサとは離婚調停中である。結局のところ、コニーとメラーズの将来は不確定、さらにはラグビー邸の継承者(それは炭鉱経営の継承者でもある)の問題がどうなるのかについても、不透明なままである。この終わりの時点が、小説世界の時間では一九二四年のことになり、その翌年の出産がほのめかされる。

『チャタレー夫人の恋人』と『ハワーズ・エンド』を比較した理由は、一九二〇年代の国内の産業問題を取りあげたロレンス最後の長編小説を、いわゆる「イングランドの状況」小説(the Condition-of-England novels)という小説のサブジャンルの系譜に位置づけるためである。クリス・ボールディックによれば、イングランドの状況小説とは、近代産業社会としてのイングランドが抱えていた問題を全般的に描く社会小説のことである。(4) その系譜は一八四〇年代から始まり、その後、二〇世紀に入って一九〇〇年代のエドワード朝期に再興する。H・G・ウェルズの『トーノ・バンゲイ』(一九〇九年)や前述のフォースター『ハワーズ・エンド』などがその例である。だが、一九二〇年代には注目に値するようなイングランドの状況小説は残されていない。その理由は、一九二〇年から一九二二年にかけての深刻な経済不況やそれにともなう労働争議、そしてなによりも一九二六年五月のゼネラル・ストライキという「前例のない危機」に、文学が充分に対応できなかったためであるという。当時の階級対立を取りあげて「野心をもって虚構作品のなかで診断を下す」小説はあったが、目ぼしい結果には結びつかず、実際にボールディックが名前をあげている小説は現在では正典(canon)として記憶されているようなものではない。それでも一九二〇年代後半には、エレン・ウィルキンソンの『衝突』(一九二九年)のように一九二六年のゼネストの衝撃を直接扱った小説も書かれた。さらには、「全般的な診断を下すイングランドの状況小説にもっとも近いものとしては、『チャタレー夫人の恋人』がある。もちろんそれは、エロティック・ロマンスとのジャンル的混淆の作品だが」とボールディックは述べる。(5)

ボールディックによれば、イングランドの状況小説は「階級間対立を解決するよりも、それを劇的に描くことに説得力」があり、『チャタレー夫人の恋人』も例外ではない、という。彼はその証拠として『チャタレー夫人の恋人』の最後、メラーズがコニーに宛てた手紙の一節を引用する。それはメラーズが「産業問題を解決する唯一の方法」を語っている部分である。そのメラーズ流「産業問題」

解決策を、ボールディックは「ゼネラル・ストライキと、それにつながる炭鉱産業における長期間にわたった衝突を考慮した意見としては、ほとんど感銘を与えるようなものではない」と手厳しく批判した。[6]『チャタレー夫人の恋人』は、「階級間対立」を「劇的に描くこと」には成功しているが、その「解決」には「説得力」がない、というイングランドの状況小説の一例なのである。

では、メラーズがコニーに宛てた小説最後の手紙とは、どのようなものなのか。ボールディックが引用した一節の前後を原文から補って、少々長めに引用する。

> 生きることと消費することは違う。それを彼らに伝えられたらいいのだが(If you could only tell them that living and spending aren't the same thing!)。しかし、はたしてうまくいくかどうか。稼いで使う代わりに、生きることを教えられたら(If only they were educated to *live*)、週給二五シリングでおおいに楽しくやっていけるはず。前にも話したが、男たちが緋色のズボンを履けば(If the men wore scarlet trousers)、金のことはあまり考えなくなるだろう。踊り、飛び跳ね、歌い、颯爽と歩き、美しくなれば、まず金はいらない。そして女たちを楽しませ、女たちにも楽しませてもらう。裸になって、美しくなることを学ぶべきだ。体を動かし、美しくなることを。みんなで揃って歌い、昔からのダンスをグループで踊ることを。自分が座る椅子は手作りし、自分の家の紋章も刺繍することを。そうすれば金などいらなくなるだろう。これこそが、産業問題を解決する唯一の方法である。人びとを訓練させるのだ、生きることができるように、美しく生きることができるように。金を使う必要などないように。(299-300 強調は原文、傍線は引用者)

「稼いでお金を使うこと」が満足にできないという、炭坑労働者たちの生活における「産業問題」があるにもかかわらず、メラーズは、稼いだり消費する代わりに、「美しく生きること」が重要だとコニーに訴えている。「金を使う必要などない」ように「美しく生きる」ことが、「産業問題を解決する唯一の方法」なのだという。たしかにこのメラーズの言葉は、ボールディックが指摘したとおり、「ゼネラル・ストライキと、それにつながる炭鉱産業における長期間にわたった衝突」への具体的な解決策としては「ほとんど感銘を与えるようなものではない」ように思われる。メラーズは週給「二五シリング」以上の収入を得るためになにか行動を起こすよりも、その「二五シリング」で満足できるような別の生き方の選択を推奨しているのである。引用の中盤以降、「緋色のズボン」を履くことや歌ったり踊ったりといった振る舞いへの言及は、一九二〇年代初頭の「産業問題」を生きる炭坑労働者たちへ向けた言葉としては、たしかに現実離れしており、ボールディックが批判したように「階級間対立を解決する」うえで「説得力」はない。

メラーズがコニーに宛てた小説最後の手紙は、本書の序章で取りあげたウィリアムズによるロレンス評価の言葉を借りるならば、「生のあらたな感覚」の提唱である。ロレンスはメラーズの声を通して、「たんに財産をめぐって闘っている」にすぎない「革命的運動」である労働争議とは「異なるヴィジョン」、すなわち「再生という考え」を表現しているように思われる。『いなかと都会』の「ロレンス」の章から、いま一度引用する。

ロレンスが繰り返し却下するのは——たえずそれを考えずにはいられないという事実は却下してしまうことと同じく重要なのだが——変化をもたらす社会的エイジェンシーという概念と実践である。ロレンスは、いつも、再生という考えと革命という考えのあいだでためらう。彼は過去よりも未来をずっと重視し、変化は根元から枝葉まで徹底したものであるべきだと考える。しかし、現実に可能な革命的運動はたんに財産をめぐって闘っているにすぎない、と彼は思う。よって本気で取り組む前に、生のあらたな感覚という別のヴィジョンを求める。さもないと再生につながらず、最終的な崩壊となってしまうだろうから。(7)

このウィリアムズによる評価を踏まえると、『チャタレー夫人の恋人』におけるゼネストの不在については、つぎのとおりに言えるだろう。ロレンスは一九二六年の帰郷で炭坑労働者たちのゼネスト後の苦境を目撃し、ストライキのような「現実に可能な革命的運動はたんに財産をめぐって闘っているにすぎない」と再認識した。その結果、小説が向かう先にゼネストやその可能性を組み込むことを避けた。代わりに、コニーとメラーズの階級差を越えた性愛の表現に焦点を絞ることになった。ロレンスは、『チャタレー夫人の恋人』においても「再生」と「革命」のあいだでいつものようにためらい、そしてまたいつものように前者の「再生」の「実践」を選択したのだ、と。(8)『チャタレー夫人の恋人』における一九二六年のゼネストの不在とは、まずは、ロレンスが「変化をもたらす社会的エイジェンシーという概念と実践」を「却下」した結果であると理解される。

三　「共通の困難」という「わたしたちの時代」の始まり

だが、ゼネストの不在から読みとれるのは、はたしてそれだけなのだろうか。ウィリアムズによれば、ロレンスは「変化をもたらす社会的エイジェンシーという概念と実践」を「繰り返し却下する」のだが、彼が「それ」を「考えずにいられないという事実は却下してしまうことと同じく重要」だという。そうであるならば、『チャタレー夫人の恋人』におけるゼネストの不在の重要性は、「変化をもたらす社会的エイジェンシーという概念と実践」を「却下」した結果としての「再生」の内実だけにあるわけではない。それと同時に、あるいはそれ以上に、ロレンスが却下しても「考えずにはいられない」ことの積極的な可能性に、あらためて光を当てるべきではないだろうか。ウィリアムズは『イングランド小説――ディケンズからロレンスまで』のなかで『チャタレー夫人の恋人』の具体的な分析にまで踏み込むことはないが、その「ロレンス」の章の最後で、この小説がもつ不思議な力強さに注目していた。

『チャタレー夫人の恋人』には初期の長編のスケールと生命力はない。それは一次元的な力強い世界であって、依然として孤立した世界であり、かつて一度は可能かと思われた大きさを有していない。けれども、ここではふたたび積極的な流れが生じて、エネルギーが回復しており、硬直状態を突き抜けている。それがわれわれを強く動かす。彼が最後まで手を伸ばしていること、小説家として萎縮していないこと、これは心底からわれわれを奮い立たせてくれる。彼の小説の発展の軌跡に、その未完成で終わらない発展に(his development of the novel, his unfinished development)、さまざまな明白な問題を――誰にも共通の困難(the common difficulties)を――読み取りながら、われわれがなおも忘れずにしがみつこうとするのは、この事実なのである。なぜならば、結局、これでロレンスが終わるわけではないからだ。それは、わたしたちの時代においてわたしたちが始めなければならなかった地点なのである。(9)（傍線は引用者）

『チャタレー夫人の恋人』はそれ以前のロレンスの小説と較べると欠点はあるものの、そこには「ふたたび積極的な流れ」と「エネルギーの回復」が確認できるという。ロレンスは最後の小説でも「最後まで手を伸ばしている」。そうしたロレンスの「終わらない発展」は、『イングランド小説』の「～ロレンスまで」というタイトルに反して、同書が最後に取りあげるロレンス最後の長編小説が「終わり」ではないことを意味する。ここでのウィリアムズは、ロレンスでイングランド小説の「終わり」に到達したのではない。ロレンスとは、「わたしたちの時代においてわたしたちが始めなければならなかった地点」、つまりは出発点なのである。ウィリアムズの議論がロレンスにおいてどこかに辿り着いたのだとすれば、それは「わたしたち」の「始まり」にほかならない。

このウイリアムズによるロレンス評価は、決定的に重要であると思われる。ロレンスは『チャタレー夫人の恋人』において、なにかに到達したわけではない。前節で紹介したように、イングランドの状況小説としての『チャタレー夫人の恋人』は、「産業問題」の「説得力のある解決」つまりは「終わり」を提示できていない、とボールディックは批判していた。だが、ウィリアムズの言葉を踏まえると、それはかならずしもこの小説の致命的な欠点ではないのかもしれない。ウィリアムズはディケンズからロレンスへと議論を展開させながら、イングランド小説の発展の「終わり」を探ったのではなく、「わたしたちの時代」における「始まり」の地点に辿り着こうとしていた。「わたしたち」はどこから始めていたのか。ロレンスの最後の小説でウィリアムズが「わたしたち」の「始まり」として見出したのは、あるいはその「始まり」を条件づけていたものとして見出したのは、先の引用によれば、「誰にも共通の困難」であった。つまり、「わたしたちの時代」は「共通の困難」から始めなければならなかった。ウィリアムズにとってロレンスの重要性は、ロレンスが「わたしたち」と「共通の困難」を共有していたことにある。

では、その「共通の困難」とはなにか。前節でウィリアムズの『いなかと都会』から引用したロレンス評価の言葉をふたたび用いるならば、それは、「変化をもたらす社会的エイジェンシーという概念と実践」の考察に繰り返し立ち戻りながらそれを繰り返し「却下」する状況であり、逆にそれを繰り返し「却下」しながらも繰り返し考えずにはいられない状況という「困難」である。このような事態をウィリアムズは、ロレンスはいつも「再生という考えと革命という考えのあいだ」で「ためらう」と続けて言い換えていた。「ためらう」ことをやめて「再生という考え」に飛びつけば、あるいは「革命という考え」に飛びつけば、それは「終わり」という形による「共通の困難」の回避である。社会の変化に向けてもう一度始めるためには、繰り返し始めなおすためには、「共通の困難」に立ち戻らなければならない。そのようにウィリアムズは、「結局ロレンスの終わりではない／ロレンスが終着点・到達点ではない」という表現によって、『チャタレー夫人の恋人』の重要性を伝えていた。

さらには、本書の序章で取りあげた、ロレンスが一九五〇年代の「怒れる若者たち」と呼ばれた作家たちに与えたとされる影響についても、もう一度確認しておこう。ウィリアムズは『政治と文学』収録のインタビューで、一九六〇年出版の長編小説『辺境』の執筆に十三年も費やし、その間に第七稿まで書き直した経緯を語った。そこまで完成に苦労した理由は、一方では「内側から見た労働者階級のコミュニティの描写」、そしてもう一方では「人びとが自分の家族とのつながりや政治的なつながりをいまだ感じながらもそこから抜け出す動きの描写」、このふたつを両立させる「フィクションの形式」がみつけられなかったためであるという。それに対して一九五〇年代の作家たちは、「逃避の小説」の形式によってそのような困難を回避した、と振り返る。

一九五〇年代のあらたな形式は、多くの作家たちがすぐさまそれに飛びついたのですが、概して逃避の小説のさまざまな変奏であり、それはロレンスの一部分が準備したものだったのです。彼らのテーマは、実際は労働者階級からの逃避でした。最上階の部屋へ引っ越しだったり、飛び立つ経験だったり。彼らには、労働者階級の生活の連続性の感覚が欠けていました。その生活は、ひとりの個人がそこから抜け出したために終わってしまうものなどではなく、内側からそれ自体も変化しているのです。[10]（傍線は引用者）

このような「一九五〇年代のあらたな形式」とロレンスとの関係についての指摘を、ウィリアムズが

『イングランド小説』においては、ロレンスの小説の「未完成で終わらない発展」と記していたことと照らし合わせてみたい。もしロレンスが「再生の考え」もしくは「革命の考え」に飛びついて「共通の困難」を回避し、それを小説の完成された発展あるいは発展した結果の完成(finished development)としていたと仮定しよう。その場合、一九五〇年代の「概して逃避の小説のさまざまな変奏」を準備したのはロレンスの「一部分」ではなく、ロレンスそのものだと、ウィリアムズは記していたかもしれない。それに対して、「ロレンスの一部分」という表現は、「労働者階級の生活の連続性の感覚」を保持するロレンスの別の一部分の存在を示唆する。その別の一部分こそが「未完成で終わらない発展」であり、「共通の困難」を「わたしたちに明確に示す」のである。一九五〇年代の作家たちは、この「共通の困難」をロレンスと「わたしたち」のようには共有していなかった。そのようにウィリアムズは評価していると考えられる。

『チャタレー夫人の恋人』の最後の手紙が注目すべきなのは、「共通の困難」から始める可能性をメラーズの言葉が刻印しているためである。この手紙は、メラーズがコニーと未来をともにすることへの希望を強く訴えている。しかしながら同時に、彼は労働者たちの変化の可能性とともにいることも語っている。そこには「積極的な流れ」や「エネルギーの回復」がある。そうした可能性は、引用した手紙のメラーズの言葉づかいで指摘すると、「もし〜ならば」というIf節の繰り返し、そのIf節のなかの「伝える」「教育させる」といった動詞、また引用後半部分の「身につけるべき」「人びとを訓練させる」という提唱に確認できる。こうした表現は、労働者たちをある方向へと集団的に導いていこうとする姿勢を示す。重要なのは、導こうとすることによって生じる集団的な未来の変化あるいはその萌芽であり、それこそが「変化をもたらす社会的エイジェンシーという概念と実践」の可能性を刻印していることになる。「生きることと消費することは違う」と「彼らに伝えられたら」、「生きることを教えられたら」、「男たちが緋色のズボンを履けば」、「踊り、跳び跳ね、歌い、颯爽と歩き、美しくなれば」、とメラーズは未来の変化をもたらす可能性を列挙し、「彼らは学ぶべきだ」「訓練させるのだ」と集団的な変化を促す。これらは、「変化をもたらす社会的エイジェンシーという概念と実践」が却下される前の、しかしそれがまだ実現してはおらず、その可能性を「考えずにはいられない」状況という「共通の困難」に留まっている。言い換えれば、先に引用したメラーズのコニー宛ての手紙は、「終わらない発展」としての「変化をもたらす社会的エイジェンシーという概念と実践」をめぐる、未来時制の想像力による表現である。[11]

四　『チャタレー夫人の恋人』から『ニュー・エイジ』へ

ところで、あらためてメラーズの手紙の引用部分を読み返してみると、彼の主張は、お金は最低限しか必要ないということであり、労働も必要ないとまではコニーに伝えていない。消費に寄与するための賃金労働とは別の働き方があるのではないか、と提言しているように思われる。労働は、消費するためのお金を労賃として手に入れることだけを目的としたものではない。消費とは異なる「生きること」のなかに、そうした別の労働も含まれていると考えられる。たとえばそれは、「自分が座る椅子は手作りし、自分の家の紋章も刺繍すること」という手しごと(handicraft)として、メラーズは表現している。しかもそのような働き方、あるいは体の動かし方は、ひとに美しさと喜びをもたらす――「そして女たちを楽しませ、女たちにも楽しませてもらう。裸になって、美しくなることを学ぶべきだ。体を動かし、美しくなることを」。それだけが「産業問題を解決する」方法なのだから、ここでは、生活における美の問題と「産業問題」が重ね合わされていることになる。

手しごとのような労働を媒介とした美しさと喜びへの渇望は、その前提として、本書の第二章で取りあげたエッセイ「ノッティンガムと炭鉱のある地方」の場合のように産業主義がもたらす「醜悪さ」への批判があるとするならば、それは一九世紀末から二〇世紀初頭にかけてのイギリスの社会思想やヴィジュアル・アートとしては、ウィリアム・モリスが先導したアーツ・アンド・クラフツ運動への間接的言及であったと考えられる。ロレンスはメラーズの手紙で、モリスのユートピア的な社会主義思想やその運動を踏まえていたのかもしれない。しかし、『チャタレー夫人の恋人』が書かれ出版された一九二〇年代後半のイギリスでは、本書の序章で参照した一九三六年出版の『モダンムーヴメントの先駆者たち』でニコラウス・ペヴスナーが指摘していたように、アーツ・アンド・クラフツ運動それ自体はもはやモリスがかつて望んでいたような社会的影響力をもっていなかった。それどころか、その手工芸を重視する感覚は時代遅れであり、第三章で取りあげたベッチマンの『建築評論』掲載の文章で確認したように、「お高くとまった工芸趣味(arty crafty)」と揶揄されてもいた。また、「緋色のズボン」への言及に加えて、歌って踊って裸になって、などと列挙された振る舞いの推奨は、アーツ・アンド・クラフツ運動とは直接にはつながらない。

この「緋色のズボン」については、モデル探しのすぐれた先行研究がある。批評家のデイヴィッド・ブラッドショーは、ロレンスが考えていたかもしれない複数のモデルの可能性を検討しながら、もっとも有力なのは、ジョン・ハーグレイヴという人物が一九二〇年に創設してリーダーをつとめた「キボ・キフト同胞団」ではなかったかと指摘している。[12] たしかにロレンスは、『チャタレー夫人の恋人』の最終稿を執筆している時期に、若い友人のロルフ・ガーディナーからの勧めでハーグレイヴの著書『キボ・キフトの告白』(一九二七年)を読んでいた。キボ・キフト同胞団は、おもにホワイト・カラーの都市生活者で構成され、自然を求めてキャンプやハイキングを企画し、みんなで工芸品を制作して中世風の衣装でダンスを踊っていた。そうした外見による活動を、ロレンスは「緋色のズボン」によって表現したのではないか、とブラッドショーは推察する。キボ・キフト同胞団は、産業主義社会を批判しながら、中世主義のギルド的な活動を展開していた【図版1】。つまり彼らは、中世主義モダニズムを一九二〇年代に実践していた集団であった。[13]

【図版1】キボ・キフト同胞団、Annebella Pullen, *The Kindred of the Kibbo Kift* (2015) より

ここであらためて、二〇世紀初頭のヴィジュアル・アートにおける中世主義モダニズムの重要性に注目したマイケル・T・セイラーの議論を整理しておこう。セイラーはふたつのモダニズムの流れを設定する。ひとつは、ロジャー・フライやクライヴ・ベルを中心としたロンドンのブルームズベリー・グループに代表される「形式主義的」モダニズム。ヴィクトリア朝からの分断が強調され、国際的な、いわゆる盛期モダニズムへ展開する系譜である。

もうひとつは、イングランド北部の工業地域の人的ネットワークで構成された「機能主義的」モダニズム。これに関わる人物たちをセイラーは「アヴァンギャルドな「機能主義者」」あるいは「中世主義モダニスト」と呼び、彼らの活動の展開やネットワークを跡づけていく。

本書は、両大戦間期のイングランドにおけるモダン・ヴィジュアル・アートの受容と定着を跡づけ、ローカルな文脈を踏まえた研究がヨーロッパのモダニズムとモダンなイングランドの広範にわたる歴史にとって、いかなる意味をもつにいたるかを分析する。注目するのは、ふたつのモダニズムのあいだで展開されたアートの本質についての議論である。そのふたつのモダニズムのうち、ひとつはアートを自立した自己省察的なものとする定義に向かう「形式主義者」のモダニズムである。もうひとつは、アートが社会、経済、精神にはたらきかける機能を有すると主張し、「形式主義者」によるアートの定義に対抗したアヴァンギャルドな「機能主義者」のモダニズムである。ヴィジュアル・モダニズムに対して人びとは当惑し、しばしば疑念を抱いたわけだが、ふたつのモダニズムのあいだの議論は、そうした人びとにヴィジュアル・モダニズムが承認されるための条件を定めた。形式主義者たちのアートの概念は、ロジャー・フライとクライヴ・ベル、つまりロンドンのブルームズベリー・グループのメンバーの文章に多くを負っていた。一方、機能主義者たちのアートの定義は、多くは産業化したイングランド北部出身の人びととの非公式なネットワークを通じて示された。わたしはその人びとのことを本書では「中世主義モダニスト」と呼ぶ(14)。

セイラーはふたつのモダニズムの違いを、それぞれが関わる場所および現実社会との関係において説明する。一方の形式主義モダニストたちは、ロンドンという首都での活動を中心として、芸術を社会から自立した自己言及的なものとして定義しようとした。他方、イングランド北部出身者を中心とした機能主義的なモダニスト、すなわち中世主義モダニストたちは、「アートが社会、経済、精神にはたらきかける機能を有する」との主張によって、それ自体で自足したアートという「形式主義的」な芸術の定義に対抗した。ただし、両者は対立していただけではない。むしろ重要なのは、両大戦間期イングランドにヴィジュアル・アートのモダニズムを導入するにあたって、強い抵抗に直面していたインターナショナルな「形式主義者の美学」を、ドメスティックな「ラスキンとモリスのロマンティックな中世主義」が補完した、というセイラーの指摘である。

形式主義者の美学は、両大戦間期を通して強い反発を受けた。そのため、一九三〇年代後半におけるモダンアートの受容と同化は、フライとベルの形式主義だけでなく、ラスキンとモリスのロマンティックな中世主義にも多くを負っていたと、本書は主張することになる。(15)また、中世主義モダニストたちは「デザイン」の概念を援用することによって、形式主義的モダニストたちがもっぱら扱うファイン・アートと、自分たちが扱うインダストリアル・アートとの境界の再定義を目指した、ともセイラーは指摘している。(16)

中世主義モダニズムにおける中世主義とは、ラスキンやモリスの思想と実践、言い換えればヴィクトリア朝の産業主義・大量生産を批判するうえで理想とされた中世期の社会のあり方（とくに労働のあり方）を指している。それはたとえば、モリスがケルムスコット・プレスから出版したラスキンの『ゴシックの本質』（一八九二年）と、そこに付したモリスによる序文に端的に表現されている。モリスは、文明の愚行と堕落から抜け出す道はラスキンが示していた道以外ありえない、としてつぎのとおり記した――「というのも、ラスキンはここでわれわれに次のような教訓をあたえてくれているからだ。芸術とは人が労働のなかで得る喜びの表現であるということ。人が自分の仕事に喜びを見いだすことは可能であること――というのも、今日のわれわれには奇妙にみえるかもしれないが、人が仕事に喜びを覚えていた時代があったのだから」。[17]セイラーのいう中世主義モダニズムは、モリスが依拠していた中世のギルド的な労働のあり方あるいはクラフツマンシップ（＝「ラスキンとモリスのロマンティックな中世主義」）を、二〇世紀初頭のモダニズムの美学と接続させた思想・実践として定義される。

そのような中世主義モダニズムを実践していたメディアのひとつが、若きロレンスがノッティンガムで読んでいた雑誌『ニュー・エイジ』である。同誌の編集は、アルフレッド・リチャード・オラージュという人物が担当していた。オラージュは、一八七三年にイングランド北部のヨークシャーの村に生まれた。その後リーズに移り住み、三十二歳になる一九〇五年にロンドンに出て行き、二〇世紀初頭のあたらしい文化の知的サークルにおいて活躍することとなる。一九三四年に死去。ヴィクトリア時代の終わりから第二次世界大戦前までを生きた、イングランドの地方出身の知識人・活動家である。

ヴィクトリア朝文化の観点からA・R・オラージュに注目した場合、一九世紀末のイングランド北部における社会主義運動のネットワークと、その後の展開をめぐって光が当てられるのではないかと思われる。彼は一八九四年からリーズにある小学校で教師として働き始めたが、その年に、ケア・ハーディが立ち上げた独立労働党のリーズ支部に加わった。独立労働党の第一回党大会がリーズの西隣りのブラッドフォードで開催されたのは、前年の一八九三年のことだった。一八九五年からは、ハーディが編集していた党機関誌『レイバー・リーダー』の政治コラムニストもつとめた。

一方、モダニズム研究においては、オラージュの名前はもっぱら『ニュー・エイジ』の編集者として記憶されている。彼は一九〇七年から一九二二年まで同雑誌の編集に携わり、その後も寄稿を続けた。その誌面にはT・E・ヒューム、エズラ・パウンド、キャサリン・マンスフィールドといったモダニズム作家たちの文章が掲載された。『オクスフォード版モダニスト・マガジンの批評史と文化史』(二〇〇九年)は、オラージュの編集期間に関して「民主主義とモダニズム」とのタイトルで一章を割いて紹介している。その章で引用されている批評家のウォレス・マーティンの言葉にあるように、同誌は「ヴィクトリア朝とエドワード朝の先行する文化から、モダンな文化が台頭してくる様の包括的な記録」(18)と評価される。

この「モダンな文化」には、前述した作家たちのモダニズムのみならず、社会主義のあらたな展開も含まれていたことが重要である。むしろ始まりは、モダニズムではなくて社会主義だった。オラージュは資金繰りがうまくいかずに破綻していた『ニュー・エイジ』をバーナード・ショーからの資金援助によって立て直し、リーズ在住の時期からの盟友ホルブルック・ジャクソンと共同で同誌の編集に乗り出す。ふたりの編集による第一号、一九〇七年五月二日号の雑誌名の下には、「政治・文学・芸術の独立社会主義評論」と記されている（序章の【図版1】を参照）。オラージュの功績は、一九世紀末の社会主義を継承しつつ、イングランド北部からロンドンへと活動の拠点を移してモダニズムの紹介に多大な貢献を果たしたことにあった。

五　中世主義モダニスト、フランク・ピック

ところで、セイラーの中世主義モダニズムに関する研究書の副題に「ロンドンの地下鉄」とあるのは、一九二〇年代から三〇年代にかけてロンドンの地下鉄をモダナイズした、フランク・ピックという人物を大きく扱っているためである。ピックは、一八七八年にイングランド東部のリンカーンシャーに生まれ、北部のヨークに移り住み、その後ロンドンに出て、二〇歳代後半にはロンドン地下電気鉄道会社で勤務を始める。そこでの功績が認められ、一九二四年のロンドン交通法のもとに各路線が統合されて設立されたロンドン旅客運輸局の副会長に就任する。一九三三年のことである。その間に、一九一五年にはデザイン・アンド・インダストリーズ協会（DIA）の設立に主要メンバーとして関わる。DIAという組織は、ドイツ工作連盟に刺激を受けて、イギリスのインダストリアル・アートの質の劣化およびその分野での経済的競争力の低下に危機感をいだいたデザイナーや業者たちが中心になって設立した協会である。

フランク・ピックは、地下電気鉄道会社およびロンドン旅客運輸局を拠点として地下鉄を美的に、

【図版2】ロンドン地下鉄ポスター、David Bownes, *London Transport Posters* (2011) より

そして機能的に、モダナイズしていく。当時それを表象したメディアとして有名なのは、地下鉄のポスターだろう【図版2】。モダンな大衆消費社会の到来と、そのあらたな社会における地下鉄の役割を、ショッピング・セール、買い物客の行列、郊外の持ち家、パーティ、ダンスといった図版が表わしていた[19]。さらには、レタリングの統一を工芸家・タイポグラファーのエドワード・ジョンストンに依頼し、一九一六年に地下鉄用のモダンなサンセリフ体を完成させる（エリック・ギルがそれを小さな文字用に改訂して、ギル・サンセリフ体とする）。一九三〇年代はじめには、製図工のハリー・ベックが路線図をスタイリッシュに改訂。建築家チャールズ・ホールデンのデザインで、駅舎もモダナイズされていく。イースト・フィンチリー駅のガラスの壁と鉄骨による階段部分は、ヴァルター・グロピウスがデザインしたドイツ工作連盟展（於ケルン）のモデルファクトリーの該当部分を援用している。ちなみにピックは、一九三四年にナチスから逃れてイギリスに亡命してきたグロピウスと交流があった。ピックはファイン・アートの教育とテクニカル・トレーニングを統合させたバウハウスのあり方に強く共感し、イギリスにも同様の機関が必要だと訴えていた[20]。

ピックがラスキンやモリスの思想と実践を受け継いでいたことは、自分の仕事を振り返って一九四一年に発表したパンフレットからのつぎの言葉に確認できる。

もしわたしたちが希望の実現に向けて光明の甲冑を強化しようとするならば、コミュニティのためになんらかの形で無償で貢献しなければならないだろう。わたしたちが目指していることは、自発的な貢献によってのみ達成される。それは愛による貢献である。……通りをきれいにする活動の自分の領分が免除される言い訳など、誰ももっていない。公園や共有の庭を守ったり、不幸に見舞われた隣人を気遣ったり、権威ある立場の者たちの不正を監視したり、環境を美しくして魅力的にしたりといった、ひとそれぞれの貢献を免除される言い訳などない。だれもがそうした関わりを共有しているからだ。(21)

ピックは、コミュニティのためにだれもが「自発的に」はたらくこと、そうした関わりを「共有する」こと、それによって環境に美をもたらすことを重視している。彼のロンドン地下鉄での仕事は、そのような思想の実践であったと主張している。彼が継承していたラスキン／モリスの中世主義の理念と、駅舎の近代化のために委嘱した建築家ホールデンによるガラスの壁と鉄骨のフレームのデザインとを結びつけたもの、それがセイラーによれば、二〇世紀初頭の中世主義モダニズムとなる。

中世主義モダニズムは、ラスキン／モリス的な「ロマンティックな中世主義」とは異なり、機械テクノロジーや大量生産を排除しない。セイラーがラスキン／モリス主義の継承として重視するのは、アーツ・アンド・クラフツ運動そのものではなく、そこから発展して一九一五年に設立され、ピックも重要なメンバーだったデザイン・アンド・インダストリーズ協会となる。

ＤＩＡはアーツ・アンド・クラフツ運動のロマンティックな中世主義を、産業・商業・大量商品生産を受け入れるモダンな中世主義に代えようと目論んだ。職人の技巧とモダンなテクノロジーは両立不可能ではないからだ。ＤＩＡのような組織が先導しながら、両大戦間期の多くの書き手たちは、機械とはモダンな職人ならばマスターしている必要がある熟練工の道具に相当する、と捉えた。(22)

このように二〇世紀初頭イングランドにおける中世主義モダニズムの展開を跡づけることは、ニコラウス・ペヴスナーによるモダンムーヴメントの分断と継承をめぐる言説への応答のはずであった。奇妙なことにセイラーは、中世主義モダニズムのマッピングの際に、ペヴスナーの見解を正面切って取りあげてはいない。一九三六年に出版されたペヴスナーの『モダンムーヴメントの先駆者たち――ウィリアム・モリスからヴァルター・グロピウスまで』によれば、モリスが死去した一八九六年から一〇年も経たないうちに、「モダンムーヴメント」に向けてのイングランドの活動は頓挫した、という。その原因はモリス本人の「教義」の矛盾にあった、とペヴスナーは指摘する。

モリスは説いた――「わたしは少数のひとのためのアートは欲しくない。少数のひとのための教育や、少数のひとのための自由など、なおのことだ」と。そして今世紀のアートの運命を決する重大な問いを、つぎのとおり掲げた。「すべてのひとが共有できないのであるならば、いったいアートになんの用があろうか」。このような意味において、モリスは二〇世紀の真の預言者であり、モダンムーヴメントの父なのである。……

しかしながらこれは、モリスの教義の半分にすぎない。もう半分は、一九世紀の様式と一九世紀の偏見に縛りつけられたままだった。モリスのアートの概念は、中世における手しごとの状況についての彼の知識に由来している。それゆえに一九世紀の「歴史主義」のままなのである。ゴシックの手工芸から出発して、彼はアートをまさしく「労働における喜びの表現」と定義した。(23)

「すべてのひとが共有できないのであるならば、いったいアートになんの用があろうか」――モリスのこの問いかけこそが、二〇世紀における「アートの運命」の鍵を握っていたはずであり、それゆえにモリスは「モダンムーヴメントの父」とみなされる。(24) 芸術が少数の特権的な者たちのためにあるヴィクトリア朝社会を批判し、二〇世紀には「すべてのひと」がアートを「共有」できるように要請する。それがモダンムーヴメントであり、ヴィクトリアニズムからの分断であった。しかしモリスの活動においては、その分断が不完全なものとなってしまった。というのも、彼はアートが「労働におけるよろこびの表現」であるとして、それを可能にすると彼が考える「手しごとをめぐる中世の状況」に固執してしまったからであった。そのようなモリスのこだわりは、「一九世紀の歴史主義」というヴィクトリアニズムの継承である。「ゴシックの手工芸」は結局のところ「少数のひとのためのアート」にほかならないことを、アーツ・アンド・クラフツ運動が証明してしまった。よってモダンムーヴメントに向けてのイングランドの活動は、モリスの死から一〇年も経たないうちに頓挫した、とペヴスナーは断定したのである。

ペヴスナーは一九一四年の時点でのモダンムーヴメントの達成として、バウハウスの創立者となるグロピウスの仕事を高く評価する。グロピウスのデザインによる建築物が、「モダンムーヴメント」とは齟齬をきたすモリス的な「歴史主義」から解き放たれているためである。その「非ゴシック、反ゴシック」の特徴は、まさにモダンムーヴメントの到達点を表現する。

［バウハウスの］あたらしい建物の特徴は、まったくもって非ゴシックで反ゴシックである。十三世紀においてはすべての線が、機能的だったとしても、この世を越えた目指すべき先としての天国の方向を指すという芸術的な目的に適っていた。……しかし今は、ガラスの壁は透明で神秘などなくて、鋼鉄のフレイムは堅固で、その表現はあの世など無視している。それはこの世界の創造的なエネルギーである。わたしたちはこの世界で生き、働き、そしてこの世界を支配したいと思っている……それこそが、グロピウスの建築において賛美されているのである。(25)

ペヴスナーは、中世の「ゴシック」にモダンな資材を用いた「ガラスの壁」と「鉄骨」は合わないと主張する。それに対してセイラーは、ピックによる地下鉄のモダナイゼイションを例にあげることで、右の引用の文脈ではモダニズムとほぼ同義語になってしまっているモダンムーヴメントと、それに対立するはずの「歴史主義」とを両立させようとした。それがセイラーにとっては、中世主義モダニズムの展開を跡づけることの意義だったのである。

六　『ニュー・エイジ』のギルド社会主義から社会信用論へ

地下鉄を近代化したフランク・ピックの仕事は、ラスキン／モリス主義そしてクラフツマンシップをヴィクトリア時代からの重要な伝統として継承しながら、それを分断としての二〇世紀モダニズムへと接ぎ木した。中世主義モダニズムは、ブルームズベリー・グループの「形式主義たち」のエリート中心主義とは異なった、いわば一般の人びとの日常生活と接点を維持したもうひとつのモダニズムであり、分断を内包したうえでのクラフツマンシップの継承、つまりは本書が辿ってきたモダンムーヴメントなのである。

そのようにピックの仕事を評価できる一方で、だがそれは結果的に、ラスキン／モリスの理想の労働をめぐる理念を、二〇世紀初頭のあらたな産業社会あるいは（地下鉄ポスターが表象していたような）大衆消費社会のなかに溶け込ませ、なじませてしまう、ということでもあったのではないだろうか。モリスがラスキンの『ゴシックの本質』への序文で述べていた「文明の愚行と堕落から抜け出す道はラスキンが示す道以外ありえない」という考えには、産業主義批判・資本主義批判というラディカルな思想とその実践の可能性が含まれていた。ピックの中世主義モダニズムには、その批評性が抜け落ちていたのかもしれない。

中世主義モダニズムは、ラスキン／モリスによるヴィクトリア朝社会に対する批判をいかにモダニズムが継承していたのかを探るうえで、たいへん有効な概念ではある。しかし、セイラーの研究書においては、ピックの仕事にそれを代表させることで、ラスキン／モリス主義の継承を辿りつつも、彼らのラディカルな批評性という要素を薄めてしまっている感が否めない。また、セイラーはモダニズムとアヴァンギャルドの対比について、ペーター・ビュルガーの著書『アヴァンギャルドの理論』（一九七四年）を踏まえており、タイトルに「両大戦間期のアヴァンギャルド」と謳っている。だがピックの仕事は、制度化していくモダニズムと対比されるところの、より批評性の強いアヴァンギャルドとはいえないように思われる。

つまり、ピックの中世主義モダニズムは、もうひとつのモダニズムとしてのラスキン／モリス主義の継承ではあるものの、あくまでそれは継承のひとつのあり方なのであって、それとは別の、もうひとつの継承のありかた、よりアヴァンギャルドにラスキン／モリス主義を継承した中世主義モダニズムもありえるのではないだろうか。本章が『ニュー・エイジ』を編集していたオラージュの仕事の評価基軸として提示したいと思っているのは、そのことである。

オラージュによるラスキン／モリス主義のラディカルな継承の軸は、ギルド社会主義（Guild Socialism）にある。彼がギルド社会主義への理解と共感を深めていったのは、ロンドンに出て行く前、イングランド北部のリーズにおいて、ホルブルック・ジャクソンと一九〇三年に立ち上げたリーズ・アーツ・クラブでの活動においてであった。もともとリーズ・アーツ・クラブは、オラージュがジャクソンに出会ってニーチェの思想に感化されたことをきっかけに設立された。ニーチェ哲学への理解をリーズに広めることが当初の目的だったようだが、トム・スティールの研究書によると、クラブを設立して早くも二週目、一九〇三年十一月十四日の会合に、「中世のクラフツ・ギルド」というレクチャーが開催されている。その様子は、地元紙の『リーズ・アンド・ヨークシャー・マーキュリー』に掲載された。その記事によると、当時の社会問題の解決に中世のギルド・システムがはたして貢献し得るか否か、をめぐっての議論だった。講演者は、「現代の産業は美から完全に切り離されてしまっている」と批判した。大部分の一九世紀の製品が一四世紀の製品と比較して醜悪なのは、中世のアーティストがそれを「使う」という目的から制作を始めるのに対して、現代ではそれによって「金銭を獲得する」ために始めるからである。(26) このように「金銭の獲得」を第一義に目指す労働のあり方への批判は、賃金労働制度への批判として、ギルド社会主義の理念に引き継がれる。さらにそこから展開されたのは、労働者による産業の自主管理権を漸進的方法で獲得する、というギルド社会主義の集団的実践の提案であった。

ギルド社会主義とあたらしい思想へのオラージュの関心は、イングランド北部の産業地方都市リーズで準備された。そして一九〇六年にロンドンに出た後、翌年から編集を担当した『ニュー・エイジ』の誌面においてそれは引き継がれた。イングランド北部で育まれた知的な文化とそれを発展させる方法が、ロンドンに持ち込まれたことになる。オラージュ編集による最初の号、一九〇七年五月二日号からは、ギルド主義の提唱者で建築家A・J・ペンティによる論考「生活に美を取り戻す」の掲載が始まった。

生活に美を取り戻すことは、社会問題の解決において最優先されるべき重要な要素である。

このような考えが経済政策の議論にも届き始めたことは、今が社会学的思考の発展における決定的に重要な段階であるというだけではない。これまでよりも幅広い基盤のもとに芸術と工芸（アーツ・アンド・クラフツ）の復活を推し進める組織だった努力がなされるときも、そう遠い先のことではない、という未来を示唆しているのである。[27]

ロレンス研究者のブルース・スティールは、本書が序章冒頭で取りあげたロレンスの若書きの原稿「芸術と個人――社会主義者のための論考」（一九〇八年）に付した註のなかで、ロレンスは一九〇七年五月発行の『ニュー・エイジ』に三号にわたって掲載されたペンティの文章を読み、影響を受けたのではないかと推測している。当時のロレンスの恋人であったジェシー・チェインバーズの回想によると、ロレンスが参加していた「ノッティンガム・ディベート協会」の「社会主義者と女性参政権論者が……はじめてわたしたちに『ニュー・エイジ』のことを教えてくれて、ロレンスはしばらくのあいだ、それを定期購読した。彼は政治よりも文学への関心から読んでいたのだが」という。[28]右のペンティの言葉、そして序章で確認したようにロレンスが『ニュー・エイジ』一九〇八年八月八日号に掲載されていた書評から引用した言葉にあるように、「文学」と「政治」の関心を厳密に分けて考える必要はないだろう。

『ニュー・エイジ』は一九一三年から、ペンティの一九〇六年の著作『ギルド・システムの復興』の再録を始める。その前後の時期から、いわゆるモダニズムにつながる言説としてT・E・ヒュームやエズラ・パウンドらの記事も多く目立つようになる。たとえば、一九一四年五月七日号では、ナシヨナル・ギルドに関する記事、ペンティによる文章、フィリッポ・トンマーゾ・マリネッティの未来派宣言の一部の翻訳が並んでいる。興味深いことに、その翌週の号にはマリネッティの未来派宣言のパロディが掲載される。アン・アーディスが詳述しているように、『ニュー・エイジ』に掲載されたモダニズムの言説、パウンドやヒュームやウインダム・ルイスらの文章に対しては、その掲載後にしばしば反論が加えられたり、パロディが作られたり、といったパターンができていた。『ニュー・エイジ』はモダニズムに特化した雑誌というよりは、ギルド社会主義の姿勢を維持しつつ、モダニズムをはじめとするさまざまなあたらしい言説との対話を繰り広げる雑誌だったといえる。

ところで、ギルド社会主義の実現は一九二〇年代半ば以前に頓挫してしまう。オラージュは既存のギルド社会主義団体の限界を早い段階で察知しており、あらたな展開の可能性をクリフォード・ヒュー・ダグラスの社会信用論(Social Credit)に求めた。[29] 社会信用論は、金融資本主義を批判した経済理論で、一九二〇年代後半から世界恐慌を挟んで三〇年代にかけてかなり注目を集めた。第二次世界大戦以降はすっかりダグラスの名前も社会信用論も忘れられてしまったが、二十一世紀に入ってから近年、グローバルな金融危機に対応すべくベーシック・インカムをめぐる議論が持ち出されたことをきっかけにして、彼への関心が復活している。ダグラスは「国民配当(national dividend)」という名称で、ベーシック・インカムをおそらく最初に定式化した人物とされている。国民のための最低限所得保証制度の構想は、社会保障や福祉政策との関係で扱われることが多いようだが、もともとの提唱者であるダグラスは、金融資本主義への批判として、二〇世紀初頭に国民配当というベーシック・インカムにつながる考えを打ち出していた。[30]

この社会信用論のポイントのひとつは、二〇世紀初頭の不況の原因が消費不足(under-consumption)にあるとみなした点である。機械化の恩恵によってモノは大量に生産され提供されているが、充分に消費されていないために余っている。ダグラスは、このような消費のために必要なマネーが人びとのあいだに行き渡っていない、という事態から生じる不況の構造的な問題を解決しようとした。そして問題の原因は、金融資本主義にあると批判し、その解決として社会信用論を提唱した。両大戦間期の社会信用論の賛同者としては、ハクスリー、エリオット、オーデンといった作家たちがあげられる。また、オーウェルはイングランド北部のルポルタージュ『ウィガン波止場への道』(一九三七年)のなかで、ダグラスの名前に触れている。

批評家のガリー・テイラーは、「ダグラスはオラージュに基本的な経済分析を提示し、それをオラージュはナショナル・ギルドの既存の理論に接ぎ木しようとした。社会信用論をギルド的考えに適合させたのはオラージュだった」と指摘している。[31] また、同じく批評家のジョン・L・フィンレイによれば、終わりを迎えつつあったギルド社会主義の信奉者たちにとって、社会信用論は溺れる者がつかもうとする藁だったという。[32] 社会信用論に関するダグラスの最初の著作、『経済的民主主義』(一九二〇年)は、まずは『ニュー・エイジ』の一九一九年六月から八月にかけて連載され、二作目の『クレジット・パワーと民主主義』(一九二二年)も同じく一九二〇年二月から八月にかけて連載されている。社会信用論の提唱者となるダグラスが経済理論家としてデビューした場は、ギルド社会主義を育てたオラージュ編集時期の『ニュー・エイジ』だったのである。

このような『ニュー・エイジ』におけるオラージュの編集のあり方に、彼のラディカルでアヴァンギャルドな中世主義モダニズムが表われている。それは、多様なものを同じ面に載せてつなぎ合わせ、結びつけ、対比・対話させて、それぞれに対する批判的視座も維持する、というエディターシップである。『ニュー・エイジ』はそのピーク時には二万部を超える発行部数があり、四千部を下回ることはなかった。スティールの研究書によれば、一九一八年当時、オラージュはつぎのように評されていたという――「現在ロンドンには、たとえ一般の人たちには知られていなくても、あたらしい思想への影響力を発揮して、それによって人びとを混乱させるような人物が何人かいる。そのうちのひとり、『ニュー・エイジ』の編集者オラージュは傑出した人物である。その雑誌を読んだ男たち女たちは重要な人間となる。斬新でオリジナルな思想を歓迎し、市民生活や社会政治や芸術の世界で重要なポジションを占め、『ニュー・エイジ』から拾い上げた思想の種を夢中になって撒き散らすからである。何万人もの人びとが、雑誌の名前を聞いたことがなくとも、その影響下に置かれる。大衆を直接教育することはない。しかし、数は少ないけれどもきわめてすぐれた読者たちという媒介によって、『ニュー・エイジ』は人びとのもとに届くのだ。(33)」

本書の序章冒頭で述べたように、ロンドンから発せられた『ニュー・エイジ』の「思想の種」は、ノッティンガムの労働者たちにも届いていた。世紀転換期にそのコミュニティで育った若者のひとりであるロレンスは、世界各地の越境経験ののちに、ゼネスト後の炭鉱ストライキで揺れる一九二六年のノッティンガムに帰郷した。その後のロレンスとデザインの中世主義モダニズム、すなわち〈アート／インダストリー〉のモダンムーヴメントとの関わりついては、第Ⅰ部で論じたとおりである。そして本章がこれまでの記述によって目指していたのは、ギルド社会主義から社会信用論へと展開させていた『ニュー・エイジ』の時代のなかに、『チャタレー夫人の恋人』の中世主義モダニズムを位置づけることである。

七　「緋色のズボン」を履くキボ・キフト同胞団の社会信用論

そのためにも、メラーズの手紙における「緋色のズボン」以下の記述のモデル探しをした先行研究の意義を再検討する前に、手紙のなかのいくつかの言葉について確認しておく必要がある。まず、「週給二五シリングでおおいに楽しくやっていけるはず」というメラーズの言葉を取りあげる。この週給二五シリングという炭坑労働者たちの労賃には、歴史的にどのような意味があったのか。[34]一九二〇年代初頭、炭坑労働者の賃金はピーク時に週給五〇シリングを超えていた。それが週二日あるいは二日半の労働となり、収入も半分となる。これが一九二六年の炭坑労働者たちによるストライキの原因のひとつであった。現実には政府が労賃の補填をしていたのだが、その交渉が決裂したために、一九二六年五月にゼネストへと突入した。すなわち、ロレンスは週給二五シリングという数字によって、当時の労働争議の背景を示唆していたと考えられる。

ではなぜ、炭坑労働者は週二日あるいは二日半の労働となり、賃金もピーク時の半分にまで下がってしまったのか。その歴史的背景を確認しておこう。[35]イギリスは第一次世界大戦が勃発した一九一四年に金本位制を停止させたものの、翌年には金本位制に復帰する。その結果、実態としてのポンドの価値よりもポンド高となってしまった。それが輸出業には大打撃となり、不況につながったと理解されてきた。しかしながら、実際には金本位制への復帰以前にすでにイギリスの貿易は赤字だったという。石炭の輸出においては、イギリスは国際市場でドイツとの競争に負けたのが大きい。一九二〇年代にドイツは戦後賠償金の支払いのために経済破綻寸前となり、ヒットラーが台頭するきっかけとなったが、その事態にアメリカ合衆国が介入した。そもそもイギリスとフランスは、第一次世界大戦でアメリカに債務を負っており、その支払いはドイツからの賠償金をあてにしていた。だが、経済破綻寸前のドイツから英仏への賠償金の支払いが滞ったため、アメリカは英仏から債務を回収できなくなった。そこでアメリカは、ドイツの賠償金支払い方法を緩和させる。財政専門家のチャールズ・ドーズを中心にしてまとめられた、一九二四年のいわゆるドーズ案である。その結果、アメリカから民間資本がドイツに流れる。その窓口となったのは、国際的な金融会社のＪ・Ｐ・モルガン・アンド・カンパニーであった。この国際的融資によってドイツの産業が活性化し、石炭の輸出高も伸びる。もともとドイツの石炭は質がよくて安いという評判があった。『チャタレー夫人の恋人』の冒頭でも、クリフォード・チャタレーは戦争に行く前にドイツの進んだ石炭採掘技術を学びに行っている。ドイツの石炭産業は進んだ技術を誇っていたうえに、アメリカの民間資本がそこに入ってくることにより、石炭輸出の国際市場で優位に立つことになった。そのため、イギリスの炭鉱産業の不況が加速した。

このような背景を踏まえると、『チャタレー夫人の恋人』が一九二〇年代のイングランドの状況小説として取りあげた国内の産業問題は、国際的な金融経済を前提に起きたものであったといえる。第一次世界大戦に端を発した金融問題、つまり英仏からアメリカへの軍事費債務の支払いとドイツから英仏への賠償金支払いが、イギリス国内の産業問題の背景としてあったことになる。いわば、アメリカを中心とした金融の国際関係に、一九二〇年代のイギリス国内の産業問題のある部分は規定されていたのだ。『チャタレー夫人の恋人』は、第一次世界大戦の余波をクリフォード・チャタレーの下半身不随という形で冒頭から刻印しているが、戦争の重要性は、言い換えれば『チャタレー夫人の恋人』が炭鉱地域を扱った戦後小説であることの意味は、それだけではなかった。ボールディックが指摘するように、『チャタレー夫人の恋人』は一九二〇年代版イングランドの状況小説だが、そのイングランドの状況の中心を占める産業問題は、大戦後のグローバルな金融経済システムの一部を構成していたのである。

もうひとつ、メラーズの手紙から炭坑労働者たちの歌への言及を取りあげてみる。「みんなで揃って歌い、昔からのダンスをグループで踊ること」を学ぶべきだ、とメラーズはコニーに宛てて書いている。ここでは集団で歌うことと炭鉱地域について、ロレンスの友人であった作家のオルダス・ハクスリーのエッセイ「イングランドという海外にて」(一九三一年)を参照する。ハクスリーは、一九二八年と一九三〇年に不況の炭鉱地域を訪れた経験をつぎのとおり語っていた。

かつて炭鉱の村といえば騒々しい場所だった。騒々しいうえにメロディの溢れる場所。というのも、通りでは大声をあげるだけでなく、歌っていたのだから。それがいまでは静かなのだから驚く。わたしが知る限り、ダラムの村は静かになっているし、ノッティンガムシャーやダービシャーの炭鉱の町でもそうだ。炭鉱での生産が不振(slump)になって歌声も不振なのだ。ふたつの不振が密接に結びついているのはあきらかだ。仕事にあぶれた男たちには、思わず歌い出してしまうような心の奥から湧きあがってくる感情が、もはやないのだから。[36]

炭鉱の村は賑やかで音楽に溢れる場所だったはずなのに、いまは沈黙の場になっているという。ハクスリーの妻のマリア・ハクスリーは、一九二八年一月から二月にかけて滞在先のスイスでロレンスに頼まれて『チャタレー夫人の恋人』のタイプ打ちをした。その翌月に、ふたりは小説の舞台を訪ねている。そして一九三〇年一〇月には、ハクスリーは大恐慌後の惨状に苦しむダラムの炭坑労働組合から講演を依頼され、当地を訪問した。[37]彼はこうした経験から、歌声の「不振」と炭鉱業の「不振」の同時発生を語っている。炭鉱の村、イーストウッドで生まれ育ったロレンスも、帰郷の際に同じことを感じていたであろう。メラーズの手紙の「みんなで揃って歌う」とは、炭鉱業の不振を吹き飛ばす集団的な身振りを示していたのかもしれない。

さて、ロレンスはジョン・ハーヴレイヴ率いるキボ・キフト同胞団の活動をモデルにして、「男たちが緋色のズボンを履けば」といった一節を記したはずだ、との先行研究の指摘に戻ろう。ロレンスがハーグレイヴの『キボ・キフトの告白』を読んだ半年後の一九二八年七月には『チャタレー夫人の恋人』が出版されているため、その本をメラーズの手紙の直接的なきっかけとするには判断がむずかしい。しかし、ロレンスはすでに一九二四年の時点でハーグレイヴの小説『ハーボトル』（一九二四年）を読んでおり、ガーディナーへの手紙で読後の感想を述べながら、キボ・キフトの活動にも触れていた。また、彼は一九二六年夏にイギリスを訪れて炭鉱ストライキで荒廃した故郷ノッティンガムを目にしたときにも、ロンドンでガーディナーに会っている。エドワード・ネールズの『資料編集版ロレンス伝記』(一九五九年)によれば、ガーディナーはそのときにロレンスと「ハーグレイヴのキボ・キフトの話をした」と証言したという。[38] 故郷での炭鉱ストライキの目撃をきっかけとした『チャタレー夫人の恋人』執筆時に、ロレンスがキボ・キフトたちのことを思い起こしても不思議ではない。このような状況証拠からして、彼らの姿を「緋色のズボン」の有力なモデルとするブラッドショーの説は、妥当であるように思われる。

ブラッドショーによるキボ・キフト説を踏まえて、加藤洋介は『D・H・ロレンスと退化論――世紀末からモダニズムへ』のなかで、キボ・キフトのハーグレイヴとロレンスが同時代人として共有していた「退化」の不安、そしてそこからの「再生」という『チャタレー夫人の恋人』の主題を、イギリスの優生学教育協会の動きも確認しながら見事に論じている。[39] 本書も第四章において、第一次世界大戦後のイギリスで優生学運動が推し進められた社会背景を踏まえて『セント・モア』を分析したが、加藤も『チャタレー夫人の恋人』の「産業問題」をいわば優生学的な健康問題と読み替えながら、メラーズとコニーが逢瀬を重ねるラグビー邸の「森」をキボ・キフト同胞団が活動を展開したロンドン近郊の「森」と重ね合わせて読解している。つまり、「緋色のズボン」への言及は、『チャタレー夫人の恋人』と同時代の優生学が退化をめぐる不安を共有していたことの証左となる。

しかし、メラーズの手紙で言及されていた「産業問題」は、第一次世界大戦後の国際的な金融経済のシステムに原因の一端があった。それを踏まえるならば、ハーグレイヴのキボ・キフト同胞団の活動で注目すべきなのは、彼らが金融資本主義批判の経済理論を実践に移そうとしていた点である。その理論とは、前節でギルド社会主義の流れとして取りあげた、社会信用論である【次頁の図版3】。

【図版３】"Kibbo Kift Cartoon", キボ・キフト同胞団と社会信用論
John Hargrave, *The Confession of the Kibbo Kift* (1927) の再版より

クリフォード・ダグラスが提唱した社会信用論は、「経済の構造的欠陥から生じる生産と消費の恒常的な不均衡を是正するため」の経済理論であった。炭鉱業の不況という「産業問題」を生じさせた「経済の構造的欠陥」としては、英仏のアメリカへの軍事費債務の支払い、そしてドイツの英仏への賠償金支払いという、第一次世界大戦後のアメリカを中心としたグローバルな金融システムにあることは確認した。そのような金融資本主義の歪みの是正として、社会信用論は三つの柱を掲げる。

（1）銀行による私的な信用の創造を排除し政府が通貨を公共の利益のために発行することによる信用の社会化

（2）全国民に市民権を根拠に一律無条件に給付される国民配当

（3）販売部門において随時必要に応じて商品が値引きされて売られる正当価格(40)

そしてダグラスは、生産と消費、供給と需要の不均衡が生じる原因として、オートメイション、企業会計、銀行マネーをあげていた。

キボ・キフト同胞団を一九二〇年に結成したハーグレイヴは、一九二四年以降、こうした社会信用論の賛同者になっていた。もともと彼は、キボ・キフト運動の柱のひとつとして「個人の経済的自立」を掲げていたが、一九二〇年代半ばからは社会信用論を現実化する社会に向けてキボ・キフト運動を組織していく。ロレンスが『チャタレー夫人の恋人』執筆中に読んだハーグレイヴの『キボ・キフトの告白』には、彼らの「同胞としての契約」が七つ掲げられている。それはつぎのとおりである。

(1)キャンプでの訓練およびネイチャー・クラフトのための保留地やオープン・スペースを確保すること。(2)そうした訓練を通して、身体や精神の平静や生き生きとしたスピリチュアルな知覚を誇りに思うように教え込むこと。(3)手工芸の訓練を推奨し、適正価格(Just Price)を基盤にして社会経済を再編することで工芸ギルドのあたらしい理解を発展させること。(4)家族としての集団を形成して、そのなかで子どもたちは両親によって木彫術(Woodcraft)を重視する訓練を受けられるようにすること。(5)地域ごとの集会組織を確立して、それぞれの土地に根ざした共通の幸福のためにはたらくこと。(6)消費と生産の均等を基盤とした地域と国と世界の平和の証人となるべく立ち上がること。(7)世界の教育政策、世界全体の貿易の自由、あらたな世界規模の信用システム(a new world credit system)、政治や経済の陰謀の撤廃、世界評議会つまりは決済機関の確立――これらの実現を目指すこと。[41]（傍線は引用者）

ハーグレイヴは、「適正価格」「消費と生産の均等」「あらたな世界規模の信用システム」などの社会信用論の用語を、手工芸や自然のなかでのモリス風ギルド的活動の提唱といった表現に組み込んでいた。この「同胞としての契約」とメラーズの手紙をあわせ読むと、ロレンスが使っていた「伝える」「教える」「訓練する」といった労働者たちに集団的な変化をもたらす表現との近さに気づく。ここに確認されるのは、若き日のロレンスがノッティンガムで読んでいた『ニュー・エイジ』誌上で展開されていたギルド社会主義の、その後の姿である。

ロレンスは、ガーディナーに勧められて一九二八年一月初旬にハーグレイヴの『キボ・キフトの告白』を読み、ガーディナーに宛てた一月一六日付けの手紙に読後の感想を記した。

> 『キボ・キフト』の本をとても興味深く読みました。もちろん、書かれていることが実際にうまくいくとは思えません。生身の人間は受けつけないでしょう。考えはしっかりしており、それはいいのです。でも、生身の血と肉が受けつけません。血と肉が逆に破壊されてしまったら話は別ですが。もちろん、生得権という信用(birthright credit)も考えとしては納得できます。しかし、資本を国有化すること(to nationalize capital)は、産業を国有化するよりもずっと難しいでしょう。……彼が望んでいることは正しい。全体として彼が述べていることに同意します。まっすぐ突き進む闘士として尊敬します。それでも、うまくいく望みなどないことを、彼もわかっているはず。彼のやり方は全体として問題があります。……彼個人の野望ではなく、そして暖かみに欠けることなどなかったら、わたしも一緒にキボ・キフトしますよ。でも、休日のキャンプとか仮装ごっことか、そういったこと以上には発展しないでしょう。なんらかの効果はあ

るでしょうけれども。彼の幸運を祈ります。(42)（強調は原文）

ロレンスは『キボ・キフトの告白』の内容に関心をいだいたようだが、ハーグレイヴのメッセージに手放しで賛同したわけではなかった。それでも手紙の前半部分からは、彼がキボ・キフト運動のなかの、とりわけ社会信用論に反応していたことがわかる。「生得権という信用」は社会信用論における「国民配当」の言い換えであり、「資本を国有化」は銀行マネーの廃止の可能性を示唆しての言及と考えられる。ロレンスはメラーズからコニーに宛てた手紙で「産業問題を解決する唯一の方法」を記したとき、「緋色のズボン」が間接的に指し示すキボ・キフト同胞団を媒介にして、金融資本主義を批判する社会信用論の可能性を念頭に置いていたのではないだろうか。『チャタレー夫人の恋人』は、資本主義に対する中世主義モダニズムのラディカルな批評性を内包したテクストだったのではないだろうか。

八　おわりに

「わたしも一緒にキボ・キフトしますよ」――ロレンスの手紙のこの言葉は、「休日のキャンプとか仮装ごっことか、そういったこと以上には発展しないでしょう」というキボ・キフト活動への揶揄にすぎなかったかもしれない。しかし、彼が手紙の前半で社会信用論に触れていたことを踏まえるならば、「キボ・キフトする」という、金融資本主義への批判を彼らと共有したかもしれない可能性も浮上する。メラーズのコニー宛ての手紙には、つぎのように書かれている。

いま目指しているのは、ふたり一緒に暮らすことだ。本当のことを言えば、怖い。空中に悪魔の気配が感じられて、やつはおれたちを狙ってくるだろう。いや、悪魔といっても、拝金主義という名の悪魔マモン(Mammon)かもしれないが、それも結局は、金を求めて、生を憎む人間たちの集合意志にほかならない。とにかく、捕まえようと待ち構える白い巨大な手の存在を大気中に感じる。それが生きようとする者、金を超えたところで生きようとする者の喉をわしづかみにして、命をしぼり出そうとしている。(300 傍線は引用者)

たしかにロレンスは、『チャタレー夫人の恋人』でゼネストにおける階級対立を描くことを避けた。だが、本章の第七節で確認したように、炭鉱業の不況は国際的な金融経済の問題が根本にあった。その「産業問題」は、国内の階級問題として解決の糸口を探るだけでは不充分だったはずである。メラーズが怯える「白い巨大な手」とは、グローバルに展開する金融資本主義の比喩形象だったのかもしれない。

以上のように本章は、『チャタレー夫人の恋人』のメラーズの手紙にジョン・ハーグレイヴのキボ・キフト運動の痕跡を探り、その活動の優生学的な傾向ではなく、社会信用論の実践の可能性に彼らの運動の意義をみた。それはひとつには、一九二〇年代のイングランドの状況小説として、『チャタレー夫人の恋人』の「産業問題」とは国内の「問題」にとどまるのではなく、国際金融システムの一部であったことをあらためて確認するためである。そしてもうひとつは、メラーズの手紙に、レイモンド・ウィリアムズが指摘したように「変化をもたらす社会的エイジェンシーという概念と実践」がいつものように却下される前の、しかしそれがまだ実現してはおらず、その可能性を「たえず考えずにいられない」状況という、「共通の困難」を確認するためであった。そこにあるのは「未完成で終わらない発展」であり、「変化をもたらす社会的エイジェンシーという概念と実践」をめぐる未来時制の想像力である。厳密には確定できない「緋色のズボン」の意味作用にこそ、その「繰り返し却下」し続けるプロセスが表象されている。

本章の冒頭での確認を繰り返すが、小説の最後においても、メラーズとコニーの将来は不確定なままである。ここで今一度、ウィリアムズの『チャタレー夫人の恋人』評を思い出すべきであろう。ウィリアムズは「結局、これでロレンスが終わるわけではない」と指摘していた——「わたしたちの時代において、わたしたちが始めなければならなかった地点なのである」。メラーズとコニーにとっても同様である。『チャタレー夫人の恋人』の最後でメラーズがコニーに宛てた手紙、そしてそこに示された「共通の困難」とは、ふたりがそこから始めなければならない地点なのである。

第七章　ピクチャレスクな都会のイングランド
――モダンムーヴメントのペヴスナーと景観のモダンデザイン

一　はじめに

第二次世界大戦からの復興期にあたる一九五一年、イギリスではロンドンを中心に全国各地を会場とした一大イヴェント、イギリス祭が開催された【図版1】。この祭典は、一八五一年に執り行なわれたロンドン大博覧会の百周年を記念して戦時中に構想され、一九四五年に政権を獲得した労働党によって計画が進められた。公式ガイドブックはイギリス祭を「一国民の自伝」と形容し、開催の主たる目的を「イギリス的な生活様式への私たちの信念と信頼を宣言すること」と謳っていた。(1) 五月から九月までの祭典期間は、二〇世紀後半のあらたな時代の幕開けにふさわしいナショナル・アイデンティティをあらためて人びとに差し出す格好の機会となった。主会場はテムズ川南岸沿い、ロンドン・サウスバンク地区。その展覧会場では、モダニズム様式の建物やオブジェが「明

【図版1】イギリス祭の風景。『建築評論』1951年8月号イギリス祭特集より

【図版2】「ピクチャレスクの理想」Pevsner, *The Englishness of English Art: BBC Lectures* (1955) より。
Richard Payne Knight, *The Landscape*（1794）に掲載された Thomas Hearne による挿絵。

るい「モダン」なイギリスの未来像」[2]を表現していた[3]。「モダン」なサウスバンク会場を開催翌年に振り返ったドキュメンタリーフィルムは、その短期間だけ存在した空間にちなんで、『つかの間の都会』(*Brief City*)と名づけられた[4]。

だが、ロンドンの中心部に「つかの間の都会」として立ち現われた「モダン」な空間が、それとは相容れないかのようなピクチャレスクの美学にもとづき設計された、という経緯はあまり知られていないかもしれない。「絵に描いたような」といった原義のピクチャレスクは、秩序や規則性を重視する古典主義の美学とは対照的に、不規則で突然の変化にとんだ荒々しさや多様性や整っていない粗さを、その独特な審美的要素として重視する。とくに一八世紀以降、いなかの地主階級層が所有する広大な敷地のための造園術に援用された。都会的というよりも、作られた「いなかの(rural)」景観である[5]【図版2】。

「ピクチャレスクの復讐」(一九六八年)——建築批評家のレイナー・バナムは、戦後二〇年間のイギリス建築を振り返ったエッセイに彼の苦々しい思いを反映させて、このようなタイトルをつけた。彼と同世代の仲間たちは「モダンムーヴメントのために世界の平和を願って、建築の訓練を中断してまで戦争に参加した」。だが、復員して研究を再開したときには、「裏切られ見捨てられた気持ち」になったのだという[6]。「ピクチャレスクの再興」がその原因だった。戦前のイギリスでモダンデザインの浸透すなわち「モダンムーヴメント」を推し進めていた人物たちは、戦時中から戦後にかけてそれを押しとどめる側にまわり、「ピクチャレスクの再興」を後押しした。自分たち若い世代が戦場にいるあいだに、旧世代は「モダンムーヴメント」の原理をさっぱりと捨て去り、「妥協と感傷というもっとも堕落したイングランド的慣習」を支持するようになってしまったという。(7)この場合の「モダンムーヴメント」は、モダニズムの推奨とほぼ同意語である。バナムは大戦後のピクチャレスクの回帰を、モダニズムの美学から退行する悪しき先祖返りとして槍玉にあげたのである。

一方、『イギリス祭——国土とその国民』(二〇一二年)の著者ハリエット・アトキンソンは、バナムが批判した二〇世紀半ば以降の「ピクチャレスクの再興」に、戦後復興期という文脈を踏まえた積極的な意味を見出している。イギリス祭は銃後体制の強化とドイツ軍の空爆がもたらした国土の損傷を乗り越え、「あたらしい空間の感覚」を創出しようとしたのだという。戦争によって断ち切られた土地と人びとの、国土と国民の結びつきを回復させる——戦後復興をそのように空間をめぐるモダンな感覚として表現するためには、「土地と人びとのあいだの調停」に焦点を合わせる必要があった。(8)その空間デザインで援用されたのが、人びとの生活の場である都市部の、ピクチャレスクにもとづいた景観づくり(landscaping)だった。

一八世紀ピクチャレスクによる景観づくりの原理は、いなかの広大な私有地において発展し、形作られた。それがふたたび、祭典の展示会場のデザインにおいて、その後にさらにイギリス各地の都市部の戦後再建において、そしてニュータウンにおいて、活用されたのである。(9)

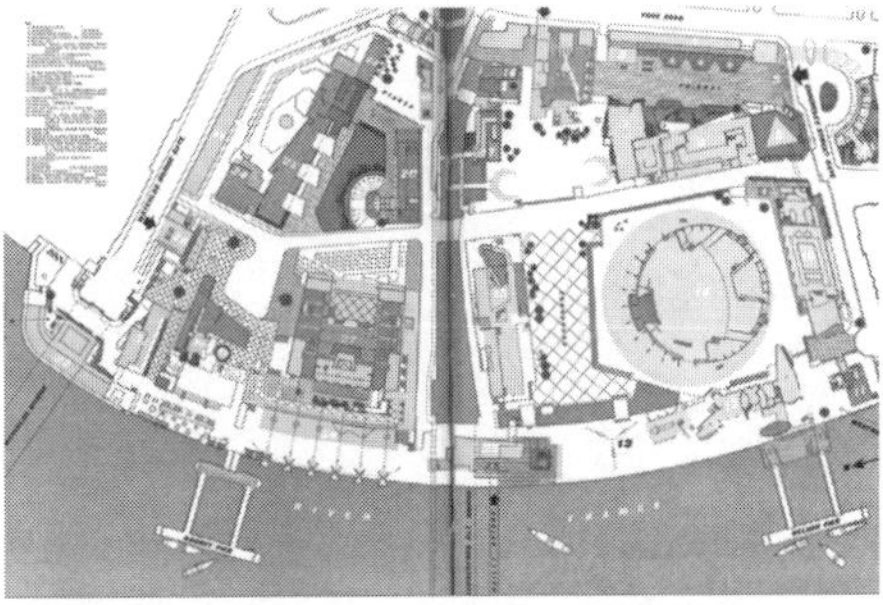

【図版3】「景観としての博覧会」『建築評論』1951年8月号イギリス祭特集より

イギリス祭の会場設営を担った建築家たちは、建物のまわりのオープンスペースを組み合わせる方法を探った【図版3】。それは、戦後イギリスの荒廃した都市空間を再構築するための「実験」であった、とアトキンソンは指摘する。同じことを地方自治体も考えていた。彼らが取り組んでいたのは、「公園や共有地からコンクリートを固く敷き詰めたエリアにいたるまで、さまざまな場所を取り込んだ景観づくりを、都市部の再建エリアにおいていかにして適切に行なうか」という課題であった(10)。その景観づくりの原理はピクチャレスクから導き出された。イギリス祭の展示会場は「つかの間の都会」にすぎなかったかもしれない。だが、「あたらしい空間の感覚」のデザインというピクチャレスクにもとづいた「実験」は、既存の市街地の再開発と、都市圏から離れた郊外における新都市開発としてのニュータウン計画にまでつながっていた。アトキンソンは、そうした戦後復興の文脈で「ピクチャレスクの再興」を積極的に解釈した。建築のモダニズムというインターナショナルな様式の浸透と同時進行的に、ピクチャレスクな都会の景観がナショナルな様式として要請された可能性を示唆したのである。

本章では、このような第二次世界大戦後の都会における「ピクチャレスクの再興」というモダンムーヴメントを、言い換えるならばナショナルでモダンな空間の感覚の準備を、中世主義モダニズムの系譜として位置づけると同時に、二〇世紀初頭以降のミドルブラウ文化との関わりにおいて考察する。ミドルブラウ文化とは、階級構造が流動化していく二〇世紀イギリスにおいて、特定の階級に特化されずに教養と娯楽を兼ね備えた文化を意味するものとされる。[11] とくに注目するのは、一般の人びとへの啓蒙的な教養主義の系譜、といってもいいかもしれない。そのようなミドルブラウ文化と二〇世紀ピクチャレスクとの関係の考察に向けて、ニコラウス・ペヴスナーの啓蒙的な活動と彼の著書『イングランドの芸術におけるイングリッシュネス』（一九五六年）[12] を取りあげる。この本は、出版の前年の一九五五年にBBCラジオでペヴスナーが担当した、リース講座という教養番組の内容にもとづいている。

リース講座のプログラムの具体的内容については後述するが、この番組はBBCラジオという大衆的メディアの機能も含めて、ゆるやかな意味でのミドルブラウ文化であったと考える。ペヴスナーはその連続講座で、芸術作品におけるナショナルな特質としての「イングリッシュネス」について語った。それをもとに書かれた『イングランドの芸術におけるイングリッシュネス』の結論章のひとつ前、第七章は、「ピクチャレスクなイングランド」と題されている。ペヴスナーが二〇世紀半ばのピクチャレスクなイングランド、というナショナルな風景を見出したのは、上流階級の文化的実践と結びつく、いなかの広大な私有地においてではない。戦後復興中の都市部エリアやニュータウンなど、階級的には多様な都会の景観（urban landscape）、モダンなタウンスケイプ（townscape）においてであった。

二　冷戦構造下の「芸術の地理学」

イギリスの公共サービス放送ＢＢＣラジオは、一九四八年からリース講座という番組を開始した。これはＢＢＣの初代会長ジョン・リースの功績を讃えて彼の名を冠した教養番組で、年に一回、時代を先導する知識人が複数の週にわたって講義する。記念すべき最初の年は、バートランド・ラッセルが講師をつとめた。彼は「権威と個人」と題された週一回の講義を六週にわたって担当し、その内容は翌年の一九四九年に同じタイトルの書籍として出版された。リース講座はその後、政治・社会状況や歴史、あるいは科学をテーマとして取りあげたが、八年目になって初めて芸術にスポットライトを当てた。ペヴスナーによる一九五五年のリース講座、「イングランドの芸術におけるイングリッシュネス」である【図版４】。

ペヴスナーのリース講座は芸術という新機軸のテーマを扱っただけでなく、当プログラムでは初めて英語を母国語としない講師の起用でもあった。当時のＢＢＣラジオのプロデューサーたちは、「移住者」のラジオ出演に、つまり彼らの外国訛りの英語を電波にのせることに慎重だった。一九三九年にナチス・ドイツを逃れてイギリスに移り住んだオーストリア生まれの美術史家エルンスト・ゴンブリッチは、「彼のウィーン訛りは聞き取れない」ために「使うのは難しい」と判断された。また、ドイツ生まれでニューヨークに渡っ

【図版４】
Pevsner, *The Englishness of English Art: BBC Lectures* (1955)
BBC レクチャー・ブックレットの表紙

ていた同じく美術史家のエルヴィン・パノフスキーの発音も、放送にふさわしいかどうか「疑わしい」との評価だった。(13) だが、一九三三年にドイツから移住してきたペヴスナーは、第二次世界大戦終結する直前の一九四五年二月に初めてBBCラジオで番組を担当している。リース講座の依頼を受けた時点で出演歴は一〇年、出演回数は四〇回以上を数えていた。それでも彼は番組の初回に、自分の英語の発音について講座のテーマと関連させつつ、つぎのとおり述べた。「なぜわたしが、つまり外国訛りが完全には消えておらず、センター・フォワードとボレー・シュートの違いもよくわかっていないようなこのわたしが、イングランドの芸術におけるイングリッシュネスについて、ここでみなさんに語っているのでしょうか」(14)。ドイツ語訛りの発音のみならず、大衆的スポーツ文化の知識を欠いているという点からしても余所者にほかならない自分が、はたしてイングリッシュネス、すなわちイングランドらしさ(イングランド人らしさ)について語れるのだろうか、自分にはそのようなことを語る資格があるのだろうか、という懸念の表明である。

ペヴスナーは一九〇二年にライプツィヒでロシア系ユダヤ人の家庭に生まれ、ドイツの複数の大学で美術史を学んだ。もともと専門はドイツのバロック建築やイタリアのバロック絵画だった。一九二九年から教鞭をとっていたゲッティンゲン大学では、イギリスの建築や絵画の講座も担当した。その調査として一九三〇年半ばに訪英し、三ヵ月ほど滞在している。一九三三年九月にはナチス台頭によって大学の職を追われ、その後すぐにイギリスへ渡った。当初は定住するつもりはなかったようだが、一九三六年に妻と三人の子どもを呼び寄せた。一九四二年以降はロンドン大学、ケンブリッジ大学、オクスフォード大学などで教鞭をとった。一九四六年に市民権を取得した。(15)

ペヴスナーは一九五五年放送のリース講座を引き受け、その内容は翌年に『イングランドの芸術におけるイングリッシュネス』として出版された。彼はラジオや活字メディアを通してアカデミックな世界に限定されない活躍を続けた。そのようなペヴスナーの活動における代表作のひとつ、『イングランドの芸術におけるイングリッシュネス』の問題設定を、まずは確認しておきたい。

ペヴスナーは『イングランドの芸術におけるイングリッシュネス』の冒頭で、「芸術に表わされた国民性(national character)」を明らかにすることが主題である、と述べる(16)。彼はそれを「芸術の地理学(the geography of art)」と名づけ、芸術史(美術史)との比較によって定義している。芸術史は、国境を越えてひとつの時代に共有された芸術の特徴に焦点を絞り、それを歴史的に限定される「一時代の精神」(18)とみなして時間の流れに沿った変化を跡づける企図である。それに対して、ペヴスナーが取り組む「芸術の地理学」は、「一国民のあらゆる芸術作品と建築物がどのような時代に作られたとしても共有している特徴」を扱うことになるのだという(11)。芸術作品は、いつの時代にも「一国民」の「国民性」を変わらず表現する媒体とみなされるのである。本章の「芸術の地理学」への関心は、ペヴスナーの取り組みが正しいか否かよりもむしろ、なぜこのような取り組みをこの時期にしたのか、という問いにある。

芸術作品に時代を超えた国民性の表現を読みとる、という芸術の地理学に対しては、すぐにいくつかの疑問が投げかけられるだろう、とペヴスナーはいう。そのひとつは、ペヴスナー個人に関わること、つまり「イングランド生まれでもイングランド育ちでもない」自分がなぜ「イングランドの芸術におけるイングランドらしさの特質を判定」しようと乗り出したのか、というものである(9)。これに関しては、むしろイングランド出身ではないという素性こそが役に立つと答えている。ペヴスナーは二八歳のときにイギリスに移住しており、一九五〇年代半ばの時点で滞在期間は二〇年ほどである。二〇年という時間は「一国を理解するのに充分な長さとはいえないかもしれない」が、「一定の年齢に達してから新鮮な目をもって別の国にやってきて、その一部になろうと次第に腰を落ちつけてきた」という経緯は、「おおいなる利点となっているだろう」という(9)。一九三〇年に訪英したときにすでに、ライプツィヒとドレスデンにおいて研究したザクセンのバロック建築とイタリアのバロック絵画に関する専門的な知識があったため、「芸術における対照的な国民性の思いがけない実例」を目の当たりにして刺激されたからである(9)。このようなペヴスナーの説明は、イングランドとその芸術を、もともと自分が属していた文化とは異なる文化を実地調査するためのフィールドとして見立てているように感じられる。フィールドの外から「新鮮な目をもって」訪れ、そのフィールドの「一部になろうと次第に腰を落ちつけて」、つまり外からと内からの二重の視線をもってして、フィールドの特質としての「国民性」を明らかにする。芸術の「地理学」とは、歴史的推移を記述する芸術史との対比に加えて、境界が設けられた空間およびその空間内の人びとの活動を考察対象とすることを強調する名称でもあったと思われる(17)。

芸術の地理学についてのさらにつぎのようなペヴスナーの想定問答は、『イングランドの芸術におけるイングリッシュネス』というテクストの歴史性を表わしており、たいへん興味深い。それは、「芸術と建築の鑑賞に、それほどまでにナショナルな観点を強調することははたして望ましいのか」(11)、「正当な、価値のある取り組みなのか」(9)、という根本的な問いをめぐってである。そこからみえてくるのは、同書のテーマ設定を下支えしている一九五〇年代半ばのイギリスが直面していた世界的状況、つまりペヴスナーの議論（およびそのもとになった一九五五年リース講座）の歴史性である。

芸術における国民性を強調することに反対のひとたちは、つぎのように主張する。すばやいコミュニケーションの時代に、すなわち科学という国際的な力が世界を掌握し、日刊紙や図版入り雑誌、無線や映画やテレビを通じて誰もがいつでも世界中の場所とつながった状態になれる今のような時代に、国と国のあいだの境界線といった古めかしいものを賞賛するなど、避けるべきではないのか、と。さらにはこうも言うだろう。なんとも困ったことに、ナショナリズムがここ二〇年のあいだに盛り返してきて、地図上のあらゆる場所にあたらしい小さな国民国家が生まれており、さらにまた生まれつつある。そのような状況なのだから、芸術や文学にいかなるアプローチをするにせよ、ナショナリスティックなアプローチよりはましだ、と。（二）

国民性の強調は、二重の意味で旗色が悪いようだ。その理由のひとつは、テクノロジーの発展によって近代化が進んだ今、もはや国あるいは国民などという単位は時代の流れに逆行している、という認識の広まりである。「国と国のあいだの境界線といった古めかしいもの」は、自由にすばやく情報やひとが移動できる科学技術の時代にふさわしくない。それは「誰もがいつでも世界中の場所とつながった状態」に不必要な分断をもたらすだけだろう。その分断は、経済的な不利益をもたらすかもしれない。一九五〇年代半ばのメディアの列挙にインターネットを加えれば、それはまるで二十一世紀の現在にグローバリゼイションの拡大を是認する主張のようである。

その一方で、一九五〇年代半ばには「国と国のあいだの境界線」が引き直され、「あたらしい小さな国民国家」がそこかしこに誕生している。それは植民地の独立という歴史的な事態であり、イギリスにとっては帝国の収縮を意味する。この政治的文脈を踏まえるならば、芸術における国民性の探求は時代に逆行しているというよりはむしろ、脱植民地化を勢いづけるナショナリズムの台頭という、イギリスにとって嘆かわしい時代の流れに加担することになるのではないか、さらなる対立を煽ってしまうのではないだろうか――そのようにペヴスナーは問う。

ペヴスナーは以上のように芸術の地理学への反論をあらかじめ想定しているわけだが、それに対する応答で注目すべきは、つぎのように戦後の冷戦構造に言及している点である。芸術作品に表わされた国民性、というナショナルな特質をめぐるペヴスナーの問いの歴史性は、グローバル化、脱植民地化にともなう帝国の収縮、そしてなによりも冷戦構造が規定するものであった。彼は「何世紀にもわたって不変の国民性など存在しない」という想定される反論に対して、言語の違いを例にあげる。『ロミオとジュリエット』の第三幕五場から「あれはナイチンゲール、雲雀ではないわ」というジュリエットのセリフを引きながら、シェイクスピアの英語の響きとそのイタリア語訳やドイツ語訳の響きが異なっているのは、それぞれの言語に「三つの国民性が表われている」ためであるという。

芸術の地理学の論点は、この三つの表現がこれほどまでに根本的に異なっているのだから、つぎのとおりの現状を重視するならば、文化をめぐる問い（the cultural question）が投げかけられている、ということにある。すなわち、ほぼすべてのヨーロッパの図版入り雑誌の表紙が『ライフ』誌の体裁で作られているとか、原子力エネルギーについての研究と原子力によるグローバルな破壊に関する研究が財政的にそれを可能とするすべての国々で並行して進んでいる、といった現状である。(12)

『ライフ』誌は、写真を中心に誌面を構成したアメリカのいわゆるグラフ雑誌である。ペヴスナーは「ほぼすべてのヨーロッパの図版入り雑誌の表紙が『ライフ』誌の体裁で作られている」という言い方で、アメリカの文化的覇権を表現している。むろんこれは、冷戦構造下において西側諸国を束ねるアメリカの軍事的および経済的な力の言い換えである。さらに続けて、原子力のエネルギー活用と核兵器開発をめぐる競争に言及し、冷戦構造のもとで緊張する東西対立を生々しく伝えている。ペヴスナーはこうした戦後世界の政治状況を意識して、「芸術の地理学の論点は……文化をめぐる問い」であると定義する。「国と国のあいだの境界線」を政治のレベルから切り離し、文化のレベルへと接続しようとしている。芸術に表現された国民性は、たしかに「文化をめぐる問い」である。だが、その問いが、つまり文化としての国民性の表われ方が、一九五〇年代半ばにおいて特別に意義深いものになるのは、戦後の冷戦構造という政治状況ゆえなのである。

このようにペヴスナーは、芸術の地理学を冷戦構造下の地政学における文化的な問いかけとしている。大戦後とは復興のプロセスだけでなく、冷戦構造の始まりも意味していたからである。芸術の地理学のこの歴史性は、ピクチャレスクがイングランドの国民性の表現であるとみなすペヴスナーの議論に重要な意味を付与する。国民性とは「文化をめぐる問い」であるといっても、文化を政治から切り離すことは困難であり、またペヴスナーもそれを充分意識している。それゆえに彼は、『イングランドの芸術におけるイングリッシュネス』の「はじめに」において、同書に先行する研究としてウィーンの美術史家ダゴベルト・フライによる『芸術に表現されたイングランド的特質』(一九四二年)に言及し、つぎのとおりに記す。「第二次世界大戦の最中、一九四二年の出版にもかかわらず、そこにはナチス的偏見はおろか、まったく敵対的言及がみられない」(9-10)。このように驚きを表明しつつ、「名著というにふさわしい」と賞賛する(10)。むろんここには、ゲッティンゲン大学の職を追われた一九三三年の自分の越境経験が背景としてある。さらに『イングランドの芸術におけるイングリッシュネス』には、ペヴスナーのドイツからイギリスへの移動の影がさしている。同書とそのもとになったBBCリース講座は、大戦前ドイツの大学での講義に加えて、大戦中の一九四一年とその翌年にロンドン大学バークベック・カレッジにて講義するために集めた資料をまとめた成果だった。[18]芸術の地理学は、第二次世界大戦前、大戦中、大戦後と断絶を含みつつも連続する世界的政治情勢のなかで、ペヴスナーが自らのポジションを移動させつつ生み出した学問領域なのである。

三　ピクチャレスクのリベラル・イデオロギー

ペヴスナーは『イングランドの芸術におけるイングリッシュネス』の第七章「ピクチャレスクなイングランド」の冒頭で、ピクチャレスクをつぎのとおり説明している。一九世紀前半のジョン・コンスタブルの絵画は、霧が人物や建物を包み込み、物質的に確かな存在感を溶解させているが、それはコンスタブル以前にもみられるイングランドの「非実体性の伝統」であり、イングランドにおける風景式造園術とピクチャレスクな美の始まりにつながったのだ、という。そしてピクチャレスクの造園術を生かした英国式庭園の特徴について述べる。

英国式庭園――他言語ではジャルダン・アングレ、エングリッシャー・ガルテンという――は、非対称で、非整形で、変化に富んでいて、蛇状曲線の池、曲がりくねった車回しと散歩道、いくつもの木立ち、居館のフランス窓へとつながっている滑らかな芝生(刈り込むか、羊が食べる)といった要素で構成されている。(164)

こうしたピクチャレスク美学の「非対称で、非整形で、変化に富んでいて」という基本的な特徴は「意外性」「楽しめる当惑」「驚き」などの効果を英国式庭園にもたらす、とペヴスナーは指摘する。注目すべきは、ピクチャレスクの特徴を整理したあと、非整形の英国式庭園とは対照的なヨーロッパ大陸の整形式庭園に言及したときの、ペヴスナーの論述である。一七世紀末から一八世紀初頭にかけての文筆家および政治家であったジョゼフ・アディソンの言葉を引用しながら、つぎのように述べている。

「わたしの意見としては、樹木を見るならば……幾何学的な形に刈り込まれているときよりも、むしろ葉が生い茂って大小の枝がいろいろな方角に伸び放題の方がよい」。これは、形の整ったパルテアと刈り込まれた生垣のあるオランダ風とフランス風の庭園について、［アディソンが］語った言葉である。ポープも同じ意味でつぎのとおり言った。「一本の樹木は戴冠式の正装をしたプリンスよりも高貴な存在である。」最初は奇妙な比較をしているように思われるかもしれないが、意識的にせよ無意識的せよ、彼らの言葉は第三代シャフツベリー伯爵への言及である。伯爵は岩山や洞窟や滝に魅了されて、その理由を「王侯庭園の形式的模倣よりも真の意味で自然だから」と述べた。

この「戴冠式の正装したプリンス」と「王侯庭園の形式的模倣」といった言葉によって、政治が論点に絡んでくる。すなわち、イングランドは自由(Liberty)であり、フランスは統治者たちによって抑えつけられている。(165-66)

「自由」なイングランドに対して、圧政の国としてのフランスという図式【図版5】。このような英国式庭園とフランス流の整形式庭園という芸術形式の対比で表現されるのは、文化としての国民性に加えて、両国の政治体制の違いである。さらにペヴスナーは、イングランドについての「尊大な専制君主といえども、汝を従え治めること能わず」や「イングランド人だけが自由を与えられるに値する」といった言葉、フランスについての「ひとりの意志のもとに抑えつけられ打ちひしがれてひれ伏すガリアの地」といった言葉の引用を連ねながら、「さらに多くの引用が二〇世紀にいたるまでつけ加えられる。これ以上詳述する必要もないだろう」と締めくくっている(166)。

114
115
114 and 115. *Royal Palaces.* The Louvre, wholly urban and with formal parterres, and Buckingham Palace, a country house in its grounds transported into the metropolis.
116 and 117. Even the English cathedral in its precinct has often acquired a landscape setting. John Constable's *Salisbury Cathedral*, 1823, Victoria and Albert Museum, and a photograph of Salisbury Cathedral.
170

【図版５】フランスの整形式庭園のルーヴル宮殿（上）と非整形の英国式庭園のバッキンガム宮殿（下）
Pevsner, *The Englishness of English Art* (1956) より

一八世紀ピクチャレスクによってイングランドを「自由」に、フランスを「圧政」に結びつける例を「二〇世紀にいたるまでつけ加えられる」とペヴスナーが述べていたように、一九三〇年代には整形式庭園の原理であった古典主義を、同時代のファシズムと関連づけることもあった(19)。ハーバート・リードは一九三六年出版の『シュルレアリスム』でつぎのとおり指摘している。「古典主義は……われわれにとって現在、抑圧の力を表わしている。それはいままでもずっとそうだったのだが。古典主義は政治的専制君主制の知的対応物なのである」(20)。リードは、「われわれにとって現在」の「政治的専制君主制」として、ナチス・ドイツを念頭に置いていたはずである。また、ペヴスナーもかつてのフランスに言及しながら、第二次世界大戦前という近い過去としての「現在」の文脈を意識しなかったはずがないと思われる。前節で確認したように、ペヴスナーは「はじめに」においてウィーンの美術史家ダゴベルト・フライによる一九四二年出版の『芸術に表現されたイングランド的特

質』に言及していたからである。同書への意識は、ペヴスナーの戦後テクストにナチス・ドイツとの戦いという大戦中の政治的時間層を付与する。

さらに、ペヴスナーは「リベラルなイングランド」を強調するために、アメリカ合衆国の独立に対する当時のイングランドにおける反応にまで言及する。ピクチャレスクによって自由というイングランドの国民性を指摘したいだけならば、こんなにも多くの引証は必要ない。ペヴスナーは過剰なまでに具体例を示すことで、二〇世紀半ばに「リベラルなイングランド」という規定がもったはずの歴史的な意味合いを、積み重ねて提示しようとしている。イングランドの「趣味と宗教と統治体制における独立」が風景造園術を生み出した、と一八世紀後半の書物からの記述を引用したのちに、つぎのように続ける。

こうした関係［ピクチャレスクがイングランドの自由と独立を表象していること］を示す具体的証拠として、英国貴族の地方居館の屋敷内に、アメリカ独立を記念して建てられたさまざまな装飾や大仰な建造物が指摘できるだろう。たとえば、ヨークシャー、ウェスト・ライディングのアバーフォード領園とバーリントン領園のあいだにかけられた凱旋門があげられる。そこには「北アメリカの自由の勝利、一七八五年」とある。また、前章で引用したように、一七八三年頃にはグレイストークカースルにジェファーソン・フォート・パトナム、バンカーズ・ヒルなどと呼ばれる農場が出現した。このように英国国王の敵への共感を公然と表わすことは、もしそれが他国であれば、罰せられることなく終わるなどありえなかっただろうし、現在でも、西洋（the

West）の多くの国でもありそうにないことだろう。（166-67）

これは、「リベラルなイングランド」の例をまたひとつ積み上げただけにとどまらない。むしろ、「自由」と「独立」を媒介としたイギリスとアメリカの特別な結びつきを強調していると読むべきではないだろうか。しかも「現在」まで続く、両者のトランスアトランティックないわゆる「特別な関係」の歴史として。引用の最後をひとまず「西洋」と訳しておいたが、一九五六年の冷戦構造下の「現在」では、「西側諸国」ともなりうる。後者の場合は、たとえ「西側諸国」が自由であるといっても「ありそうにないこと」という意味になるだろう。ちなみに、「自由」の具体例はこれが最後である。ここでも、すでに確認した芸術の地理学の歴史性が喚起される。芸術作品における「国民性」の探求とは、冷戦構造下における「文化をめぐる問い」なのである。ピクチャレスクが表現する「自由」という国民性をめぐる最後のこの例は、冷戦時代の英米のリベラル・イデオロギーを浮かび上がらせる。

このように『イングランドの芸術におけるイングリッシュネス』は、出版時の「現在」まで続く「リベラルなイングランド」の国民性を強調しているため、冷戦構造下の文化のテクストとしても読まれることになる。

四　モリスの遺産を継承するモダンムーヴメントのペヴスナー

ペヴスナーは一九三三年にイギリスに移住した後、最初のアカデミックなポストとしてバーミンガム大学におけるフェローシップを得た。一九三四年から三五年にかけてのことである。そのフェローシップは、インダストリアル・デザインすなわち産業製品のデザインの調査を研究目的としたものだった。だが、当時のペヴスナーが望んでいたのはバーミンガム大学のフェローシップではなくて、エジンバラ大学の美術史と建築史の講座のポストであった。彼は最終候補ふたりにまで残ってエジンバラで面接に挑んだが、残念ながらそのポストは、ビザンチン美術研究で知られるデイヴィッド・タルボット・ライスの手に渡った。ライスは「イートン校とオクスフォード大学の典型的な出身者」で、「莫大な個人の収入があってカントリー・ジェントルマンとしての生活を送る」人物だった。このときの経験をペヴスナーは苦々しく回顧する。「われわれはいいところまで辿り着くのだけれど、そのあとにいつも同じことが繰り返される――「外国人だ」と」[21]。越境する「外国人」としてのペヴスナーは、「カントリー・ジェントルマン」のライスが体現するハイブラウな文化の壁に行く手を阻まれた、ともいえるだろう。

ペヴスナーはファイン・アートを扱う安定したアカデミックな職位という希望がかなわず、その代わりにバーミンガムを中心としたイングランド中部地域を対象に、人びとの日常生活により密着したインダストリアル・アートのデザイン調査に二年間従事した。その成果は、彼のイギリスでの二冊目の著作として発表された。一九三七年出版の『イングランドのインダストリアル・アート研究調査』である。同書序章のエピグラフには、「すべてのひとが共有できないのであるならば、いったいアートになんの用があろうか」というウィリアム・モリスの言葉が掲げられている[22]。本書の序章で確認したように、ペヴスナーがモリスを「モダンムーヴメントの父」とみなす根拠とした言葉である。彼は自らのプロジェクトの先導者としてモリスをあげることによって、調査対象のインダストリアル・デザインをモリスがいうところの「小芸術（レッサー・アーツ）」と捉えていることを示している。モリスの「小芸術」とは、彫刻や絵画といった美術館などに並べられる「大芸術」とは異なり、人びとの生活に密着した芸術、いわゆる装飾芸術などと呼ばれるものである。モリスは日常生活になくてはならない身の回りのものを「小芸術」と呼びながら、それらを美しいデザインで制作し、作る側も使う側も愉しめる社会の実現を目指した[23]。

このようにペヴスナーは、人びとの生活に美とよろこびをもたらす「小芸術」への関心を、モリスからの重要な遺産として継承していた。一九三六年の著作『モダンムーヴメントの先駆者たち――ウィリアム・モリスからヴァルター・グロピウスまで』において「モダンムーヴメント」を概観したうえに、ほぼ同時期に「モダンムーヴメント」をいわば実践していたのである。それを端的に示す出来事として、彼が引き受けた公的で啓蒙的なある仕事をあげることができる。視覚教育推進協議会から依頼された、子どもを教育する立場の人たちに向けたブックレットの執筆である。視覚教育推進協議会は、第二次世界大戦後に学校教育の現場に携わって「モノに対するすべての子どもたちの本能的な関心を導き」ながら、「人びとの日常生活のためにより美しく、よりよく計画された環境づくり」[24]を目指していた。初代会長はロンドンの戦後復興に向けた大ロンドン都市圏計画の提案で有名な建築家パトリック・アバークロンビー、そして副会長は芸術教育の推進でも知られるハーバート・リードがつとめていた[25]。

視覚教育推進協議会から依頼を受けたペヴスナーは、教育者向けの実践的な手引き書『日用品がも

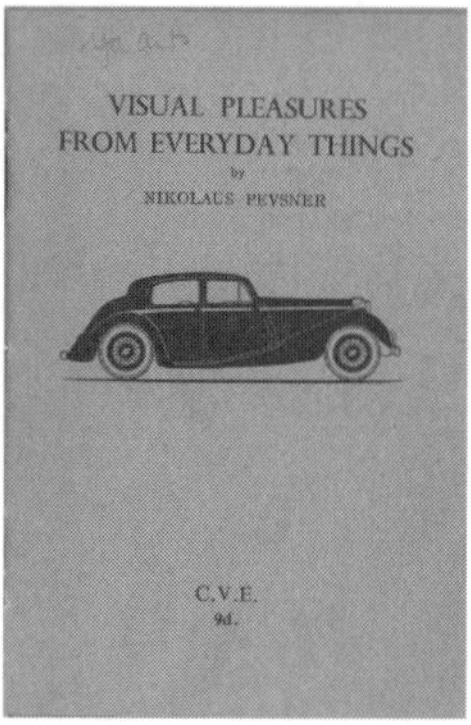

【図版6】Pevsner, *Visual Pleasures from Everyday Things* (1946) の内表紙

たらす視覚的なよろこび』（一九四六年）を執筆した【図版6】。それは協議会発行のブックレット・シリーズの最後を飾った。表紙をめくると扉部分には、ペヴスナーと序文担当のリードの名前の下に、「あらゆる領域——建築、都会といなかの改良計画、ファイン・アートとインダストリアル・アート——におけるデザインの鑑賞をともなわなければ、完全な教育とはいえない」と記されている。リードは序文で、「社会全体に美の感覚が浸透しなければ、よい社会の実現は不可能」なのだから、そうした美の感覚を教育システムと戦後復興に携わる関係機関に注入することが当協議会の目指すところである、と述べた[26]。また、ペヴスナー自身も視覚教育を重要と考えていたのは、つぎのような理由からであった。すなわち、審美眼があると自認している者は、その能力をギャラリーや名高い景勝地に行ったとき以外にはほとんど使わない。さらには、「木や葉や石、そして鍋や敷物やスプーンに美を見出すことも可能だと気づく者など、ほとんどいない」[27]からである。「木や葉や石」は身近な生活の場を象徴しており、「鍋や敷物やスプーン」は生活を豊かに美しくするインダストリアル・アート、すなわち小芸術である。

小芸術の美に目を向けるようになるための啓蒙が、しかもなによりもまずは子どもたちを教えている教師たちへの啓蒙が肝要である——そう認識するペヴスナーは、このブックレットで、「教師は子どもたちの視覚教育のために、よいデザインの日用品をどのように活用することができるのか、また、なぜそのようにするべきなのか」、「どのような基準を用いたら、日用品がよいデザインであるかどうかを判断できるのか」[28]といった問いをたて、それに答えていく。ここでもペヴスナーは、モリスの名前を呼び出しながらつぎのように述べる。一八六〇年のモリスは、インダストリアル・デザインの製品がいかにひどく醜いものになってしまったのかに気づいていた。同時に、労働者たちが生活する町も、彼らが働く工場も、醜くなったことにも気づいていた。そうした一九世紀末の「明白な事実をつなぎ合わせ」て、モリスは「デザインから美が失われ、デザインを考案する人たちの生活からはよろこびが失われてしまった」と結論づけたのである[29]、と。ペヴスナーがブックレット執筆で協力した視覚教育推進協議会は、そうした美とよろこびを、大戦後のイギリス社会と人びとの日常生活に取り戻すべく活動していた。

このような啓蒙的教養主義とモリス的な美とよろこびの感覚の結びつきは、中世主義モダニズムとしてのモダンムーヴメントの重要な側面である。モリスの思想と実践の系譜は、本書の第一章および第六章で紹介したマイケル・T・セイラーが「形式主義的」モダニズムと呼び、トニー・ピンクニーが「古典主義的モダニストの百科事典形式」と呼んだモダニズム美学と文化の浸透によって、たち消えてしまったわけではない。従来のモダニズム研究におけるそうした正統的モダニズムの美学の偏重が、モリス的系譜、いわばもうひとつのモダニズムとしての中世主義モダニズムのモダンムーヴメントを捉えにくくしてしまったのである。

本書におけるモダンムーヴメントの探求が、これまでアカデミックな研究の中心を占めてきた正統的モダニズムの美学の影響力を問い直すことであったならば、それはモリスの思想と実践の二〇世紀的継承をあらためて辿ることを意味する[30]。ペヴスナーは、そうしたモダンムーヴメントの系譜に位置づけられる。彼は一九三六年出版の『モダンムーヴメントの先駆者たち』においてモダンムーヴメントについて概観したが、その翌年出版の『イングランドのインダストリアル・アート研究調査』や第二次世界大戦後の仕事は、モリスの遺産を継承したモダンムーヴメントの成果にほかならない。

五　ペヴスナーとペンギン・ブックス

ところで、ペヴスナーの活動範囲は、狭い意味でのアカデミックな場を越えているがゆえに興味深い。ミドルブラウ文化との関わりはそこに生じる。具体的には、ＢＢＣラジオへの数多くの出演、そして大衆的なペーパーバック本の出版で知られるペンギン・ブックスとの関係である。

ペヴスナーはＢＢＣラジオに一九四五年から七七年まで、八〇回近く出演している。現在ではそのほぼすべての原稿を集めた便利なアンソロジーと、ラジオでの活動全般に関する研究書が出版されている。[31] 最初の出演は、まもなく第二次世界大戦が終結する一九四五年二月九日に、夜一〇時半から二〇分間放送された美術評論家二名によるトーク番組「芸術」の後半一〇分間。テーマはル・コルビユジエとフランク・ロイド・ライトについてである。ペヴスナーはそれぞれ欧米を代表するモダニズム建築家の仕事を紹介し、「ふたりの建築、そしてそのイディオムは、戦後のあらたな世界におけるわたしたちの生活に、詩的な趣きを加えるだろう」という言葉で締めくくった。[32] ここでも、生活に美を、というモリス的メッセージである。ＢＢＣのリスナーのような一般の人びとに向けた啓蒙的な活動は、彼の仕事の重要な部分を占めていた。ＢＢＣのリスナー講座は、そうしたミドルブラウ文化

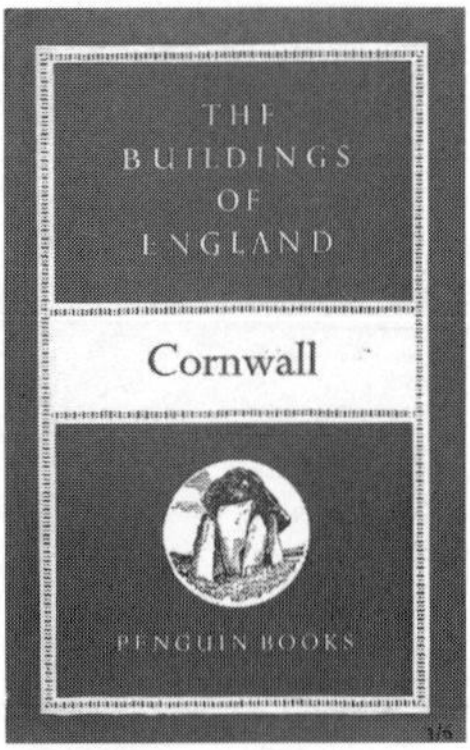

【図版7】
Pevsner, *The Building of England: Cornwall* (1951) の表紙

ベデカーの、といえば誰もが赤いカバーのあの旅行ガイド本を思い浮かべるように、ペヴスナーの、といえば、ペンギン・ブックスのペーパーバック、「イングランドの建築物」シリーズを指すようだ。

「イングランドの建築物」シリーズは、ペヴスナー本人執筆のコーンウォルの巻から始まり、一九七四年の第一シリーズ完結まで四十六冊が出版された。そのうちの三十二冊をペヴスナーは単独で執筆している【図版7】。さらには、ペンギン・ブックスのノンフィクション部門との関わり、そして一九五三年から出版の始まった「ペリカン版美術史」シリーズの監修が有名である。このシリーズは一九七七年にペヴスナーが監修から手を引くまでに四十一巻を数えた。また、一九三九年に始まっていた「キング・ペンギン」シリーズには、一九四三年に出版の六冊目から一九五九年に完結する七十六冊目までの編集に携わった。ペリカン・ブックスに執筆した単著としては、建築デザインの概説書『ヨーロッパ建築序説』が一九四三年に出版され、ベストセラーとなった。

ペヴスナーの『ヨーロッパ建築序説』が人気を博した理由は、建築とその美学に関する専門的な知識をもたない読者を「アウトサイダー」にしない彼の書き方にあった。建築は財産や土地を所有する

との関わりのひとつである。

出版社のペンギン・ブックスとの関係としては、いくつものシリーズの監修・編集・執筆の担当があげられる。もっとも有名なものは、一九五一年から刊行の始まったイングランド各地の建築ガイドブック、「イングランドの建築物」シリーズの監修と執筆である。

富裕層に「属する」とみなす立場があるとしても、ペヴスナーは建築を「すべてのひとに属する」と考えていた、と建築史家のエイドリアン・フォーティは指摘する。[33] フォーティによれば、「特権的なエリート層」以外にも訴えかけるペヴスナーの書き方は、ペンギン・ブックスの創始者、アラン・レインとのつきあいのなかで培われた。ペンギン・ブックスが目指した「固定した読者層」だけでなく「あたらしい一般読者層の創出」は、まずは文学や政治のジャンルから成果があがり始めた。[34] 一方、建築について書かれた文章は、一九四〇年以前の多くの場合、読者がすでに「鑑定力（connoisseur-ship）」をもっていることを大前提としていた。つまり、建築を理解するためには「審美的な趣味（taste）」が不可欠で、それなしでは「仲間うちの一員になれないし、示された価値観や判断の基盤にも近づけない」。[35] いわば、ハイブラウ文化としての建築批評である。

ペヴスナーは、ハイブラウな「仲間うち」向けに書かれる傾向がある建築書に変化をもたらした書き手だった。「審美的な趣味」は彼の本を手にするための「必要条件」ではなく、「建築の文化やその価値判断のシステムについての知識」をあらかじめもっていることも前提とはされていなかった。一九四〇年代には、次第に視覚文化の他の出版物も同じような変化の道を辿った。『ヨーロッパ建築序説』はそのなかで最初の、もっとも成功した例だという。[36]

六　二〇世紀ピクチャレスクのタウンスケイプ

フォーティはペヴスナーの成功とペンギン・ブックスとの関係を強調するために一九四〇年を議論

の区切りにしてはいるが、むろん建築に関する啓蒙的な書物がそれ以前になかったわけではない。ラスキンやモリスらの仕事を引き継ぐようなかたちで、ヴィクトリア朝よりもさらに大衆化した二〇世紀の社会に合った啓蒙的で教養主義的な建築書が書かれている。

たとえば、現在のイランからアフガニスタン北部地域にかけて取材した『オクシアナへの道』（一九三七年）など、一九三〇年代の旅行記作家として知られるロバート・バイロンは、すぐれた美術・建築批評家でもあり、なによりも啓蒙家であった。一九三二年出版の『建築の鑑賞』は、そうした専門家以外の読者に向けて書かれた著作のひとつである。西はアイルランドのクロンマクノイズ修道院遺跡から東はフランス領インドシナのアンコール遺跡まで、図版一六点とその「鑑賞」を含む。バイロンは建築を「他の何よりも一般の人びとによって選ばれる芸術領域のひとつ」と考える。彼はそれに見合うような関心を「一般の人びと」にかきたてる目的で、この六〇ページほどの小著『建築の鑑賞』を執筆したのだという。[37] その前半を占める概説部分は、つぎのとおり始まる。

> 建築は芸術のなかでもっとも普遍的なものである。建築は過去を、他のいかなる文化の形式よりも幅広く多様で理解しやすい形式で囲い込んでいる。また、現在の趣味と向上心を、町を行き交うすべての人びとに展示して、視線を上に向けさせる。絵画はギャラリーのなかにある。文学は本のなかにある。だが建物は、いつもわたしたちとともにある。民主主義は都会的なものであり、建築はその芸術なのである。[38]

このような始まりは、モリスの大芸術と小芸術の区分けをふたたび思い起こさせる。モリスにとって建築は大芸術である。だが、バイロンはそこに少しひねりを加えている。バイロンにとっては、ギャラリーのなかの絵画と本のなかの文学は、大芸術的なあり方をしている。その一方で、建築は「町を行き交うすべての人びと」である「わたしたちとともにある」というのだから、小芸術的な特徴を有することになるだろう。建築を人びとの生活に身近な芸術とすることは、まさにモリスが望んでいたことでもあった。しかも、建築は現在を過去と未来につなげ、「文化」の継承を保証している。問題は、都会の「わたしたち」に、「鑑定力」「審美的な趣味」といった建築のリテラシーがあるかどうかである。

人びとの意見はよい建築を望むかもしれない。しかし、批評という武器を手に入れなければ、すなわち、よいデザインとわるいデザインを区別できる何らかの基準がなければ、よい建築を強く要求することはできないであろう。そして人びとの意見の力だけが、現在の支配的な無秩序の状態から秩序を呼び起こすことを可能にするのだ。[39]

このように「建築の鑑賞」において重要なのは、「よいデザインとわるいデザインを区別できる何らかの基準」である。啓蒙書としての『建築の鑑賞』は、人びとにそうした「批評という武器」を授けて、「無秩序の状態から秩序を呼び起こすこと」、すなわち都市空間の改良を目指していた。「民主主義は都会的なものであり、建築はその芸術なのである」――このバイロンの言葉は、人びとの声こそが秩序ある都市空間を支えるのであり、人びとは自分たちの芸術である建築を正しく「鑑賞」できるようにならなければならない、と伝える。「よい建築」の誕生は、民主主義が機能していることの証左になる。そのためにも「人びとの意見の教育」が重要だとバイロンは繰り返し訴える。(40)取り組むべきは、「人びとの建築への意識を刺激して、できるだけ幅広く人びとのあいだによい趣味(good taste)の全般的な感覚が浸透するように導くこと」である。まずは、「よい趣味」の「基準」を提示して啓蒙することから始める。「結局のところ問題は、どのようによい趣味を定義するか、そして、どうしたら町行くひとに、よいデザインとわるいデザインの区別ができるように手助けできるか、である。(41)」

ペヴスナーも『イングランドの芸術におけるイングリッシュネス』の第七章「ピクチャレスクなイングランド」の後半部分において、二〇世紀の都会的ピクチャレスクの可能性をバイロンと同じ趣旨で論じている。彼が目指しているのは、町の景観すなわちタウンスケイプのリテラシーを高めることである。その結論部分を確認しておく。ペヴスナーは章の最後に、空爆を受けた都市空間の再開発にピクチャレスクの美学が援用された成功例を列挙する。ロンドンのシティや国会議事堂の周辺、サウスバンクのイギリス祭展示会場、バービカン地区、ハーローのニュータウン、ロンドン市営大団地などである【次頁の図版8】。そしてこの第七章「ピクチャレスクなイングランド」をつぎのとおり締めくくる。

以上の諸例は、外国からやってくる建築家によって熱心に研究されている対象である。だが、

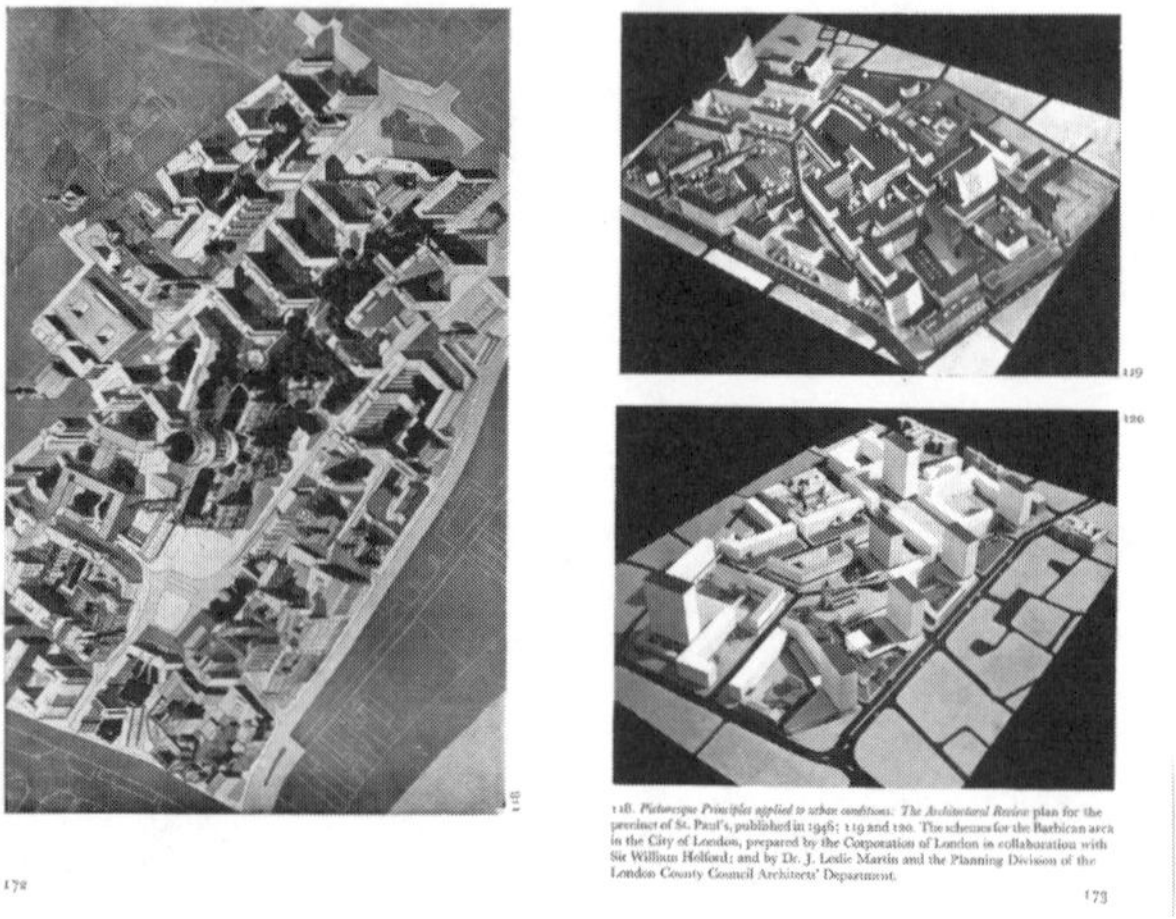

【図版8】空爆を受けたセント・ポール大聖堂周辺およびバービカン地区のピクチャレスク都市計画案
Pevsner, *The Englishness of English Art: BBC Lectures* (1955) BBCブックレットより

それでもまだ支援を必要としている。それは無関心や近視眼的な見方に対抗する支援である。そしてなによりも、イングランドにモダンで価値ある都会やシティ・センターをつくるなどという目あたらしさだけの着想は外から来た馴染まないもの(outlandish)だ、といった愚かな偏見と戦うための支援である。これまでの議論で、外から来た馴染まないものとされていても、じつはいかにそれがまったくのところ内から生じたもの(inlandish)であったのかを証明できていたならば、幸いである。(180)

ペヴスナーはまず、建築や都市デザインに関心をもたないこと、都市における問題の解決をその場限りのやりかたで処理してしまう姿勢を批判している。さらに彼は、つぎのような偏見を捨て去るように読者に求めている。ひとつには、「モダンで価値ある都会やシティ・センターをつくる」という試みを「目あたらしさだけの着想」と思い込む偏見。ふたつめに、そのあらたな試みを「外から来た馴染まないもの」、つまりイングランドらしくない、と判断する偏見。もし「外から来た馴染まないもの」にみえてじつはそれが「内から生じたもの」であると証明されれば、読者は以上のような偏見を捨て去るだろうという。その証明のために、ペヴスナーは成功していると自ら考える都市デザインの例をあげる。そしてそのどれもが、一八世紀以来のピクチャレスクの原理を援用したタウンスケイプとなっている点を強調し、しかもピクチャレスクこそが国民性を表現し続けてきたのであると、つまりは「内から生じたもの」であると、第七章「ピクチャレスクなイングランド」を通じて詳述していた。

ペヴスナーが跡づけたように、ピクチャレスクの美学を援用する空間は、一八世紀のいなかの広大な私有地から二〇世紀には都会へと変わった。それは、上流階級的な文化の実践を換骨奪胎して、階級横断的で公的な都市空間においてミドルブラウ化させることである。こうして誕生した二〇世紀ピクチャレスクの都会の景観、すなわちミドルブラウ・タウンスケイプは、あくまでも都会的でインターナショナルな様式であると同時に、ピクチャレスクの伝統的な国民性を継承したナショナルな様式でもあったのである(42)。

七　おわりに

ペヴスナーによれば、都会のピクチャレスク化は、一九世紀に始まったという(167)。だがそれは、都会のなかに「いなかの飛び地」(167)をつくるだけの中途半端な結果となった。その意味では、一九世紀末から二〇世紀初頭にかけてのガーデン・サバーブ（田園郊外）やガーデン・シティ（田園都市）も同様だ、とペヴスナーは断じる。「小住宅を緑の自然と調和させ、多様性の原理を街路のレイアウトや歩道の敷設などにあてはめるという点では成功した。しかし、真に都会的ではないために、失敗した」（178-79）。

二〇世紀ピクチャレスクにおいては、都会は「真に都会的」でなければならない。いなかを都会に持ち込むのは、ピクチャレスクの非整形性や自由という原理に反する。それはいなかの型を都会に当てはめることであり、ペヴスナーの議論でいえば、ヨーロッパ大陸の整形式庭園のように不自由なのである。都会をより都会らしく、都会の機能に合ったデザインで改良すること、それが二〇世紀ピクチャレスクの実現となる。

> 今日の建築や都市計画では、「それぞれの場合をそれぞれのメリットにもとづいて」という姿勢は機能主義と呼ばれる。もし現在の都市状況が機能的に処理されれば、街路や建物をむりやりに左右対称にしたヴェルサイユのような「宮殿都市の模倣」にはならないことは、明らかである。（177）

ヴェルサイユはその都市機能に反して宮殿都市を模倣している。「機能」よりも「形式」を重視し、都市を不自然な型に当てはめて整形するならば、それは自由という国民性を保持するイングランドにとって異国的な行為である。いなかの飛び地を都会に作ってしまうことも、機能的でなく、それゆえにイングランドらしくない。

機能的とは自由を保持することであり、そしてそれはイングリッシュネス（イングランドらしさ）を表現している——そのようにペヴスナーは主張する。都会を都会らしく、という一見あまり意味がないように思われるこの同語反復は、それぞれの空間の機能に合ったデザインを、「内から生じたもの」として都会に施すことを表わす。二〇世紀ピクチャレスクによる都市デザインは、そのようなモダンでナショナルな空間づくりを志向する。「もしイングランドの都市計画者たちが垂直軸やアカデミーの人為的な左右対称のファサードなどにとらわれず、機能的かつイングランドらしく（functional-ly and Englishly）デザインすれば、成功するであろう」（179）。

都市化はひとと土地との必然的な結びつきを弱める。そこに戦争による損傷が加われば、なおのこと、その結びつきは打撃を受ける。本章の冒頭で確認したように、一九五〇年代半ばのイギリスが求めていたのは、あらためて「土地と人びとのあいだの調停」を可能にするような「あたらしい空間の感覚」による都市デザインであった。都会がより「機能的」になるように改良されれば、その土地と人びととの関係は「調停」されるであろう。大戦後にその調停役として期待されたのが、数世紀にわたりイングリッシュネスを表現してきた、ピクチャレスクの美学だったのである。

一九五〇年代半ばのイギリスは戦後復興期を抜け出す手前で、あらたな時代の幕開けにふさわしいモダンなナショナル・アイデンティティを希求していた。そうしたあたらしいアイデンティティの可能性は、ピクチャレスクの美学による「あたらしい空間の感覚」のデザインを通して探られた。ピクチャレスクは一八世紀に始まりをもつ美学理論であるために、その「復興」をモダニズムからの退行として批判する立場もあった。だが、二〇世紀ピクチャレスクは反モダニズムというよりもむしろ、モダニズムのインターナショナルなスタイルを取り込んだ都市空間に、そのモダンな感覚を否定することなく、ナショナルな様式を重ね書きしていく審美的原理であったと考えられる。そうした二〇世紀ピクチャレスクによる空間づくりは、一九五一年のイギリス祭で「実験」され、既存の市街地の再開発とニュータウン計画へと応用された。『イングランドの芸術におけるイングリッシュネス』の第七章「ピクチャレスクなイングランド」はそうした経緯を、国民性すなわちナショナル・アイデンティティの表現として跡づけていた。

そのようなあらたな形のナショナル・アイデンティティを強く欲していたのは、誰であろう、ペヴスナー本人ではなかっただろうか。彼は『イングランドの芸術におけるイングリッシュネス』のもとになったBBCリース講座の最終回を、つぎのように締めくくっていた。「あなた方みなさんのものであるナショナルな芸術と建築」を、「わたしたちのもの」と言い換えながら。

以上のわたしの講義は、みなさんがそのようにすること［中世の装飾写本から現代の建築や都市デザインまでをふくめてイングランドの芸術を考察すること］への誘いであり、みなさんがこれまで見たり読んだりしてきたものを、歴史的だけでなく、ナショナルな観点からも考察することの勧めでした。つまりは、多くの様式の多くの具体例としてだけではなく、あなた方みなさんのものであるナショナルな芸術と建築の具体例として。あるいは、最後にそれを、わたしたちのもの、と言っても許していただけるでしょうか。(43)

「外から来た馴染まないものとされていても、じつはいかにそれがまったくのところ、内から生じたものであったのか」――この言葉の選択には、ペヴスナーのドイツからイギリスへの越境経験が刻印されている。ピクチャレスクな都会のイングランドは、そんな越境者としての「あたらしい空間の感覚」が求めたナショナル・デザインだった。アートとインダストリーのモダンムーヴメントについて概観していた一九三六年のペヴスナー。そこから始まった本書のモダンムーヴメント論が辿り着いた先は、第二次世界大戦後にモダンムーヴメントを実践するペヴスナー、すなわち〈モダンムーヴメントのペヴスナー〉なのである。

終章　越境するモダンムーヴメント

一九五〇年代半ば以降に、いわゆるカルチュラル・スタディーズの始まりとされる著作が次々と発表された。リチャード・ホガート、レイモンド・ウィリアムズ、E・P・トムソンといった、ニューレフトと呼ばれる書き手たちの著作である。彼らの仕事は、労働者階級の人びとの生活や文化にあらためて光を当てた。その批評的意義にイングランド文化の特殊性へのこだわりを看破して、その特徴を歴史的に考察したのが、本書の第三章以降に繰り返し言及したジェド・エスティ『収縮する島――イングランドにおけるモダニズムとナショナルな文化』の第四章「マイナーになること」であった。「歴史的に」とは、イギリス帝国が収縮していくプロセスを背景にした分析として、という意味である。エスティは、一九二〇年代を中心としたいわゆる盛期モダニズムから一九三〇年代以降の後期モダニズムへの移行を、作品に表現された空間意識が国内からその外へと拡大する方向に向かっているか、それとも国外から国内へと収縮する方向に向かっているか、という違いによって概観した。すなわち、盛期モダニズムがイギリス帝国の空間的広がりを背景にして植民地・国外へ向けた外向きの視線から、後期モダニズムにおける国内への内向きの視線への変化に注目し、それを「人類学的転回」と呼んだ。そしてこの転回の延長線上に、ニューレフトたちによる文化をめぐる仕事を位置づけた(1)。

前章で取りあげたペヴスナーの『イングランドの芸術におけるイングリッシュネス』は、ニューレフトたちの仕事と同時期に出版されたとはいえ、ペヴスナーは彼らとは世代が異なり、とくに政治的関心や方向性を共有していない。なによりもペヴスナーの著作を読む限りでは、彼はあくまでも建築史家・美術史家であり、ニューレフトたちのように人びとの生活のあり方に目を向けることはほとんどない。

だが、イングランド文化の特殊性への同時発生的な注目は、ペヴスナーがニューレフトたちと同様に、帝国の収縮のみならず彼らがともに置かれていた第二次世界大戦後の政治的緊張状態、すなわち冷戦構造への懸念のもとに仕事をしていたことを示している。『イングランドの芸術におけるイングリッシュネス』については、ペヴスナーが冷戦構造を意識していたことのごく小さな痕跡を原子力への言及に確認した。それは「芸術の地理学」の意義を定義した、同書のきわめて重要な箇所であった。ペヴスナーは、冷戦期の政治的な緊張関係の歪みのなかから、「文化をめぐる問い」としての芸術作品に描かれた国民性の探求、すなわち「芸術の地理学」を立ち上げようとしたのではないか――そのように前章の前半部分において、冷戦時代の文化のテクストという『イングランドの芸術におけるイングリッシュネス』の一側面を指摘した。

ところで、第二次世界大戦前の一九三六年に出版されたペヴスナーの『モダンムーヴメントの先駆者たち――ウィリアム・モリスからヴァルター・グロピウスまで』は、大戦後、冷戦時代の文化のテクストへと姿を変えることになる。イギリスのフェイバー・アンド・フェイバー社から出版された同書の第一版は、第二次世界大戦中には紙不足という状況もあって増刷されることもなく、ほぼ絶版状態が続いたが、戦後の一九四九年に第二版が出る。その際には本文が加筆修正され、図版が増えた

【図版1】Nikolous Pevsner, *Pioneers of Modern Design* (1949) MoMAより出版の第2版表紙

だけでなく、なによりも重要なことに、題名が変更となった。もはやそこに「モダンムーヴメント」はなく、『モダンデザインの先駆者たち——ウィリアム・モリスからヴァルター・グロピウスまで』になったのである【図版1】。しかも、イギリスの出版社からではなく、アメリカのニューヨーク近代美術館（MoMA）からの出版である。ペヴスナーの著書は、題名から「モダンムーヴメント」という言葉が消えた結果、アメリカ発の「モダンデザイン」の書物に生まれ変わった。ちなみに、日本語訳版はMoMAが出版した第二版をもとにしており、『モダン・デザインの展開』（一九五七年）という題名である。一九六〇年にはイギリスのペリカンブックスから、その後はペンギンブックスからのペーパーバック本で出版され、モダンデザイン論の古典として広く読まれることになる。

第二次世界大戦後に『モダンデザインの先駆者たち』を手にとった多くの読者は、かつてその初版のタイトルが『モダンモーヴメントの先駆者たち』だったことの意味を意識することはなかったのではないかと思われる。きわめて象徴的なことに、一九六〇年の版からは、「ウィリアム・モリスはモダンムーヴメントの父」とする文言もカットされてしまう。モダンムーヴメントのモリスの理念よりも、スタイル／様式としてのモダンデザインが前面に押し出されることになったわけである。序章で指摘したように、もともとモダンムーヴメントの展開においてモリスの理念が一九三六年の時点で残滓的であったことに加えて、もはやモダンムーヴメントという捉え方それ自体が、第二次世界大戦後アメリカ発のスタイルとしての「モダンデザイン」においては、残滓的なものになったといってよい。

一九四九年にニューヨーク近代美術館がペヴスナーの著作をモダンデザイン論という装いで出版したことには、大戦後にアメリカからデザインのモダニズムの成果を世界に発信する、という意図があった。そこには、MoMA の内部組織の事情も関係していたとされる。その概略はつぎのとおりである。[2] まず、MoMA は一九三二年に「モダン建築——国際展覧会」の開催に合わせて出版された建築のモダニズム、すなわちインターナショナル・スタイルのマニフェスト『インターナショナル・スタイル』(一九三二年)の成功にあやかって、「建築部」を新設する。一九三五年には、その部署名に「インダストリアル・アーツ」が加わり、「建築およびインダストリアル・アーツ部」となる。この一年後にイギリスで出版されたペヴスナーの『モダンムーヴメントの先駆者たち』は、まさに建築とインダストリアル・アートのモダンムーヴメント論である。「建築およびインダストリアル・アーツ部」は、名称変更の五年後の一九四〇年にふたつの部署に分離される。ひとつは以前と同じ「建築部」だが、もうひとつは、あらたに「インダストリアル・デザイン部」と名づけられる。このときに「デザイン」が「アーツ」にとって代わる。デザインが独立した部署の名称の一部になるほどに、その専門性の意義が認められたことを意味すると思われる。これも「「デザイン」という語の急激な普及(the inflation of the word "design")」[3] の一例といえるだろう。そして第二次世界大戦の終結後、一九四八年に再度ひとつに統合される。名称は「建築およびデザイン部」である。このようにMoMA は、いわゆるハイ・アートのみならず、建築そしてインダストリアル・アートのモダニズムをあわせて

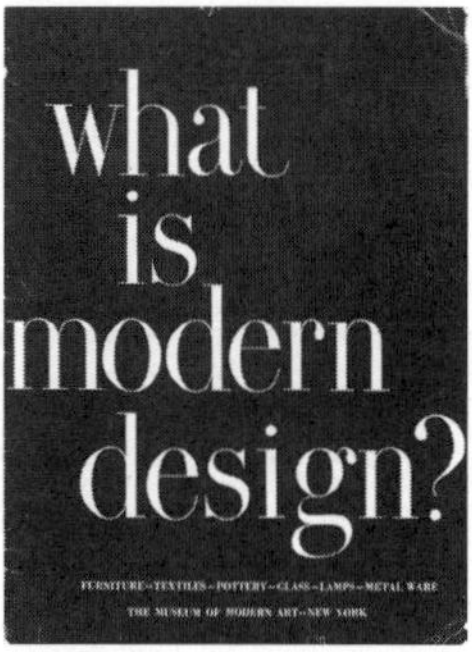

【図版2】
Edgar Kaufmann, Jr., *What Is Modern Design?* (1950) Introductory Series to the Modern Arts-3 (MoMA)

カから世界へと、あたらしいデザイン戦略によって売り込もうとしていた。その鍵語が「モダンデザイン」である。一九五〇年出版のMoMAのパンフレット、「モダンアートへの導入シリーズ」の第三冊目は、文字どおり、『モダンデザインとはなにか』と題されている【図版2】。その最終ページ、「モダンデザインに関する推奨文献」のなかの「モダンデザインの理論と発展」のリストの一番目に、ペヴスナーの『モダンデザインの先駆者たち』が掲載されている。以上の流れを踏まえると、一九四九年にペヴスナーの本がなぜ、モダンムーヴメント論からモダンデザイン論へと装いを変えて出版されたのか、その理由がわかるであろう。旧来の個別の専門領域の枠組みを越えた、あたらしいデザイン論が求められていた。アヴァンギャルドな芸術作品とインダストリアル・アートの製品をつなぐリンクとして、ペヴスナーのインターディシプリンな書物が、第二次世界大戦前のイギリスよりもむしろ大戦後のアメリカにおいて高く評価された、といえるのかもしれない。

『モダンムーヴメントの先駆者たち』から『モダンデザインの先駆者たち』へ、とトランスアトランティックな移動による変貌を紹介した理由は、本書が第二次世界大戦後のイギリス文学研究の制度的なあり方を意識しているからである。ペヴスナーが議論の対象としたヴィジュアル・アートにおいて、ヨーロッパ発の「モダンムーヴメント」は、第二次世界大戦後にアメリカ発の「モダンデザイン」という認識の枠組みが台頭したことによって、残滓的なものになった。そもそもモリスの理念は

「モダンムーヴメント」の展開において残滓的だったのだが、その二重に残滓的なものが、その後、中世主義モダニズムのようなある種のモダニズムに流れ込んでいた可能性は、近年まであまり重視されてこなかったように思われる。文学においては、わたしたちが学び、研究の場としてきたイギリス文学研究という制度は、この第二次世界大戦後の「モダンデザイン」と同じ場から、あるいは同じ姿勢から、発生したといえるのではないだろうか。モダニズム文学という枠組み、第二次世界大戦後のモダニズム文学研究というイギリス文学研究内の制度的枠組みを通して、いわばアナクロニスティックに、二〇世紀前半の文学を評価してきたように思われる。モリスからロレンスへといたる系譜が、残滓的なものとしてイギリス文学研究においてみえにくくなったのは、そもそも研究の対象となりにくかったのは、第二次世界大戦後に成立したモダニズム文学研究という枠組みゆえだったのではないだろうか。序章冒頭で引用したように、かつてレイモンド・ウィリアムズは『文化と社会』において、なぜロレンスが「モリスの影響にもかかわらず、ほかの方向へと進んでしまったようにみえるのか、最初はその理由を理解することが難しい」[4]と指摘していた。しかしこれまでの研究では、そもそもロレンスが「モリスの影響」から離れて別の道を歩んだように「みえる」ことに、さほど関心は向けられなかったのである。

本書は、ジェド・エスティがイングランドのモダニズムにおける人類学的転回と呼んだ時期の前後を、ウィリアム・モリスの遺産を二〇世紀に継承した文学とデザインのモダンムーヴメントとして捉え直す試みであった。一九二〇年代のロレンスの越境・帰郷経験は、人類学的転回という外向き／内向きの視線の転回を再考するにふさわしいと、本書の構想段階で判断した。それゆえに第Ⅱ部において『セント・モア』を取りあげ、人類学的転回期における新旧の帝国としての英米の関係性を分析し、エスティのロレンス評の修正を試みた。エスティは、自らのモダニズム論における「ロレンスの不在」を、ロレンスが「モダニスト・プリミティヴィズムの古典的パラダイムに留まっていた」作家だったためであると説明した。たとえロレンスが一九三〇年代を生きたとしても、その時代以降の後期モダニストたちのように、彼が「文化的生命力をイングランドの中核へと移し替えようとする」ことなどありえなかった、というのである。(5)

このようなエスティのロレンス評に対して、本書は『セント・モア』の最後のアイロニーを重視した。モダニズム文学の「救済の形式」は、「モダニズムに特徴的な社会的苦悩のある部分を緩和してくれる」(6)かもしれない。しかしロレンスにとっては、「文化的生命力」を他者の文化に見出す盛期モダニズム的なものであれ、それを「イングランドの中核へと移し替えようとする」後期モダニズム的なものであれ、「救済の形式」がもつ可能性は幻想にすぎなかった。トランスアトランティックな越境経験を描く『セント・モア』は、そのアイロニーを通して「救済の形式」の幻想を最後に脱神秘化していた。

「救済の形式」とは、序章で確認したウィリアムズのロレンス評を借りれば、「生のあらたな感覚という別のヴィジョン」つまりは「再生」への道筋を準備する。その「再生」は、「変化をもたらす社会的エイジェンシーという概念と実践」をロレンスが「却下」した結果、テクスト上に表現されることになる。(7)本書が主張してきたのは、その「再生」の内実を明らかにすることではなく、「繰り返し却下」する身振りの痕跡として「再生」を捉えることである。『セント・モア』の場合ならば、その最後、ルウ・ウィットが求める「野生の霊」との一体化へ向けられたアイロニーは、「救済の形式」としての「再生」に向けられたものであり、それはロレンスが「変化をもたらす社会的エイジェンシーという概念と実践」を逆に「却下」しきれていないことの痕跡、すなわち彼が「野生の霊」以外の「なにか」を表現しようとしていた――その「なにか」を「却下」したが、「たえずそれを考えずにはいられない」というプロセスにある――ことの痕跡である。

　本書は序章において〈モダンムーヴメントのロレンス〉論の始まりとして、ロレンスが帰郷をきっかけに執筆したものの未完のまま遺した原稿「自伝的断章」を取りあげた。そこで最後にもう一度、そのテクストに立ち戻ることで本書を閉じたいと思う。ただし今度は、「自伝的断章」としてではなく、別タイトルのひとつ、「人生の夢」として、である。

　序章の冒頭で紹介したとおり、「自伝的断章」のテクストには、これまでほかにふたつのタイトルがあった。ひとつは「ニューソープ、二九二七年」。このタイトルは、一九二七年に「わたし」がニューソープの石切り場で眠りに落ちた後に目を覚ますと、そこは二九二七年のニューソープだった（ただし地名はネスラップになっている）、というテクスト後半の幻想譚的な設定部分をもとにしている。

　そしてもうひとつの別タイトルが、「人生の夢」である。ロレンス研究者のキース・セイガーは、後期ロレンスの中編小説・短編小説集のひとつである『「プリンセス」およびその他の物語』（一九七一年）を編集する際に、かつて遺稿集『不死鳥』に「自伝的断章」として掲載された未完原稿のタイトルを「人生の夢」と変更して、「その他の物語」のひとつに加えた。

セイガーが「自伝的断章」から「人生の夢」へタイトルを変更した理由は、このテクストにおける「夢」の重要性を強調するためであったと考えられる。テクストの前半で「わたし」は、「わたしたち」の「祖母たち」が見た夢が「わたしたち」の「母たち」の現実になり、さらには「母たち」が見た夢が「わたしたち」の現実になっている、と批判的に語る。「祖母たち」や「母たち」が見た夢は、これも本書の序章で確認したウィリアムズの言葉を借りれば、「逃避の小説のさまざまな変奏」――「労働者階級からの逃避」の夢――にほかならない。(8) そうした夢が、いかに「醜悪な」現実の認識に由来していたのかについては、第二章で取りあげたエッセイ「ノッティンガムと炭鉱のある地方」でロレンスが語っていたとおりである。そのエッセイでは、ロレンスは「現実の美」の現実化を、「土地の面」をモダンデザインすることに託していた。一方、「人生の夢」における「現実の美」は、「わたし」が眠りから覚めた二九二七年のニューソープの社会とそこに暮らす人びとの実態として描かれる。序章の最後に指摘したように、二九二七年のニューソープには、モリスの『ユートピアだより』のなかのロンドンを思い起こさせるかのごとく、「伝統復興風のモダンな家具である、がっしりしたオークの肘掛け椅子」が残っていた。ストーリー展開としては「わたし」がその家具を目にする少し前のこと、石切り場の窪みから連れ出してもらった「わたし」は、一千年後の町を歩き、ある建物のなかのキッチンで食事をとる。

わたしは案内役に食事用のクロスとトレーと皿を渡され、ふたりで簡素なキッチンに移った。ポリッジが柔らかい炎の上にかけられた大きなボウルのなかで煮え立っていた。溶かしバターが深めの平鍋にあった。ミルクとレタスと果実が戸のそばにあった。三人の料理人がキッチンを預かっていたが、外から静かに入ってきた男たちは必要なものや食べたいものを自分で取り、円形大食堂か小さな自室に戻って食事をとった。あらゆる場所、あらゆる動き、あらゆる行ないに、本能的な清廉さと気品があった。まるで、もっとも深いところの本能が人びとのなかで育まれて、美しく心地よいものになったかのようだった。柔らかく、静かな美しい心地よさは夢のようだった。ついに人生の夢(a dream of life)が実現した。(66)

セイガーは、この引用部分の最後の「ついに人生の夢が実現した」というフレーズから「人生の夢」を題名に選んだのだろう。すでに述べたように、原文テクストは途中で切れているため、「わたし」の夢が実現した社会が具体的にどのようなものなのかはわからない。もしかしたら、夢から覚めたと思った二九二七年のニューソープは、じつは「わたし」が岩場の窪みで眠ってしまったときに見た夢だった、という種明かしがされるはずだったのかもしれない。そうであったとしても、「人生の夢」は、その中身の詳細は不明とはいえ、未来の社会のあり方を、あらかじめデザインすることにほかならない。ロレンスが記した「夢」とは、時間を越境する未来のデザインのことである。

「人生の夢」を語るロレンスは、未来志向の作家であった。未来志向とは、変化の過程を信じることである。一定の断絶を含みつつも、しかしそこには連続性もある。「ロレンスが繰り返し却下するのは——たえずそれを考えずにはいられないという事実は却下してしまうことと同じく重要なのだが——変化をもたらす社会的エイジェンシーという概念と実践である」(9)——本書で繰り返し引用したこの言葉をウィリアムズが語ったとき、彼は社会が変化することの、あるいは社会を変化させることの可能性を信じるロレンス、すなわち一九五〇年代の作家たちの「逃避」を先導した「ロレンスの一部分」とは「別の一部分」を指摘していた。本書は、越境する作家ロレンスにおけるそうした「別の一部分」としての未来志向を、デザインの二〇世紀におけるモダンムーヴメントとともに跡づけてきた。デザインとは、未来の想像／創造である。また、モダンムーヴメントとしてのデザインとは、その未来の想像／創造を人びとが共有するアートのことである。ウィリアムズは、ロレンスの文学におけるそのようなアートの可能性を評価していたと思われる。「彼の小説の発展の軌跡に、その未完成で終わらない発展」に、ウィリアムズは「わたしたち」の始まりの地点を見出していたのだから。[10]〈モダンムーヴメントのロレンス〉とは、社会を未来に向けて「人生の夢」としてデザインする作家のことであり、その意味でロレンスは、デザインの二〇世紀を代表する作家なのである。

註

序章

(1)ホプキンとの交流および社会主義への関心については、Andrew Harrison, *The Life of D. H. Lawrence*, pp. 23-24を参照のこと。

(2)Lawrence, "'Art and the Individual,' First Version", pp. 224-26.

(3)Lawrence, "Art and Individual: A Paper for Socialists.", p. 135.

(4)*The New Age* の全号の誌面は、アメリカのブラウン大学とタルサ大学による「モダニスト・ジャーナルズ・プロジェクト」の一環でウェブ上にアップされている。本章における引用も、同ホームページ (http://www.modjourn.org/) を利用した。書評の引用箇所は一九〇八年八月八日号の p. 295より。

(5)おもにニーチェの影響という本書とは異なる関心からであるが、巴山岳人は『白孔雀』を『ニュー・エイジ』との関連から読み解いている。

(6)Williams, *Culture and Society*, pp. 211-12.

(7)Lawrence, "Nottingham and the Mining Countryside", pp. 291-92.

(8)*Ibid.*, p, 289.

(9)Pevsner, *Pioneers of the Modern Movement: From William Morris to Walter Gropius*, p. 24. ペヴスナーは一九世紀後半から第一次世界大戦までの時期におけるモダンムーヴメントの到達点を、一九三六年の著作の題名にあるとおり、バウハウスの初代校長に就任することになるヴァルター・グロピウスの仕事に求めた。

そのような発展論的な枠組みについては早い時期から批判があった。代表的なものとして、デイヴィッド・ワトキン『モラリティと建築』の第三部における議論がある。エイドリアン・フォーティ『欲望のオブジェ』の第三章冒頭も参照のこと。

なお、『モダンムーヴメントの先駆者たち』の原書第二版は、タイトルを『モダンデザインの先駆者たち』と変更して、一九四九年にニューヨーク近代美術館から出版された。日本語訳『モダン・デザインの展開――モリスからグロピウスまで』はこの版を元にしている。本書では以下、『モダンムーヴメントの先駆者たち』から引用する際の日本語訳は、『モダン・デザインの展開――モリスからグロピウスまで』に倣いつつ、テクストの異同を確認して、本書の議論の文脈に応じて語句・表現に変更を加えている。

モリスを「モダンデザインの先駆者」とみなすことへの反論は、藤田治彦が『ウィリアム・モリス――近代デザインの原点』のとくに序章で展開している。ペヴスナーによる図式とその批判を踏まえつつ、本書が扱う時期のイギリスのみならずドイツや日本も含むデザイン史としては、藪亨『デザイン史――その歴史、理論、批評』を参照のこと。

(10) Lawrence, "[Autobiographical Fragment].", p. 50. 以下、「自伝的断章」からの引用は *Late Essays and Articles* に収められたテクストより行ない、引用箇所の頁番号を本文中にカッコに入れて記す。日本語訳は武藤浩史訳「人生の夢」に倣っているが、文脈に応じて語句・表現に変更を加えた。

(11) 同テクストの執筆および活字化の経緯については、Lawrence, *Late Essays and Articles*, p. 49 を参照のこと。

(12) なお、一九二六年のゼネストと文学との関係については、Charles Ferrall and Dougal McNeill (eds), *Writing the 1926 General Strike: Literature, Culture, Politics* を参照。とくに第四章は『チャタレー夫人の恋人』を扱っており、本書の第六章で紹介している。

(13) Lawrence, *Late Essays and Articles*, p. 49.

(14)もうひとつ別のタイトル「人生の夢」の由来については、ふたつの解釈が考えられる。ひとつは、「わたしたち」の祖母たちの夢が母たちの現実になり、その母たちの夢が「わたしたち」の現実になった、というテクスト前半の「わたし」の語りにもとづいている、というもの。もうひとつは、「わたし」の二九二七年ニューソープへの覚醒を、「わたし」の夢の実現もしくは夢のなかの出来事とみなすものである。

(15)Lawrence, *Late Essays and Articles*, pp. 13-14.

(16)Andrew Harrison, *The Life of D. H. Lawrence*, pp. 319-38.

(17)"[Return to Bestwood].", p. 15. 以下、「ベストウッドへの帰還」からの引用は Lawrence, *Late Essays and Articles* に収められたテクストより行ない、引用箇所の頁番号を本文中にカッコに入れて記す。日本語訳は藤原満寿子訳に倣っているが、文脈に応じて語句・表現に変更を加えた。

(18)Williams, *Politics and Letters*, p. 271.

(19)*Ibid.*, p. 272. なお、河野真太郎はこの箇所から、「怒れる若者たち」による「イニシエーション小説の勃興」を論じている。河野『〈田舎と都市〉の系譜学』三八頁とその前後を参照のこと。

(20)映画化されたときの邦題は『年上の女』(一九五九年)という。

(21)この観点から一九一〇年代初頭のロレンスを評価しているのが、Raymond Williams, *The English Novel from Dickens to Lawrence* における第八章の議論である。

(22)Williams, *The Country and the City*, p. 268.

(23)Curl, pp.495-96.

(24)Pevsner, *Pioneers of the Modern Movement*, p. 9.

(25)*Ibid.*, pp. 23-24.

(26)Morris, "Art, Wealth and Riches", p. 147.

（27）この言葉は *The Manchester Examiner*, (12 March 1883) に掲載されたモリスの編集者宛て書簡からの一節である。William Morris, *The Collected Letters of William Morris.* Volume II 1881-1884 の pp. 173-74 に収録。

（28）Pevsner, *Pioneers of the Modern Movement*, p. 24.

（29）*Ibid.*, p.42.

（30）すぐれた例外的な論考として、モリス研究者の川端康雄による「ポール・モレルの「レッサー・アーツ」――ウィリアム・モリスからD・H・ロレンスへ」がある。

（31）Lawrence, *Late Essays and Articles*, p. 345.

（32）アーツ・アンド・クラフツ運動からDIAへの展開については、DIAの設立メンバーでもあったNoel Carrington による *Industrial Design in Britain* および菅靖子『イギリスの社会とデザイン――モリスとモダニズムの政治学』のとくに第五章を参照のこと。

（33）Ruskin, pp. ix-x. 引用箇所の日本語訳は、ラスキン『ゴシックの本質』川端康雄訳、一〇―十一頁。

（34）Forty, *Words and Buildings*, p. 136.

（35）フォーティは二〇世紀に「デザイン」という語が一般的に広まりつつあったことの「十全ではないにせよ、雄弁に示して」いる例のひとつとして、建築家ハワード・ロバートソンの *The Principles of Architectural Composition* (1924) が一九三二年に改訂されて *Modern Architectural Design* の題名で出版されたことをあげている。Forty, *Words and Buildings*, p. 136 を参照のこと。註9で述べたように、ペヴスナーの *Pioneers of the Modern Movement* も、第二版は題名を *Pioneers of Modern Design* と変更して一九四九年に出版された。

（36）Forty, *Words and Buildings*, p. 136.

（37）*Ibid.*, p.136.

（38）*Ibid.*, p.137.
（39）Saler, p. 61.
（40）*Ibid.*, p. 61.

第一章

（1）Eric Gill "Paintings and Criticism", p.112 の Postscript より引用。
（2）Lawrence, *Letters VII* , p. 269.
（3）Lawrence, *Late Essays and Articles*, p. 225.
（4）Lawrence, *Letters VII*, p. 295.
（5）Gardiner, p. 329.
（6）Saler, p. x. モリスからモダニズムへの展開について日本語による重要文献として、菅靖子『イギリスの社会とデザイン――モリスとモダニズムの政治学』とジリアン・ネイラー『アーツ・アンド・クラフツ運動』を参照。
（7）Saler, p. 61.
（8）Pinkney, p. 99. 『虹』の解釈については pp. 54-79 を参照のこと。
（9）*Ibid.*, p. 64.
（10）*Ibid.*, p. 70.
（11）Lawrence, *Women in Love*, p. 424.
（12）二〇世紀最初の三〇年間のイギリス文学を「モダンムーヴメント」という枠組みで概観するすぐれた導入的研究書として、Chris Baldick, *The Modern Movement* がある。ただし、ボールディックはいわゆる高級なモダニズム文学と大衆文学を合わせた流れとして"the Modern Movement"という用語を用いている。なお、ボールディックはCyril Connolly, *Enemies of Promises* (1938) における"the Modern Movement"の議論を参照している。

（13）Lawrence, "Pictures on the Wall", p. 257. 以下、「壁に掛けられた絵」からの引用はLawrence, *Late Essays and Articles* に収められたテクストを使用し、引用箇所の頁番号を本文中にカッコに入れて記す。日本語訳として鎌田明子訳に倣ったが、文脈に応じて変更を加えた。

（14）Lawrence, *Late Essays and Articles*, p. 255.

（15）一月号巻末付録の扉ページには、「モダン装飾についての新たな連載の最初の記事は、四三ページから掲載のポール・ナッシュによって寄稿されたものである。彼はイングランドの家具調度品のモダンな進化が直面している問題を論じている」と記されている。ボールトンはこれを参照して、「モダン装飾」という言葉を用いたと思われる。

（16）Lawrence, *Late Essays and Articles*, p. 256 にあるように、ロレンス生前に書かれた。

（17）Higgott, p. 30.

（18）『建築評論』一九三〇年代以降のモダニズム建築雑誌としての特徴については、Higgott, pp. 33-56 を参照のこと。

（19）The Editors, "First Century", p. 4.

（20）以上の情報および引用は、創刊一〇〇周年記念号 *The Architectural Review*. The Centenary Issue. (May 1996) の p. 27 より。

（21）ヘイスティングズについては、Lasdun, "H. de C. Reviewed."; Casson, "The Elusive H. de C."; Casson, Boyne and Cullen, "H. de C. Hastings, 1902-1986." からの情報と、Darling, *Re-forming Britain: Narratives of Modernity before Reconstruction*, pp. 30-31 を参照した。

(22) Lasdun, p. 69.

(23) *Ibid.*, p. 69.

(24) *Ibid.*, pp. 69-70.

(25) ヘイスティングズは複数のペンネームで執筆しており、"Silhouette" もそのひとつと考えられる。

(26) Silhouette, p. 248.

(27) Silhouette, p. 251.

(28) Braddell, p. 161.

(29) *Ibid.*, p. 163.

(30) Nash, "Modern English Furnishing", p. 43.

(31) *Ibid.*, pp. 44-45.

(32) *Ibid.*, p. 45.

(33) *Ibid.*, pp. 47-48.

(34) *Ibid.*, p. 48.

(35) Gloag, p. 215.

(36)『建築評論』は一九二九年四月号にて、ロンドンのデパートのハロッズが『オブザーヴァー』紙にアーノルド・ベネット、H・G・ウェルズ、バーナード・ショーからの手紙を使った広告を載せた件を批判した。この記事と「装飾と工芸技術」シリーズの関係については、本書の第三章を参照。

(37) Gill, "Paintings and Criticism", p. 111.

(38) *Ibid.*, p.111.

（39）*Ibid.*, p.111.
（40）*Ibid.*, pp. 111-12.
（41）Lawrence, "Review of *Art-Nonsense and Other Essays*", p. 355.
（42）Lawrence, *Introductions and Review*, p. lxxxix. ロレンスとギルが直接会う機会は訪れなかったが、ギルは『チャタレー夫人の恋人』に影響を受けて、抱き合う全裸の男女の官能的な版画「チャタレー夫人の恋人」を制作した。武藤浩史『『チャタレー夫人の恋人』と身体知』の一一四―一一五頁を参照のこと。武藤はギルの版画について、「光を放つかのような抱き合う二つの体が小説の中心テーマである身体の聖性を見事に伝えて」おり、それを「「正統的」な『チャタレー』読解であると言えよう」と評しつつも（一一五頁）、「それが唯一の正しい、あるいは最善の読みなのだろうか」との問いを投げかける。そして同書では、「「正統的」な読みから逸脱する」姿勢による「精読」（一一六頁）を展開した。同書の第三章と第四章を参照のこと。なお、本書で『チャタレー夫人の恋人』を扱った第六章のアプローチは、武藤の「「正統的」な読みから逸脱する」解釈に多くを負っている。
（43）Lawrence, "Review of *Art-Nonsense and Other Essays*", p. 355.
（44）*Ibid.*, p. 357.
（45）*Ibid.*, p. 357.
（46）*Ibid.*, p. 350.
（47）Allan Pred, p. 100 以降の記述を参照のこと。

第二章

（1）Lawrence, "Nottingham and the Mining Countryside", p. 294. 以下、「ノッティンガムと炭鉱のある地方」から

の引用はLawrence, *Late Essays and Articles* に収められたテクストより行ない、引用箇所の頁番号を本文中にカッコに入れて記す。日本語訳として岡野圭壷訳に倣ったが、文脈に応じて変更を加えた。

(2) Lawrence, *Late Essays and Articles*, p. 285.

(3) *Ibid.*, p. 285.

(4) Becket, p. 6.

(5) Eva Rudberg, *The Stockholm Exhibition 1930: Modernism's Breakthrough in Swedish Architecture* にはストックホルム博覧会の企画・準備から成果まで、貴重な図版とともに詳細な記述がある。菅靖子『イギリスの社会とデザイン――モリスとモダニズムの政治学』一七三―九二頁および Paul Greenhalgh (ed.), *Modernism in Design*, pp. 164-83 も参照のこと。

(6) Rudberg, p. 7.

(7) Pred, p. 100.

(8) The Editor, "Laissez-Faire", p. 46.

(9) *Ibid.*, p. 46.

(10) 住宅供給に関するこれ以降の段落の記述には、Mark Swenarton, *Homes Fit for Heroes: The Politics and Architecture of Early State Housing in Britain*; John Stevenson, *British Society 1914-45*, pp. 221-41; Helen Meller, "Housing and Town Planning, 1900-1939"; 椿建也「大戦間期イギリスの住宅改革と公的介入政策――郊外化の進展と公営住宅の到来」、パット・セイン『イギリス福祉国家の社会史――経済・社会・政治・文化的背景』一六八―七二頁、二四〇―四九頁の情報をもとにした。

(11) Reiss , p. 7.

(12) The Editor, "Laissez-Faire", p. 46.

（13）*Ibid.*, p. 46.

（14）Shand, p. 67.

（15）*Ibid.*, p. 72.

（16）*Ibid.*, p. 73.

（17）該当箇所の原文は以下のとおり。“Sweden, on the other hand, has every chance of being able to do what Britain might have done had not the good seed sown by William Morris been choked by the tares of a spurious simple life rusticity and trodden under the besotted feet of Chipping Campden folk-dancers shod with artily wrought shoot.” (Shand 72)

（18）Shand, p. 67.

（19）Matless, p. 28.

（20）ＤＩＡについては Elizabeth Darling, *Re-forming Britain: Narratives of Modernity before Reconstruction,* pp.11-44 および菅靖子『イギリスの社会とデザイン――モリスとモダニズムの政治学』のとくに第五章を参照のこと。

（21）ケインズによるレッセフェール批判としてもっとも有名な文書として、「自由放任主義の終焉」(“The End of Laissez-Faire”, 1926) を参照のこと。

（22）Williams-Ellis , p. 15.

（23）*Ibid.*, p. 15.

（24）二〇世紀前半のイングリッシュネスをめぐっては、代表的なアンソロジーの Judy Giles and Tim Middleton (eds.), *Writing Englishness 1900-1950: An Introductory Sourcebook on National Identity* と論集の Robert Colls and Phillip Dodd (eds.), *Englishness: Politics and Culture 1880-1920* を参照のこと。

(25) 雑誌『ヴォーグ』(*Vogue*) の一九二八年七月二〇日号に掲載された Lawrence, "Review for *Vogue,* of *The Station: Athos, Treasures and Men*, by Robert Byron, *England and the Octopus*, by Clough Williams-Ellis, *Comfortless Memory*, by Mourice Baring, and *Ashenden, or The British Agent*, by W. Somerset Maugham" を指す。

(26) 以下のロレンスの詩「怒りの日」("Dies Irae") の第四連からの引用は、引用符や出典の表記も含めて、【図版6】にあるようにＤＩＡ報告書『土地の面』からそのままの形で記している。日本語訳は拙訳である。

(27) Lawrence, *Late Essays and Articles*, p. 285 には『建築評論』初出時の三つの段落のうち、最初の二つの段落のみ転載されている。よってこの引用は、同誌オリジナル版 Lawrence, "Then Disaster Looms Ahead / Mining-Camp Civilization" の p.47 にもとづいている。

(28) 川端「ポール・モレルの「レッサー・アーツ」」, p. 3.

(29) Williams, *The Country and the City*, p. 268.

(30) *Ibid*., p. 268.

第三章

(1) ベッチマンの伝記としては、Bevis Hillier による三巻本伝記を一巻に編集し直した *John Betjeman: The Biography* が簡便である。

(2) Motion, p. xv.

(3) Larkin, "Betjeman En Bloc", pp. 206-07.

(4) *Ibid*., p. 207.

(5) Gardiner, p. 329.

(6) Higgott, p. 30.

（7）MARS Group については、Thomas Deckker (ed.), *The Modern City Revisited* の第四章を参照のこと。

（8）以下、“Slough” からの引用は Betjeman, *Collected Poems*, pp. 20-21 より行ない、スタンザの番号を本文中に記す。ベッチマンの建築をめぐる活動と「スラウ」の分析については、大石和欣「建築物の詩学」が参考になる。

（9）Carey, p. 22.

（10）Carey, p. 66.

（11）Baldick, *The Modern Movement*, p. 310.

（12）Brown, pp. 38-39.

（13）Baldick, *The Modern Movement*, p. 310.

（14）Day, p. 33.

（15）*Ibid*., p. 235.

（16）*Ibid*., p. 235.

（17）Deborah Sugg Ryan, *Ideal Homes 1918-39: Domestic Design and Suburban Modernism* の第五章を参照のこと。

（18）スラウの変容については、Peter Burges, *Slough: A Century of Change*; Michael Cassell, *Long Lease!: The Story of Slough Estate, 1920-1991*; Judith and Karen Hunter, *Around Slough* を参照のこと。

（19）Day, p. 33.

（20）Baldick, *The Modern Movement*, p. 310.

（21）Betjeman, “1830-1930—Still Going Strong”, p. 239.

（22）*Ibid*., p. 240.

（23）アール・デコがジャズ・モダンとも呼ばれていたことについては、John Pile, *A History of Interior Design* に以下のような記述がある。“The term “jazz modern” was sometimes used to suggest an affinity with the nervous rhythms of the jazz music of the 1920s, which became popular in France and elsewhere in Europe.” (349)

(24) Betjeman, “1830-1930 – Still Going Strong”, p. 240.

(25) これ以降の記述に関係する『建築評論』の記事は、以下のとおりである。

1929. 4: The Editor, “Arnold Bennett, H. G. Wells, Bernard Shaw, and Harrods.”
1929. 5: “Causerie.”（ハロッズから反論掲載）
1929. 6: The Editor, “Harrods—and Sweden: The Artist, the Craftsman, and the Great Stores.”
1929. 7: R. Gordon Stark, “Store, Buyer, Maker.”
1929. 8: “Causerie.”（ハロッズからの反論掲載）
1929. 9: R. Gordon Stark, “Store, Buyer, Maker –II.”
1929. 10: J. E. Sachs, “The Big Store in Sweden.”
1930. 1: Supplement にて “Decoration and Craftsmanship.” 開始
1930. 2: D. H. Lawrence, “Pictures on the Wall.”
1930. 4: John Gloag, “Prophets and Profits.”
1930. 5: 特集 Modern English Interior Decoration
　The Editor, “Give the Public What It Wants.”
　John Betjeman, “1830-1930 – Still Going Strong: A Guide to the Recent History of Interior Decoration.”
　“Lord Benbow’s Apartments: The Architectural Review Competition.”
1930.8: 特集 Stockholm 1930
　D. H. Lawrence, “Nottingham and the Mining Countryside.”

(26)The Editor, "Give the Public What It Wants", p. 227.
(27)The Editor, "Arnold Bennett, H. G. Wells, Bernard Shaw, and Harrods", p. 163.
(28)一九二九年三月三日付けの日曜新聞『オブザーヴァー』の広告より。
(29)たとえばジェニファー・ウィキー『広告する小説』の議論を参照。
(30)The Editor , "Arnold Bennett, H. G. Wells, Bernard Shaw, and Harrods", p. 163.
(31)*Ibid*., p. 163.
(32)*Ibid*., p. 163.
(33)*Ibid*., p. 163.
(34)*Ibid*., p. 164.
(35)この「モダン」と「イングランドらしさ」の両立の困難については、本書の第一章ですでに論じた。同主題についてペヴスナーを扱った第七章も参照のこと。
(36)The Editor, "Harrods – and Sweden", p. 313.
(37)*Ibid*., p. 314.
(38)Outka, p. 103.
(39)The Editor, "Arnold Bennett, H. G. Wells, Bernard Shaw, and Harrods", p. 163.
(40)Esty, p. 42.
(41)Betjeman, "The Rassing of the Village", p. 89.
(42)Esty., p. 2.
(43)*Ibid*., p. 50.
(44)*Ibid*., p. 42.

(45) Betjeman, "The Passing of the Village", p. 89, p. 92.
(46) *Ibid.*, p. 92.
(47) *Ibid.*, pp. 92-93.
(48) *Ibid.*, p. 93.
(49) Esty., p. 48.

第四章

(1) Lawrence, *St Mawr*, p. 21. 以下、*St. Mawr* からの引用はケンブリッジ大学出版局版を用いて、引用の該当ページ番号を本文にカッコに入れて記す。日本語訳は拙訳である。
(2) コスモポリタンとしてのルウの特徴とアメリカ南西部奥地の表象との関係を、一九二〇年代前後のアメリカ社会の文脈において考察するためには、次章で取りあげるように Walter Benn Michaels, *Our America: Nativism, Modernism, and Pluralism* が必須文献である。また、Hidenaga Arai, "The 'Core of Asia' and the Core of Evil in D. H. Lawrence's *St. Mawr*" および Yoshikuni Shimotori, "The Evil Flood Welling Up from the Core of Asia: *St. Mawr* and Anxiety of Empire" も参照のこと。なお、本章のもとになった木下誠「『セント・モア』の帝国と英米関係」も収録されている『D・H・ロレンスとアメリカ／帝国』所収の両者の論考、霜鳥慶邦「『セント・モア』の植民地幻想」と新井英永「消え行く媒体としての「アジアの中心」――『セント・モア』とネイティヴィスト・モダニズム」も参照のこと。
(3) Lawrence, *Letters IV*, p. 246.
(4) Makoto Kinoshita, "D. H. Lawrence's 'Elephant' in the Imperial Contexts: Royal Tourism, *The English Review* and the Consumer Culture of Empire" を参照。

（5）木下誠「フロンティア神話の暗闇――D・H・ロレンス『カンガルー』と退化」を参照。
（6）Rossman, p. 198.
（7）『セント・モア』批評史の一九八〇年代までの的確かつ簡潔な解説としては、John B. Humma, *Metaphor and Meaning in D. H. Lawrence's Later Novels*, pp.45-9 を参照のこと。
（8）Giles, p. 179.
（9）Esty, p. 48.
（10）*Ibid.*, p. 48.
（11）*Ibid.*, p. 48.
（12）*Ibid.*, p. 48.
（13）Cannadine , p. 85.
（14）*Ibid.*, xix-xx.
（15）*Ibid.*, pp. 85-86.
（16）*Ibid.*, pp. 94-95.
（17）帝国のイギリス化については、川北稔「『帝国とジェントルマン』再考」を参照。
（18）Judd, pp. 277-78.
（19）帝国主義とジェントルマンの関係については、註17の川北論文およびそれを収めた論集の山本正（編）『ジェントルマンであること――その変容とイギリス近代』を参照のこと。
（20）植民地から本国に戻る移動の表象については、富山太佳夫『書物の未来へ』所収の「出戻りの歴史学」。また、富山による日本ロレンス協会第35回大会（二〇〇四年六月）の特別講演「D・H・ロレンスと大英帝国」とこの講演内容をもとに論文化した「裏返しの技法――小説の伝統も、帝国も」『D・H・ロレンスとアメリカ／帝国』、二四一－九七頁からも重要な示唆を受けた。「植民地帰りの男たち」の「退屈」をめぐる文学表象については、大田信良「退屈と帝国の再編」を参照のこと。

(21) フランク・カーモードやL・R・ウィリアムズの解釈は、テクストの統一性を重視しているために、この一節の異質性を抹消させてしまう。Frank Kermode, *Lawrence*, pp.112-13 および Linda Ruth Williams, *D. H. Lawrence*, p. 24, p. 27 を参照のこと。

(22) London School of Economics and Political Science, ed., pp. 200-44.

(23) 社会ダーウィニズムの定義および歴史的展開については、Mike Hawkins, *Social Darwinism in European and American Thought, 1860-1945: Nature as Model and Nature as Threat* を参照。

(24) Chatterton-Hill, pp. 257-58.

(25) Spencer, *Social Statics*, pp. 205-07 を参照のこと。

(26) Galton, *Hereditary Genius*, p. 45

(27) Galton, "Eugenics: Its Definition, Scope and Aims", p. 45. この講演は翌年に *Sociological Papers* に掲載された。

(28) Cox, p. 83.

(29) Richard A. Soloway, *Demography and Degeneration: Eugenics and the Declining Birthrate in Twentieth-Century Britain*, pp. 408-09 の一覧を参照のこと。

(30) Lankester, p. 30.

(31) Schreiner, p. 77.

(32) シュライナーのフェミニズムと帝国主義の関係については多くの論考があるが、ここではとくに Laura Chrisman, "Empire, 'Race' and Feminism at the *Fin de Siècle*: the Work of George Egerton and Olive Schreiner" を参考にした。

（33）Schreiner, pp. 84-94, pp. 101-02.

（34）Geoffrey R. Searle, "Eugenics and Class" を参照のこと。

（35）A. M. Carr-Saunders, *The Population Problem: A Study in Human Evolution*, p. 154 より。

（36）Cox, pp. 90-91.

（37）Inge, pp. 224-25.

（38）Freeman, p. 207.

（39）*Ibid.*, p. 236.

（40）*Ibid.*, pp. 29-32.

（41）第一回国際優生学大会（ロンドン大学開催）における、オクスフォード大学の哲学者F・C・S・Schillerの言葉。Richard A. Soloway, pp. 77 に引用。

（42）Inge, p.224.

（43）Margot Norris, "The Ontology of D. H. Lawrence's *St. Mawr*" を参照のこと。

（44）小説の形式に注目した古典的な論考で現在でも評価が高い Alan Wilde, "The Illusion of St Mawr: Technique and Vision in D. H. Lawrence's Novel" を参照のこと。また、馬と「土地の霊」に共通の原始性を読みとる典型的な論考としては、John B. Humma, *Metaphor and Meaning in D. H. Lawrence's Later Novels*, pp. 45-61 がある。

（45）Michaels, p. 98.

第五章

（1）Brown, p. 24.

（2）英・仏・米の軍事的対立の歴史については、Jeremy Black, *A Military History of Britain: From 1775 to the Present* を参照のこと。

（3）Dominguez, p. 264. ルイジアナ・クレオールについては Arnold R. Hirsch and Joseph Logsdon, eds., *Creole New Orleans: Race and Americanization* も参照のこと。

（4）Eric Williams , pp.159-60.

（5）*Ibid*., p.160 における引用より。

（6）William Appleman Williams, *The Tragedy of American Diplomacy* のとくに第一章第二節を参照のこと。

（7）Eric Williams, p. 160.

（8）*Ibid*., p.160.

（9）*Ibid*., p.160.

（10）*Ibid*., p.160.

（11）Vaughn, pp. 107-10.

（12）Slotkin, p. 175.

（13）Brown, p. 24.

（14）*Ibid*., p. 24.「ケルト」という概念および「大陸のケルト」「島のケルト」の分類が考古学的に近年問題視されていることについては、下楠昌哉『妖精のアイルランド――「取り替え子」の文学史』のとくに序章を参照のこと。

（15）Brown, p. 24.

（16）*Ibid*., p. 24.

（17）*Ibid*., p. 25.

(18)以下、アングロサクソニズムに関する記述および引用は、Krishan Kumar, *The Making of English National Identity*, pp. 205-07より。文学テクストのアングロサクソニズム分析の例としては、大田信良「『日はまた昇る』と地政学的無意識——文化表象としてのアングロサクソニズム」。

(19)Kumar, p. 207.

(20)「ウェールズ人のインディアン」という「マドック神話」をめぐる川北稔『アメリカは誰のものか——ウェールズ王子マドックの神話』は、キース・ブラウンの『セント・モア』解釈を読み直すうえでたいへん興味深い研究である。

(21)Ngai, p. 67.

(22)Stoddard, p. 252.

(23)Doyle, p. 15.

(24)*Ibid.*, p. 15に引用。

(25)*Ibid.*, pp. 15-16に引用。

(26)Castle, p. 365.

(27)Horace M. Kallen, *Culture and Democracy in the United States*を参照のこと。また、カレンとその文化多元主義をめぐる歴史的文脈に関しては、今田克司「米国における文化多元主義」を参照のこと。

(28)Lawrence, "America, Listen to Your Own", p. 90.

(29)*Ibid.*, p. 90.

(30)*Ibid.*, pp. 90-91.

(31)Higham , p. 4.

(32)Michaels , p. 2.

(33) Michaels, pp. 23-40 を参照のこと。
(34) Lawrence, "America, Listen to Your Own", p. 91.
(35) McLuhan, p. 41.
(36) Shaffer , p. 4.
(37) *Ibid.*, p. 43.
(38) Esty, p.48
(39) *Ibid.*, p. 48.
(40) Giles, p. 179.
(41) Esty, p. 2.
(42) *Ibid.*, p. 2.
(43) *Ibid.*, p. 48.

第六章

(1) Britton, p. 139.
(2) Williams, *The English Novel from Dickens to Lawrence*, p. 186.
(3) Morg Shiach, *Modernism, Labour and Selfhood in British Literature and Culture 1890-1930* は『チャタレー夫人の恋人』における労働と主体の形成の関係について興味深い議論を展開している(Shiach, p. 185-99)が、ゼネストの関係には触れていない。ゼネストそのものの意義については、ギルド社会主義と社会信用論の展開と関連づけながら論じている。同書 pp. 227-46 を参照のこと。
(4) イングランドの状況小説の二〇世紀における展開については、本文で言及した Chris Baldick, *Literature of*

the 1920s, pp. 55-61 のほかに、David Lodge, *The Language of Fiction*, pp. 227-57 および David Trotter, *The English Novel in History: 1895-1920*, pp. 154-65 を参照のこと。

（5）Baldick, *Literature of the 1920s*, p. 60.

（6）*Ibid.*, p. 61.

（7）Williams, *The Country and the City*, p. 268.

（8）Derek Britton は『チャタレー夫人の恋人』の第一稿から完成稿の第三稿までの変化を丹念に跡づけて、ロレンスが小説の焦点を政治から性愛関係へと移行させていった過程をあきらかにした。その作業は、「革命」よりも「再生」の重視へ、という小説の枠組みを裏づけることにつながる。

（9）Williams, *The English Novel from Dickens to Lawrence*, p. 184.

（10）Williams, *Politics and Letters*, p. 272.

（11）「未来時制の想像力」という表現は、レイモンド・ウィリアムズのエッセイ「想像力の時制」から示唆を得ている。川端康雄編訳『想像力の時制——文化研究Ⅱ』八―一三頁。

（12）David Bradshaw, "Red Trousers: *Lady Chatterley's Lover* and John Hargrave" を参照のこと。

（13）ハーグレイヴとキボ・キフトについては、Cathy Ross with Oliver Bennett, *Designing Utopia: John Hargrave and the Kibbo Kift* がロンドン博物館におけるコレクションの解説本であり、たいへん詳しい。

（14）Saler, p. vii.

（15）Saler, p. vii.

（16）Saler, p. x.

（17）原文は以下のとおり。"For the lesson which Ruskin here teaches us is that art is the expression of man's pleasure in labour; that it is possible for man to rejoice in his work, for, strange as it may seem to us to-day, there have been times when he did rejoice in it; . . ." (Ruskin, p. i) 訳文は、川端康雄訳『ゴシックの本質』七頁。

(18) Martin, p. 3.

(19) David Bownes, *London Transport Posters* を参照のこと。

(20) Saler, pp. 142-43.

(21) Pevsner, "Patient Progress One: Frank Pick", p. 208 に引用された Frank Pick, *Paths to Peace: Two Essays in Aims and Methods* (1941) より。なお、引用中の「(中略)」はペヴスナーの原文のままである。

(22) Saler, p. 79.

(23) Pevsner, *Pioneers of the Modern Movement*, p. 24.

(24) なお、*Pioneers of the Modern Movement: From William Morris to Walter Gropius* は、一九四九年に増補改訂された第二版がニューヨーク近代美術館から出版された。その際にタイトルが *Pioneers of Modern Design: From William Morris to Walter Gropius* に変更された。さらに、一九六〇年出版の版以降では、第二次世界大戦後に本書を「モダンムーヴメント」ではなく、「モダンデザイン」の本として売り出す企図に合わせてなのか、引用した箇所のなかの "the Father of the Modern Movement" のフレーズは削除されている。この点については本書の終章であらためて述べる。

(25) Pevsner, *Pioneers of the Modern Movement*, p. 207.

(26) Steele, pp. 68-69.

(27)『ニュー・エイジ』一九〇七年五月二日号の四頁より引用。

(28) Lawrence, *Study of Thomas Hardy and Other Essays*, p.271.

(29) ギルド社会主義から社会信用論への展開については、Frances Hutchinson and Brian Burkitt (eds.), *The Political Economy of Social Credit and Guild Socialism* に詳しい。また、C. H. Douglas については、J. E.

King, *Economic Exiles*, pp.136-60を参照のこと。

（30）社会信用論について日本語で書かれた文献としては、関曠野『フクシマ以後――エネルギー・通貨・主権』および「関曠野インタヴュー――社会信用論、ベーシック・インカム、そして批評」を参照のこと。

（31）Taylor, p. 105.

（32）Finlay, p. 83. それぞれ該当する原文は以下のとおり。Gary Taylor: "Douglas provided Orage with a basic economic analysis, which he attempted to graft on to the existing theory of National Guilds. In many ways, it was Orage who adapted Social Credit to the guild idea." (105) ; John L. Finlay: "Many erstwhile guildsmen, above all the middle-class element, were eager to grasp at any straw. And even while the disintegration was proceeding, and even from the very same source which had earlier given the lead to the guilds, that straw was being pushed forward – the straw of Social Credit." (83)

（33）Steele, p. 1.

（34）この段落の記述は、山崎勇治『石炭で栄え滅んだ大英帝国――産業革命からサッチャー改革まで』の第四章に依拠している。

（35）この段落の記述は、同書の第五章および第六章に依拠している。

（36）Huxley, p. 57.

（37）ロレンスも、ハクスリーより以前に同じダラムの炭坑労働組合から講演の依頼を受けたが、健康状態の悪化を理由に断っている。David Bradshaw, "Huxley's Slump: Planning, Eugenics and the 'Ultimate Need' of Stability" の冒頭部分 pp. 151-53 を参照のこと。

（38）Edward Nehls, *D. H. Lawrence: A Composite Biography: Volume III 1925-1930*, pp. 77-81 を参照のこと。

（39）加藤洋介『D・H・ロレンスと退化論――世紀末からモダニズムへ』の第八章の議論を参照のこと。

（40）関、二〇一頁。
（41）Hargrave, pp. 94-95.
（42）Lawrence, *Letters VI*, p. 267.

第七章

（1）川端「1951年——イギリス祭の「国民」表象」、四頁。
（2）同文献、五頁。
（3）Conekin, pp. 46-79.
（4）ドキュメンタリーフィルム *Brief City* については、Harriet Atkinson, *The Festival of Britain: A Land and Its People*, p. 196 を参照のこと。なお、Mary Banham and Bevis Hiller (eds.), *A Tonic to the Nation: The Festival of Britain 1951* は、イギリス祭開催時の関係者によるアンソロジーで貴重な情報源である。
（5）ピクチャレスクについては膨大な文献があるが、本章ではとくに、英語文献では Stephen Copley and Peter Garside (eds.), *The Politics of the Picturesque: Literature, Landscape and Aesthetics since 1770* と Jonathan Hill, *A Landscape of Architecture, History and Fiction* を、日本語文献ではとくに高山宏『庭の綺想学——近代西欧とピクチャレスク美学』を参照した。また、風景式庭園については、小野二郎「ザ・ランドスケイプ・ガーデン」がある。
（6）Banham, p. 265.「レイナー・バンハム」の表記で彼の主著の日本語訳が出版されているが、ここではより原音に近い「レイナー・バナム」とする。
（7）*Ibid.*, p. 265.
（8）Atkinson, p. 64.

（9）*Ibid.*, p. 65.
（10）*Ibid.*, p. 65.
（11）武藤浩史『ビートルズは音楽を超える』のとくに第一章第三節を参照のこと。
（12）出版されている訳書の題名は、引用文献一覧にあるように『英国美術の英国らしさ』であるが、本書では「イングリッシュネス」の表記を残すために、このような日本語名とする。
（13）Harris, *Nikolaus Pevsner*, p. 478.
（14）Games, ed., *Pevsner*, p. 260.
（15）ペヴスナーの伝記的情報は、全面的に Susie Harris, *Nikolaus Pevsner* に負っている。
（16）Pevsner, *The Englishness of English Art*, p. 9. 以下、同書からの引用は、初版時の歴史性を重視するために The Architectural Press から出版されたこの版を用いる。のちのペンギン版などは文言の異同や写真の追加などを含んでいる。引用箇所は、本文中に該当ページ番号を括弧に入れて記す。日本語訳は蛭川久康訳に倣ったが、議論の文脈に応じて文言を変更した。
（17）フィールドに喩えたこの記述は、本書の終章でもふたたび言及するジェド・エスティの議論、とくに「人類学的転回」を意識している。つまり、『イングランドの芸術におけるイングリッシュネス』は、エスティがいうところの後期モダニズムのテクストとして位置づけるべきであると考える。
（18）また、ペヴスナーが Roger Fry, *Reflections on British Painting* に言及していることも、第二次世界大戦前の政治状況を『イングランドの芸術におけるイングリッシュネス』の歴史的文脈として導入する。フライの本は、一九三四年にロンドンのバーリントンハウスで開催された“The Exhibition of British Art”関連の講演会の内容をもとにしている。フライはその冒頭で、ナショナリズムが芸術の評価に与える悪しき影響に言及している。

（19）Causey, p. 169.

（20）Read, p. 23.

（21）Harris, *Nikolaus Pevsner*, pp. 150-51.

（22）Pevsner, *An Enquiry into Industrial Art in England*, p. 1.

（23）William Morris, "The Lesser Arts" は、もともとは "The Decorative Arts" のタイトルで一八七七年に講演されたものである。

（24）Matless, p. 260.

（25）*Ibid.*, p.260.

（26）Pevsner, *Visual Pleasures*, p. 2.

（27）*Ibid.*, p. 4.

（28）*Ibid.*, p. 4.

（29）*Ibid.*, p. 16.

（30）Fiona MacCarthy, *Anarchy and Beauty: William Morris and His Legacy 1860-1960* の第四章以降は、おもにモリス死後の彼の影響を、イギリス祭にいたるまで論じている。

（31）Stephen Games, *Pevsner: The BBC Years: Listening to the Visual Arts* および Stephen Games (ed.), *Pevsner: The Complete Broadcast Talks: Architectural and Art on Radio and Television, 1945-1977* を参照のこと。

（32）Games, ed., *Pevsner*, p. 5.

（33）Forty, "Pevsner the Writer", p. 91.

（34）*Ibid.*, p. 92.

（35）*Ibid.*, pp. 91-92.

(36) *Ibid.*, p. 92.
(37) Byron, p. 30.
(38) *Ibid.*, p. 9.
(39) *Ibid.*, p. 9.
(40) *Ibid.*, pp. 10-11.
(41) *Ibid.*, p. 11.
(42)「タウンスケイプ」は町の景観といった意味の一般名詞ではあるが、ペヴスナーも一時期編集を担当したイギリスの建築デザイン雑誌『建築評論』が、一九四〇年代以降にピクチャレスク美学によるあらたな都市計画のキャンペーンを展開したときにさかんに用いた。本章冒頭でバナムが批判していたのは、まずはこの動きのことであった。ただし、バナムも『建築評論』の編集を担当していた時期があり、さらに彼の博士論文の指導教授はペヴスナーである。なお、ペヴスナーのタウンスケイプに関する未完の原稿は、Pevsner, *Visual Planning and the Picturesque* に一部断片的でありながらも集められており、これからさらに研究の進展が期待される。
(43) Games, ed. *Pevsner*, p. 315.

終章

(1) Esty, pp. 182-98.
(2) 以下の記述は、Irene Sunwoo., "Whose Design?: MoMA and Pevsner's *Pioneers*" からの情報に全面的に負っている。なお、同論文の情報は、高安啓介『近代デザインの美学』二五九頁より得たうえに、著者から貴重な示唆もいただいた。ここに記して感謝申し上げる。

(3) Forty, *Words and Buildings*, p. 136.

(4) Williams, *Culture and Society*, pp. 211-12.

(5) Esty, p. 48.

(6) *Ibid.*, p. 2.

(7) Williams, *The Country and the City*, p. 268.

(8) Williams, *Politics and Letters*, p. 272.

(9) Williams, *The Country and the City*, p. 268.

(10) Williams, *The English Novel from Dickens to Lawrence*, p. 184.

文献一覧

Arai, Hidenaga. "The 'Core of Asia' and the Core of Evil in D. H. Lawrence's *St. Mawr*." *D. H. Lawrence: Literature, History, Culture*. Eds. Michael Bell et al. Tokyo: Kokusyokankokai, 2005.

Ardis, Ann L. *Modernism and Cultural Conflict 1880-1922*. Cambridge: Cambridge UP, 2002.

Atkinson, Harriet. *The Festival of Britain: A Land and Its People*. London: L. B. Tauris, 2012.

Baldick, Chris. *Literature of the 1920s: Writers among the Ruins*. Edinburgh: Edinburgh UP, 2012.

——. *The Modern Movement*. The Oxford English Literary History, Volume 10. Oxford: Oxford UP, 2004.

Banham, Mary, and Bevis Hiller, eds. *A Tonic to the Nation: The Festival of Britain 1951*. London: Thames and Hudson, 1976.

Banham, Reyner. "Revenge of the Picturesque: English Architectural Polemics, 1945-65." *Concerning Architecture: Essays Presented to Nikolaus Pevsner*. Ed. John Summerson. Baltimore: Penguin, 1968. 265-73.

Becket, Fiona. *The Complete Critical Guide to D. H. Lawrence*. London: Routledge, 2002.

Betjeman, John. "The Passing of the Village." *The Architectural Review* (September 1932): 89-93.

——. "Slough." *Collected Poems*. 1958. London: John Murray, 2006. 20-21.

——. "1830-1930 – Still Going Strong: A Guide to the Recent History of Interior Decoration." *The Architectural Review* (May 1930): 231-40.

Black, Jeremy. *A Military History of Britain: From 1775 to the Present*. London: Praeger Security International, 2006.

Braddell, Darcy. "The Textile Designs of Paul Nash." *The Architectural Review* (October 1928): 161-63.

Bradley, Simon, and Bridget Cherry, eds. *The Buildings of England: A Celebration*. Dorchester: The Friday Press, 2001.

Bradshaw, David. "Huxley's Slump: Planning, Eugenics and the 'Ultimate Need' of Stability." *The Art of Literary Biography.* Ed. John Batchelor. Oxford: Oxford UP, 1995. 151-71.

——. "Red Trousers: *Lady Chatterley's Lover* and John Hargrave." *Essays in Criticism* 55 (2005): 352-73.

Britton, Derek. *Lady Chatterley: The Making of the Novel*. London: Unwin Hyman, 1988.

Brooker, Peter, and Andrew Thacker, eds. *The Oxford Critical and Cultural History of Modernist Magazines*. Volume I, Britain and Ireland 1880-1955. Oxford: Oxford UP, 2009.

Brown, Dennis. *John Betjeman*. Tavistock: Northcote House, 1999.

Brown, Keith. "Welsh Red Indians: Lawrence and *St Mawr*." *Rethinking D. H. Lawrence*. Ed. Keith Brown. Milton Keynes: Open UP, 1990. 23-37.

Brownes, David. *London Transport Posters*. London: Lund Humphries, 2011.

Burges, Peter. *Slough: A Century of Change*. Stroud: Nonsuch, 2005.

Byron, Robert. *The Appreciation of Architecture*. London: Wishart & Co., 1932.

Cannadine, David. *Ornamentalism: How the British Saw Their Empire*. Oxford: Oxford UP, 2001.

Carey, John. *The Intellectuals and the Masses: Pride and Prejudice among the Literary Intelligentsia 1880-1939*. London: Faber and Faber, 1992.

Carrington, Noel. *Industrial Design in Britain*. London: Allen & Unwin, 1976.

Carr-Saunders, A. M. *The Population Problem: A Study in Human Evolution*. Oxford: Clarendon, 1922.

Cassell, Michael. *Long Lease!: The Story of Slough Estate, 1920-1991*. London: Pencorp, 1991.

Casson, Hugh. "The Elusive H. de C." *RIBA Journal* (February 1971): 58-59.

Casson, Hugh, Colin Boyne and Gordon Cullen. "H. de C. Hastings, 1902-1986." *The Architects' Journal* (17 & 24 December 1986): 4-5.

Castle, W. E. "Biological and Social Consequences of Race Crossing." *The Journal of Heredity* (September 1924): 363-69.

Causey, Andrew. "Pevsner and Englishness." *Reassessing Nikolaus Pevsner*. Ed. Peter Draper. Aldershot: Ashgate, 2004. 161-76.

Chatterton-Hill, G. "Race Progress and Race Degeneracy." *The Sociological Review* (July 1909): 250-59.

Chrisman, Laura. "Empire, 'Race' and Feminism at the *Fin de Siècle*: The Work of George Egerton and Olive Schreiner." *Cultural Politics at the Fin de Siècle*. Eds. Sally Ledger and Scott McCracken. Cambridge: Cambridge UP, 1995. 45-65.

Colley, Linda. *Britons: Forging the Nation 1707-1837*. New Haven: Yale UP, 1992.

Colls, Robert, and Phillip Dodd, eds. *Englishness: Politics and Culture 1880-1920*. Second Edition. London: Bloomsbury Academic, 2014.

Conekin, Becky E. *The Autobiography of a Nation: The 1951 Festival of Britain*. Manchester: Manchester UP, 2003.

Connolly, Cyril. *Enemies of Promises*. 1938. Chicago: U of Chicago P, 2008.

Copley, Stephen, and Peter Garside, eds. *The Politics of the Picturesque: Literature, Landscape and Aesthetics since 1770*. Cambridge: Cambridge UP, 1994.

Cox, Harold. "The Reduction of the Birth Rate as a Necessary Instrument for the Improvement of the Race." *The Eugenics Review* (June 1922): 83-92.

Curl, James Stevens. *A Dictionary of Architecture and Landscape Architecture*. Second Edition. Oxford: Oxford UP, 2006.

Darling, Elizabeth. *Re-forming Britain: Narratives of Modernity before Reconstruction*. London: Routledge, 2007.

Day, Gary. *Literature and Culture in Modern Britain: 1930-1955*. London: Addison-Wesley Longman, 1997.

Deckker, Thomas, ed. *The Modern City Revisited*. Abingdon: Taylor and Francis, 2017.

Dominguez, Virginia R. *White by Definition: Social Classification in Creole Louisiana*. New Jersey: Rutgers UP, 1986.

Douglas, Clifford Hugh. *Economic Power*. London: Cecil Palmer, 1920.

——. *Credit-Power and Democracy: with a Draft Scheme for the Mining Industry*. London: Cecil Palmer, 1921.

Doyle, Laura. *Bordering on the Body: The Racial Matrix of Modern Fiction and Culture*. Oxford: Oxford UP, 1994.

Editors, The. "Arnold Bennett, H. G. Wells, Bernard Shaw, and Harrods." *The Architectural Review* (April 1929): 163-64.

——. "First Century." *The Architectural Review* The Centenary Issue (May 1996): 4-5.

——. "Give the Public What It Wants." *The Architectural Review* (May 1930): 227-30.

——. "Harrods—and Sweden: The Artist, the Craftsman, and the Great Stores." *The Architectural Review* (June 1929): 313-14.

——. "Laissez-Faire." *The Architectural Review* (August 1930): 46.

Esty, Jed. *A Shrinking Island: Modernism and National Culture in England*. Princeton: Princeton UP, 2004.

Ferrall, Charles, and Dougal McNeill, eds. *Writing the 1926 General Strike: Literature, Culture, Politics*. Cambridge: Cambridge UP, 2015.

Finlay, John L. *Social Credit: The English Origins*. Montreal: McGill-Queen's UP, 1972.

Forty, Adrian. "Pevsner the Writer." *Reassessing Nikolaus Pevsner*. Ed. Peter Draper. Aldershot: Ashgate, 2004. 87-93.

——. *Words and Buildings: A Vocabulary of Modern Architecture*. London: Thames & Hudson, 2000.

Freeman, R. Austin. *Social Decay and Regeneration*. London: Constable, 1921.

Fry, Roger. *Reflections on British Painting*. London, Faber & Faber, 1934.

Galton, Francis. "Eugenics: Its Definition, Scope and Aims." *Sociological Papers* Volume 1 (London, Macmillan, 1905): 45-79.

——. *Hereditary Genius*. 1869. London: Fontana, 1962.

Games, Stephen. *Pevsner: The BBC Years: Listening to the Visual Arts*. Farnham: Ashgate, 2015.

——, ed. *Pevsner: The Complete Broadcast Talks: Architectural and Art on Radio and Television, 1945-1977*. Farnham: Ashgate, 2014.

Gardiner, Juliet. *The Thirties: An Intimate History*. London: Harper, 2010.

Giles, Paul. *Atlantic Republic: The American Tradition in English Literature*. Oxford: Oxford UP, 2007.

Giles, Judy, and Tim Middleton, eds. *Writing Englishness 1900-1950: An Introductory Sourcebook on National Identity*. London: Routledge, 1995.

Gill, Eric. *Art-Nonsense and Other Essays*. 1929. London: Cassell & Company, 1934.

——. "Paintings and Criticism." *The Architectural Review* (March 1930): 111-12.

Gloag, John. "Prophets and Profits." *The Architectural Review* (April 1930): 215-16.

Greenhalgh, Paul, ed. *Modernism in Design*. London: Reaktion, 1990.

Hargrave, John. *The Confession of the Kibbo Kift*. 1927. Second Edition. Glasgow: William Maclellan, 1979.

Harris, Susie. *Nikolaus Pevsner: The Life*. London: Pimlico, 2011.

——. "Pevsner and Penguin." *Reading Penguin: A Critical Anthology*. Eds. William Wootten and George Donaldson. Cambridge: Cambridge Scholars, 2013. 49-63.

Harrison, Andrew. *The Life of D. H. Lawrence*. London: Blackwell, 2016.

Hawkins, Mike. *Social Darwinism in European and American Thought, 1860-1945: Nature as Model and Nature as Threat*. Cambridge: Cambridge UP, 1997.

Higgott, Andrew. *Mediating Modernism: Architectural Cultures in Britain*. London: Routledge, 2006.

Higham, John. *Strangers in the Land: Patterns of American Nativism*. 1963. New Brunswick: Rutgers UP, 2003.

Hill, Jonathan. *A Landscape of Architecture, History and Fiction*. Abingdon: Routledge, 2016.

Hillier, Bevis. *John Betjeman: The Biography.* London: John Murray, 2007.

Hirsch, Arnold R., and Joseph Logsdon, eds. *Creole New Orleans: Race and Americanization*. Baton Rouge: Louisiana State UP, 1992.

Humma, John B. *Metaphor and Meaning in D. H. Lawrence's Later Novels*. Columbia: U of Missouri P, 1990.

Hunter, Judith, and Karen Hunter. *Around Slough*. Stroud: Nonsuch, 1992.

Hutchinson, Frances, and Brian Burkitt. *The Political Economy of Social Credit and Guild Socialism*. London: Routledge, 1997.

Huxley, Aldous. "Abroad in England." *The Hidden Huxley*. Ed. David Bradshaw. London: Faber and Faber, 1994. 51-64.

Inge, W. R. "The Future of the English Race." *The Edinburgh Review* (April 1919): 209-31.

Jackson, Paul. *Great War Modernisms and The New Age Magazine*. London: Bloomsbury Academic, 2012.

Judd, Denis. *Empire: The British Imperial Experience 1765 to the Present*. London: HarperCollins, 1996.

Kallen, Horace M. *Culture and Democracy in the United States*. 1924. London: Transaction, 1998.

Kermode, Frank. *D. H. Lawrence*. London: Fontana, 1973.

King, J. E. *Economic Exiles*. London: Macmillan, 1988.

Kinoshita, Makoto. "D. H. Lawrence's 'Elephant' in the Imperial Contexts: Royal Tourism, *The English Review* and the Consumer Culture of Empire." *Seijo English Monographs* 42 (2010): 341-56.

Kumar, Krishan. *The Making of English National Identity*. Cambridge: Cambridge UP, 2003.

Lankester, Edwin Ray. *Degeneration: A Chapter in Darwinism*. London: Macmillan, 1880.

Larkin, Philip. "Betjeman En Bloc." *Further Requirements: Interviews, Broadcasts, Statements and Book Reviews 1952-1985*. London: Faber and Faber, 2001. 206-17.

——. "It Could Only Happen in England." *Required Writing: Miscellaneous Pieces 1955-1982*. London: Faber and Faber 1984. 204-18.

Lasdun, Susan. "H. de C. Reviewed." *The Architectural Review* (September 1996): 68-72.

Lawrence, D. H. "America, Listen to Your Own." *Phoenix: The Posthumous Papers of D. H. Lawrence*. Ed. Edward D. McDonald. London: Heinemann, 1936. 87-91.

——. "'Art and Individual', First Version." *Study of Thomas Hardy and Other Essays*. The Cambridge Edition of the Letters and Works of D. H. Lawrence. Ed. Bruce Steels. Cambridge: Cambridge UP, 1985. 223-29.

——. "Art and the Individual: A Paper for Socialists." *Study of Thomas Hardy and Other Essays*. The Cambridge Edition of the Letters and Works of D. H. Lawrence. Ed. Bruce Steels. Cambridge: Cambridge UP, 1985. 135-42.

——. "Autobiographical Fragment." *Phoenix: The Posthumous Papers of D. H. Lawrence*. Ed. Edward D. McDonald. London: Heinemann, 1936. 817-36.

——. "[Autobiographical Fragment]." *Late Essays and Articles*. The Cambridge Edition of the Letters and Works of D.

H. Lawrence. Ed. James T. Boulton. Cambridge: Cambridge UP, 2004. 50-68.

——. *Introductions and Reviews*. The Cambridge Edition of the Letters and Works of D. H. Lawrence. Eds. N. H. Reeve and John Worthen. Cambridge: Cambridge UP, 2005.

——. *Lady Chatterley's Lover*. 1928. The Cambridge Edition of the Letters and Works of D. H. Lawrence. Ed. Michael Squires. Cambridge: Cambridge UP, 1993. [『チャタレー夫人の恋人』武藤浩史訳、ちくま文庫、二〇〇四年。]

——. *Late Essays and Articles*. The Cambridge Edition of the Letters and Works of D. H. Lawrence. Ed. James T. Boulton. Cambridge: Cambridge UP, 2004.

——. *The Letters of D. H. Lawrence VI*. The Cambridge Edition of the Letters and Works of D. H. Lawrence. Eds. Keith Sagar and James T. Boulton. Cambridge: Cambridge UP, 1993.

——. *The Letters of D. H. Lawrence VII*. The Cambridge Edition of the Letters and Works of D. H. Lawrence. Eds. Keith Sagar and James T. Boulton. Cambridge: Cambridge UP, 1993.

——. "Nottingham and the Mining Countryside." *Phoenix: The Posthumous Papers of D. H. Lawrence*. Ed. Edward D. McDonald. London: Heinemann, 1936. 133-40.

——. "Nottingham and the Mining Countryside." *Late Essays and Articles*. The Cambridge Edition of the Letters and Works of D. H. Lawrence. Ed. James T. Boulton. Cambridge: Cambridge UP, 2004. 287-94. [岡野圭壷訳「ノッティンガムと炭鉱地帯」、吉村宏一ほか訳『不死鳥』上巻　山口書店、一九八四年、一九一-二〇〇頁。]

——. *Phoenix: The Posthumous Papers of D. H. Lawrence*. Ed. Edward D. McDonald. London: Heinemann, 1936.

——. *Phoenix II: Uncollected, Unpublished and Other Prose Works by D. H. Lawrence*. Eds. Warren Roberts and Harry T. Moore. London: Heinemann, 1968.

——. "Pictures on the Walls." *The Architectural Review* (February 1930): 55-57.

——. “Pictures on the Wall.” *Late Essays and Articles.* Ed. James T. Boulton. The Cambridge Edition of the Letters and Works of D. H. Lawrence. Cambridge: Cambridge UP, 2004. 257-64.〔鎌田明子訳「壁に掛けられた絵」、吉村宏一ほか訳『不死鳥II』山口書店、一九九二年、七四七−五八頁。〕

——. “Return to Bestwood.” *Phoenix II: Uncollected, Unpublished and Other Prose Works by D. H. Lawrence*. Eds. Warren Roberts and Harry T. Moore. London: Heinemann, 1968.〔藤原満寿子訳「ベストウッドへの帰還」、吉村宏一ほか訳『不死鳥II』山口書店、一九九二年、二一九−三二頁。〕

——. “[Return to Bestwood].” *Late Essays and Articles*. The Cambridge Edition of the Letters and Works of D. H. Lawrence. Ed. James T. Boulton. Cambridge: Cambridge UP, 2004. 15-24.

——. “Review for *Vogue,* of *The Station: Athos, Treasures and Men*, by Robert Byron, *England and the Octopus*, by Clough Williams-Ellis, *Comfortless Memory*, by Mourice Baring, and *Ashenden, or The British Agent*, by W. Somerset Maugham.” *Introductions and Reviews*. The Cambridge Edition of the Letters and Works of D. H. Lawrence. Eds. N. H. Reeve and John Worthen. Cambridge: Cambridge UP, 2005. 339-43.

——. “Review of *Art-Nonsense and Other Essays*.” *Introductions and Reviews*. The Cambridge Edition of the Letters and Works of D. H. Lawrence. Eds. N. H. Reeve and John Worthen. Cambridge: Cambridge UP, 2005. 353-59.

——. *St Mawr and Other Stories*. 1925. The Cambridge Edition of the Works of D. H. Lawrence. Ed. Brian Finney. Cambridge: Cambridge UP, 1983.

——. “Then Disaster Looms Ahead / Mining-Camp Civilization: The English Contribution to Progress.” *The Architectural Review* (August 1930): 47-51.

——. *Women in Love*. 1920. The Cambridge Edition of the Works of D. H. Lawrence. Eds. David Farmer et al. Cambridge: Cambridge UP, 1987.

Leavis, F. R. *D. H. Lawrence: Novelist*. London: Chatto and Windus, 1955.

Lodge, David. *The Language of Fiction: Essays in Criticism and Verbal Analysis of the English Novel.* London: Routledge, 1966.

London School of Economics and Political Science, ed. *The New Survey of London Life and Labour: Volume 1, Forty Years of Change*. London: P. S. King & Sons, Ltd., 1930.

MacCarthy, Fiona. *Anarchy and Beauty: William Morris and His Legacy 1860-1960*. London: National Portrait Gallery, 2014.

Martin, Wallace. *The New Age under Orage*. Machester: Manchester UP, 1967.

Matless, David. *Landscape and Englishness*. London: Reaktion, 1998.

McLuhan, L. C. *Dream Tracks: Railroad and the American Indian, 1890-1930.* New York: Harry N. Abrams, 1985.

Meller, Helen. "Housing and Town Planning, 1900-1939." *A Companion to Early Twentieth-Century Britain*. Ed. Chris Wrigley. Oxford: Blackwell, 2003. 388-405

Michaels, Walter Benn. *Our America: Nativism, Modernism, and Pluralism*. Durham: Duke UP, 1995.

Morris, William. "Art, Wealth and Riches." *The Collected Works of William Morris.* Volume XXIII. London: Longmans Green, 1915. 143-63.

——. *The Collected Letters of William Morris*. Volume II 1881-1884. Princeton: Princeton UP, 1987.

——. "The Lesser Arts." *News from Nowhere and Other Writings*. London: Penguin, 2004. 231-54.

——. *News from Nowhere and Other Writings.* London: Penguin, 2004.

Motion, Andrew. "Introduction." John Betjeman, *Collected Poems.* London: John Murray, 2006. xv-xxiv.

Mowl, Timothy. *Stylistic Cold Wars: Betjeman Versus Pevsner.* London: Faber and Faber, 2011.

Nash, Paul. "Modern English Furnishing." *The Architectural Review* (January 1930): 43-48.

——. "The Public and Art: Or a Brand from the Burning." *The Architectural Review* (April 1930): 167-68.

Nehls, Edward. *D. H. Lawrence: A Composite Biography.* Volume Three, 1925-1930. Madison: U of Wisconsin, 1959.

Ngai, Mae M. "The Architecture of Race in American Immigration Law: A Reexamination of the Immigration Act of 1924." *The Journal of American History* (June 1999): 67-92.

Norris, Margot. "The Ontology of D. H. Lawrence's *St. Mawr.*" *Beast of the Modern Imagination: Darwin, Nietzsche, Kafka, Ernst, and Lawrence*. Baltimore: John Hopkins UP, 1985. 170-94.

Outka, Elizabeth. *Consuming Traditions: Modernity, Modernism and the Commodified Authentic*. Oxford: Oxford UP, 2009.

Pendlebury, John, Erdem Erten and Peter L. Larkham, eds. *Alternative Visions of Post-War Reconstruction: Creating the Modern Townscape*. London: Routledge, 2015.

Pevsner, Nikolaus. *The Englishness of English Art.* London: The Architectural Press, 1956.［ニコラウス・ペヴスナー『英国美術の英国らしさ――芸術地理学の試み』蛭川久康訳、研究社、二〇一四年。］

——. *An Enquiry into Industrial Art in England*. Cambridge: Cambridge UP, 1937.

——. *An Introduction of European Architecture*. Harmondworth: Penguin, 1943.［ニコラウス・ペヴスナー『新版ヨーロッパ建築序説』小林文次・山口廣・竹本碧訳、彰国社、一九八九年。］

——. "Patient Progress One: Frank Pick." *Studies in Art, Architecture and Design*. Volume Two, Victorian and After. London: Thames and Hudson, 1968. 190-209.

——. *Pioneers of Modern Design: From William Morris to Walter Gropius*. New York: Museum of Modern Art, 1949.［ニコラス・ペヴスナー『モダン・デザインの展開――モリスからグロピウスまで』白石博三訳、みすず書房、

一九五七年。]

——. *Pioneers of the Modern Movement: From William Morris to Walter Gropius*. London: Faber and Faber, 1936.

——. *Visual Planning and the Picturesque*. Ed. Mathew Aitchison. Los Angeles: Getty Publications, 2010.

——. *Visual Pleasures from Everyday Things*. London: B. T. Batsford, 1946.

Pick, Frank. *Paths to Peace: Two Essays in Aims and Methods*. London: G. Routledge, 1941.

Pile, John. *A History of Interior Design*. Second Edition. London: Laurence King, 2005.

Pinkney, Tony. *D. H. Lawrence and Modernism*. Iowa: U of Iowa P, 1990.

Pred, Allan. *Recognizing European Modernities: A Montage of the Present*. London: Routledge, 1995.

Pullen, Annebella. *The Kindred of the Kibbo Kift: Intellectual Barbarians*. London: Donlon Books, 2015.

Read, Herbert. *Surrealism*. London: Faber and Faber, 1936.

Reiss, Richard. *The Home I Want*. London: Hodder and Stoughton, 1918.

Ross, Cathy, with Oliver Bennett. *Designing Utopia: John Hargrave and the Kibbo Kift*. London: Philip Wilson, 2015.

Rossman, Charles. "D. H. Lawrence and Mexico." *D. H. Lawrence: A Centenary Consideration*. Eds. Peter Balbert and Philip L. Marcus. New York: Cornell UP, 1985. 162-79.

Rosso, Michela. "'The Rediscovery of the Picturesque': Nikolaus Pevsner and the Work of Architects and Planners during and after the Second World War." *Reassessing Nikolaus Pevsner.* Ed. Peter Draper. Aldershot: Ashgate, 2004. 213-33.

Rudberg, Eva. *The Stockholm Exhibition 1930: The Modernism's Breakthrough in Swedish Architecture*. Stockholm: Stockholmia, 1999.

Ruskin, John. *The Nature of Gothic: A Chapter of the Stones of Venice.* 1892. Ed. William Morris. London: George Allen,

1905. ［ジョン・ラスキン『ゴシックの本質』川端康雄訳、みすず書房、二〇一一年。］

Ryan, Deborah Sugg. *Ideal Homes 1918-39: Domestic Design and Suburban Modernism*. Manchester: Manchester UP, 2018.

Saler, Michael T. *The Avant-Garde in Interwar England: Medieval Modernism and the London Underground*. Oxford: Oxford UP, 1999.

Schreiner, Olive. *Woman and Labour*. London: Fisher Unwin, 1911.

Searle, Geoffrey R. "Eugenics and Class." *Biology, Medicine and Society 1840-1940*. Ed. Charles Webster. Cambridge: Cambridge UP, 1981. 217-42.

Shaffer, Marguerite. *See America First: Tourism and National Identity 1880-1940*. New York: Smithsonian Institute, 2001.

Shand, Phillip Morton. "Stockholm, 1930." *The Architectural Review* (August 1930): 67-75.

Shiach, Morg. *Modernism, Labour and Selfhood in British Literature and Culture 1890-1930*. Cambridge: Cambridge UP, 2004.

Shimotori, Yoshikuni. "The Evil Flood Welling Up from the Core of Asia: *St. Maw*r and Anxiety of Empire." *Study in English Literature* English Number 45 (March 2004): 59-78.

Silhouette. "The Modern Movement in Continental Decoration I: The Evolution of the Ensemblier." *The Architectural Review* (May 1926): 248-51.

Slotkin, Richard. "Buffalo Bill's 'Wild West'." *Cultures of United States Imperialism*. Eds. Amy Kaplan and Donald E. Pease. Durham: Duke UP, 1993. 164-81.

Soloway, Richard A. *Demography and Degeneration: Eugenics and the Declining Birthrate in Twentieth-Century*

Britain. Chapter Hill, U of North Carolina P, 1990.
Spencer, Herbert. *Social Statics*.1850. New York: D. Appleton and Company, 1892.
Steele, Tom. *Alfred Orage and the Leeds Arts Club* 1893-1923. Brookfield: Scholar Press, 1990.
Stevenson, John. *British Society 1914-45*. London: Penguin, 1984.
Stoddard, Lothrop. *The Rising Tide of Color against White World-Supremacy*. New York: Charles Scribner's, 1920.
Sunwoo, Irene. "Whose Design?: MoMA and Pevsner's *Pioneers*." *Getty Research Journal* No. 2 (2010): 69-82.
Swenarton, Mark. *Homes Fit for Heroes: The Politics and Architecture of Early State Housing in Britain*. London: Heinemann, 1981.
Taylor, Gary. *Orage and The New Age*. Sheffield: Sheffield Hallam UP, 2000.
Trotter, David. *The English Novel in History, 1895-1920*. London: Routledge, 1993.
Vaughn, Stephen. *Holding Fast the Inner Lines: Democracy, Nationalism and the Committee on Public Information*. Chapel Hill: U of North Carolina Pr., 1980.
Wernher, Harold. "Progress: The Swedish Contribution." *The Architectural Review* (August 1930): 52.
Wilde, Alan. "The Illusion of St Mawr: Technique and Vision in D. H. Lawrence's Novel." *PMLA* 79 (1964): 164-70.
Williams, Eric. *British Historians and West Indies*. New York: Charles Scribner's, 1964.
Williams, Linda Ruth. *D. H. Lawrence*. Plymouth: Northcote House, 1997.
Williams, Raymond. *Border Country*. 1960. London: Hogarth Press, 1988.［『辺境』小野寺健訳、講談社、一九七二年。］
——. *The Country and the City.* Oxford: Oxford UP, 1973.［『田舎と都会』山本和平ほか訳、晶文社、一九八五年。］
——. *Culture and Society: 1780-1950.* 1958. London: Hogarth Press, 1993.［『文化と社会——１７８０-１９５０』

若松繁信・長谷川光昭訳、ミネルヴァ書房、二〇〇八年。]
——. *The English Novel from Dickens to Lawrence*. London: Chatto, 1970.
——. *Politics and Letters: Interviews with New Left Review*. 1979. London: Verso, 2015.
Williams, William Appleman. *The Tragedy of American Diplomacy*. 1958. New York: W. W. Norton, 2009.
Williams-Ellis, Clough. "Introduction." *The Face of the Land: The Year Book of the Design and Industries Association 1929-1930*. Eds. Harry Peach and Noel Carrington. London: Allen and Unwin, 1930. 11-24.

新井英永「消え行く媒体としての「アジアの中心」——『セント・モア』とネイティヴィスト・モダニズム」富山太佳夫ほか編著『D・H・ロレンスとアメリカ／帝国』慶應義塾大学出版会、二〇〇八年、二〇九–三七頁。

今田克司「米国における文化多元主義」初瀬龍平編著『エスニシティと多文化主義』同文館出版、一九九六年、一五一–七七頁。

ウィキー、ジェニファー『広告する小説』富島美子訳、国書刊行会、一九九六年。

ウィリアムズ、レイモンド『想像力の時制——文化研究Ⅱ』川端康雄編訳、みすず書房、二〇一六年。

大石和欣「建築物の詩学——奇矯なるジョン・ベッチャマンの戦い」『言語・情報・テクスト』第一九巻、二〇一二年、六九–九九頁。

大田信良「退屈と帝国の再編」武藤浩史ほか編著『愛と戦いのイギリス文化史　１９００–１９５０年』慶應義塾大学出版会、二〇〇七年、二一八–三四頁。

——.「『日はまた昇る』と地政学的無意識——文化表象としてのアングロサクソニズム」日本ヘミングウェイ協会編『ヘミングウェイを横断する——テクストの変貌』本の友社、一九九九年、二一二–二七頁。

小野二郎「ザ・ランドスケイプ・ガーデン」川端康雄編『ウィリアム・モリス通信』みすず書房、二〇一二年、一八一–八七頁。

加藤洋介『D・H・ロレンスと退化論——世紀末からモダニズムへ』北星堂書店、二〇〇七年。

川北稔『アメリカは誰のものか——ウェールズ王子マドックの神話』NTT出版、二〇〇一年。

——.「「帝国とジェントルマン」再考」山本正編『ジェントルマンであること——その変容とイギリス近代』刀水書房、二〇〇〇年、二一二–二四頁。

川端康雄『ウィリアム・モリスの遺したもの——デザイン・社会主義・手しごと・文学』岩波書店、二〇一六年。

——.『葉蘭をめぐる冒険——イギリス文化・文学論』みすず書房、二〇一三年。

——.「ポール・モレルの「レッサー・アーツ」——ウィリアム・モリスからD・H・ロレンスへ」『D・H・ロレンス研究』第二七号、二〇一七年、三一–一八頁。

——.「1951年——イギリス祭の「国民」表象」川端康雄ほか編著『愛と戦いのイギリス文化史1951–2010年』慶應大学出版会、二〇一一年。

木下誠「フロンティア神話の暗闇——D・H・ロレンス『カンガルー』と退化」『大塚レヴュー』三三号、一九九七年、三五–五三頁。

ケインズ、ジョン・メイナード「自由放任主義の終焉」宮崎義一ほか訳『貨幣改革論　若き日の信条』中公クラシックス、二〇〇五年、四五–八八頁。

河野真太郎『〈田舎と都会〉の系譜学——二〇世紀イギリスと「文化」の地図』ミネルヴァ書房、二〇一三年。

下楠昌哉『妖精のアイルランド——「取り替え子」の文学史』平凡社新書、二〇〇五年。

霜鳥慶邦「『セント・モア』の植民地幻想」富山太佳夫ほか編著『D・H・ロレンスとアメリカ／帝国』慶應

義塾大学出版会、二〇〇八年、一七九―二〇八頁。

菅靖子『イギリスの社会とデザイン――モリスとモダニズムの政治学』彩流社、二〇〇五年。

セイン、パット『イギリス福祉国家の社会史――経済・社会・政治・文化的背景』深澤和子・深澤敦監訳、ミネルヴァ書房、二〇〇〇年。

関曠野『フクシマ以後――エネルギー・通貨・主権』青土社、二〇一一年。

「関曠野インタヴュー――社会信用論、ベーシック・インカム、そして批評」レイモンド・ウィリアムズ研究会『レイモンド・ウィリアムズ研究』第二号、二〇一一年三月、一―五四頁。

高安啓介『近代デザインの美学』みすず書房、二〇一五年。

高山宏『庭の綺想学――近代西欧とピクチャレスク美学』ありな書房、一九九五年。

椿建也「大戦間期イギリスの住宅改革と公的介入政策――郊外化の進展と公営住宅の到来」『中京大学経済学部論叢』一八号、二〇〇七年三月、七九―一二二頁。

富山太佳夫「出戻りの歴史学」『書物の未来へ』青土社、二〇〇三年、一〇六―〇九頁。

――.「裏返しの技法――小説の伝統も、帝国も」富山太佳夫ほか編著『D・H・ロレンスとアメリカ／帝国』慶應義塾大学出版会、二〇〇八年、二四一―九七頁。

ネイラー、ジリアン『アーツ・アンド・クラフツ運動』川端康雄・菅靖子訳、みすず書房、二〇一三年。

巴山岳人「『白孔雀』における啓蒙、美学、そしてエリート主義」日本ロレンス協会編『21世紀のD・H・ロレンス』国書刊行会、二〇一五年、一一六―三二頁。

フォーティー、エイドリアン『欲望のオブジェ』高島平吾訳、鹿島出版会、二〇一〇年。

藤田治彦『ウィリアム・モリス――近代デザインの原点』鹿島出版会、一九九六年。

武藤浩史『『チャタレー夫人の恋人』と身体知――精読から生の動きの学びへ』筑摩書房、二〇一〇年。

――.『ビートルズは音楽を超える』平凡社新書、二〇一三年。

藪亨『デザイン史――その歴史、理論、批評』作品社、二〇一六年。

山崎勇治『石炭で栄え滅んだ大英帝国――産業革命からサッチャー改革まで』ミネルヴァ書房、二〇〇八年。

山本正編『ジェントルマンであること――その変容とイギリス近代』刀水書房、二〇〇三年。

ロレンス、D・H・「人生の夢」武藤浩史編訳『D・H・ロレンス幻視譚集』平凡社ライブラリー、二〇一五年、一〇-四九頁。

ワトキン、デヴィッド『モラリティと建築』榎本弘之(訳)、鹿島出版会、一九八一年。

あとがき

結局、出発前はそんなつもりなどまったくなかったにもかかわらず、ロレンスの故郷、ノッティンガムでの一年間の滞在経験が本書の方向を定めたようだ。わたしは二〇一三年度に勤務先の成城大学文芸学部より海外研修期間をいただき、二〇一三年四月から二〇一四年三月までノッティンガム大学で過ごしていた。「大学で過ごしていた」という表現は奇妙に思われるかもしれないが、日常のわたしの行動範囲は、大学のキャンパスとその外の徒歩圏内に限られていたのである。住んでいた宿舎はキャンパス内にあったし、部屋から歩いて一五分ほどの大学中央図書館と、そのそばの学生会館に入っていた本屋といくつかのカフェがほぼすべてだった。理想の生活だった。朝起きてジョン・ベッチマンの詩を一篇読んで（正直に告白すると、この習慣はあまり長く続かなかった）そのまま図書館に行くか、歩いて二〇分以上かかるビーストンという町の朝早くから開店しているショッピング・エリアで数日分の食材を調達し、行きつけの小さなパン屋でその日の昼食用の巨大なサンドウィッチに挟む具を指定する日々。店番のおばあさんはわたしのことを覚えてくれて、「タマネギなし」をお願いした朝には、「図書館に行くのね、「タ」」と言いながら（註釈は不要かもしれないが、「タ（Ta）」は“Thank you.”のくだけた口語）目の前で作ったサンドウィッチとお釣りを渡してくれる。わたしがその店を訪れる時間帯は多くの客にとって出勤前だったり小学校に子どもを送り届ける前だったりするにもかかわらず、たとえ混んでいてもだれも焦らず（焦っていたとしてもそんな素振りはみせず、がイギリス人らしい実態かもしれない）「お先にどうぞ（After you）」と狭い店内でたがいに注文の順番を譲り合っていた。その様子に、わたしは日本から遠く離れた場所にいることを実感していた。

巨大な「タマネギなし」サンドウィッチを手に向かった大学中央図書館には、『建築評論』が一八九六年の創刊号から最新号まで、ほぼすべて製本され開架されていた。イギリスに行く前にロレンスと『建築評論』の関係についての論文を一本書いており、日本の大学図書館で関連する号を書庫から出してもらって手に取ったことはあったものの、書棚に創刊号から揃っている様子を目にしたのは初めてだった。

わたしは喜びを感じながら、『建築評論』に文字どおり苦闘した。英語文学研究の手ほどきしか受けておらず、建築デザインについては独学での中途半端な知識しかなかったわたしには、分野がまったく異なる専門誌の読み方がわからなかったためである。『建築評論』を読み解くためのリテラシーを身につけることに、しばらく時間がかかった。それでもページをめくっていると、複数の記事のあいだの相互参照関係がみえてきた。編集主幹の変更によって誌面が変わっていることもわかった。さらには、よく知る作家や文筆家たちが執筆者のなかに含まれていることにも気づいた。あるときには、モダニズム作家のウィンダム・ルイスの名前を目にして驚いた。そして気分転換に書棚のあいだを散策していると、そのルイスが編集したアヴァンギャルド雑誌『ブラスト』が二号、棚に並んでいた。そのそばの書棚には、同じく『建築評論』の寄稿者だったオズバート・シットウェルを含むシットウエル三姉弟の詩集や著作がずらっと揃っていた。そして『建築評論』の棚に戻ると、その向かいには、オルダス・ハクスリーの兄のジュリアン・ハクスリーらが一九三一年に立ちあげた政策シンクタンク“Political and Economic Planning”の関連発行物があった（残念ながら本書には、その調査結果を組み込むことはできなかった。滞在中のクリスマス前にノートパソコンが故障し、バックアップを取っていなかったハードディスクの中身すべてが回復不可能になってしまったためである）。学生時代に留学せず、いわば英文学の「現場」に初めて長期間このとき身を置いたわたしは、日本の英文学科で学んだ「英文学」とは異なるなにかがそこにあると、遅ればせながらも感じずにはいられなかった。

ノッティンガム大学の中央図書館がわたしにとってなによりも豊饒な空間だったとはいえ、本書を書かせてくれた経験はそれだけではなかった。一年間のイギリス生活の身体的な記憶、とでも呼びうるものが重要であった。

そのひとつは、歩いたあとの足の裏の痛みだった。自動車の運転免許をもたず、ママチャリしか乗ったことのないわたしは、あんなカッコいい自転車でヘルメットをかぶって車道を走らなければならないなんてとても考えられずに結局自転車も買わず、もっぱら日々、歩き続けた。足の痛みの原因は、日本の柔らかいアスファルトとは異なる、イギリスの石畳みやコンクリートの通りの硬さだった（スーパーのテスコで購入した激安のスニーカーもよくなかったのだが）。わたしにとって足のかかとの痛みこそが、「自然」を支配する文明の意志の強固さによるものであり、その長い歴史をもつ石の硬さの文化がもたらすものであると感じられた。足の裏から伝わるイギリス文化の頑固さ、その特徴を体現しているように思われた古めかしい家屋の町並み。にもかかわらず、歩いていると突如目の前に姿を現わす、ガラス張りのこれみよがしにモダンな建物。わたしは足裏の痛みの感覚と直結した大学周辺の景観に、英文学研究におけるモダニズムではなく、日常のイギリスの生活におけるモダニズムって何なのだろうか、と疑問をいだいた。

そしてもうひとつの身体的な記憶は、草木の匂いであった。ノッティンガム大学のキャンパスはとても「自然」に恵まれていた。サッと雨が降ったあとにキャンパス内を歩くと、緑の香りに包まれた。東京の北東部にある下町の路地で育ったわたしには、それはとても新鮮な経験だった。わたしが一年間住んだノッティンガム大学の家族連れの院生と大学スタッフとゲスト用の宿舎の前は芝生の広場となっており、向かいの学部生用の宿舎で生活する学生たちが夕方になると毎日そこでサッカーを楽しんでいた。わたしはそれを眺めながら、芝生は勝手に生えた雑草ではないのはもちろんのこと、その広場のまわりの木立ちも遠くから見たら森のようであっても、丁寧に整備された「自然」であることに気づくのに時間はかからなかった。また、わたしの部屋から大学中央図書館へと向かう曲がりくねった小道には、鬱蒼と茂った草木に覆われた場所もあったが、そこはそれこそピクチャレスクに、「自然」にみえるように手入れがされていた。イギリスらしい雨とその直後の日差しによって強まる草木の匂いとしてわたしの身体に記憶されたのは、文化としての「自然」、あるいは「自然」という文化、すなわち「自然」のデザインであった。（文化とは匂いである、とだれかが言っていたとおり、わたしは二〇一四年四月一日に成田空港内を歩きながら、その一年ぶりの「無臭」に、日本に帰国したことを実感した。）

そのようなイギリス生活の身体的感覚とともに、ロレンスが生まれ育った町、イーストウッドも訪問した。ロレンスが批判した「醜悪さ」は、どこにも残っていなかった。ノッティンガム大学でわたしの受け入れもとになってくれたロレンス研究者のアンドリュー・ハリソン先生が声をかけてくれて、イーストウッドのロレンス・ヘリテイジ・センターで開催の「ロレンス・ソサイエティ」の会合に顔を出したり、彼の教え子の院生に案内してもらってロレンスゆかりの地を歩いたりもした。その院生やスウェーデンからの留学生と一緒に、ロレンスの自伝的長編小説『息子と恋人』や初期短編小説・戯曲作品の背景となった場所や炭鉱産業の跡を訪ねる〈ウォーキング・ツアー〉にも参加してみた。地元のパブでも飲んだ。そのような表層的な経験からでも、たしかに労働者のための長屋には陰鬱さを感じ、それは歴史の重みのような気もしたし、地方の町独特のものと想像される生活の単調さにひるんだものの、作られた「自然」は美しく、「醜悪さ」はそこにはなかった。わたしが痛感したのは、ロレンスは炭坑労働者の息子として生まれ育ったが炭坑労働者にはならず、奨学金を得て高等教育に近づき、イーストウッドから遠く離れた世界で生き続けた、という事実だった。ロレンス・ヘリテイジ・センターに集う人たちは、当然のことながら、ロレンスを誇りに思っていた。センターで売られていた「ロレンス・カントリー」の土産品には、「労働者階級出身の反逆者」といった文言も見受けられた。わたしは日本では感じたことのないロレンスへの思いを共有しつつも、しかしその「ロレンス・カントリー」にロレンスの不在を強く意識した。研究対象のゆかりの地への巡礼は研究者の「つとめ」であって、もっと長くイーストウッドに滞在して生活してみれば重要ななにかを得られたのかもしれないが、このときのような訪問それ自体が、わたしの「研究」に直接活かされるとは思えなかった。ロレンスの言葉と、わたしがイーストウッドから感じたことのギャップを埋めるには、あるいはそのギャップの意味を正しく認識するには、あまりに凡庸ながらも、ロレンスのテクストに立ち戻るしかない、と再確認した。その「ロレンスのテクスト」は、ノッティンガム大学が所蔵を誇る彼の手稿ではなかった。わたしにとって「ロレンスのテクストに立ち戻る」とは、まずは『建築評論』のページをめくり続けることであった。「醜悪さ」というロレンスの言葉を刻印したテクスト「ノッティンガムと炭鉱のある地方」は、一九三〇年の『建築評論』とともにあったからである。

本書が〈モダンムーヴメントのロレンス〉に光を当てながら、モリスからロレンスとその同時代人たち、そしてさらにその先へ、と視野を広げようとしたのは、わたしが学び、研究の場としてきた（日本の）英文学研究の制度的枠組みに疑問をいだいたためであった。従来のロレンス研究のみならずモダニズム文学研究では触知できなかったつながりを、その変化をともなう連続性の感覚の一端を、「モダンムーヴメント」という文学とデザインをインターフェイスする鍵語によって明らかにできるのではないか。本書は、そのような仮説を〈はじまり〉とした研究の途中経過報告である。ゆえにわたしはいま、今後も継続するつもりであるモダンムーヴメント論の〈はじまり〉の場に、そしてもしかしたら、いわゆるロレンス研究とのかかわりの〈終わりのはじまり〉の場に、立っているのかもしれない。

そのような思いが、二〇一八年秋に筑波大学大学院人文社会科学研究科に提出した博士号請求論文の執筆過程で強まっていった。本書は、その博士論文「モダンムーヴメントのD・H・ロレンス――デザインの二〇世紀における越境・帰郷と共有するアート」を書籍として出版するために、章構成の一部変更も含めて改稿したものである。そもそも博士論文自体、それなりの年月のあいだにそれぞれ個別の文脈において執筆してきた複数の論文を、一本の学位論文として一貫性をもたせるために改稿し、大幅な加筆修正を行なったものである。よって当初の論文の原型をとどめていない章もあるが、以下、もとになった論文の初出を記す。

序　章　「モダンムーヴメントのD・H・ロレンス――「親密なコミュニティ」、あるいは「美の本能」を共有するモダンデザイン」『成城文藝』二四五号（二〇一八年九月）の前半部分を加筆修正。

第Ⅰ部

第一章　「インダストリアル・アートとしての絵画――D・H・ロレンス「壁に掛けられた絵」、『建築評論』、英国モダンムーヴメント」日本ロレンス協会（編）『21世紀のD・H・ロレンス』国書刊行会（二〇一五年）を加筆修正。

第二章　「"Why Design and Plan?"――雑誌『建築評論』とポスト・レッセフェール期のD・H・ロレンス」*Seijo English Monographs* No. 43（二〇一一年）を加筆修正。

前出「モダンムーヴメントのD・H・ロレンス――「親密なコミュニティ」、あるいは「美の本能」を共有するモダンデザイン」の後半部分を加筆修正。

第三章　書き下ろし。

第Ⅱ部

第四章　「『セント・モア』の帝国と英米関係」富山太佳夫・立石弘道・宇野邦一・巽孝之（編）『D・H・ロレンスとアメリカ／帝国』慶應義塾大学出版会（二〇〇八年）の前半部分を加筆

修正。

第五章　「『セント・モーア』と優生学――テキストの歴史的読解のために」荒木正純ほか編著『D・H・ロレンスと新理論』国書刊行会（一九九九年）を加筆修正。

前出「『セント・モア』の帝国と英米関係」の後半部分を加筆修正。

「ハバナに降り注ぐ緑の紙幣――D・H・ロレンス『セント・モア』と帝国の忘却」『英語青年』（二〇〇〇年七月号）を加筆修正。

第Ⅲ部
第六章　『ニュー・エイジ』に関する部分は「A・R・オラージュの中世主義モダニズム――ヴィクトリアニズムとモダニズムの文化の分断／継承」『ヴィクトリア朝文化研究』第一五号（二〇一七年十一月）を加筆修正。

『チャタレー夫人の恋人』に関する部分は書き下ろし。

第七章　「ピクチャレスクな都会のイングランド――ニコラウス・ペヴスナーと第二次大戦後のミドルブラウ・タウンスケープ」中央大学人文科学研究所（編）『英国ミドルブラウ文化研究の挑戦』中央大学出版部（二〇一八年）を加筆修正。

終　章　書き下ろし（ただし部分的に第七章の初出論文の第六節「結び」を修正して利用）。

まずは、博士論文審査の主査をつとめてくださった佐野隆弥先生、そして副査をつとめてくださった荒木正純先生、中田元子先生、齋藤一先生に感謝申しあげます。佐野先生には博士論文の予備論文以前から完成稿の提出、そして審査にいたるまでの期間、きめ細やかなご指導とこころ遣いをたまわった。副査の先生方からも、執筆者が見落としてしまったミスの指摘もふくめて、貴重な助言をいただいた。「博論を書く会」のみなさまにも感謝。

荒木正純先生には、大学院時代から長きにわたってご指導いただいた。二〇一八年の夏には何度も先生のご自宅の最寄駅でお会いし、(居酒屋で)論旨の見直しから細部の表現の修正にいたるまで、論文完成を後押しくださり、本書への改稿中も励ましのメールをいただいた。かつて先生が訳出されたスティーヴン・グリーンブラット『驚異と占有』(みすず書房)、その訳文はもとより濃密な訳註と解説が、いまにつながるわたしの研究の原点である。

ロレンス『息子と恋人』とウィリアムズ『辺境』の翻訳者で学部時代のいまは亡き恩師、小野寺健先生に、こころより感謝の意を捧げたい。先生はいつも、「早く本を書きなさい」と励ましてくださった。ご自宅にお邪魔した折(それはお会いする最後の機会となってしまった)、本書の第二章のもとになった論文の抜き刷りをお渡ししたときにも、「論文はいいから本にしなさい」とおっしゃった。その先生が二〇一八年一月に亡くなり、学恩に報いるには遅すぎたとはいえ、翌月の二月に、滞っていた博士論文の骨子を決めた。そして故小野寺先生と縁の深い、武藤浩史先生には言葉につくせない感謝の気持ちを。いつも原稿を書きあげられずにご迷惑をかけ続けた(これについては武藤さん以外の多くの方にもお詫びしなければならない)にもかかわらず、二〇年以上にわたって見捨てないでくださった(とわたしは信じている)。そして武藤さんを通してモリス研究者の川端康雄先生とお会いすることがなかったら、そもそも本書は存在しなかったはずである。川端先生とオーウェル研究者の福西由実子先生が講師として参加くださった日本ロレンス協会の二〇一六年度全国大会でのシンポジウムに、本書の〈はじまり〉の萌芽があった。ロレンスは「人間の魂に必要な「現実の美」(actual beauty)の重要な部分」にモリスのいう「レッサー・アーツ」を含めている、との川端先生の指摘にわたしは示唆を受けて、「人間の魂」が求める「パン」は文化(=魂の滋養)の問題であり、「現実の美」は社会(=ひとが「現実」に生きる場)の問題であると考え、本書では後者に関わるデザインを取りあげた。いわゆる「パンと薔薇」のモチーフに、ひと捻り加えたつもりである。ロレンスは炭坑労働者たちが憧れるピアノの音を、階級上昇の記号ではなく、「現実の美」として捉えていた("Nottingham and the Mining Countryside", p. 292)。

さまざまな研究会や論集の出版プロジェクトに参加していると、自分が取り組んでいるテーマよりも、他の方々の研究内容の方が刺激的に感じられて目移りしてしまい、自分の眼前の研究や執筆が滞る。その繰り返しだった。だから博士論文および本書の構想・執筆期間中は、以前にも増して引きこもり状態になった。名前をあげることは差し控えるが、失礼のお詫びとこれまでのお礼を。なんらかの機会にご一緒した気鋭の研究者たちの仕事の影響なしには、レイモンド・ウィリアムズの言葉に向きあえなかったし、わたしの視野(と飲食の嗜好)を広げてくれた「小さな研究会」にも感謝。

そして家族には、すなわちわたしの「研究」になど関心をもたないほど自立した三人の女性たちには、一年間のイギリス滞在という時間と、研究にだけ取り組む自由を与えてくれて、いまもその自由を与え続けてくれることに感謝している。また、現在は同居していないとはいえ、職人の父が家で働く姿を子どものころに毎日見続けた記憶は、本書の内容と無関係ではありえない。わたしは子どもごころに、手伝いをしながら、搾取とは何であるかを知った。父の仕事場の窓から見えた路地の先の殺風景な児童公園と、その脇にそびえ立つ鉄塔と、列をなす東京電力の四角い社宅が、わたしの原風景である。

本書を出版するにあたっては、成城大学文芸学部研究成果刊行補助金（二〇一八年度）による助成を受けた。二〇一三年度に学部より海外研修期間をお認めいただいたこととあわせて、記して感謝したい。また、本書の一部は、成城大学特別研究助成（研究課題名「戦後ロンドンの復興都市計画におけるピクチャレスク・モダンデザイン」二〇一八―一九年度）にもとづく成果によるものである。

そして最後に、小鳥遊書房の社主で編集長の高梨治氏（故村山敏勝さんを介した縁）の豊かな経験と本作りへの熱意ほど、初めて単著を準備するわたしにとって、こころ強いものはなかった。氏のすばやく丁寧な編集作業に救われて、光栄にも、小鳥遊書房が最初に出版する一〇冊のうちの一冊に滑り込むことができた。こころより感謝申しあげます。

二〇一九年二月一九日

木下　誠

【索引】

人名・作品名・雑誌名・新聞名・組織名を中心に五十音順。
作品名は作家別にまとめた。
「ロレンス」については、ほぼどの頁にも頻出するため頁数を省略。

【ア行】

【カ行】

【サ行】

【タ行】

【ナ行】

【ハ行】

【マ行】

【ラ行】

【著者】

木下 誠

（きのした　まこと）

成城大学文芸学部准教授（現代イギリス文学・文化）。博士（文学）。筑波大学大学院博士課程単位取得退学、日本学術振興会特別研究員 (PD)、東京成徳大学専任講師・准教授を経て現職。共著として『英国ミドルブラウ文化研究の挑戦』（中央大学出版部 2018 年）、『21 世紀の D.H. ロレンス』（国書刊行会 2015 年）、『愛と戦いのイギリス文化史 1951-2010 年』（慶應義塾大学出版会 2011 年）、『ポスト・ヘリテージ映画——サッチャリズムの英国と帝国アメリカ』（上智大学出版 2010 年）ほか。

モダンムーヴメントのD・H・ロレンス
デザインの20世紀《せいき》／帝国空間《ていこくくうかん》／共有《きょうゆう》するアート

2019年3月29日　第1刷発行

【著者】
木下 誠

発行者：高梨 治
発行所：株式会社**小鳥遊書房**《たかなし》
〒102-0071　東京都千代田区富士見1-7-6-5F
電話03（6265）4910（代表）／FAX　03（6265）4902
http://www.tkns-shobou.co.jp

装幀　坂川朱音（朱猫堂）
印刷　モリモト印刷株式会社
製本　株式会社難波製本

ISBN978-4-909812-09-4　C0098